SASKIA BERWEIN
Wundmal

SASKIA BERWEIN

WUNDMAL

Thriller

LYX
EGMONT

Originalausgabe September 2015 bei LYX
verlegt durch EGMONT Verlagsgesellschaften mbH,
Gertrudenstr. 30–36, 50667 Köln
Dieses Werk wurde vermittelt durch die Literarische Agentur Thomas Schlück GmbH, 30827 Garbsen.

1. Auflage
Redaktion: Claudia Schlottmann
Umschlaggestaltung & -illustration: bürosüd, München
Satz: Greiner & Reichel, Köln
Printed in Germany (670421)
ISBN 978-3-8025-9762-6

www.egmont-lyx.de

MIX
Papier
FSC FSC® C083411

Prolog

Menschen sind verschieden. Sie gehen unterschiedlich mit erlittener Gewalt um, physischer wie psychischer.

Die einen sind schwach. Sie halten nicht viel aus, brechen zusammen, zerbrechen sogar. Manche richten sich selbst, andere kehren ihre Wut und ihren Hass nach außen. Sie werden auffällig, setzen sich zur Wehr, wenn auch nur selten gegen ihre Peiniger. Doch Rettung gibt es für sie in den seltensten Fällen. Sie bleiben gezeichnet, ein Leben lang.

Die anderen sind stark, manchmal zu stark. Sie leiden im Stillen, ertragen, halten aus. Zum Schutz errichten sie starke Mauern um ihre brüchigen Seelen. Sie gelten als angenehm, nett, umgänglich. Doch tief in ihrem Innern lagern sich die erduldeten Grausamkeiten ab, sammeln sich an und verschmelzen mit der Zeit zu einer brodelnden, giftigen Masse.

Es dauert lange, bis die Starken unter der Last zusammenbrechen. Ihre Mauern bekommen Risse, beginnen zu bröckeln und geben schließlich nach. Zum Vorschein kommt all das, was lange im Verborgenen vor sich hin geschwelt hat. Es entlädt sich, einer Explosion gleich. Die Mauern und Dämme brechen.

Manchmal entladen sich Zorn und Hass nur gegen die Peiniger, manchmal aber laufen die Starken Amok. Sie hinterlassen eine Schneise der Verwüstung. Das über die Jahre geschluckte Gift und die erlittene Pein brechen sich Bahn, und die Gewalt trifft jeden, der ihren Weg kreuzt.

Meist endet ein Ausbruch mit dem Tod. Der Lebenswille der Gepeinigten erlischt mit dem Abebben der Flut.

Die Gefährlichsten unter den Starken aber wollen leben. Ihr Wunsch nach Rache hat sich heimlich in etwas Dunkles, Böses, Abartiges verwandelt. Sie sind es, vor denen die Menschen – alle *Menschen – zittern müssen.*

Es war eine Nacht im November, als Sasha herausfand, dass er zu den Stärksten und Gefährlichsten gehörte.

Es war die Nacht, in der er unter der Last all der erlittenen Demütigungen, Schmerzen und Grausamkeiten zerbrach.

Es war jene Nacht, in der tief in seinem Innern ein Verlangen geboren wurde, das sich mit dem Blut, den Schreien und dem Winseln seiner Zieheltern allein nicht befriedigen ließ …

Artur öffnete mit flatternden Lidern die Augen. Schmerz bohrte sich direkt in seinen Schädel und ließ ihn aufstöhnen. Das Licht im Raum blendete ihn, und doch sah er nichts als sich bewegende Schatten.

Er schmeckte Galle und Blut. Seine Nase schien verstopft zu sein. Er wollte den Mund öffnen, um einen hektischen Atemzug zu machen, doch es ging nicht. Klebeband verschloss seine Lippen. Ein unartikulierter Laut war alles, was er hervorbrachte.

Panik stieg in ihm hoch. Artur glaubte, ersticken zu müssen, und versuchte noch hektischer zu atmen. Irgendetwas Feuchtes, Schleimiges löste sich in seiner Nase und fand den Weg in seinen Rachen. Er verschluckte sich beinahe daran, doch nachdem der Blutklumpen fort war, strömte endlich wieder Luft in seine Lungen.

Er beruhigte sich ein wenig, gerade genug, um nicht mehr am Rande eines Nervenzusammenbruchs zu balancieren. Das Rot zog sich aus seinem Gesichtsfeld zurück, die tanzenden Punkte verschwanden, und endlich erkannte er das Wohnzimmer seiner Großmutter.

Er war an einen Stuhl mit Armlehnen gefesselt, der nicht in den Raum gehörte. Die Unterlage fühlte sich hart und kühl an, weit entfernt vom Komfort der gemütlichen dunkelroten Sessel, die seine Großmutter so sehr liebte, dass sie sie alle paar Jahre neu beziehen und aufpolstern ließ, anstatt sich von ihnen zu trennen.

Der Gedanke war absurd. Ebenso absurd wie der Anblick seiner Babuschka, die am anderen Ende des Raumes, ihm direkt gegenüber, an einen metallenen Liegestuhl gefesselt war. Ihr Mund war ebenfalls zugeklebt, allerdings schien sie unverletzt zu sein. Der Angreifer hatte die alte Frau offenbar überwältigt, ohne dass sie irgendeine Art von Gegenwehr hatte leisten können.

Im Gegensatz zu ihm selbst. Artur war aus dem Garten gekommen, nachdem er die Fenster des Gewächshauses wegen des losbrechenden Gewittersturms geschlossen hatte. Er hatte beim Betreten des Hauses sofort gespürt, dass irgendetwas nicht stimmte. Aus den Augenwinkeln hatte er einen Schatten wahrgenommen und sich zur Seite gedreht. Als ihn zwei Hände packen wollten, hatte er um sich geschlagen und versucht, sich dem starken Griff zu entwinden.

Wenn er jetzt daran zurückdachte, hatte er das Gefühl, dass er mehrere Minuten mit dem Eindringling gerungen hatte, tatsächlich waren es aber wohl keine zwei Sekunden gewesen. Ein Schlag hatte ihn im Gesicht und ein weiterer schließlich am Hinterkopf getroffen. Er war in die Knie gegangen und ohnmächtig geworden.

Nun saß er auf diesem gottverdammten Stuhl.

Die Möbel im Zimmer waren verrückt worden, die Sessel verschwunden. Dort, wo vorher der Couchtisch gewesen war, befand sich nun eine freie Fläche. Vor dem Sideboard sah er einen Klapptisch, daneben zwei Infusionsständer. Weder das tragbare Soundsystem noch die elektrischen Werkzeuge gehörten dorthin. Sie standen in Akkuladestationen, sauber und ordentlich aufgereiht, bereit für den Einsatz.

Zum ersten Mal sah Artur direkt zu seiner Großmutter hinüber, und ihre Blicke trafen sich. Obwohl sie bereits die Achtzig überschritten hatte, war sie eine gesunde, resolute Frau mit wachem und scharfem Verstand. Ihre blauen Augen blickten klar und ungetrübt. Der entschlossene Ausdruck konnte ihre Besorgnis jedoch nicht gänzlich verbergen.

Seine Großmutter wusste anscheinend, was vor sich ging. Artur hingegen hatte nur eine vage Ahnung. Und im Gegensatz zu seiner Oma konnte er die Situation nicht einfach akzeptieren und auf das warten, was auf sie zukam.

Er kämpfte gegen seine Fesseln an, wand sich auf dem Stuhl hin und her, in der Hoffnung, ihn zu Fall zu bringen. Liegestühle hielten normalerweise nichts aus, doch dieser hier war kein billiges Produkt, dessen Metall sich bei der leichtesten Belastung verbog. Er war stabil und bewegte sich keinen Millimeter, als wäre er mit dem Fußboden verschraubt.

Seine Großmutter schüttelte sanft den Kopf. Doch Artur gab seine Bemühungen erst auf, als der Angreifer in den Raum zurückkehrte. Der Kerl ließ nur einen kurzen Blick durch das Wohnzimmer schweifen, prüfte, ob noch alles an seinem Platz war, ohne seine beiden Opfer richtig anzusehen.

Selbst wenn Artur etwas hätte sagen können, er wäre in diesem Moment sprachlos gewesen. Er kannte den Typen, war ihm schon mal begegnet. Der Name wollte ihm nicht einfallen, aber es war auch eine dieser nichtssagenden Begegnungen gewesen, die man sofort wieder vergaß. Jemand, dem man vorgestellt wurde, dem man kurz Hallo sagte und mit dem man dann nie wieder ein Wort wechselte.

Unscheinbar. Harmlos. Ein Mitläufer. Ein ganz kleines

Licht. Dieser Kerl sollte geschickt worden sein, um … Nein! Er weigerte sich, den Gedanken zuzulassen. Es war einfach unmöglich, völlig absurd!

Artur beobachtete, wie der Typ eine schwere Sporttasche auf den Klapptisch wuchtete. Er öffnete den Reißverschluss, vergrößerte die entstandene Öffnung und hielt inne. Er wischte sich die Hände an seiner Jeans ab und dann mit dem Ärmel seines Shirts den Schweiß von der Stirn.

Er schwitzte stark. Er war nervös, wirkte beinahe schon ängstlich. Die ehrfürchtige Art, mit der er eine zusammengerollte Werkzeugtasche aus der Sporttasche nahm, sie öffnete und auf dem Tisch ausbreitete, sagte Artur, dass er dies zum allerersten Mal tat.

Es waren nicht seine eigenen Messer und Werkzeuge. Artur konzentrierte sich so sehr auf die Gefühlsregungen des Mannes, dass er über die Verwendung der Klingen und scharfkantigen Instrumente überhaupt nicht nachdachte.

Der Kerl beendete seine Vorbereitungen, schob die leere Sporttasche unter den Tisch und sah sich noch einmal um. Jeden Zentimeter und jedes Detail schien er doppelt und dreifach zu überprüfen, wobei er es tunlichst vermied, Artur oder seiner Großmutter ins Gesicht zu sehen.

Der Mann hatte mindestens ebenso viel Angst wie Artur, wenn nicht sogar mehr. Seine Hand zitterte leicht, als er sein Handy aus der Hosentasche zog. Er ging in den Flur, trotzdem konnte Artur hören, wie er auf Russisch bestätigte, dass alles bereit sei.

Artur verfolgte, wie er im Flur auf und ab ging, und manchmal erschien die dunkle Silhouette des Mannes in der Tür. Er wagte sich jedoch nicht mehr zu ihnen hinein.

Artur suchte erneut den Blick seiner Großmutter, doch er fand nur Gewissheit und Härte darin. Natürlich wusste er, dass sie nicht die alte, liebe Dame war, für die sie ihr Hausarzt, die Nachbarn und die Verkäufer in den nahen Geschäften hielten. Doch diesen Ausdruck hatte er noch nie in ihrem Gesicht gesehen.

Im Gegensatz zu ihm war sie auf das vorbereitet, was ihnen bevorstand. Sie war gewappnet.

Als er hörte, wie die Haustür geöffnet wurde, hatte er Mühe, die erneut aufsteigende Panik zu unterdrücken. Gemurmel drang zu ihnen herein, dann fiel die Haustür ins Schloss.

Ein Mann in einem dunklen Mantel betrat das Zimmer. Sein Gesicht lag im Schatten der Kapuze, trotzdem zeigte Arturs Großmutter zum ersten Mal eine wahrnehmbare Reaktion. Sie riss für den Bruchteil einer Sekunde die Augen auf, und ihr entfuhr ein Laut, als sie heftig einatmete. Dann war sie wieder ruhig und still.

Der Mann sah sich im Raum um, bevor er die Kapuze zurückschob.

Artur hatte ein markantes Gesicht und eiskalte, harte Augen erwartet, doch zum Vorschein kam ein vollkommen durchschnittlicher Kerl. Größe, Statur, Augenfarbe, Wangenknochen, Haare – nichts davon wirkte auf irgendeine Art außergewöhnlich.

Seine Ruhe war allerdings beängstigend. Keine Gefühlsregung verzog sein Gesicht, nicht einmal, als er zuerst Arturs Großmutter und anschließend Artur selbst musterte. Artur war sich nicht sicher, ob der Mann sie überhaupt als menschliche Wesen wahrnahm.

Er verschwand noch einmal im Flur, offensichtlich, um seinen Mantel abzulegen. Sein Anblick, als er zurückkam, war grotesk. Er trug eine Art Schutzanzug, der ihn von oben bis unten einhüllte, seine Schuhe wurden durch Überzüge geschützt, und seine Hände steckten in Latexhandschuhen.

Es fehlte nur noch Mundschutz oder Gasmaske, und der Typ hätte als Wissenschaftler oder Arzt in einem Seuchengebiet durchgehen können. Allerdings waren es wohl kaum Krankheitserreger, vor denen er sich schützen wollte. Der Kerl war auf den Kontakt mit Körperflüssigkeiten eingestellt. Auf den Kontakt mit Blut.

Artur schob den Gedanken beiseite.

Der Mann steckte einen USB-Stick in die Musikanlage. Das würfelförmige, schwarze Gerät gehörte ebenfalls nicht zu den Besitztümern seiner Oma.

Musik setzte ein. Ein klassisches Stück, das Artur unbekannt war, sich aber dunkel und bedrohlich anhörte. Der Kerl wandte sich ihnen zu und schien die Musik ein paar Sekunden lang mit geschlossenen Augen zu genießen. Dann verzerrte plötzlich ein unerbittlicher Ausdruck sein Gesicht.

Der Mann zog einen Holzstuhl heran, den der andere Typ aus der Küche geholt haben musste. Er setzte sich direkt vor seine Großmutter und versperrte Artur damit die Sicht. Nur ein Reißen verriet, dass sich der Mann vorgebeugt haben musste, um der alten Frau das Klebeband vom Mund zu zerren.

Mehrere Sekunden lang geschah nichts. Arturs Großmutter und der Mann schienen sich nur stumm anzustarren.

»Sie wissen, wer mich geschickt hat?« Seine Stimme war dunkel und klang sogar angenehm. Sie triefte förmlich vor Höflichkeit, die sich echt anhörte, sich aber nicht falscher hätte anfühlen können.

Seine Großmutter musste wohl genickt haben.

»Gut. Dann wissen Sie auch, warum ich hier bin. Was ich wissen will.« Wieder entstand eine Pause. »Werden Sie kooperieren, oder muss diese Begegnung unangenehm werden?«

»Ich werde Ihnen nichts sagen«, antwortete Arturs Großmutter ruhig. Ihre eisige, entschlossene Stimme erschreckte ihren Enkel. »Ganz gleich, was Sie mir antun werden.«

Der Mann neigte den Kopf leicht zur Seite. »Sie wissen, wer ich bin?«

»Myasnik.«

Das Wort hing für eine endlose Sekunde unbeantwortet im Raum.

Myasnik. Der Schlächter.

Artur zuckte unwillkürlich zusammen. Nein. Unmöglich! Das konnte nicht sein … Er hatte Geschichten gehört, Gerüchte, Legenden … Es war nicht möglich, dass dieser Mann …

Schweiß brach ihm ungehindert aus allen Poren. Verleugnen brachte nichts. Die Gerüchte erzählten von unvorstellbarer Gewalt, grausamer Folter, unerträglichen Schmerzen.

Seine Babuschka blieb unbeeindruckt. »Wer Sie sind, ändert nichts daran, dass ich Ihnen nichts sagen werde.«

Der Schlächter nickte langsam, stand auf und schob den Stuhl beiseite. Er trat an den Klapptisch. Seine Finger glitten langsam über die Messer und Werkzeuge, ohne sie zu berühren. Sekunden vergingen, bevor er sich für ein Skalpell entschied.

Diesmal positionierte er sich neben der alten Frau. Artur hatte den Eindruck, dass er es bewusst darauf anlegte, ihm die Sicht möglichst nicht zu verstellen.

Seine Großmutter zuckte nur leicht zurück, als der Mann ihr mit dem Zeigefinger der linken Hand übers Ohr strich und ihren Ohrhänger ergriff.

Die Musikanlage spielte den nächsten Song an.

Die Klinge des Skalpells durchschnitt mühelos das Ohrläppchen der alten Frau.

Blut schoss hervor.

Artur schrie in das Klebeband.

1

Als Jennifer die Absperrung erreichte, trat ihr bereits Jarik Fröhlich in der nächtlichen Dunkelheit entgegen. Der Leiter der Kriminaltechnik trug Jeans, ein schwarzes T-Shirt und verdreckte Stiefel. Abgesehen von seinen Haaren, die nicht ganz so ordentlich zu einem Zopf zusammengebunden waren wie sonst, machte er einen unverschämt wachen und aktiven Eindruck.

»Was zum Teufel ist hier los?«, fragte sie, bevor er überhaupt dazu kam, sie zu begrüßen. »Du zitierst mich nachts um halb drei hier raus, ohne mir zu sagen, was Sache ist!«

Ihre schlechte Laune entlockte ihm nur ein Grinsen. »Ein Autounfall mit tödlichem Ausgang.« Er deutete auf das von kräftigen Scheinwerfern beleuchtete Waldstück hinter ihm. Zwei Streifenwagen und der Transporter der Spurensicherung parkten am Straßenrand. »Jemand hat die Kurve nicht gekriegt.«

Sie standen gut fünfzig Meter von der engsten und gefährlichsten Kurve der Bundesstraße auf Lemanshainer Stadtgebiet entfernt. Die Straße führte abschüssig auf einen steilen Hang zu, vor dem sie scharf abknickte. Trotz einer beachtlichen Anzahl von Warnschildern trug es jedes Jahr einige Autofahrer aus der Kurve. Wenn sie Glück hatten, erwischten sie den Weg, der am Scheitelpunkt in den Wald führte. Die meisten hatten allerdings Pech. Tödlich endeten die Unfälle trotzdem nur selten.

»Und wieso brauchst du dafür einen Beamten der Kripo?«, fragte Jennifer. Für Verkehrsunfälle war sie nicht zuständig, es sei denn, jemand hatte das Fahrzeug manipuliert oder sein Auto gezielt als Waffe eingesetzt.

»Dazu komme ich noch. Lass uns erst einmal den Unfallort besichtigen.« Dass er nicht Tat- oder Fundort sagte, behagte ihr nicht. Wieso hatte er sie angerufen?

Jarik führte sie um ein paar gelbe Markierungen auf der Straße herum und deutete auf den nassen Asphalt. »Die Bremsspuren beginnen erst ziemlich spät. Der Regen in Verbindung mit dem Dreck, den die Forstarbeiten auf die Straße getragen haben, ergibt einen extrem rutschigen Untergrund. Möglich, dass er versucht hat, gegenzulenken, aber wohl eher erfolglos.«

»Er war also vermutlich zu schnell, hat zu spät gebremst und ist von der Straße abgekommen?«, versuchte Jennifer die Ausführungen des Spurenanalysten und Kriminaltechnikers geduldig zusammenzufassen.

Jarik nickte. »Das ist zumindest meine Theorie. Wir machen natürlich Fotos für die Unfallanalyse, aber meiner Meinung nach gibt es da nicht viel zu interpretieren.«

Sie ließen die Streifenwagen hinter sich und folgten der Schneise, die das Auto in den Wald geschlagen hatte. Die Steigung hatte den Wagen kaum abgebremst, als er frontal gegen eine massive Buche gekracht und dann seitlich gegen eine Eiche geschleudert worden war. Der rote Ford Fiesta hatte kaum noch Ähnlichkeit mit einem Auto, er wirkte eher wie ein abstraktes Kunstwerk aus Kunststoff und Metall. Nur der Kofferraum war einigermaßen verschont geblieben.

Jennifer kämpfte sich, gefolgt von Jarik, die rutschige Böschung zu den Überresten des Wagens hinauf. Ihr rechter Knöchel, der durch eine leichte Bandage gestützt wurde, protestierte schmerzhaft. Trotz Operation war der multiple Bänderriss noch immer nicht gänzlich ausgeheilt.

Sie begutachtete das Wrack, konnte aber weder eine Leiche noch Blutansammlungen entdecken. »Er war nicht angeschnallt?«

»Nein. Er ist beim Aufprall durch die Frontscheibe geflogen.« Jarik lenkte ihre Aufmerksamkeit auf eine Stelle gut zehn Meter weiter oben am Hang. Dort kauerte im Licht von zwei mobilen Scheinwerfern Professor Meurers Assistent. Der leitende Rechtsmediziner war augenscheinlich noch im Urlaub.

Jarik schien Jennifer weiter die Steigung hinaufführen zu wollen, doch ihre Geduld war inzwischen ebenso erschöpft wie ihr verletzter Knöchel. »Woran ist er gestorben?«

Der Techniker musterte kurz ihre vor der Brust verschränkten Arme. Er deutete die Geste offensichtlich richtig, zumindest blieb er stehen. »Er wurde gegen mehrere Bäume geschleudert. Die Blutspuren zeichnen ein aussagekräftiges Bild. Bei einem dieser Zusammenstöße ist sein Genick gebrochen.«

Jennifer unterdrückte ein genervtes Seufzen. Musste sie ihm denn heute Nacht jede Information einzeln aus der Nase ziehen? »Irgendwelche Beifahrer, die du bisher nicht erwähnt hast? Verletzungen, die ihm vor dem Unfall zugefügt worden sind? Irgendwelche Spuren oder Hinweise, die gegen einen Unfalltod aufgrund unangepasster Fahrweise sprechen?«

Er antwortete mit einem Kopfschütteln. »Nein. Meiner Meinung nach – falls die Untersuchung des Autos nicht noch irgendeine Überraschung zutage fördert – gibt es keinen Grund, nicht an ein Unfallgeschehen zu glauben.«

»Und was ist dann der Haken, Jarik?«

»Der Haken ist der Grund für seine überhöhte Geschwindigkeit. Der Mann hatte es eilig.« Er winkte ihr, ihm zu den Überresten des Wagens zu folgen. Während er sich dem Kofferraum näherte, zog er ein frisches Paar Latexhandschuhe über. »Und das eigentliche Problem ist seine Fracht.«

Jarik öffnete den Kofferraum.

Noch bevor Jennifer näher herantrat, schlug ihr ein unverkennbarer Geruch entgegen. Jetzt war ihr klar, warum Jarik Fröhlich sie angefordert hatte.

Sie trat einen weiteren Schritt vor und warf einen Blick in den deformierten Kofferraum.

Doch ihre Erwartung erfüllte sich nicht. Es war keine Leiche, die den Geruch von frischem Tod und teilweise bereits geronnenem Blut verströmte.

»Verdammte Scheiße«, fluchte sie.

Nachdem sie Handschuhe angezogen hatte, beugte sich Jennifer über den geöffneten Kofferraum und griff hinein. Sie schob vorsichtig die Sporttasche beiseite, deren Inhalt durch den Aufprall herausgeschleudert worden war und sich im gesamten zur Verfügung stehenden Raum verteilt hatte. Mit einer Mischung aus Unglauben und Faszination betrachtete sie die Sammlung unterschiedlichster Klingen und Werkzeuge, allesamt blutverschmiert.

»Hast du einen Schnelltest gemacht?«, fragte sie überflüssigerweise. Wenn Jarik das Blut nicht auf seine Herkunft getestet hätte und das Ergebnis nicht entsprechend ausgefallen wäre, stünde sie nun nicht hier.

»Menschliches Blut. Ich habe an mehreren Stellen getestet. Es ist ausschließlich menschliches Blut.«

»Scheiße.« Jennifer schüttelte den Kopf. Wer auch immer mit diesen Messern und Werkzeugen Bekanntschaft gemacht hatte, lebte aller Wahrscheinlichkeit nach nicht mehr. Die Qualen, die dem Opfer vor seinem Tod bereitet worden waren, mussten unerträglich gewesen sein. »Hat der Fahrer schon einen Namen?«

»Noch nicht. Die Jungs von der Schupo haben das Kennzeichen überprüft. Es passt nicht zum Wagen, vermutlich ist beides geklaut, Auto und Kennzeichen.«

»Irgendeine Ahnung, wo der Kerl herkam?« Sie mussten sein Opfer finden. So unwahrscheinlich es ihr auch erschien, die Person war womöglich noch am Leben.

»Der Fahrtrichtung nach zu urteilen aus Lemanshain. Er könnte unseren beschaulichen Ort allerdings auch einfach nur durchquert haben.«

Jennifer warf Jarik einen vielsagenden Blick zu. Sie kannten beide die Anziehungskraft, die die angeblich so friedliche Kleinstadt im hessischen Spessart seit knapp zwei Jahren auf gestörte Verbrecher ausübte.

»Ich hab hier vielleicht was!«

Jennifer hob beim Klang der Stimme überrascht den Kopf. Der Anblick der jungen Frau, die zu ihnen getreten war und ein mit Erde verschmiertes Smartphone in der Hand hielt, versetzte ihr einen kleinen Schock. Sie wusste zwar, dass Charlotte Seydel ab Anfang August ein Praktikum bei der Kriminaltechnik absolvierte, trotzdem war sie auf die erste Begegnung mit ihr keinesfalls vorbereitet. Erst recht nicht im aktiven Dienst, außerhalb des Präsidiums.

Sie musterte die junge Frau, die sie im letzten Jahr als Zeugin – und leider auch Opfer – während der Ermittlungen in ihrem ersten großen Fall in Lemanshain kennengelernt hatte. Die Studentin war damals nur knapp dem Tod entronnen.

Charlotte Seydel hatte sich kaum verändert. Sie war noch immer schlank und muskulös, trug die Haare aber länger, und ihre natürliche Haarfarbe war einer Mischung aus dunkelrot und blond gewichen. Der stets angriffslustige Ausdruck war aus ihren Augen verschwunden.

Sie begegnete Jennifers Blick vollkommen ruhig. Erst als die Kommissarin sie nur weiterhin wortlos anstarrte, machten sich erste Anzeichen von Unruhe bemerkbar. Sie warf Jarik einen fragenden Blick zu.

Jennifer fing sich, bevor der Leiter der Kriminaltechnik sie ansprechen konnte. Ihr Gehirn hatte unwillkürlich das wohl schlimmste Bild heraufbeschworen, das sie mit Charlotte Seydel in Verbindung brachte. Sie schob es energisch beiseite.

»Ist das sein Handy?«

Charlotte nickte und reichte das Gerät an Jarik weiter. Jennifers Blick fiel auf die Latexhandschuhe, die sie vorschriftsmäßig trug. Gerade wollte sie Jarik fragen, ob er seine Praktikantin etwa allein auf Spurensuche geschickt habe, als sie Marisol García Cruz entdeckte. Die Technikerin lehnte etwas abseits an einem Baum, und offenbar begleitete Charlotte Seydel sie.

Die junge Frau spielte mit ihrem Unterlippenpiercing. Als sich alle Aufmerksamkeit nun auf sie richtete, wurde sie doch nervös. »Es sieht nicht so aus, als hätte es schon vor dem Gewitter hier gelegen. Das Display ist noch in Ordnung. Wenn es das Handy des Fahrers ist, könnte er es als Navi genutzt haben.«

Jarik klopfte ihr anerkennend auf die Schulter. »Gute Arbeit, Charlie. Mal sehen, ob das ein Fall für Morpheus ist.«

Jennifer hätte darauf gewettet, dass sie den IT-Fachmann hinzuziehen mussten. Als Jarik den Einschaltknopf drückte, erwachte das Mobiltelefon aber überraschenderweise zum Leben.

»Keine Sperre, das ist doch schon mal was.« Sie konnte nur das Leuchten der Anzeige sehen, während Jarik auf dem Display herumtippte. »Du hattest recht.« Er lächelte Charlie kurz zu, bevor er Jennifer das Telefon reichte. »Er ist von einer Lemanshainer Adresse aus gestartet.«

Jennifer unterdrückte ein Seufzen. »Sperr hier ab und pack zusammen. Meurers Assistent soll die Leiche zum Abtransport fertigmachen und dann die Segel streichen. Wir sehen uns bei dieser Adresse.«

Sie war bereits halb den Abhang hinunter und hatte ihr Handy am Ohr, als Jarik hinter ihr herrief. »Sein Name ist Cameron.«

Jennifer kam auf dem nassen Untergrund ins Schlittern, als sie versuchte, stehen zu bleiben. »Was?«

»Meurers Assistent. Er heißt Jack Cameron.«

2

Jennifer fing Oliver an der Haustür ab. Sie sagte nichts, begegnete nur schweigend seinem Blick. Der Ausdruck in ihren Augen sprach Bände. Es war schlimmer, als sie vermutet hatte, und das nicht nur, weil sie mehr als eine Leiche gefunden hatten. Sie deutete ein Kopfschütteln an, riet ihm wortlos, sich die Begehung des Tatorts zu sparen.

Seine Gewohnheit, Tat- und Fundorte in möglichst unberührtem Zustand zu begehen, war für einen Staatsanwalt ungewöhnlich. Die meisten Kollegen verstanden nicht, warum er die Nähe zu den Toten suchte und sich dem Grauen bewusst aussetzte.

Oliver hatte sich schon mit dem Vorwurf konfrontiert gesehen, dass ihn der Anblick von Blut und entstellten Leichen reize, dass ihn der Tod zu sehr fasziniere, kurz, dass er ein Psychopath sei. Er war allerdings weit davon entfernt, irgendeine Befriedigung aus Tatortbegehungen zu ziehen.

Es fiel ihm nur schwer, anhand von Fotos einen Bezug zu einer Tat und den daran Beteiligten herzustellen. Bilder konnten ihn zwar berühren, doch er hatte bereits bei den ersten Gewaltverbrechen, mit denen er zu tun gehabt hatte, einen inneren Abstand zu den Opfern und ihren Leiden bei sich bemerkt. Andere mochten diese Distanz als gesunde Abgrenzung empfinden, Oliver hatte sie aber von Anfang an als Hürde wahrgenommen.

Sein Job mochte sich hauptsächlich auf der rationalen Ebene von Strafgesetzen und rechtlichen Beurteilungen abspielen, trotzdem wollte er nicht nur die Interessen des Staates vertreten, sondern auch ein gerechtes und angemessenes Strafmaß erlangen. Die Umstände zu berücksichtigen, die zu einem Verbrechen geführt hatten, war eine Sache, doch wie sollte er eine Straftat richtig einordnen, wenn er sich davor drückte, das ganze Ausmaß an sich heranzulassen?

Als er das Haus betrat, kamen ihm allerdings selbst Zweifel an seiner Vorgehensweise. Er hatte schon viele Leichen in allen erdenklichen Zuständen und die Auswirkungen jeglicher Art von Gewalt gesehen, doch dieser Tatort übertraf alles bisher Dagewesene.

Das Wohnzimmer glich einem Schlachthof. Wobei das Blut, das an die Wände gespritzt und in den Teppich getropft war, nur den äußeren Rahmen bildete.

Die Opfer waren, den Blutspuren nach zu urteilen, bei lebendigem Leib verstümmelt und gequält worden. Ihre Kleidung war zerfetzt. Beinahe jeder Zentimeter ihrer Körper schien mit dem einen oder anderen Folterinstrument Bekanntschaft gemacht zu haben. Selbst die Gesichter waren, mit Ausnahme der Mundpartien, entstellt. Oliver konnte nur erahnen, dass es sich bei den Toten um eine ältere Frau und einen jungen Mann handelte.

Er wollte sich abwenden, doch seine Augen blieben auf die beiden Leichen fixiert und sogen jedes noch so kleine Detail auf, während sein Gehirn sich auszumalen begann, welche Qualen die beiden erlitten haben mussten. Ihm wurde übel, der Druck auf seinen Magen wuchs mit jeder Sekunde.

Vermutlich wäre er nach draußen gegangen und hätte sich übergeben müssen, wenn ihn Jennifer nicht am Oberarm gepackt und mit sanfter Gewalt dazu gezwungen hätte, sich von den Toten abzuwenden und sie anzusehen. Selbst die Kommissarin war bleich. Ihre Hautfarbe hatte, bis auf die beinahe verheilten Striemen in ihrem Gesicht, die noch immer an ihre Flucht durch den Wald vor wenigen Wochen erinnerten, einen gräulichen Schimmer. Ihre Lippen waren zu einer dünnen Linie zusammengepresst. Sogar das Braun ihrer Augen und ihrer Haare wirkte blasser als sonst.

»Gott verdammt …« Mehr brachte er nicht hervor, nachdem er in den Flur zurückgewichen war.

Jennifer ließ ihm zwei Sekunden zum Durchatmen. Sein Magen beruhigte sich ein wenig. Er war dankbar, dass sie nicht dazu neigte, auf sich selbst oder andere besonders große Rücksicht zu nehmen. Wenn sie ihn gefragt hätte, ob er lieber draußen reden wollte, hätte er ihren Vorschlag sofort angenommen.

»Wahrscheinlich Galina Lasarew, die Eigentümerin des Hauses, und ihr Enkel Artur Lasarew. Er lebte zwar nicht hier, hat sich aber um die alte Dame gekümmert.«

»Wie alt?«

»Den Nachbarn zufolge dreiundachtzig Jahre.«

»Scheiße.«

Jennifer reagierte nicht auf die verbale Entgleisung. Sie hielt sich an die harten Fakten. Das war ihre Art, ihre Emotionen in Schach zu halten, wie er inzwischen nur allzu gut wusste. »Meurers Assistent sagt, sie sind noch nicht lange tot. Maximal zwei Stunden.«

Oliver riskierte einen weiteren Blick ins Wohnzimmer, konnte den Assistenten des Rechtsmediziners aber nicht entdecken. Nur Jarik Fröhlich hatte beim Fotografieren des Tatorts innegehalten und schien sich für eine würfelförmige Stereoanlage auf dem Sideboard zu interessieren. Eine zweite Technikerin bewegte sich vorsichtig durch den Raum, darauf bedacht, keine Spuren zu verwischen.

Der Mediziner hatte seine Arbeit vor Ort bereits beendet. Glücklicherweise, dachte Oliver, denn er hätte den morbiden

Humor, den Meurers Assistent an Fundorten an den Tag legte, jetzt garantiert nicht ertragen.

Er sah wieder Jennifer an. »Der Kerl hat sie also auf bestialische Weise umgebracht, hat dann sein Werkzeug eingepackt und ist davongerast. Haben wir schon den Namen dieses …« Er brach ab.

»Bisher gibt es keine Hinweise auf seine Identität.«

»Wenigstens müssen wir uns keine Sorgen mehr wegen möglicher zukünftiger Opfer machen.« Es war ein tröstlicher Gedanke. Allein die Vorbereitungen, die für dieses Gemetzel notwendig gewesen waren, sprachen dafür, dass es sich nicht um einen Anfänger handelte. Wahrscheinlich würden sie niemals erfahren, wie viele Menschenleben dieser Irre auf dem Gewissen hatte. »Er ist tot.«

»Ja, das ist er.«

Oliver bemerkte den feinen Unterton in Jennifers Stimme. Irgendetwas beschäftigte sie. Er sah sie fragend an. »Stimmt irgendwas nicht?«

Sie zuckte die Schultern. »Nur so ein Gefühl. Zweifel am allzu Offensichtlichen …«

Er hatte gelernt, auf ihr Bauchgefühl zu hören. Ihre Intuition täuschte Jennifer nur selten. »Inwiefern?«

»Auf den ersten Blick sieht es so aus, als hätten die Morde dazu gedient, abartige Gewaltfantasien zu befriedigen. Aber irgendetwas passt nicht. Keine Ahnung …«

Oliver spürte, dass das noch nicht alles war. Sie hatte irgendeine Theorie, die sie selbst nicht richtig fassen konnte, aber er wollte sie trotzdem hören.

Jarik Fröhlich kam ihm allerdings zuvor. »Das müsst ihr euch ansehen. Der Kerl hat seine abartigen Gewaltfantasien, wie du sie so treffend bezeichnet hast, ganz offensichtlich auch noch musikalisch untermalt.« Als der Leiter der Kriminaltechnik ihr

Zögern bemerkte, winkte er ihnen. »Keine Sorge, der Bereich hier vorne ist bereits vollständig dokumentiert.«

Er deutete auf den kleinen Kasten, den Oliver als eine kleine Stereoanlage erkannt hatte. »Dieser Würfel hier hat einen USB-Anschluss und dient als MP3-Player. Den Stick scheint er mitgenommen zu haben, aber dieses Baby lädt bis zu fünfzig abgespielte Songs automatisch herunter und speichert sie.«

Es war nicht verwunderlich, dass ausgerechnet Jarik Fröhlich sich mit dieser Technik auskannte. Wie auch Oliver verbrachte er einen Großteil seiner Freizeit mit Musik und hatte noch dazu einen ganz ähnlichen Geschmack wie der Staatsanwalt. Trotzdem hatte bisher keinerlei Austausch über das gemeinsame Hobby stattgefunden. Irgendetwas schien zwischen ihnen zu stehen, doch Oliver hatte bisher wenig Muße gehabt, sich Gedanken darüber zu machen.

Auf einem kleinen Display mit integriertem Touchscreen wurde eine Playlist angezeigt. Oliver kniff die Augen zusammen, konnte aber nichts erkennen. »Die Musik wurde heute runtergeladen und abgespielt?«

Der Techniker nickte. »Und ich halte seine Wahl für äußerst interessant. Da gibt es ein paar klassische Stücke, aber das hier hat er als Finale.mp3 abgespeichert.« Jarik berührte das Display.

Das Geräusch von wehendem Wind setzte ein, Sekunden später von düsteren Klavierklängen begleitet. Oliver erkannte das Stück sofort. »*Her Ghost in the Fog* von Cradle of Filth. Ernsthaft?«

Er bemerkte, dass Jennifer die Stirn runzelte. Die Furchen wurden mit dem Einsetzen der Gitarren und des Gesangs nur noch tiefer. Sie konnte mit dieser Art von Musik ganz offensichtlich nichts anfangen.

»Und es wird noch besser.« Jarik bediente erneut den Touchscreen.

Auch dieses Mal brauchte Oliver keine drei Sekunden. »Apocalyptica. Unfassbar.«

Jennifer verlor die Geduld, sie fühlte sich vermutlich ausgeschlossen, und das nicht ganz ohne Grund. »Was ist daran unfassbar? Dass ihr beiden denselben kranken Musikgeschmack habt wie dieser Killer? Dein Konzert war schon heftig, aber das hier …«

»Es geht nicht um die Art der Musik, sondern um den Text.« Oliver hielt inne, war sich allerdings nicht sicher, ob Jennifer richtig zuhörte, weshalb er zwei bedeutungsschwere Zeilen direkt wiederholte. »*My demons are inside. I'll bring them all to light.* Angesichts dieses Massakers braucht es da nicht mehr viel Interpretation.«

»Der Kerl hat die Musik also möglicherweise absichtlich zurückgelassen? Als eine Art Botschaft?«

Oliver zuckte die Schultern. Denkbar war es. Andererseits konnte er sich damit auch nur die richtige Atmosphäre geschaffen haben.

»Vielleicht metzelt er einfach nur gerne zu Musik.«

Oliver hatte gar nicht bemerkt, dass jemand hinter ihnen im Türrahmen erschienen war. Er konnte die junge Frau, die jetzt das Zimmer betrat und die Bescherung voller Interesse – und, wie er sofort feststellte, ohne Anzeichen von Schock – musterte, nur wortlos anstarren.

»Und er hat offensichtlich zu viel ferngesehen. Zumindest *The Cell*.«

»Wie bitte?« Was zum Teufel tat Charlotte Seydel hier? Es lag bald ein Jahr zurück, dass er ihr zuletzt begegnet war. Obwohl sie letztlich zum Opfer geworden war, hatte er ihre vorlaute, wenig sympathische Art und ihre mangelnde Kooperation während der damaligen Ermittlungen noch gut im Gedächtnis.

»Die Sache mit dem Dünndarm könnte er sich bei *The Cell* abgeschaut haben, einem Psychothriller. Das ist aber vermutlich nur eine von vielen möglichen Inspirationsquellen, falls er so was überhaupt brauchte.«

»Interessanter Gedanke«, erwiderte Fröhlich. Oliver entging nicht, dass weder er noch Jennifer von Charlottes Anwesenheit überrascht waren oder etwas dagegen einzuwenden hatten, dass sie ihre Theorien unaufgefordert zum Besten gab. »Hast du dir den Garten angesehen?«

Die junge Frau nickte. »Habe ich. Und ich war nicht die Erste. Dieser Typ hat sich offenbar auch für das Gewächshaus interessiert.« Sie streckte dem Leiter der Kriminaltechnik die Hand entgegen. Auf dem Latexhandschuh lag die abgebrochene Spitze einer Pflanze, an deren Stängel Harz klebte. Ganz eindeutig eine Hanfpflanze. »Die Plantage wurde komplett zerstört, allerdings scheint nichts mitgenommen worden zu sein. Was merkwürdig ist. Das sind hochwertige Pflanzen mit ziemlich hohem THC-Gehalt.«

Wollte Oliver überhaupt wissen, wie sie zu diesem Schluss gekommen war? Hatte Fröhlich sie tatsächlich alleine in den Garten geschickt? Und warum arbeitete sie überhaupt für ihn?

Der Kriminaltechniker zog eine Beweismitteltüte aus der Tasche, die er auf dem Sideboard abgestellt hatte, und sicherte die Pflanze. Er schien dabei weder Olivers noch Jennifers Blick begegnen zu wollen.

Offensichtlich war Oliver nicht der Einzige, der es vorzog, nicht in Charlotte Seydels Beisein über sie zu reden. Jennifer wartete, bis die junge Frau gegangen war und Jarik Fröhlich sich daran machte, die Musikanlage als Beweisstück zu sichern.

»Wir brauchen Katia und Frank«, stellte sie schließlich fest.

»Es ging dem Täter wohl doch nicht nur um die Befriedigung seiner kranken Fantasien. Dafür ist seine Opferwahl ohnehin mehr als untypisch.«

Oliver hob eine Augenbraue. »Darauf stützen sich deine Zweifel? Auf seine Opferwahl?«

»Zwei Opfer sind ungewöhnlich, und dann gleich derart unterschiedliche …« Sie hob die Schultern.

»Ungewöhnlich bedeutet noch nicht unmöglich«, wandte er ein.

»Das mag sein. Ich tippe trotzdem auf die Drogen als Motiv.«

Oliver wagte einen weiteren Blick auf die malträtierten Toten. Der Gedanke erschien ihm absurd. »Wer schlachtet zwei Menschen wegen einer kleinen Privatplantage ab?«

Jennifers Handy begann zu klingeln. »Hier ging es um mehr als diese Privatplantage«, erklärte sie. »Worum, kann ich dir sagen, wenn ich die Hintergründe der beiden Opfer beleuchtet habe.« Sie nahm das Telefonat entgegen und lauschte kurz. »Bring sie aufs Präsidium. Ich fahre hier in fünf Minuten los.« Sie unterbrach die Verbindung, bevor sie Oliver erneut ansah. »Und Artur Lasarews Lebensgefährtin wird mir dabei helfen.«

3

Oliver lief auf dem Flur vor den Vernehmungsräumen der Kripo auf und ab, während er der schneidenden Stimme von Ricarda Anstett am anderen Ende der Leitung lauschte. Die Oberstaatsanwältin war wie immer schlecht gelaunt. Die frühe Morgenstunde und die Tatsache, dass sein Anruf ihren Schönheitsschlaf unterbrochen hatte, verlieh ihrer Stimme etwas besonders Feindseliges.

»Und was genau ist jetzt mit der Lebensgefährtin? Ist sie eine Verdächtige?«, blaffte sie.

»Nein, eine Zeugin. Sie ist zwar am Tatort aufgetaucht, aber …«

»Das heißt also, bisher sind weder Haftbefehle noch Durchsuchungsbeschlüsse vonnöten.«

Oliver blieb stehen und starrte auf das gerahmte Foto an der Wand, das eine blühende Sommerwiese und im Hintergrund verschneite Berge zeigte. Wieso fiel ihm dieses Bild gerade jetzt zum ersten Mal auf? Wer hatte es dort überhaupt aufgehängt? Irgendwie erschien es ihm unpassend. »Nein.«

»Und ich kann wohl davon ausgehen, dass Sie derartigen Anträgen bei Gericht gewachsen sind, falls überhaupt noch heute Nacht die Notwendigkeit dazu bestehen sollte.«

Er musste ein Zähneknirschen unterdrücken. »Sicher.«

»Ihr Anruf diente also der reinen Information.« Anstetts Tonfall drückte aus, was sie eigentlich sagen wollte: dass sie seinen Anruf für überflüssig und störend hielt.

Wenn ich dich dämliches Miststück nicht angerufen hätte,

hättest du mir morgen früh einen Einlauf dafür verpasst, dass ich es versäumt habe, dich zeitnah zu informieren. Er sagte nichts.

Sie überging sein Schweigen glücklicherweise. »Na schön. Konferenz mit allen Beteiligten heute früh um neun. Dann wissen die Beamten der Kripo hoffentlich schon etwas mehr.«

Sie legte ohne ein Wort des Abschieds auf, womit sie ihm die Verantwortung übertrug, dafür zu sorgen, dass die »Konferenz«, wie sie Einsatzbesprechungen unter ihrer Leitung gerne nannte, wie gewünscht stattfand. Weil er ja nichts anderes zu tun hatte ... Wenn es nach Ricarda Anstett gegangen wäre, hätte das wohl auch zugetroffen. Sie hielt nämlich nichts von seiner Marotte, mit der Kripo zusammenzuarbeiten, anstatt sich als leitender Ermittler aufzuspielen.

Oliver hatte das dringende Bedürfnis, irgendetwas brechen zu hören, lockerte den Griff um sein Smartphone aber, bevor das Display einen Sprung bekam. Es gab nicht viele Menschen, die durch ihre bloße Existenz den Wunsch in ihm aufkeimen ließen, ihnen wehzutun. Ricarda Anstett, vorübergehend Oberstaatsanwältin in Lemanshain, war derzeit alleinige Anwärterin auf den Spitzenplatz.

Jennifer schenkte ihm ein aufmunterndes Lächeln, als sie keine Sekunde später den Flur durch die Eingangstür betrat. »Du siehst aus, als hättest du gerade einen halben Liter Brechmittel getrunken.« Normalerweise gelang es ihr, ihn durch einen lockeren Spruch aufzuheitern, es sei denn, es ging um seine direkte Vorgesetzte.

»So kann man sie auch nennen.«

Jennifer kommentierte diese Aussage nur mit einem Seufzer. Sie hasste Anstett genauso wie jeder andere Beamte in Lemanshain. Die Party zu ihrem Abschied, die Jarik Fröhlich bereits heimlich organisierte, würde vermutlich ausschweifend werden.

Oliver deutete auf die Laufmappe, die sich Jennifer unter den Arm geklemmt hatte. »Und? Fündig geworden?«

Sie hatte keine fünf Minuten gehabt, um sich auf die Befragung von Artur Lasarews Lebensgefährtin vorzubereiten. Mehr als eine kurze Überprüfung war deshalb nicht möglich gewesen.

»Keine laufenden Ermittlungen oder Verfahren gegen Galina oder Artur Lasarew. Keinerlei Vorstrafen. Auch seine Lebensgefährtin ist auf den ersten Blick sauber.«

Diese Information überraschte Oliver. Er hätte zumindest Ermittlungen wegen Drogenmissbrauchs gegen den Enkel erwartet. Züchter und Dealer stiegen meist über ihren eigenen Konsum ins Geschäft ein und hatten dann meist keine blütenreine Weste mehr.

»Frank ist auf dem Weg hierher. Vielleicht kann er etwas Licht ins Dunkel bringen, falls Francesca Galdino uns nichts zu sagen hat.« Jennifer öffnete die Tür, und sie betraten das hell gestrichene Vernehmungszimmer. Es war freundlicher gestaltet als der zweite für diesen Zweck reservierte Raum, doch die kalte Neonbeleuchtung und die abgestandene Luft machten alle Bemühungen wieder zunichte.

Die uniformierte Beamtin, die gemeinsam mit der Zeugin auf sie gewartet hatte, schien gar nicht schnell genug nicken und hinauseilen zu können.

Beim Anblick der Zeugin wusste Oliver sofort, warum. Francesca Galdino machte einen völlig verzweifelten Eindruck. Ihre Augen waren verquollen, das Gesicht vom Weinen gezeichnet. Sie schluchzte, frische Tränen rannen ungehindert über ihre Wangen. Vor ihr auf dem Tisch lag ein Berg zerknüllter Papiertaschentücher. Ihre Haut war bleich und sah etwas aufgedunsen aus, was aber offenbar weniger an der aktuellen Gefühlslage der jungen Frau lag, sondern eher an einer erheblichen Gewichtszunahme in den letzten Monaten.

Oliver zuckte innerlich zusammen, als er den riesigen Bauch sah, der zwischen ihr und dem Tisch eingeklemmt zu sein schien. Sie hatte eine zitternde Hand auf der beinahe kugelrunden Fläche abgelegt und streichelte unbewusst darüber, als müsste sie das ungeborene Leben beruhigen und trösten. Sie war hochschwanger, stand wahrscheinlich kurz vor der Geburt.

Letzte Nacht hatte sie nicht nur ihren Lebensgefährten verloren, sondern auch den Vater ihres ungeborenen Kindes. Und das Kind seinen Vater. Verdammt.

Selbst Jennifer schien für den Bruchteil einer Sekunde innezuhalten, fasste sich allerdings schneller als er. Sie riss das Fenster auf, bevor sie sich setzte. Kühle, feuchte Luft strömte in den Raum. Francesca Galdino schien das allerdings überhaupt nicht wahrzunehmen.

Jennifer stellte sich und Oliver vor. Anschließend belehrte sie Francesca Galdino routiniert als Zeugin und glich ihre Personalien mit ihr ab.

Diese Prozedur beruhigte die meisten Hinterbliebenen soweit, dass ein Gespräch möglich wurde, Francesca Galdino konnte sich allerdings kaum konzentrieren. Sie nickte nur hin und wieder. Direkte Fragen schienen sie zu überfordern.

Die beiden Beamten wechselten einen Blick. Es würde keine einfache Unterhaltung werden. Möglicherweise bekämen sie überhaupt keine Antworten.

Oliver entschied, die Befragung mit einer Standardphrase zu beginnen, die ihm verhasst war, obwohl er sie selten unehrlich meinte. »Frau Galdino, es tut uns sehr leid, was …«

Sie hob den Kopf, und der Blick aus ihren blauen Augen ließ ihn verstummen. Sie schien ihre Gedanken endlich geordnet zu haben. »Kann ich ihn sehen?«, fragte sie mit belegter, jedoch einigermaßen fester Stimme. »Warum haben mich Ihre Kollegen nicht zu Artur gelassen?«

Es war eine Frage, die Angehörige immer wieder stellten. »Das Haus von Frau Lasarew ist ein Tatort, Frau Galdino«, erklärte Oliver sanft. »Das Haus ist noch nicht freigegeben, und …«

»Das heißt, ich kann ihn später sehen?« Sie blickte hoffnungsvoll zwischen den beiden Beamten hin und her.

Oliver selbst hatte noch nie einen nahestehenden Angehörigen verloren, erst recht nicht durch eine Gewalttat. Er konnte den unbedingten Wunsch, den Toten zu sehen, nicht wirklich nachvollziehen. Angehörige der Opfer von Gewaltverbrechen schienen diese visuelle Bestätigung aber zu benötigen. »Artur wird, während wir hier miteinander sprechen, in die Rechtsmedizin gebracht. Ich weiß nicht, ob …«

Zuerst hatte sie auf kaum eine Frage reagiert, jetzt konnte Francesca Galdino ihn keinen Satz beenden lassen. »Ich will ihn sehen.«

»Das ist keine gute Idee, Frau Galdino«, schaltete sich Jennifer ein. Sie hätte diesen vorhersehbaren Teil des Gesprächs vermutlich ebenso gerne umgangen wie Oliver selbst. Das gelang leider nur selten.

Francesca runzelte zuerst die Stirn. Ihre Hand, die ununterbrochen über ihren Bauch gestrichen hatte, hielt inne, und sie begann gleichzeitig mit den Lippen zu zittern. »Oh, Gott«, stieß sie hervor. »Ist es so schlimm?«

Oliver und Jennifer schwiegen.

»Sie haben ihm und seiner Babuschka sehr wehgetan, oder?«

»Sagen wir, sein Anblick ist nicht gerade angenehm.« Oliver war der Gehalt ihrer Aussage nicht entgangen, doch er wollte nicht mit der Tür ins Haus fallen.

Im Gegensatz zu Jennifer. Jeder Anflug von Mitgefühl war aus ihrer Stimme verschwunden. »Wen genau meinen Sie mit ›sie‹?«

Francesca zog geräuschvoll die Nase hoch. »Sie wissen doch genau, wen ich meine«, murmelte sie und sah aus dem Fenster. Das Dunkel der Nacht war noch immer undurchdringlich, die Morgendämmerung noch gut eine Stunde entfernt.

»Ehrlich gesagt, nein.« Es war keine Lüge. Sie hatten lediglich Vermutungen und waren weit von gesicherten Erkenntnissen entfernt. Vielleicht würde das Gespräch mit der jungen Frau doch nicht ganz so fruchtlos verlaufen wie befürchtet.

Francesca warf Oliver nur einen kurzen Blick zu. Ihr schien aufzugehen, dass sie möglicherweise zu viel gesagt hatte. Erneut begann sie, ihren Bauch zu streicheln. Die Bewegung schien sie zu beruhigen.

»Wen meinen Sie?«, wiederholte Jennifer.

Oliver gefiel die Art, wie sie die Frau anging, nicht unbedingt, doch er ließ ihrer direkten Taktik erst einmal den Vortritt. Es war nicht vorauszusehen, wie die Zeugin reagieren würde. In schätzungsweise fünfzig Prozent der Fälle versprach sie Erfolg.

»Niemanden … ich …« Francesca verstummte mit einem Kopfschütteln.

Oliver konnte die Mimik und Gestik der jungen Frau mühelos deuten. Sie hatte etwas zu verbergen, allerdings etwas, das ihr Angst machte. Sie wollte ihr Wissen nicht mit den Ermittlern teilen.

»Meinen Sie die Geschäftspartner Ihres Lebensgefährten?«, hakte Jennifer nach.

Francescas Kopf zuckte leicht nach oben, und sie presste die Lippen zu einem farblosen Strich zusammen.

»Arturs Plantage im Garten wurde vollständig zerstört«, fügte Jennifer hinzu.

Francesca schien nicht antworten zu wollen, doch der bohrende Blick der Kommissarin zwang sie schließlich zu einem angedeuteten Kopfschütteln. »Ich weiß nichts von einer Plantage.«

»Sie wissen also nicht, dass Ihr Freund Artur im Garten seiner Großmutter Hanf in nicht unbeträchtlichen Mengen angepflanzt hat?«, fragte Jennifer mit gespielter Überraschung. Sie übertrieb maßlos. Oliver hatte, ebenso wie sie selbst, schon weitaus größere Anbauflächen gesehen. »Oder wollen Sie uns etwa sagen, dass Galina Lasarew Gras gezüchtet hat? Und dann vielleicht noch zum Eigenverbrauch?«

Francesca Galdino reagierte mit einem bösen Blick auf diesen Angriff, dann zog sie sich innerlich zurück. Sie starrte stumm auf die Tischplatte und schnäuzte sich in ein Taschentuch.

Jennifer bedeutete Oliver mit einem angedeuteten Nicken, dass sie aufgab. Die Böse-Bulle-Masche führte zu nichts.

Er ließ Francesca gut eine Minute Zeit, bevor er sanft fragte: »Das Baby ist von Ihrem Lebensgefährten?«

Die Frage irritierte sie etwas, schien ihr jedoch weitaus angenehmer zu sein als Jennifers Angriffe. »Ja, natürlich.«

»Junge oder Mädchen?«

Ihre Mundwinkel zuckten verräterisch. An ihr Baby zu denken, löste trotz allem positive Gefühle in ihr aus. »Mädchen.«

»Haben Sie schon einen Namen ausgesucht?«

»Ja … Anna.«

»Anna. Ein schöner Name.«

Sie nickte, obwohl es dieser Bestätigung kaum bedurft hätte. Dank der neuen Gesprächsinhalte taute sie aber spürbar auf. »Wir … wir wollten heiraten, wenn sie da ist und sich alles eingespielt hat.«

»Artur hat sich bestimmt sehr auf das Baby gefreut.«

Neue Tränen rannen ihr über die Wangen, doch sie blieb gefasst. »Ja, das hat er.«

Oliver startete einen weiteren Versuch. »Frau Galdino, uns ist bewusst, dass Sie Artur in Schutz nehmen wollen. Nicht zuletzt wegen Anna. Aber unsere Aufgabe ist es, herauszufinden, wer ihm und seiner Großmutter das angetan hat und weshalb.«

Sie wischte sich die Tränen aus dem Gesicht. »Das ist doch gar nicht mehr wichtig. Er ist tot. Sie sind beide tot.«

»Doch«, widersprach Oliver mit leichtem Nachdruck. »Es ist sehr wichtig, und zwar für den Fall, dass noch andere in Gefahr sind. Beispielsweise Sie selbst.«

Francesca Galdino sah auf, und zum ersten Mal hatte Oliver den Eindruck, dass ihre blauen Augen seinem Blick direkt begegneten. »Mit mir hatte das garantiert nichts zu tun.« Das war keine Lüge.

»Womit dann? Mit der Hanfplantage?«

Sie zögerte. Sie brauchte einen Moment, um ihren inneren Widerstand mit einem leisen Seufzen zu überwinden. »Die Plantage war Arturs Privatprojekt. Er hat zwei oder drei Apotheken vor Ort beliefert, keine Kunden direkt. Die Apotheker haben das Gras als Medizin weiterverkauft.«

»Die Abgabe von Cannabis als Arzneimittel ist streng reglementiert«, erwiderte Oliver, bevor Jennifer unsanft mit einer ähnlichen Feststellung herausplatzen konnte. Er spürte, dass die Naivität der jungen Frau ihre Geduld zu strapazieren begann, obwohl sie keine sichtbaren Anzeichen zeigte. »Das, was Artur getan hat, war keinesfalls legal.«

»Das weiß ich«, gestand Francesca mit einem Nicken, nur um direkt darauf den Kopf zu schütteln. »Er hatte da irgendeinen speziellen Kontakt. Die reichen Säcke hier in Lemanshain wollten unbedingt das beste Marihuana, wenn sie es verschrieben bekamen, und ihre Ärzte scheinen mit Rezepten nicht gespart zu haben. Artur hat es ihnen verkauft. Er hat die Samen aus Holland importiert. Irgendeine Spezialsorte, ich weiß aber nicht, wie oder über wen.«

Jennifer schrieb stumm Notizen. Oliver ließ Francesca reden. Sie war bereit, reinen Tisch zu machen.

»Ich bin nicht stolz darauf, aber wir sind auch nicht gerade reich. Artur mit seinem Job als Koch, ich bin gefeuert worden wegen meiner Schwangerschaft … Wir brauchten Sachen für das Kind, es ist alles so wahnsinnig teuer. Artur wollte unbedingt, dass ich nach der Geburt meine abgebrochene Ausbildung wieder aufnehmen und fertig machen kann … Meine Eltern haben nicht viel, womit sie uns unterstützen könnten. Artur wollte doch nur etwas für seine Familie tun … Er hat ja keine harten Drogen an kleine Kinder verkauft … Und Gras ist doch schon fast legalisiert.«

»Das dürfte wohl noch ein wenig dauern«, kommentierte Jennifer leise, ohne von ihrem Block aufzusehen.

Oliver kannte ihre Einstellung zu diesem Thema nicht. Er selbst war eigentlich immer recht liberal eingestellt und dem neuesten Stand der Wissenschaft gegenüber aufgeschlossen gewesen. Es gab schlimmere Drogen als Gras. Seit seine Tochter schlechte Erfahrungen mit Joints gemacht hatte, war er allerdings etwas zwiegespalten.

Trotzdem konnte er die meisten von Francesca Galdino aufgeführten Gründe nachvollziehen. Es hörte sich zumindest nicht so an, als wäre der junge Mann ein geldgeiler Dealer gewesen. Falls ihre Version stimmte.

Francesca atmete tief durch. Sie schien Kraft tanken zu müssen für das, was sie als Nächstes sagen wollte. »Das war jedenfalls alles besser als die andere Alternative. Artur wollte auf gar keinen Fall von seiner Großmutter Geld nehmen.«

»Sie hätte Geld gehabt?« Galina Lasarews Haus war abbezahlt. Es war ein kleines Einfamilienhaus mit für heutige Verhältnisse großzügigem Grundstück. Die Einrichtung schien allerdings noch aus den Siebzigern zu stammen, und das eine oder andere Zimmer hätte eine Renovierung nötig gehabt. Das Gebäude vermittelte den Eindruck bescheidener Lebensverhältnisse. Das musste allerdings nichts heißen. Viele alte Menschen scheuten Veränderungen in ihrer Umgebung und lehnten alles Moderne ab, ganz gleich, wie viel Geld sie auf dem Konto hatten.

»Geld aus ihren Geschäften. Das Geld, wegen dem sie jetzt wahrscheinlich beide tot sind.«

Diese Information ließ beide Ermittler aufhorchen.

Jennifer beugte sich interessiert vor. Glücklicherweise klang ihr Tonfall jetzt nicht mehr angriffslustig. »Was für Geschäfte?«

Francesca schüttelte den Kopf. »Ich weiß es nicht. Jedenfalls waren sie illegal. Artur wollte damit nichts zu tun haben. Er hat es abgelehnt, Geld von ihr zu nehmen und sich in diese Familiengeschäfte reinziehen zu lassen. Er wollte ein anderes Leben. Seine Eltern sind gestorben, weil sie in die Lasarew-Dynastie verstrickt waren … Mehr weiß ich wirklich nicht.«

Lasarew-Dynastie? Das hörte sich mehr als nur interessant an. Und was das Verständnis der Tat anging, wesentlich vielversprechender als die Geschichte von Artur, dem Kleindealer, der Gras als Medizin vertickte. »Sind Sie sicher?« Konnte sie sicher sein, dass ihr Lebensgefährte ihr nicht nur eine spannende Geschichte aufgetischt hatte? Wusste sie tatsächlich nicht mehr?

»Ich war neugierig, aber Artur meinte, er wolle mich da auf keinen Fall mit reinziehen. Es sei gefährlich, sehr gefährlich …«

»Und Ihr Freund hatte mit all dem nichts zu tun?«

Oliver hätte Jennifer für den leicht provokanten Unterton in ihrer Stimme am liebsten gegen das Schienbein getreten. Francesca Galdino machte zwar inzwischen einen halbwegs gefassten Eindruck, er hätte sie aber lieber weiterhin wie ein rohes Ei behandelt.

Doch die junge Frau schenkte der Kommissarin nur ein müdes Lächeln. »Nein, hatte er nicht. Er musste es mir schwören, und ich weiß, dass er es definitiv nicht wollte. Seine Oma hat des Öfteren versucht, ihn umzustimmen, es gab ja nur noch ihn … Aber er wollte auf gar keinen Fall irgendeines ihrer Geschäfte übernehmen.«

»Geschäfte im Sinne von Unternehmen?«, hakte Oliver nach.

Sie nickte. »Ich habe aus einigen Unterhaltungen herausgehört, dass sie anscheinend Eigentümerin irgendwelcher Unternehmen war. Das ist aber auch schon alles. Ich wollte es auch gar nicht wissen. Sie hätten Artur hören müssen, als er mich davor warnte, Genaueres in Erfahrung zu bringen … Es war ihm so verdammt ernst.«

»Sie denken also, dass Artur und seine Großmutter wegen der wie auch immer gearteten Geschäfte von Galina Lasarew getötet wurden?«

Sie nickte. »Ganz sicher nicht wegen dem Gras, da gab es keinen Ärger. Davon hätte mir Artur erzählt.«

»Haben Sie denn etwas von irgendwelchem anderen Ärger mitbekommen?«

»Nein. Zumindest hat mir niemand was gesagt.«

Trotz seiner Versprechen Francesca gegenüber war nicht gesagt, dass Artur nicht irgendwann doch noch eingeknickt war. Er hatte sich regelmäßig um seine Großmutter gekümmert. Vielleicht hatte er seiner Verlobten nur nichts davon erzählt. »Gab es irgendwelche Anzeichen? War Artur öfter bei seiner Oma als sonst? Wirkte er beunruhigt?«

»Nein. Mir ist zumindest nichts aufgefallen. An keinem von beiden. Ich habe ihr, seitdem ich arbeitslos bin, regelmäßig Essen vorbeigebracht. Sie war dieselbe Frau wie immer: positiv, resolut, warmherzig … Manchmal habe ich mich schon gefragt, ob Artur nicht vielleicht eine völlig falsche Vorstellung von ihr hatte. Aber ich hätte mich nie getraut, sie darauf anzusprechen.«

Jennifer stellte die Frage, die auch Oliver bereits im Kopf herumgeisterte. »Aber warum ist Artur ebenfalls tot, wenn er, wie Sie sagen, nichts mit den Geschäften seiner Großmutter zu tun hatte?«

»Keine Ahnung.« Francesca biss sich auf die Unterlippe. Sie hatte sich das ganz offensichtlich schon selbst gefragt. »Vielleicht war er einfach zur falschen Zeit am falschen Ort. Er wollte wegen des Sturms nach Galina sehen … Und als der Sturm vorbei war, ist er nicht zurückgekommen …« Sie begann erneut zu schluchzen.

Diese Erklärung hörte sich für Oliver recht dünn an. Das, was Artur Lasarew angetan worden war, sah nicht unbedingt nach falscher Zeit und falschem Ort aus. Niemand hätte sich in diesem Fall mehr Arbeit als nötig gemacht. Artur wäre einfach erstochen oder niedergeschlagen worden, wenn er unvorhergesehen ins Geschehen geplatzt wäre. Artur war eingeplant gewesen. Definitiv. »Wir glauben nicht, dass er ein Zufallsopfer war …«

Francescas Gesicht verdunkelte sich nicht. Sie hatte mit dem versteckten Vorwurf gerechnet. »Dann muss er als Druckmittel gegen Galina benutzt worden sein. Obwohl er von den Geschäften nichts wissen wollte, hat sie ihn abgöttisch geliebt.«

»Und Sie haben keine Idee, wer diese Leute sind oder was sie von Galina Lasarew gewollt haben könnten?«, fragte Jennifer.

Wieder ein Kopfschütteln. »Das sagte ich doch schon. Ich habe nicht die geringste Ahnung.«

Als sie Jennifers Büro betraten, begann sich der Himmel im Osten der Stadt gerade aufzuhellen. Es war Viertel vor sechs. Olivers Müdigkeit machte sich immer mehr als bleierne Schwere in seinem Kopf bemerkbar.

Auch Jennifer war anzumerken, dass sie erschöpft war. Sie fiel mehr in ihren Stuhl, als dass sie sich setzte. Anstatt ihren Rechner aus dem Energiesparmodus zu holen, rieb sie sich mit beiden Händen durchs Gesicht. Dann verschränkte sie die Finger unter dem Kinn und starrte nachdenklich auf den dunklen Bildschirm.

Oliver blieb in der Tür stehen. Wenn er sich hingesetzt hätte, hätte ihn das Bedürfnis nach Schlaf hinterrücks überfallen. »Glaubst du ihr?«, fragte er schließlich.

Sie ließ sich mit ihrer Antwort Zeit. Die Befragung hatte einige Ansätze für weiterführende Ermittlungen ergeben, und ein paar Antworten würden möglicherweise die Computersysteme liefern. Die Ehrlichkeit von Zeugen schätzte Oliver allerdings gerne ein, bevor irgendein Computer deren Aussagen widerlegte oder bestätigte. Es ging ihm um den ganz persönlichen, subjektiven Eindruck. Er wusste, dass Jennifer es ebenso hielt.

Sie nickte nach einigen Sekunden. »Ja, ich glaube ihr. Auch wenn ich noch nicht weiß, wie viel Wahrheit hinter den Geschichten über die kriminellen Machenschaften von Galina Lasarew steckt. Sie dürfte allein wegen ihres Alters bei einigen Ermittlungen durchs Raster gefallen sein. Wenn es tatsächlich etwas gibt, wird das eine aufwändige Recherche.«

»Du glaubst nicht an die Hanfplantage?«

»Diese Baustelle lasse ich Frank genauestens überprüfen, aber es macht Sinn. Wenn das wirklich so extrem gutes Gras ist, wie Francesca sagt, dann war es für den Durchschnittsverbraucher zu teuer. Dass die oberen Zehntausend nicht beim Straßendealer kaufen, sondern sich ihren Konsum möglichst legalisieren lassen, überrascht mich nicht wirklich. Es ist eine kleine Nische, die niemanden interessiert haben dürfte. Zu viele Vermittler, nicht genug zu verdienen. Niemand, der eine alte Frau und ihren Enkel so zurichtet, hätte das wegen einer derart mickrigen Gewinnspanne getan.«

Oliver stimmte ihr mit einem Nicken zu. Ihre Gedanken in Bezug auf das Gewächshaus in Galina Lasarews Garten waren so gut wie identisch. »Das sagte auch Charlotte Seydel.«

Jennifer runzelte die Stirn. »Was?«

»Dass das Gras von guter Qualität sei, einen hohen THC-Gehalt habe.«

»Ja, das sagte sie.«

Oliver verschränkte unbewusst die Arme vor der Brust. »Es hörte sich nicht danach an, als hätte sie einen Schnelltest gemacht. Einen *gängigen* Schnelltest, meine ich.«

Sie sah ihn nicht an. »Keine Ahnung. Ist mir egal.«

»Okay.« Das wollte sie also totschweigen. Ganz offensichtlich hatte er in diesem Punkt keine Verbündete in ihr. »Wann erklärt mir eigentlich mal jemand, was sie hier bei uns zu suchen hat?«

Jennifer drehte sich auf ihrem Bürostuhl und musterte ihn. Seine eindeutig ablehnende Reaktion schien sie nicht zu überraschen. »Sie macht ein Praktikum bei der Kriminaltechnik.«

»Ein Praktikum?« Er kannte Charlotte Seydels Vorstrafen. Allein schon deshalb konnte er nicht verstehen, wie sie an diese Stelle gekommen war. Von den Vorfällen im letzten Jahr ganz zu schweigen.

»Sie ist mit ihrem Bachelor in Biologie fertig und orientiert sich«, erklärte Jennifer. »Kriminaltechnik ist ihre Leidenschaft.

Sie bringt einen Haufen Fachwissen mit, das sie sich bereits selbst angeeignet hat.«

Das war Oliver durchaus im Gedächtnis geblieben. Charlotte Seydel hatte sich ein Stipendium an der Privatuniversität in Lemanshain erarbeitet, ursprünglich mit dem Ziel, später Kriminalwissenschaften an der ESC in Lausanne zu studieren. Nach einer Verurteilung wegen Körperverletzung war sie aber gezwungen gewesen, ihr Studium in Würzburg an der öffentlichen Hochschule fortzusetzen. Sie war nicht nur von Kriminaltechnik, sondern von allem, was irgendwie mit Verbrechen zu tun hatte, schon fast besessen. Ihre fachliche Eignung für das Praktikum zweifelte er nicht an, auch nicht, dass sie sich ernsthaft bemühen würde, doch er ging trotzdem davon aus, dass sie sich auch diese Chance verbauen würde. Und das mit möglicherweise verheerenden Folgen für die Ermittlungen in diesem Fall.

Jennifer schien wesentlich mehr Vertrauen in die junge Frau zu setzen. »Aus ihr könnte eine gute Technikerin werden, wenn sie ein bisschen Erfahrung sammelt und man ihr eine Chance gibt.«

Das wurde ja immer besser. »Es geht hier also nicht nur um ein Praktikum?«

»Nein, sie ist möglicherweise Kandidatin für einen Job.«

Oliver schüttelte den Kopf. Wie konnte Jarik Fröhlich das vertreten? Wie hatte er Möhring dazu gebracht, dem zuzustimmen? Er hoffte nur, dass Anstett von dieser Personalie nichts erfuhr. »Es erwartet hoffentlich niemand, dass ich davon begeistert bin.«

Jennifer lächelte ihm zu. »Entspann dich. Dass wir mehr über sie wissen als über andere Bewerber, die vielleicht noch schräger drauf sind, ist doch eher ein Vorteil.«

Es ging Oliver nicht darum, wie schräg sie drauf war. Die

Leute von der Kriminaltechnik waren alle auf die eine oder andere Weise schräg drauf. »Du kannst das alles ignorieren? Ihre psychischen Probleme, die mangelnde Gesetzestreue?«

Jennifer zuckte die Schultern. »Ich versuche es. Und ich komme besser damit klar, als ich gedacht habe.«

Das sah er. Dass sie so entspannt reagierte, deutete darauf hin, dass sie es schon verdammt lange wusste. *Vielen Dank für die Information.* Doch das Letzte, was er wollte, war deswegen einen Streit mit ihr anzufangen. »Was hast du jetzt vor?«

»Die Rechtsmedizin wartet. Ich will rausfinden, was genau Galina Lasarew getrieben hat und mit wem. Die Kriminaltechnik ist wohl vorerst beschäftigt … Such dir was aus.«

»Anstett hat für heute früh um neun eine Konferenz aller Beteiligten anberaumt. Sie erwartet selbstredend Ergebnisse.«

Jennifer schüttelte mit einem resignierten Seufzer den Kopf. »Sie nimmt nicht zufällig in den nächsten drei Wochen ihren wohlverdienten Sommerurlaub?«

»Wir können ja für sie zusammenlegen.«

Jennifer sah auf die Uhr. »Als Erstes werde ich wohl nach Hause fahren, duschen und mir was Frisches anziehen. Nicht, dass ich etwa noch ihre verwöhnten Augen oder ihre feine Nase beleidige.«

Jetzt war es an Oliver, die Stirn zu runzeln. »Wieso willst du deshalb nach Hause? Hast du nicht alles hier?«

»Ich muss Bastian aus dem Bett werfen. Sonst macht er Hannah die Tür nachher noch in versifften Shorts auf.« Jennifer schien erst jetzt bewusst zu werden, was sie gerade gesagt hatte. An ihren Bruder hatte sie heute noch gar nicht gedacht. »Oh, fuck, verdammt!«

Ihre Pläne bezüglich ihres sechzehnjährigen Bruders, den ihre Eltern für den Rest der Sommerferien bei ihr abgeladen hatten, um die eigene Ehe zu retten, hatten sich gerade in Luft aufgelöst. Sie würde keine Zeit haben, sich um ihn zu kümmern, also darauf zu achten, dass er keinen Mist baute und für seine Nachprüfungen lernte. Er würde eine Menge Zeit für sich haben, solange sie mit den Mordermittlungen beschäftigt war.

Jennifer ließ den Kopf mit einem erschöpften Seufzen auf die Tischplatte sinken. »Ich brauche eine elektronische Fußfessel.«

4

Jennifer schloss die Wohnungstür hinter sich und machte das Licht an. Ihr Blick fiel direkt auf die Fliesen vor der Garderobe. Die Schuhe ihres Bruders, über die sie beim Verlassen der Wohnung vor gut vier Stunden gestolpert war, waren verschwunden. Für den Bruchteil einer Sekunde verspürte sie so etwas wie freudige Überraschung, bis ihr bewusst wurde, dass er sie weder beiseite noch in den Schuhschrank geräumt haben würde. Das widersprach seinem Naturell. Er konnte sie lediglich angezogen haben, um die Wohnung zu verlassen.

»Scheiße.«

Sie warf einen Blick auf die Uhr. Viertel nach sechs. Wenn er nicht plötzlich unter die Frühaufsteher gegangen war, das Joggen im Sonnenaufgang für sich entdeckt oder – noch unwahrscheinlicher – zum Bäcker um die Ecke gelaufen war, hatte er sich verdrückt. Vermutlich war er wach geworden, als man sie aus dem Bett geklingelt hatte, oder spätestens, als sie fluchend über seine Sneakers gestolpert war, hatte ihren Zettel auf dem Küchentisch gefunden und ihre Abwesenheit genutzt.

Der Junge war noch keine drei Tage hier und machte schon Probleme.

Ihre Mutter war davon überzeugt, dass Bastian in Lemanshain überhaupt keinen Mist bauen konnte, weil er sich in der Stadt nicht auskannte und keine Kontakte hatte. Jennifer wusste allerdings aus Erfahrung, dass vor allem Teenies äußerst erfinderisch und erfolgreich darin waren, die schlechtesten Adressen in der Fremde aufzuspüren.

Vielleicht war sie aber auch zu pessimistisch. Es konnte unzählige Erklärungen dafür geben, warum seine Schuhe verschwunden waren. Sie wollte nur keiner einzigen davon Glauben schenken.

Sie trat an die Tür zum Gästezimmer, das sie Bastian für die nächsten drei Wochen überlassen hatte, und lauschte. Nichts war zu hören. Ihre Hand lag bereits auf der Klinke, doch sie zögerte.

Ihr oberstes Ziel im Umgang mit ihrem jüngeren Bruder war derzeit, Vertrauen aufzubauen. Falls sie sich irrte und er mitbekam, dass sie kontrollierte, ob er noch in seinem Zimmer war, wäre das das falscheste Signal, das sie aussenden konnte.

Doch ihr Misstrauen war stärker. Sie drückte vorsichtig die Klinke hinunter und öffnete die Tür einen Spalt breit, um einen Blick auf das Bett werfen zu können.

Es war leer. Natürlich.

Jennifer stieß die Tür auf und machte Licht. Das Gästezimmer sah aus, als würde ihr Bruder dort schon seit Wochen hausen. Sie hatte gesagt, er solle sich wie zu Hause fühlen, das Zimmer sei für die Zeit seines Besuchs sein Reich. Sie war über das Ausmaß der Unordnung zwar überrascht, doch damit konnte sie leben.

Allerdings nicht mit seiner Flucht.

»Shit.« Sie hatte ihm offenbar zu sehr vertraut. Ihm einen Wohnungsschlüssel zu geben, war offensichtlich voreilig gewesen. Genau wie die Nachricht, die sie ihm hinterlassen und in der sie angekündigt hatte, höchstwahrscheinlich erst wieder am Abend zurück zu sein.

Ihr erster Impuls war, ihn auf seinem Handy anzurufen, doch das hätte ihm die Gelegenheit gegeben, sich eine Geschichte zurechtzulegen. Wo zum Teufel steckte er? Wann würde er zurückkommen?

Spätestens um neun. Das hoffte sie zumindest für ihn. Immerhin war er dann mit Hannah verabredet. Was auch der Grund dafür war, warum sie nicht sofort Oliver anrief, um ihm zu sagen, dass sie etwas später ins Präsidium zurückkehren würde.

Der Staatsanwalt war nicht begeistert darüber, dass Jennifers schwer erziehbarer Bruder mit seiner Tochter in Kontakt stand. Doch als Hannah selbst vorgeschlagen hatte, Bastian auf seine Nachprüfungen in Englisch und Biologie vorzubereiten, war Oliver keine andere Wahl geblieben als zuzustimmen.

Sie hatte Oliver zu verstehen gegeben, dass sie Bastian im Griff hatte. Deshalb wollte sie ihm nun auf keinen Fall auf die Nase binden, dass sie nicht nur ihn, sondern auch sich selbst belogen hatte. Gar nichts hatte sie im Griff.

Jennifer hoffte dringend, dass Bastian zurückkehrte, bevor sie zu Anstetts dämlicher Besprechung ins Präsidium musste. Vorher die Wohnung zu verlassen, kam für sie nicht in Frage. Wenn sie Bastian nicht auf frischer Tat ertappte, würde er einfach alles abstreiten, und die Fronten würden sich verhärten.

»Und was lässt dich glauben, dass du auf andere Weise irgendwas erreichst?«, fragte sie sich selbst in die Stille der Wohnung hinein.

Sie holte Wechselwäsche aus dem Schlafzimmer und schloss sich im Bad ein. Die Dusche weckte ihre Lebensgeister. Ihre Gedanken sprangen ständig zwischen ihrem Bruder und den Morden hin und her. Wirklich auf das eine oder das andere konzentrieren konnte sie sich allerdings nicht.

Von ihrem Rechner zu Hause konnte sie nicht einmal tiefergehende Recherchen zu den Lasarews anstellen, dafür reichten ihre Zugriffsrechte über die externe Schnittstelle nicht aus. Normalerweise hätte sie Katia Mironowa um Hilfe gebeten, doch die war krank gemeldet, und Frank Herzig wollte sie nicht bitten. Zum einen war er mit dem Drogenaspekt des Falles beschäftigt, zum anderen kam sie nicht besonders gut mit ihm klar. Sie war sich nicht sicher, ob sie ihm vertrauen konnte.

Es wurde Zeit, dass Marcel, ihr Partner im Kripo-Team für Gewaltverbrechen, endlich wieder an die Arbeit zurückkehrte. Er musste die Klinik, in der er wegen seiner Alkoholsucht behandelt wurde, inzwischen verlassen haben. Sie hoffte auf Anfang September. Nur noch wenige Wochen. Vielleicht würde die Mordrate in Lemanshain wieder auf ein gesundes und natürliches Maß, nämlich gegen Null sinken, sobald sie den Mördern nicht mehr alleine gegenüberstand.

Sie vertrieb sich die Zeit damit, bei Jarik Fröhlich und Meurers Assistenten anzurufen. Die Kriminaltechnik war wie erwartet noch mit Tat- sowie Unfallort beschäftigt. Der Rechtsmediziner hatte inzwischen die mutmaßlichen Tatwaffen aus dem Kofferraum des Autos erhalten und versuchte, den zahlreichen Wunden der Opfer das entsprechende Werkzeug zuzuordnen. Er machte ihr keine große Hoffnung, dass er die Todesursache zweifelsfrei bestimmen oder einen genauen Ablauf der Tat würde skizzieren können.

Nachdem ihre Informationsmöglichkeiten ausgeschöpft waren, lud sie die beiden Songs herunter, die Oliver und Jarik erkannt hatten, sowie den von Charlotte Seydel genannten Film. Mit der Musik konnte sie nicht allzu viel anfangen. Passte der Text des Apocalyptica-Songs noch zu dem Selbstbild eines gestörten Killers, hatte sie ernsthaft Probleme, auch nur eine Zeile aus *Her Ghost in the Fog* zu verstehen.

Nach der Vernehmung von Francesca Galdino glaubte sie nicht daran, dass sie es mit einer Tat aus Mordlust oder aufgrund irgendeines Wahns zu tun hatten. Die Tatausführung und die Musik sprachen aber dafür, dass der Täter Spaß an seiner Arbeit hatte. Wie passte das zusammen?

The Cell barg eine Menge krankes, wenn auch faszinierendes Bildmaterial. Die Szene, in der dem Protagonisten der Dünndarm aus dem Bauch gezogen und auf einer Stacheldrahtrolle aufgedreht wird, passte nur im Ansatz, um als mögliche Vorlage gedient zu haben. Was Jennifer von dem Film durch Vorspulen ansonsten sah, fügte sich nicht ins Bild der Morde – war aber mit Sicherheit etwas, das sich der Mann, der die Lasarews ermordet hatte, mit Freuden ansehen würde. Ebenso wie vermutlich Charlotte Seydel.

Jennifer war gerade am Ende angelangt, als sie die Tür hörte. Inzwischen schien die Morgensonne in ihre Wohnung, aber es war glücklicherweise noch nicht zu spät. Sie würde mit Bastian seinen Ausflug klären können und anschließend genug Zeit haben, einen Knochen zu finden, den sie Anstett in der Konferenz vorwerfen konnte und der die Oberstaatsanwältin vorerst ruhigstellen würde. Sie legte das Notebook beiseite und schlich an die Wohnzimmertür.

Sie hörte, wie Bastian seine Sneakers von den Füßen kickte. Vermutlich ließ er sie wieder mitten im Gang liegen. Er kam den Flur entlang, ohne sie zu bemerken.

Als er die Tür zum Gästezimmer öffnete, räusperte sich Jennifer.

Bastian fuhr zu ihr herum. Sie zu sehen, überraschte ihn, sie suchte in seinen braunen Augen allerdings vergeblich nach irgendeinem Zeichen von schlechtem Gewissen. Er hatte offenbar keine Zeit vergeudet, bevor er aus der Wohnung geschlichen war. Er trug dieselbe Jeans wie gestern, dazu das fleckige T-Shirt, auf dem sich ein Stück Pizza vom Vortag verewigt hatte. Die dunkelblonden Haare standen nicht mehr ordentlich gegelt von seinem Kopf ab.

»Oh, Scheiße«, fluchte er mit einem Aufstöhnen, als ihm bewusst wurde, dass er erwischt worden war.

»Dir auch einen wunderschönen guten Morgen.« So sehr sie sich auch um einen neutralen Tonfall bemühte, es gelang ihr nicht. Aber sie wussten sowieso beide, was Sache war. Wieso sollte sie ihre Wut verbergen? »Darf ich fragen, wo du warst?«

Er leckte sich nervös über die Lippen. »Spazieren. Ich konnte nicht schlafen.«

Eine noch dümmere Ausrede konntest du dir wohl nicht einfallen lassen? Sie hatte ihn in flagranti und vollkommen unvorbereitet ertappt. »Über eine Stunde lang?«

»Mir war zu warm.«

»Geht die Klimaanlage in deinem Zimmer etwa nicht?« Jennifer wusste genau, dass sie funktionierte. Die gesamte Wohnung war, den schwül-heißen Sommertemperaturen zum Trotz, wohltemperiert, die Luftfeuchtigkeit angenehm.

»Ich mag diese künstlich gekühlte Luft nicht.«

Deshalb lief die Anlage in seinem Zimmer auch noch. Er hätte sie problemlos ausschalten können. Jennifer machte unwillkürlich einen Schritt auf ihn zu. Sie hatte sich nicht geirrt, der Geruch war eindeutig. »Hat das Bier geholfen?«

Bastian runzelte die Stirn und gab das Unschuldslamm. »Welches Bier?«

Jennifer verdrehte die Augen. »Du hast eine Fahne«, informierte sie ihn. »Wo warst du?«

Bastian verschränkte die Arme vor der Brust. »Kann dir doch egal sein, wo ich war.«

Sie biss die Zähne aufeinander und zählte in Gedanken bis fünf. *Nicht ausrasten. Ruhig bleiben.* »Wieso sagst du mir nicht die Wahrheit? Dass du mitgekriegt hast, wie ich die Wohnung verlassen habe, dass du meinen Zettel gefunden hast, auf dem ich dummerweise so nett war, dir zu sagen, wie lange ich weg sein werde, und dass du dich dann davongeschlichen hast, weil du dachtest, ich würde so schnell nicht nach Hause kommen und selbst wenn, würde ich tot ins Bett fallen und gar nicht merken, dass du weg bist?«

Er zuckte trotzig die Schultern. »Schön, wenn dir das lieber ist.«

»Wir waren uns doch einig, dass du nachts hierzubleiben hast. Darauf hatten wir uns geeinigt.«

Er bemerkte die leichte Schärfe in ihrer Stimme. Das schien ihn tatsächlich zu amüsieren. »Ich sage zu vielem Ja, wenn es die Leute glücklich macht.«

»Wie viel hast du getrunken?«, verlangte sie zu wissen. Sturzbesoffen war er wenigstens nicht.

»Ist doch egal.«

»Es ist *nicht* egal.«

Er schüttelte den Kopf, um ihr zu verstehen zu geben, dass sie sich gerade vollkommen übertrieben aufführte. »Zwei Bier, mehr nicht. Ich hab das im Griff.«

»Du bist sechzehn.«

»Ja, und? Mit sechzehn darf ich Bier trinken«, belehrte er sie. »Ich darf es sogar kaufen.«

»Kann schon sein, aber nicht mitten in der Nacht.«

»Jugendschutz, oder wie?«, fragte er verächtlich. »Weißt du, Schwesterherz, ich müsste mich nicht mitten in der Nacht hinter deinem Rücken für ein, zwei Bier rausschleichen, wenn du nicht vor meiner Ankunft alles Alkoholische aus dieser Wohnung entfernt hättest.«

Dein Ausflug ist also meine Schuld, schon klar. »Ich habe nun mal nichts da.«

»Rein zufällig, oder wie? Und das soll ich dir glauben?«

Sie schüttelte mit einem freudlosen Lächeln den Kopf. »Ich muss mich vor dir wohl kaum rechtfertigen, Bastian.«

»Dann könntest du vielleicht beim nächsten Einkauf etwas

mitbringen? Worum ich dich bereits am Tag meiner Anreise gebeten habe?«

»Du wirst von mir keinen Alkohol bekommen«, stellte sie fest. »Nicht mal ein Sixpack.«

Seine Überheblichkeit schlug augenblicklich in Wut um. »Und wieso nicht?!«

»Weil du drauf und dran bist, eine Sucht zu entwickeln.«

»Ach ja?! Woraus schließt du das?! Aus dem, was dir Mama und Papa erzählt haben?!«

»Dafür mussten sie mir nichts erzählen.« Das hatten sie zwar getan, doch Jennifer war bewusst, dass sie jede Aussage und Vermutung ihrer Eltern genau prüfen musste, bevor sie ihnen glauben oder gar zustimmen konnte. »Das schließe ich allein aus deinem Verhalten und aus der großen Bedeutung, die diese zwei Bier für dich haben.«

Bastian starrte sie mit zusammengepressten Lippen an, bevor er explodierte. »Ach, fick dich doch!« Er drehte sich um und stürmte in Richtung Gästezimmer.

Auf diesen Ausbruch war Jennifer nicht vorbereitet. »Wie bitte?«

»Ich sagte, du sollst dich ins Knie ficken!«

Sie lief ihm hinterher, bekam ihn aber nicht mehr zu fassen. Die Tür schlug ihr krachend vor der Nase zu, und noch während sie nach der Klinke fasste, hörte sie, wie sich der Schlüssel auf der anderen Seite im Schloss drehte.

Vergeblich drückte Jennifer die Klinke nach unten und hämmerte gegen die Tür. Obwohl sie nicht sicher war, was sie tun würde, falls er ihrem Befehl Folge leistete, brüllte sie: »Mach die verdammte Tür auf!«

Bastian gab keine Antwort. Im nächsten Moment ließen tiefe Bässe ihr Zwerchfell erzittern. Er hatte die mitgebrachte Musikanlage eingeschaltet und irgendeinen Rap-Song aufgedreht, in dem mehr Schimpfwörter vorkamen, als ihr in diesem Moment einfielen. So laut, dass ihr die Beats schon fast in den Ohren wehtaten.

»Mach die verdammte Musik aus!«

Sie schrie umsonst gegen den Lärm an.

»Ich will deinen Schlüssel! Für die Wohnung und für diese verdammte Tür!«

5

Sasha hatte lange geschlafen, tief und traumlos. So wie es sein musste. Frei von Sorgen. Er war aufgestanden, als ihm danach gewesen war, und hatte in Ruhe geduscht, ohne an die Geschehnisse der vergangenen Nacht zu denken.

Das war gut.

Wenn er die Bilder in sich verschließen konnte, ohne den geringsten Wunsch zu verspüren, sie hervorzuholen, würden sie ihn lange begleiten und sein Verlangen nähren. Seine dunkle Seite war befriedigt. Ein Zustand, der sein Leben wesentlich vereinfachte. Seine Gedanken waren klar, seine Sinne geschärft.

Sasha konnte das Frühstück genießen. Es gab Brötchen und Croissants, Speck, Pfannkuchen, Würstchen, Eier, Kaffee, Milch, Obstsalat, Joghurt und sogar Kuchen. Er aß mehr als nötig, aber nicht zu viel.

Ein perfekter Start in den Tag. Er war lange nicht mehr so entspannt gewesen.

Erst nachdem er den Orangensaft getrunken hatte – frisch vom Hotelpersonal aus reifen Früchten gepresst –, prüfte er auf seinem Handy die Lokalnachrichten.

Seine Laune erhielt sofort einen empfindlichen Dämpfer.

Er hatte einen Bericht über einen vernichtenden Hausbrand erwartet, fand aber stattdessen zwei kurze Meldungen über nächtliche Polizeieinsätze. Ein tödlicher Autounfall und ein Leichenfund.

Noch war es zu früh, um zu reagieren. Er verspürte weder Angst noch Panik. Diese Gefühlsregungen waren ihm fremd, sie waren vor langer Zeit in ihm gestorben. Doch es gab möglicherweise Komplikationen.

Sasha tat, was er immer tat, wenn sich Schwierigkeiten ankündigten: informieren, abwägen, mit Bedacht handeln. Nichts überstürzen. Alles zu seiner Zeit.

Er beendete in aller Ruhe sein Frühstück, bevor er aufbrach, um Informationen einzuholen.

Der Unfall gab nicht viel her.

Sasha ließ an der Tankstelle am Ortsausgang beim Bezahlen einen beiläufigen Kommentar fallen, der den Kassierer ausplaudern ließ, in welche Richtung er auf der Bundesstraße fahren musste. Überbleibsel von rot-weißem Absperrband markierten die Stelle, die Schneise im Wald wäre ihm aber auch so aufgefallen. Das Fahrzeug war schon vor Stunden abtransportiert worden, ebenso die Leiche.

Er blieb trotzdem erst zwei Fahrminuten entfernt in einer Parkbucht stehen. Auch wenn niemand im Speziellen auf ihn achten würde, wäre es ihm zuwider gewesen, womöglich für einen sensationslüsternen Gaffer gehalten zu werden.

Sasha überlegte.

Obwohl er nicht mehr als den Unfallort und die mutmaßliche Unfallzeit kannte, hatte er das ungute Gefühl, dass ihm das männliche Opfer nicht unbekannt war.

Dieser Unfall konnte Zufall sein, doch er wollte nicht so recht daran glauben. Zeitlich passte es einfach zu gut, und es war eine mögliche Erklärung dafür, warum das Haus noch existierte.

In der Straße mit dem Haus, das er erst vor knapp sechs Stunden verlassen hatte, standen hier und da Nachbarn zusammen. Einige taten so, als wollten sie den Gehweg kehren, doch die meisten gaben sich keine Mühe, zu verschleiern, warum es sie an diesem Augustmorgen nicht in ihren Häusern hielt.

Die Morde waren selbstverständlich Thema Nummer eins. Und obwohl sie selbst gerade damit beschäftigt waren, Klatsch und Spekulationen auszutauschen, warf die eine oder andere Rentnerin den durch die Straße rollenden Autos böse Blicke zu.

Sasha überraschte es ein wenig, dass die Bevölkerung derart neugierig auf das blutige Ereignis reagierte. In Lemanshain waren Mord und Totschlag in den letzten zwei Jahren schließlich alles andere als eine Seltenheit. Ihm konnte es allerdings recht sein, denn in der sich langsam vorwärtsschiebenden Kolonne fiel sein Wagen nicht weiter auf.

Er konnte sich mit eigenen Augen davon überzeugen: Das Haus stand noch. Es war nicht bis auf die Grundmauern niedergebrannt. Es gab auch keine Spuren eines rechtzeitig bemerkten und gelöschten Brandes.

Die Polizei traute ihrem Absperrband offensichtlich nicht, denn vor dem Hoftor parkte noch immer ein Streifenwagen. Die Uniformierten wirkten genervt. Vermutlich war der ältere Herr, der auf der Beifahrerseite stand, nicht der Erste, der versuchte, den Beamten irgendeine Information zu entlocken.

Sasha war unzufrieden.

Er hatte effiziente Arbeit erwartet. Bevor er diesen Auftrag angenommen hatte, hatte er sich bestens über seinen Auftraggeber informiert. Absprachen nicht einzuhalten, war ungewöhnlich, genau wie schlechte Arbeit.

Sasha waren erste Bedenken gekommen, als er dem jungen Lakaien gestern Abend begegnet war, aber der Kerl hatte seinen Job zufriedenstellend erledigt. Er war zwar extrem nervös gewesen und hatte bis zu den Haarspitzen unter Strom gestanden, aber er hatte sich nicht den winzigsten Fehler erlaubt.

Zumindest bis zu dem Zeitpunkt, als er möglicherweise die gewaltsame Bekanntschaft mit einem Baum in einer Kurve gemacht hatte.

Was war geschehen?

Sasha fuhr ins Hotel zurück. Seine Abreise hatte er eigentlich bereits vorbereitet. Nun würde er aber länger als geplant in der Gegend zu tun haben. Er verlängerte seine Buchung, zahlte im Voraus und fuhr in Richtung Frankfurt.

Er ließ sich Zeit und dachte über seine nächsten Schritte nach.

Mehr Informationen wären ihm willkommen gewesen, doch dazu würde er seine Polizeikontakte bemühen müssen, ein Schritt, der immer mit Risiken verbunden war. Er selbst trat nur äußerst ungern in Erscheinung, doch wie die Dinge lagen, würde er sich auf die Aussagen seines Auftraggebers wohl nicht verlassen können.

Er fuhr in Hanau von der Schnellstraße ab und hielt auf dem Parkplatz eines großen Baumarktes. Fünf Minuten lang sah er dem hektischen Treiben und den sinnlosen Versuchen der Kunden zu, Einkäufe, die schlicht und einfach zu groß waren, in ihre Kofferräume zu verladen. Dann schaltete er das Handy ein, das er nur für diesen einen Auftraggeber gekauft hatte, und wählte die Nummer.

Nach dem dritten Klingeln meldete sich die tiefe Stimme. »Ja?«

»Sie haben sich nicht an die Abmachung gehalten«, sagte Sasha ruhig. »Sie wollten das Haus in ein Krematorium verwandeln, aber es steht noch.«

»Ja.« Ein einfaches Eingeständnis.

»Was ist passiert?«

Nervöses Lachen. »Die Bullen sind passiert.«

»Das ist keine befriedigende Antwort.«

Ein Seufzer war am anderen Ende der Leitung zu hören. »Es hat einen Unfall gegeben.«

»Das weiß ich bereits. Einen Unfall mit tödlichem Ausgang.«

Sasha musste einige Sekunden auf eine Antwort warten. Seinem Gesprächspartner war klar, dass er Informationen wollte. »Ich weiß selbst nicht viel. Aber ich gehe davon aus, dass die Polizei im Wagen auf etwas gestoßen ist, das sie direkt zu dem Haus geführt hat. Als die Reinigungstruppe dort eintraf, kam der Funkspruch rein. Sie hatten keine Gelegenheit mehr …«

Sasha spürte ein Ziehen im Brustkorb. Er war wütend, seine Stimme blieb trotzdem kühl und emotionslos. »Sie hätten nichts finden dürfen.«

»Das ist mir klar. Irgendetwas ist schiefgelaufen.« Sein Auftraggeber versuchte, verärgert zu klingen, doch er fühlte sich offensichtlich unwohl.

Gut. »Sie haben einen Anfänger beauftragt. Keine gute Idee.«

»Er war kein Anfänger.«

»Aber er hat einen Fehler gemacht.«

»Ja, das hat er wohl.«

Länger darüber zu diskutieren, war sinnlos. Es war geschehen. Die Details, wie es im Einzelnen dazu kommen konnte, waren für Sasha unbedeutend. Ihn interessierten vielmehr die Maßnahmen. »Was gedenken Sie jetzt zu tun?«

»Ich kümmere mich persönlich darum. Sie müssen sich keine Sorgen machen.«

»Ich mache mir keine Sorgen.« Das tat Sasha tatsächlich nicht. Noch gab es keinerlei Grund dazu. Er war so vorsichtig wie immer gewesen, denn er vertraute niemandem außer sich selbst. »Zumindest nicht um mich.«

Mehrere Sekunden lang herrschte Stille. Die Drohung war angekommen. »Es wird sich alles klären.«

»Wie lange werden Sie dafür brauchen?«

»Bitte?« Mit dieser Frage hatte sein Auftraggeber offensichtlich nicht gerechnet.

»Ich will wissen, wie lange Sie brauchen werden, um alles zu klären«, wiederholte Sasha.

»Zwei, vielleicht drei Tage.« Die Versicherung kam seinem Gesprächspartner zu leicht über die Lippen.

»Denken Sie lieber gut über die Antwort nach.«

»Wie gesagt: zwei oder drei Tage.«

Das hoffte Sasha für ihn. Er mochte derartige Probleme nicht. Aber im Zweifel wäre er gezwungen zu handeln. Er ließ seinen Drohungen grundsätzlich Taten folgen. »Dann rufe ich wieder an.«

»Meinetwegen.« Der Kerl gab sich gelassen. »Sie schulden mir noch die Informationen.«

»Ich schulde Ihnen nichts«, stellte Sasha ungerührt fest.

»Was?! Aber Sie haben doch schon das Geld!«

»Die vereinbarte Summe wurde mir von Ihrem Lakaien übergeben, das ist richtig. Aber Sie haben Ihren Teil der Vereinbarung nicht eingehalten. Es gibt Komplikationen. Der Preis hat sich daher verdoppelt. Bevor ich nicht die gleiche Summe noch einmal erhalten habe, werde ich Sie nicht über das Ergebnis meiner Arbeit in Kenntnis setzen.«

»Das ist nicht Ihr Ernst! Sie …«

Er wollte das unnötige Gezeter nicht hören, und er musste es glücklicherweise auch nicht. Sasha war sich seiner Position bewusst. »Sie kannten die Regeln«, unterbrach er den Mann daher mit scharfem Unterton. »Sie haben ihnen ohne Einschränkungen zugestimmt.«

Ein undeutliches Grummeln am anderen Ende. »Scheiße, ja.«

»Brechen Sie sie nicht.« Sasha musste den Mann nicht gesondert darauf hinweisen, was geschehen würde, wenn er sich nicht an die Vereinbarungen hielt. Es hatte Exempel in der Vergangenheit gegeben, die jede Diskussion im Keim erstickten. »Ich melde mich wieder.«

Sasha legte ohne ein weiteres Wort auf. Er mochte das Gefühl von Überlegenheit. Er liebte die Angst. Selbst wenn sie nur durch den Lautsprecher eines Telefons zu ihm durchsickerte: Er konnte sie förmlich auf der Zunge schmecken.

Sasha ließ sich fast eine halbe Minute lang Zeit, den Augenblick zu genießen. Dann löschte er die gewählte Rufnummer und die Anrufinformationen aus dem Speicher des Handys, startete seinen Wagen und fuhr vom Parkplatz.

Er musste nach Hause und neu packen.

Ganz sicher würde er sich nicht auf Informationen aus zweiter Hand verlassen. Und er würde nicht in mehr als fünfzig Kilometer Entfernung untätig darauf warten, ob sich eine Gefahr für ihn zusammenbraute. Sasha vertraute seinen Sicherheitsmechanismen, doch er verließ sich in diesem Fall lieber auf Kontrolle. Und zwar aus der Nähe.

Lemanshain würde in nächster Zeit sein zweites Zuhause sein.

6

Jennifers Augen brannten, während sie auf die Projektionsfläche am anderen Ende des Besprechungszimmers sah und darauf wartete, dass Meurers Assistent mit seinem Bericht begann. Er kämpfte seit geraumer Zeit mit seinem Laptop und versuchte, die Präsentation mit den bei der Obduktion gemachten Fotos zum Laufen zu bringen.

Jack. Jack Cameron.

Was war das überhaupt für ein Name? Wo stammte er her? Ihr war nie auch nur der Hauch eines englischen Akzents bei ihm aufgefallen. Der Mann war unscheinbar, meist still, und hatte einen seiner leicht rundlichen Figur wenig schmeichelnden Kleidungsstil. Er war für seinen morbiden Humor bekannt, den er aber eigenartigerweise nur an Fund- und Tatorten auslebte.

Das alles sollte sie eigentlich überhaupt nicht interessieren. Cameron war, wie sie inzwischen wusste, ein voll ausgebildeter Rechtsmediziner und konnte Meurer mühelos vertreten. Anstatt seinen Chef aus dem Urlaub zu holen, hatte er noch in der Nacht einen befreundeten Kollegen aus Hanau um Hilfe gebeten. Sonst hätten sie die Ergebnisse der beiden Sektionen noch gar nicht vorliegen.

Die *vorläufigen* Ergebnisse, korrigierte sich Jennifer in Gedanken. Darauf hatte Cameron die Anwesenden nun schon mehrfach hingewiesen. Noch konnten sie nicht allen Wunden das jeweilige Werkzeug eindeutig zuordnen. Aber immerhin waren sie in der Lage, eine vorläufige Prognose abzugeben und ein paar Annahmen zu formulieren, wie es Cameron ausgedrückt hatte.

Ricarda Anstett, die den Vorsitz der Besprechung innehatte, hatte bei jeder einzelnen dieser Einschränkungen sichtbar das Gesicht verzogen. Jennifer war wohl nicht die Einzige, die sie gerne gefragt hätte, ob sie in der Rechtsmedizin schon Magiern begegnet sei. Die Oberstaatsanwältin konnte sich glücklich schätzen, überhaupt irgendein Ergebnis geliefert zu bekommen, und sei es auch noch so vorläufig. Meurer hätte ihr gegenüber vermutlich komplett dichtgemacht und sie um mindestens vierundzwanzig Stunden vertröstet.

Auf der Leinwand erschien endlich das erste Foto. Eine Aufnahme von Galina Lasarews erstarrtem Gesicht, bleich, von oben fotografiert. Aufgenommen, als sie auf dem Edelstahltisch im grellen Neonlicht des Obduktionssaals lag.

Jennifer hörte ein scharfes Einatmen vom Kopfende des Tisches. Mit leichter Genugtuung bemerkte sie, dass es von Ricarda Anstett kam. Offenbar hatte ihr niemand gesagt, dass man der alten Frau die Augenlider entfernt hatte, sodass ihre Augen ihnen tot und kalt entgegenstarrten.

Cameron erstattete Bericht, wobei er jede seiner Feststellungen mit einer entsprechenden Aufnahme illustrierte. Bei jedem Bild und jedem dazu passenden Befund wurde die Oberstaatsanwältin bleicher im Gesicht.

Jennifer hätte sich zu gerne die Zeit damit vertrieben, Anstett dabei zuzusehen, wie ihr schlecht wurde. Dank des nächtlichen Ausflugs ihres Bruders war sie jedoch gezwungen, jedem Wort andächtig zu lauschen und sich Notizen zu machen.

Sie wusste, dass Anstett noch in dieser Besprechung eine Zusammenfassung und erste Schlussfolgerungen von ihr fordern würde, wenn auch vermutlich nur, um sie mit Freuden auseinanderzunehmen und ihre eigenen Theorien auf den Tisch zu legen. Gerade deshalb hätte Jennifer gerne vor dieser Besprechung Gelegenheit gehabt, mit Jack Cameron, Jarik Fröhlich und Frank Herzig zu sprechen.

Nach der Auseinandersetzung mit Bastian hatte sie gerade genug Zeit gehabt, Oliver mit einer Ausrede für ihre späte Rückkehr abzuspeisen und den Hintergrund der Opfer zu recherchieren. Sie war auf einige interessante Informationen gestoßen, hatte aber noch keine Gelegenheit gehabt, sich weitergehend mit dem Material zu beschäftigen.

Cameron gefiel sich ganz offensichtlich in der Rolle des leitenden Rechtsmediziners und referierte weitschweifig über die Verletzungen, die den beiden Toten zugefügt worden waren. Er warf mit medizinischen Fachausdrücken um sich, nur um sie direkt im Anschluss zu erklären. Anscheinend war er sich nicht darüber im Klaren, dass die Besprechungsteilnehmer den Jargon der Rechtsmedizin in- und auswendig kannten. Er hätte vermutlich zwei Stunden oder länger referiert, wenn Anstett ihm nicht bereits nach zehn Minuten Einhalt geboten und ihn um eine knappe und präzise Zusammenfassung gebeten hätte.

Er kürzte, wenn auch nicht genug. Nach einem weiteren Verweis der Oberstaatsanwältin verzichtete er auf die plastischen Fotos. Wenn man die verbleibenden Ausschmückungen und überflüssigen Erklärungen strich, blieben plausible, wenn auch nicht immer beweisbare Annahmen über den Verlauf der Todesnacht übrig.

Cameron und sein Kollege hatten an Galina Lasarew die unterschiedlichsten Verletzungen gefunden. Die meisten schienen dazu gedient zu haben, größtmögliche Schmerzen bei minimaler Verheerung zu verursachen. Sie war gefoltert worden, lange und ausgiebig.

Ihr waren die Nägel einzeln ausgerissen, Nadeln in die blutigen Betten getrieben, empfindliche Nervenknotenpunkte und besonders empfindsame Stellen durchstochen, zerschnitten und durchbohrt worden. Das Haar war ihr büschelweise ausgerissen, ihre Fußsohlen verbrannt, Knochen gezielt gebrochen und Gelenke so stark verdreht worden, bis die Bänder und Sehnen überdehnt und gerissen waren. Man hatte ihr Chilipulver in die Augen gerieben, tiefe Verbrennungen mit einem Lötkolben zugefügt und lange Nadeln in ihre Wirbelsäule gestochen, vermutlich, um die Nerven im Spinalkanal direkt reizen zu können. Es gab Hinweise darauf, dass sie ebenfalls mit Strom gequält worden war. Jede Körperöffnung ihres Unterleibs war mit unterschiedlichen Gegenständen penetriert worden, allerdings offenbar ohne sexuelle Absichten.

Die Prozedur musste um die drei Stunden gedauert haben. Sie hatte vermutlich kurz nach Beginn des heftigen Gewitters eingesetzt, als sich die Menschen wegen der Unwetterwarnungen in ihre Häuser verkrochen hatten. Gestorben war Galina Lasarew vermutlich zwischen ein und zwei Uhr nachts, ebenso wie ihr Enkel.

Bei Galinas Verletzungen fiel auf, dass der Mund- und Rachenraum ausgespart worden war, obwohl er für den Täter noch einige kreative Foltermöglichkeiten geboten hätte. Dieser Umstand wurde als deutlicher Hinweis darauf gedeutet, dass Galina Lasarew zum Reden gebracht werden sollte.

Es war bei diesem Mord also mit hoher Wahrscheinlichkeit um Informationen gegangen. Jennifer würde nachprüfen, wie Folterknechte verschiedener militärischer, paramilitärischer und anderer Organisationen vorgingen, wenn sie jemanden möglichst lange quälen wollten, ohne ihn am Reden zu hindern. Vielleicht gab es Parallelen.

Irgendwann hatte der Täter von Galina abgelassen und sich ihrem Enkel zugewandt. Bei ihm hatte er ebenfalls auf größtmöglichen Schmerz abgezielt, war aber wesentlich brutaler vorgegangen. Mund und Rachen waren nicht verschont geblieben.

Er hatte den jungen Mann bestialisch gequält, aller Wahrscheinlichkeit nach jedoch nicht, um von ihm die gewünschten Informationen zu erhalten, sondern um ihn vor den Augen seiner Großmutter leiden zu lassen. Sie selbst hatte unvorstellbare Qualen ertragen und nichts verraten, sonst hätte sich der Täter wohl nicht auch noch an Artur vergriffen. Für die alte Frau musste es eine weitaus schmerzhaftere Erfahrung gewesen sein, dabei zuzusehen, was ihrem Enkel widerfuhr.

Artur Lasarew waren ähnliche Verletzungen wie seiner Großmutter zugefügt worden. Seine Schleimhäute in Mund, Rachen und Lunge waren völlig verätzt, seine Zähne waren tief bis in den Kiefer aufgebohrt worden, sodass nur noch klaffende Löcher übrig waren. Ihm war der Bauch aufgeschnitten, sein Dünndarm herausgezerrt und über die Lampe an der Decke gehängt worden.

Auch bei Artur hatte der Täter darauf geachtet, dass er trotz seiner Verletzungen möglichst lange am Leben blieb. Größere Wunden hatte er durch Verbrennung geschlossen, um einem schnellen Verbluten vorzubeugen.

Beide Opfer waren über Infusionsnadeln aus drei Beuteln mit Kochsalzlösung und Medikamenten versorgt worden. Die genaue Zusammensetzung musste das Labor noch entschlüsseln, aber Cameron vermutete, dass es ein Cocktail gewesen war, der den Blutverlust ausgleichen und den Kreislauf stabilisieren sollte. Es machte wenig Sinn, bewusstlose Opfer zu foltern.

Sie würden nicht nur versuchen, die Herkunft der Messer und Werkzeuge zu verfolgen (eine Spur, die leider nicht viel versprach, da der Täter nichts benutzt hatte, was nicht frei verkäuflich war), sondern auch die Herkunft der Medikamente.

Wie und wo konnte man sie auf dem Schwarzmarkt beziehen? Woher stammte das für die richtige Anwendung notwendige Fachwissen?

Cameron schloss mit der Feststellung, dass der Täter ein Mann gewesen war, der wusste, was er tat, wie er es tat und warum er es tat. Er war ein Meister seines Fachs. Geübt. Kreativ. Er hatte nicht zum ersten Mal gefoltert.

Profis wie dieser Kerl handelten nicht aus eigenem Interesse. Sie waren ausgebildete Knechte, die beauftragt wurden, wenn man jemanden für derartige Zwecke brauchte. Es gab eine Person, für die der Täter die Drecksarbeit erledigt hatte. Jemanden, der verantwortlich war und noch lebte.

Jennifer hatte trotzdem den Eindruck, dass der Täter sich an seinem Tun berauscht hatte und sich beinahe im Blutvergießen und Quälen verloren hätte. Hatten die lebensverlängernden Maßnahmen seinem Auftrag oder eher doch seiner eigenen Befriedigung gedient? Vermutlich beidem.

Letztlich waren Galina und Artur Lasarew durch einen gezielten Stich ins Herz getötet worden. Ein beinahe barmherziger Abschluss.

Bedeutete das, dass der Täter die Informationen erhalten hatte, wegen denen er geschickt worden war? Der alten Dame musste klar gewesen sein, dass sie und ihr Enkel in jedem Fall sterben würden. Alles, was sie für sich und Artur hätte tun können, war, ihr Leiden zu verkürzen, indem sie den Mund aufmachte.

»Was schätzen Sie, wie lange hätten Artur und Galina Lasarew diese Behandlung noch durchgestanden, wenn der Täter weitergemacht hätte?«, fragte Jennifer, als Jack Cameron sein Notebook zuklappte.

Er runzelte die Stirn und nahm sich zwei Sekunden, um über ihre Frage nachzudenken. »Schwierig zu sagen. Aber bei den Verletzungen würde ich annehmen, dass sie bereits haarscharf an der Grenze balancierten. Besonders lange hätte er aber ohnehin nicht mehr weitermachen können. Seine Möglichkeiten waren ziemlich ausgereizt.«

Jennifer nickte ihm zu. »Danke.«

Sein Bericht bestätigte Francesca Galdinos Vermutung. Wenn sie die Verletzungen richtig interpretierten, war Galina Lasarew das eigentliche Ziel gewesen, und Artur hatte man ausgewählt, um seine Großmutter zusätzlich unter Druck zu setzen. Die Verantwortlichen hatten damit gerechnet, dass die alte Dame schwer zu brechen sein würde.

Die Drahtzieher dieses Verbrechens zu ermitteln, würde nicht einfach werden. Wenigstens weilte der Täter selbst nicht mehr unter den Lebenden. Auf sein Konto dürften bereits einige gewaltsame Tode gehen. Es war gut, dass sein Schicksal ihn bereits ereilt hatte.

Jennifer blätterte in ihren Unterlagen, bis sie das Foto des Unfalltoten fand, das sie vor der Besprechung auf die Schnelle noch ausgedruckt hatte. Er würde erst heute obduziert werden, sein Wagen wurde noch untersucht, und der Unfallbericht lag den Experten zur Analyse vor. Noch kannten sie die Identität des Toten nicht.

Jennifer fragte sich unwillkürlich, ob dieser junge Kerl, kaum älter als fünfundzwanzig, tatsächlich zu solchen Taten fähig gewesen war. Für wen hatte er gearbeitet? Wieso verlor ein Mann, der in Seelenruhe zwei Menschen über Stunden hinweg methodisch und grausam gefoltert und anschließend ermordet hatte, die Kontrolle über sein Fahrzeug?

Jennifer teilte Camerons Meinung, dass diese Tat einiges an Erfahrung voraussetzte. Beging so jemand den Fehler, auf nasser Straße mit erhöhter Geschwindigkeit aus der Kurve zu fliegen?

War er wütend und frustriert gewesen? Weil er zum ersten Mal nicht bekommen hatte, was er wollte? Hatte Galina Lasarews Schweigen ihm derart zugesetzt?

Jennifer hätte gerne mehr Zeit gehabt, diese Gedanken zu verfolgen und sie mit dem in Einklang zu bringen, was sie inzwischen über die Geschäfte der alten Dame in Erfahrung gebracht hatte. Doch Anstett leitete ohne Pause zum nächsten Bericht über.

Frank Herzigs Statement fiel glücklicherweise kurz aus. Weder Enkel noch Großmutter waren in der Drogenszene bekannt. Bei den angebauten Hanfpflanzen handelte es sich um eine besonders ertragreiche, stark kultivierte Sorte mit hohem THC-Gehalt. Bisher waren weder diese Pflanzen noch daraus gewonnenes Cannabis in Lemanshain oder Umgebung in Umlauf. Zumindest war niemand damit erwischt worden.

Der Kommissar würde Francesca Galdinos Hinweis auf die Apotheken nachgehen. Aus Sicht des Drogenfahnders gab es keinen Anlass zu der Vermutung, dass der Verkauf des Marihuanas mit den Morden in Verbindung stand. Eine derartige Tat passte zu keiner ihm bekannten Größe im Milieu und stand auch in keinerlei Verhältnis zur wirtschaftlichen Bedeutung der gefundenen Hanfplantage.

Keine Überraschung.

Für die sorgte allerdings Jarik Fröhlich, als Ricarda Anstett ihm im Anschluss das Wort erteilte.

»Die Erkenntnisse, die die gesicherten Spuren am Tatort bisher geliefert haben, decken sich mit den Annahmen der Rechtsmedizin. Allerdings haben wir Hinweise darauf gefunden, dass wir es mit mehr als einem Täter zu tun haben.«

7

»Wie bitte?« Anstett war nicht einfach nur überrascht, diese Eröffnung bugsierte die ohnehin bereits angeschlagene Oberstaatsanwältin beinahe von ihrem Stuhl. Die Anspannung grub deutlich sichtbare Spuren in ihr perfekt geschminktes Gesicht.

Ein toter Täter war ein guter Täter. Ihn hätte sie der Öffentlichkeit zum Fraß vorwerfen können, während sie heimlich, still und leise nach den Drahtziehern fahndeten. Falls sie überhaupt schon zu dem Schluss gekommen war, dass ihr wegen der Hintermänner Ermittlungsarbeit ins Haus stand und der Fall nicht mit dem Tod des Täters abgeschlossen war.

Dass möglicherweise ein zweiter Killer frei herumlief, verhagelte ihr die vermutlich bereits vorgefertigt in der Schublade liegende Pressemitteilung. Ihre Sekretärin war sicher in diesem Moment damit beschäftigt, eine Pressekonferenz zu organisieren, auf der Anstett mit ihrem Erfolg hatte glänzen wollen.

»Haben Sie davon gewusst?!« Ihr finsterer Blick wanderte zu Jennifer, nicht ohne zuvor Oliver zu streifen, dem sie grundsätzlich – und nicht ganz unberechtigt – Konspiration mit der in ihren Augen unfähigen Kripo unterstellte.

Jennifer antwortete, ohne nachzudenken. »Nein, ich höre zum ersten Mal davon. Das müssen die neuesten Entwicklungen sein.«

»Stimmt. Die Erkenntnis ergab sich erst fünf Minuten vor Beginn dieser Besprechung«, bestätigte Jarik.

Jennifer kannte nicht einmal die Identität des toten Unfallfahrers, der die Folterwerkzeuge im Kofferraum gehabt hatte, trotzdem hatte sie bereits Zweifel an seiner Täterschaft gehegt. Wie sehr sie daran gezweifelt hatte, bemerkte sie allerdings erst daran, wie wenig sie die Neuigkeit des Kriminaltechnikers überraschte.

»Das hätten Sie sofort zu Beginn sagen müssen!«, empörte sich Anstett.

Jarik zuckte entschuldigend die Schultern. Eine Geste, die er sicher nur bedingt ernst meinte. »Das wollte ich, aber als ich hier ankam, haben Sie mich nicht zu Wort kommen lassen. Und Sie haben die Reihenfolge der Berichte festgelegt, also …«

Anstett hätte ihn vermutlich am liebsten buchstäblich auf seinem Stuhl festgenagelt. Allein Peter Möhrings Anwesenheit war es wohl zu verdanken, dass sie sich wegen seines respektlosen Hinweises nicht dazu hinreißen ließ, ihm Absicht zu unterstellen.

Zwischen der Oberstaatsanwältin und den meisten Kripobeamten war bereits kurz nach ihrem Amtsantritt ein Krieg entbrannt, der ausschließlich im Untergrund und niemals offen geführt wurde. Selbst Anstett hatte inzwischen bemerkt, dass der ein oder andere Vorfall mit Dummheit allein nicht mehr zu erklären war.

Doch diese Blöße wollte sie sich vor Möhring nicht geben, denn er stand, wenn auch still und leise, auf der Seite seiner Leute. »Berichten Sie!«

Jariks Miene blieb ernst, doch Jennifer glaubte, in seinen Augen ein schalkhaftes Blitzen wahrzunehmen. »Uns sind unterschiedliche Spuren im Blut am Tatort aufgefallen. Zum einen Schuhabdrücke, die höchstwahrscheinlich von unserem nicht identifizierten Unfallopfer stammen. Profil und Größe passen, außerdem haben wir Blut an seinen Sohlen gefunden.

Zum anderen aber auch Spuren, die auf eine Person schließen lassen, die mutmaßlich mit Schutzüberzügen durch das Blut am Boden gelaufen ist.«

Anstett zog die Augenbrauen zusammen und starrte Jarik finster an. »Es waren doch wohl einige Personen mit Überzügen über den Schuhen am Tatort unterwegs. Das hört sich für mich eher nach einer Verunreinigung an.«

Der Leiter der Kriminaltechnik kam noch direkteren Vorwürfen ihrerseits mit einem Kopfschütteln zuvor. »Das war niemand von uns. Die Abdrücke des Schuhprofils liegen *über* den besagten Abdrücken.«

Der Oberstaatsanwältin gefiel diese Aussage nicht. Sie wollte, dass der Verursacher der grausamen Verletzungen und Verstümmelungen tot war und somit kein Risiko mehr darstellte. »Mag sein. Aber wenn das alles ist …«

Jarik hätte durchaus die Chance gehabt, Anstetts abwiegelnde Reaktion zu diskutieren. Die Spuren waren eindeutig und nicht auf andere Art und Weise zu erklären. Trotzdem verzichtete er darauf, sie bloßzustellen. Dafür war der Gehalt seiner Informationen zu wichtig.

»Es ist nicht alles. Wir haben im Kofferraum des Unfallwagens einen Schutzanzug gefunden, ganz ähnlich denen, wie wir sie selbst bei der Arbeit an Tatorten tragen. Er war über und über mit Blut verschmiert und wurde wahrscheinlich während der Tatausführung getragen. Aber es fand sich keinerlei DNA daran.«

»Und?«, fragte Anstett. Sie war es gewohnt, die Bedeutung von Informationen erklärt zu bekommen, selbst wenn sie offensichtlich war. »Ist das so ungewöhnlich?«

»Unser Unfallopfer war verschwitzt«, erklärte Jarik. »Es war warm im Haus, die Tat anstrengend. Jeder, der diesen Anzug getragen hat, hätte irgendeine organische Spur daran hinterlassen. Es sei denn, er hat zwei Anzüge übereinander getragen. Wir haben aber nur diesen einen Anzug gefunden.«

»Dafür könnte es andere Erklärungen geben.«

Jennifer hätte gerne gefragt, welche Erklärungen das sein sollten, doch sie hatte bereits eine von Anstetts üblichen lapidaren und wenig sinnvollen Erwiderungen in den Ohren. Der Täter könnte den Anzug irgendwo zwischen Haus und Unfallstelle entsorgt haben. Vielleicht hatte er ihn gar nicht getragen und das Blut war auf andere Art und Weise daran gelangt.

Jarik versuchte erst gar nicht, seine Theorien weiterführend zu erläutern. Die Oberstaatsanwältin hielt sich nur ungern mit wissenschaftlichen Details auf. »Es gibt Fingerabdrücke des Unfallfahrers an den Messern und Werkzeugen. Allerdings sind diese nicht so platziert, als habe er sie benutzt. Dafür gibt es blutig verschmierte Abdrücke, die höchstwahrscheinlich von mit Handschuhen geschützten Händen stammen. Dasselbe Bild im Haus. Fingerabdrücke des Unfalltoten an einigen Stellen, aber rund um die Leichen und direkt am Tatort nur blutverschmierte Spuren ohne Fingerabdrücke.«

»Worauf wollen Sie hinaus?« Anstett versuchte vergeblich, Ungeduld vorzutäuschen. Selbst sie hatte inzwischen verstanden, dass ihre Lieblingskonstellation auf der Kippe stand.

»Entweder hat jemand anderes die Morde begangen, und der Unfallfahrer war an der Vorbereitung und Durchführung lediglich irgendwie beteiligt. Oder er war ein Genie, das es darauf anlegte, uns extrem zu verwirren. Allerdings würde ein solches Genie trotzdem nicht seine eigenen Fingerabdrücke am Tatort hinterlassen.«

»Das klingt in meinen Ohren ziemlich weit hergeholt, Herr Fröhlich.« Nur ihr Tonfall verriet, dass sie seiner Argumentation im Grundsatz folgte. »Vor allem deshalb, weil Sie viel zu oft Worte wie ›höchstwahrscheinlich‹ benutzen. Worum geht es hier? Um fragwürdige Hinweise oder eindeutige Beweise?«

»Wir hatten noch keine Zeit, genauere Untersuchungen durchzuführen, die diese Annahmen wissenschaftlich untermauern würden«, räumte Jarik ein. »Was ich sagen will, ist, dass es ein paar deutliche Diskrepanzen zur Einzeltätertheorie gibt und ich es durchaus für möglich halte, dass sich ein Tatbeteiligter, wenn nicht sogar der Hauptakteur, noch immer bester Gesundheit erfreut.«

Anstett zog es vor, sich zu dieser Aussage nicht direkt zu äußern. »Wann ist mit der Identifizierung des Unfalltoten zu rechnen?«

Nicht nur Jarik war von ihrem Themenwechsel im ersten Moment irritiert. Sie hatten aber inzwischen alle aus leidvoller Erfahrung gelernt, dass Anstett zu Umwegen neigte, wenn sie sich mit einer für sie unangenehmen Schlussfolgerung nicht sofort auseinandersetzen wollte. »Die Fingerabdrücke sind im AFIS. Wir haben die Abfrage mit höchster Priorität gestellt, also sollten wir eine Antwort spätestens im Laufe des frühen Nachmittags haben. Falls er im System ist.«

»Und wenn er das nicht ist?«

Jennifer musste sich zusammenreißen, um nicht die Augen zu verdrehen. Ein unbeteiligter Beobachter hätte zu dem Schluss kommen können, dass die Oberstaatsanwältin nicht die geringste Ahnung von den Abläufen einer polizeilichen Ermittlung hatte. Tatsächlich wollte sie aber immer von jedem hören, dass er wusste, was zu tun war, worin nicht nur Jennifer die unausgesprochene Unterstellung von Unfähigkeit sah.

Auch Jarik. Es gelang ihm trotzdem, ruhig und professionell zu antworten. »Wir arbeiten daran. Möglicherweise können wir über das gestohlene Auto oder das Nummernschild jemanden aufspüren, der den Fahrer kannte. Mit etwas Glück wird er vermisst gemeldet. Wir werden alle Polizeidienststellen im Umkreis informieren.«

Anstett nickte zufrieden. Glücklicherweise hakte sie nicht nach, denn all das stand auf Jennifers To-do-Liste und war noch nicht ansatzweise in die Wege geleitet. Ebenfalls dank Bastian. »Was ist mit seinem Handy?«

»Keine persönlichen Daten, nur das Navigationssystem war mit der Adresse der Lasarews gefüttert. Die Hinfahrt ist leider nicht gespeichert. Es ist ein Prepaid-Gerät, Herkunft nicht feststellbar. Keine Spuren im elektronischen Innenleben. Möglicherweise hat er es mit bereits vorgespeicherter Adresse bekommen. Das Unfallopfer war die Schwachstelle im wie auch immer gearteten System.«

Anstett verstand, worauf er hinauswollte. »Was noch nicht beweist, dass das Unfallopfer nicht der Mörder ist.«

Jarik zuckte die Schultern. Er war der Kriminaltechniker und würde nicht den Fehler begehen, sich mit der Oberstaatsanwältin anzulegen. Diesen Teil würde er Jennifer und Oliver überlassen.

Prompt fixierte sie Jennifer, fragte aber erst gar nicht nach deren Meinung, was den zweiten Tatbeteiligten anging. Sie wollte über das Für und Wider dieser Theorie nicht diskutieren, schon gar nicht in einem Meeting. »Ganz offensichtlich haben wir es mit einem Auftragsmord zu tun«, stellte sie fest und bewies damit mal wieder, dass sie keinesfalls so ahnungslos war, wie es manchmal den Anschein hatte. Die professionelle Ausführung hatte sie dieselben Schlüsse ziehen lassen wie Jennifer. »Diese Tat hatte eine dreiundachtzigjährige Frau zum Ziel. Warum?«

Die Kommissarin war froh, dass es gerade diese Frage war, zu der sie noch vor der Besprechung hatte recherchieren können. »Der Name Lasarew ist uns nicht gänzlich unbekannt.

Galina war Mitglied einer Familie, die im organisierten Verbrechen beheimatet ist und vor allem in Russland und den Ostblockstaaten operiert. Sie geriet schon öfter in den Fokus, allerdings wurde nie erfolgreich gegen sie ermittelt.«

Tatsächlich war Galina Lasarew nur zweimal als direkte Verdächtige geführt worden, und beide Male hatte man keine Anklage gegen sie erhoben. Die Ermittlungen waren mangels Beweisen eingestellt worden. Ihr Name war häufiger in Ermittlungen gegen andere Personen aufgetaucht, ohne dass sie selbst dabei in den Fokus geraten war.

»Sie war Inhaberin vieler kleinerer Unternehmen sowie Erbin ihres Vaters und ihres Großvaters. Es gab den Verdacht von Geldwäsche. Ihr Imperium reicht tief in den Osten hinein und ist derart verzweigt und verästelt, dass die deutschen Beamten irgendwann aufgeben mussten. Die ausländischen Behörden haben nicht mitgespielt. Man konnte ihr und ihren Mitarbeitern nie etwas nachweisen. Auch das Finanzamt ist bei ausführlichen Steuerprüfungen gescheitert. Das letzte Mal wurde vor sieben Jahren gegen sie ermittelt.«

Anstett runzelte die Stirn. Ihr schien nicht zu gefallen, was sie hörte. »Hatte sie sich bereits zurückgezogen?«

Jennifer schüttelte den Kopf. »Galina Lasarew konnte niemals auch nur ansatzweise belangt werden. Ich sehe keinen Grund, warum sie ihre Geschäfte aufgegeben haben sollte.«

»Hört sich so an, als hätte das alte Mädchen gewusst, was es tut«, murmelte Oliver halblaut. Bisher hatte er den Berichten, Annahmen und Spekulationen nur aufmerksam gelauscht und sich Notizen gemacht. Er zog es zwischenzeitlich vor, in Anstetts Beisein nur dann etwas zu sagen, wenn er explizit gefragt wurde.

Jennifer nickte ihm bestätigend zu, obwohl sie davon ausging, dass sein Kommentar gar nicht als Beitrag gedacht gewesen war. »Sie saß sicher und unantastbar in ihrem Nest und hielt alle Fäden in der Hand, fast schon wie eine Spinne. Sie hat nie expandiert, sondern sich auf ihre Kompetenzen konzentriert, ohne den Bogen zu überspannen. Sie scheint nicht mit großen Einzelbeträgen gearbeitet zu haben, doch über die Jahre dürften Beträge in dreistelliger Millionenhöhe durch ihre Hände gegangen sein.«

Die Oberstaatsanwältin nahm die Informationen kommentarlos zur Kenntnis. »Wissen Sie irgendetwas über ihre Geschäftspartner?«

Jennifer schüttelte den Kopf. »Bisher nicht. Ich werde aber, sobald diese Besprechung beendet ist, die zuständigen Ermittler kontaktieren. Vielleicht haben sie ein paar Namen für uns. Jedenfalls muss Galina Lasarew irgendjemanden sehr verärgert haben. An ihr und ihrem Enkel wurde ein Exempel statuiert.«

»Was ist mit der Lebensgefährtin?«, hakte Anstett nach. »Glauben Sie wirklich, dass sie von alldem nichts wusste?«

Wenigstens hielt sie sich auf dem Laufenden, eine der wenigen positiven Eigenschaften, die Jennifer der dunkelblonden Mittfünfzigerin zugestehen musste. »Ich habe sie eingehender überprüft. Francesca Galdino ist Tochter italienischer Einwanderer, die eine Pizzeria in Gelnhausen und eine Eisdiele in Schlüchtern betreiben. Keine Kontakte zur Cosa Nostra. Sie und ihre Angehörigen sind anständige Leute.«

Die Zweifel standen Ricarda Anstett ins Gesicht geschrieben. Sie war bekanntermaßen anfällig für Vorurteile. Wer konnte schon anständig sein, wenn er mit einem Mann zusammen war, der Hanf im Garten anpflanzte? Und Italiener wurden grundsätzlich verdächtigt, mit der Mafia in Verbindung zu stehen.

Glücklicherweise behielt sie ihre Gedanken für sich. »Gut. Also schön. Ich denke, jeder weiß, was er zu tun hat. Ich will einen Namen haben. Wer immer diesen Mord in Auftrag gegeben hat, ist ebenso schuldig wie der Täter.«

Ihr Blick streifte Jarik, und er verriet bereits, was sie als Nächstes sagen würde. »Ich habe Ihre Theorie zur Kenntnis genommen, Herr Fröhlich. Bevor Sie aber keine eindeutigen Beweise für die Beteiligung eines Dritten liefern, verlässt diese Vermutung nicht diesen Raum und schon gar nicht das Gebäude. Verstanden?«

Nach dem Ende der Konferenz verteilten sich die Kollegen wieder auf ihre Büros. Alle waren erleichtert, dass die Besprechung vorbei war.

Zwar war die Idee eines zentralen Informations- und Gedankenaustauschs nicht schlecht, der Zeitpunkt war allerdings verfrüht und ungünstig gewählt. Die Art, wie Anstett ihre Konferenzen zu führen pflegte, und ihre sture Haltung erledigten meist den Rest.

Jennifer überflog an ihrem Schreibtisch die Liste ihrer Notizen und Ansätze. Unabhängig davon, ob sie nur den Auftraggeber oder zusätzlich noch nach einem weiteren Tatbeteiligten suchten, ihre Prioritäten blieben dieselben.

Sie ging ohnehin davon aus, dass Jariks Theorie zutraf. Wenn er irgendwelche Zweifel an der Spurenlage gehabt hätte, hätte er die Angelegenheit gegenüber Anstett nicht zur Sprache gebracht. Die von ihm angeführten Hinweise waren plausibel und nachvollziehbar. Und sie bestätigten die Zweifel, die sie selbst bereits verspürt hatte.

Trotzdem: Sie brauchten einen Namen. Sie mussten die Identität des Unfallfahrers lüften, ganz gleich, welche Rolle er bei der Ermordung der Lasarews gespielt hatte.

Jennifer entschied, den Kreis recht weit zu ziehen. Sie stellte die Informationen zusammen, die für die Erfassung des Toten und seiner Merkmale in den Systemen sowie die Benachrichtigung benachbarter Dienststellen notwendig waren.

Anschließend beriet sie sich kurz mit Peter Möhring, ihrem direkten Vorgesetzen. Er entschied, Foto und Beschreibung des Unfallfahrers nicht sofort an die Presse zu geben, es sei denn, die Staatsanwaltschaft wollte nicht warten, bis die anderen Möglichkeiten ausgeschöpft waren.

Die Veröffentlichung einer derartigen Meldung bedurfte immer einer Abwägung zwischen Dringlichkeit und Rücksicht auf mögliche Angehörige. Niemand schlug morgens gerne die Zeitung auf und erblickte das Bild seines toten Kindes oder Ehegatten, für Zehntausende öffentlich einsehbar und mit dem Hinweis auf polizeiliche Ermittlungen.

Auf dem Rückweg holte sie sich am Automaten einen Kaffee und plauschte noch kurz mit Freya Olsson, der Assistentin der Kripo, die die Beamten bei der Recherche und dem leidigen Papierkram unterstützte. Die quirlige Schwedin freute sich auf ihren wohlverdienten Urlaub.

Als sie in ihr Büro zurückkehrte, fand sie einen Anruf in Abwesenheit vor. Jarik Fröhlich hatte versucht, sie zu erreichen.

Sie rief ihn sofort zurück.

»Wir haben eine heiße Spur!«, informierte er sie ohne Umwege.

Das hörte sich doch schon mal vielversprechend an. »Und welche?«

»Die Fingerabdrücke sind fertig. Unser Unbekannter ist registriert. Sören Wolters. Ich habe seine Einträge im System kurz überflogen. Interessanter Bursche.«

Jennifer weckte bereits ihren Rechner und gab den Namen in die Suchmaske ein. Es gab mehrere Einträge im Kriminalaktennachweis. Sie klickte auf das erste Aktenzeichen, erhielt aber nur eine Fehlermeldung. Dasselbe geschah beim zweiten und auch beim dritten Datensatz. »Verdammt.«

»Was ist?«

Jennifer klickte den vierten Eintrag an, wieder poppte eine Fehlermeldung auf. »Das System lässt mich nicht rein. Ich kann seine persönlichen Daten abrufen, sonst aber auch nichts.«

»Hm, warte …« Sie hörte Tippen auf der Tastatur, dann einen überraschten Laut. »Was zum Teufel …?«

Als er sonst nichts mehr sagte, hakte Jennifer nach. »Jarik?«

»Ich verstehe das gerade nicht. Seine Akten wurden gesperrt.«

»Was?!«

»Vorhin bin ich noch reingekommen, aber jetzt ist der Zugriff auf alles, was über die persönlichen Daten hinausgeht, nicht mehr zugelassen.« Er klang ratlos.

Das konnte kein Zufall sein. »Wie ist das möglich?«

»Hast du dir die Meldung durchgelesen?«

Sie hatte nur das eindeutige Symbol auf dem Pop-up wahrgenommen. »Äh, nein …«

»Das solltest du aber.«

Sein Tonfall gefiel Jennifer nicht. Sie holte ihr Versäumnis nach und beugte sich vor, um die kleine Schrift zu entziffern. Sie traute ihren Augen nicht. So etwas hatte sie in ihrer gesamten Laufbahn noch nicht erlebt. »Was zur Hölle geht hier vor?«

8

Oliver blickte ungläubig an der spiegelverglasten Fassade des Gebäudes empor und schüttelte den Kopf. »Bist du sicher, dass wir hier richtig sind? Mitten im Frankfurter Bankenviertel?«

»Definitiv. Patrick irrt sich bestimmt nicht«, verkündete Jennifer.

Daran hatte Oliver einerseits seine Zweifel. Jennifer mochte von ihrem ehemaligen Kollegen aus der Frankfurter Dienststelle eine hohe Meinung haben, doch nichts, was sie über ihn erzählt hatte, ließ erkennen, warum ausgerechnet er eine zuverlässige Quelle für geheime Informationen sein sollte. Andererseits: Je geheimer ein Sonderermittlungsteam seinen Standort wählte, desto eher fand man jemanden, der wusste, wo es untergebracht war. »Und sie belegen hier drin mehrere Stockwerke?«

»Ja. Frag dich lieber nicht, was die Miete für diese Räume kostet.«

Jennifer steuerte auf die Drehtür zu, die ins Foyer des Gebäudes führte. Ihre Kampfeslust war deutlich spürbar. Allein das Wort »Sonderermittler« weckte ihren Ehrgeiz, allerdings auch ihre Antipathie. Er hätte sich gerne eine Strategie für den Besuch zurechtgelegt, doch darauf war sie während der Fahrt hierher nicht eingegangen.

Er glaubte ebenso wie Jennifer, dass die Abfrage von Jarik Fröhlich der Auslöser für die Sperrung gewesen war. Ungewöhnlich war der Vorgang trotz allem.

Es war auch unüblich, dass im Sperrtext lediglich ein Name

samt Telefonnummer angegeben wurde, unter der man sich melden konnte, wenn man weiterführende Informationen brauchte. Aber das war erst der Anfang gewesen. Ihre Anrufe wurden direkt an einen Anrufbeantworter weitergeleitet. Eine nichtssagende Stimme bat darum, dass der Anrufer seine Dienstelle, seinen Namen und sein Anliegen nannte und dann auf einen Rückruf wartete.

Eine entsprechende Nachricht hatten sie vor mehreren Stunden hinterlassen. Auf den Rückruf warteten sie noch immer.

Jennifer hatte den ohne Funktion und zuständiges Präsidium angegebenen Namen durch den Rechner gejagt. Sie hatte immerhin herausgefunden, dass Ferdinand Hirt leitender Hauptkommissar bei der Kripo in Frankfurt am Main war, allerdings keinem Dezernat oder Vorgesetzten zugeordnet zu sein schien. Keine Büroanschrift. Keine Telefonnummer. Nichts.

Daraufhin hatte sie ein paar Anrufe bei ehemaligen Kollegen getätigt. Sie hatte lange in Frankfurt gearbeitet, aber noch nie von diesem Ermittler gehört. Doch der ein oder andere Frankfurter Kollege hatte zur Lösung des Rätsels mit einem Hinweis beitragen können.

Ein Puzzleteil hatte zum anderen geführt.

Ferdinand Hirt bekleidete eine leitende Position in einer Sonderkommission, die auf den Chef einer der größten Verbrecherorganisationen des Rhein-Main-Gebiets angesetzt war.

Eigentlich sollte die Soko im Geheimen operieren, was aber wohl auf Dauer nicht funktioniert hatte. Irgendjemand ließ immer einen unbedachten Kommentar oder eine Bemerkung fallen, und so gab es mit der Zeit eine ganze Reihe unbeteiligter Mitwisser.

Dasselbe galt für die Operationszentrale der Kommission. Unter dem Deckmantel eines nichtssagenden Firmennamens hatte sie mehrere Stockwerke eines hochmodernen Gebäudes im Frankfurter Bankenviertel angemietet. Ein Büro, das offiziell gar nicht existierte.

Oliver und Jennifer betraten das Foyer, in dem mehrere Empfangstresen eingerichtet waren. Einige wurden von einzelnen Firmen, andere von mehreren Firmen gemeinsam betrieben. Die marmornen Oberflächen und das Metall im Raum waren auf Hochglanz poliert. Vor den Aufzügen, die paarweise den Tresen zugeordnet waren, standen Männer in Anzügen.

Der Empfangsbereich der Meister & Hauck GmbH gehörte zu den kleineren Tresen, befand sich am rechten Rand des Foyers und wurde als Einziger von Security-Personal bewacht, zweifellos verdeckt arbeitende Polizeibeamte. Um zu den Aufzügen zu gelangen, musste man an drei Bewaffneten vorbei sowie einen Metalldetektor passieren. Neben dem Aufzug gab es ein Tastenfeld mit Kartenschlitz, und Oliver entdeckte gleich drei Kameras, die den Empfangsbereich rund um den Tresen abdeckten.

Je nachdem, welcher Art von Geschäften die Meister & Hauck GmbH angeblich nachging, waren es eine Menge Sicherheitsmaßnahmen. Für ein privates Bankhaus, das vermutlich irgendwelche Aktiva vor Ort lagerte, allerdings auch nicht ungewöhnlich. Keine schlechte Tarnung.

Als Jennifer zielstrebig auf die junge Frau hinter dem Tresen zusteuerte, die mit ihren straff zurückgesteckten Haaren, der Brille und dem Hosenanzug dem äußerlichen Klischee einer strengen Lehrerin entsprach, fragte sich Oliver, wie weit sie wohl kommen würden. Vermutlich nicht einmal bis zum Metalldetektor. Zumindest dem Blick nach zu urteilen, mit dem die Frau sie beide musterte.

Vermutlich erschien nur selten Besuch, der sich bei ihr am Tresen melden musste, und der war normalerweise sicher vorangemeldet. Sie tauchten unerwartet auf, und Oliver konnte förmlich spüren, wie sich die Beamten am Detektor anspannten.

Das Lächeln, das die Empfangsdame Jennifer schenkte, war alles andere als perfekt. Sie spielte ihre Rolle nicht so gut, wie man erwarten sollte.

»Was kann ich für Sie tun?« Auch ihre Stimme klang nicht besonders freundlich oder einnehmend.

»Wir möchten Herrn Hirt sprechen.«

Ihre Augen verrieten sie. Die Beamtin hatte damit gerechnet, dass sie sich vertan, vielleicht den falschen Empfangstresen erwischt hatten. Aber sie kannte den Namen des Kommissars. »Ihre Namen, bitte?«

»Jennifer Leitner und Oliver Grohmann.«

Die Frau blickte nicht einmal auf den Bildschirm ihres Rechners. Die Frage nach den Namen hatte nur der Tarnung gedient. »Sie haben keinen Termin.«

Jennifer beugte sich leicht vor. »Pardon, ich habe mich nicht richtig ausgedrückt. *Kriminalkommissarin* Jennifer Leitner und *Staatsanwalt* Oliver Grohmann. Wir *haben* einen Termin.«

Die Beamtin konnte ihre Verblüffung nicht gänzlich verbergen. Sie zögerte, und ihre Anspannung wuchs sichtlich. Als Jennifer in die Hosentasche griff, um ihren Ausweis hervorzuholen, wäre sie fast zusammengezuckt.

Sie studierte den Ausweis gründlich, dann wandte sie sich dem Rechner zu und tippte etwas ein. Vermutlich prüfte sie Jennifers Identität. Dabei blieb ihre Aufmerksamkeit allerdings auf die beiden Besucher gerichtet.

Als sie Jennifer den Ausweis zurückgab, wirkte sie ein wenig entspannter, doch ihr gefiel die Situation eindeutig nicht. Sie griff zum Telefon. Mit wem auch immer sie telefonierte, das unangemeldete Auftauchen der beiden Lemanshainer Beamten sorgte für Verwirrung und Verärgerung. Die Empfangsdame warf ihnen Seitenblicke zu, die alles andere als höflich waren.

Schließlich deutete sie wortlos in Richtung Detektor, wo Jennifer und Oliver direkt von zwei Männern in Empfang genommen wurden. Auf einem Tisch standen zwei kleine Plastikkisten bereit, in die Jennifer ihre Waffe und Oliver seine Uhr legte. Ihre Handys folgten.

Sie passierten den Metalldetektor. Die Kisten wanderten in einen verschließbaren Schrank unter dem Tisch. »Sie bekommen Ihre Sachen ausgehändigt, sobald Sie das Gebäude wieder verlassen.«

Oliver bemerkte, dass es Jennifer missfiel, ihre Dienstwaffe zurückzulassen, doch sie zettelte keinen Aufstand an. Vermutlich warteten die Beamten nur auf irgendeinen Fehltritt, der es ihnen erlaubte, den beiden ungebetenen Gästen den Zugang zu verweigern.

Sie betraten den Aufzug, gefolgt von einem der Beamten. In welches Stockwerk sie fuhren, blieb ein Geheimnis, denn anstelle der üblichen Bedienelemente waren nur ein Tastenfeld und ein Kartenleser im Aufzug angebracht. Der Fahrzeit nach zu urteilen, tippte Oliver auf den sechsten bis achten Stock.

Als sich die Türen öffneten, wurden sie direkt von einer älteren Beamtin in Empfang genommen. Sie hatte weder ein Lächeln noch ein freundliches Wort für sie übrig und verzichtete darauf, sich vorzustellen. Man hielt sie für lästige Eindringlinge, und so behandelte man sie auch. »Folgen Sie mir!«

Die Frau führte sie in ein Großraumbüro, das nach amerikanischer Art von grauen Zwischenwänden in einzelne Arbeitsplätze unterteilt wurde. Der riesige Raum wurde von Büros gesäumt, die durch Glaswände abgetrennt und deren Jalousien zum großen Teil geschlossen waren.

Oliver wunderte sich über die große Zahl Beamter, die geschäftig an ihren wie auch immer gearteten Aufgaben arbeiteten. Er entdeckte kein einziges Lächeln, kein freundliches Gesicht. Die Menschen waren übellaunig oder wirkten sogar besorgt. Missmut und Unheil lagen in der Luft.

Er kannte diese Art von Atmosphäre. Entweder hatten die Beamten gerade erst einen Kollegen verloren, oder die Ermittlungen liefen extrem schlecht.

Ihre Begleiterin parkte sie in einem kleinen Eckbüro und schloss die Tür hinter ihnen. Die hellen Jalousien zum Großraumbüro waren geschlossen, und die Lampe auf dem Tisch spendete gelbliches Licht. Die Einrichtung war einfach und zweckmäßig. Kein Blatt Papier, kein einziger Schnipsel, der die laufenden Ermittlungen betraf, lag irgendwo offen herum. Die Schränke schienen abgeschlossen zu sein.

Es war ein Ort, an dem man mit Außenstehenden sprach, ohne ihnen einen Einblick zu gewähren. Kein echtes Büro, in dem gearbeitet wurde.

Oliver trat an die Glasfront, die die gesamte Rückwand des Raums bildete, und stellte überrascht fest, dass sie sich mindestens im zwölften Stockwerk befinden mussten. Er erhaschte einen Blick auf die Türme der Deutschen Bank und den kleinen Park sowie die Taunusanlage. Er war länger nicht mehr in der Stadt gewesen und wunderte sich über die vielen schon von hier aus erkennbaren Veränderungen, die ihm Frankfurt beinahe fremd erschienen ließen.

Der plötzliche Anstieg des Geräuschpegels in seinem Rücken forderte seine Aufmerksamkeit.

Jennifer stand bei der Tür. Sie hatte sie einen Spaltbreit geöffnet und lauschte einer hitzigen Diskussion, von der einzelne Wortfetzen in den Raum drangen. Von seiner Position aus konnte Oliver jedoch nichts verstehen.

Obwohl sie die geschlossene Tür hätten respektieren müssen, trat er zu ihr und schielte über ihre Schulter hinweg nach draußen. Die Tür zu dem schräg gegenüber liegenden Besprechungszimmer stand offen, und die Jalousien waren nicht ganz heruntergelassen.

Zwei Männer diskutierten miteinander. Der eine war knapp über zwanzig, trug abgewetzte Jeans, T-Shirt und Sportschuhe und hatte sich seit mehreren Tagen nicht rasiert. Der andere war unbestritten die Autoritätsperson, was nicht nur seinem makellosen Outfit mit Anzug und Krawatte, sondern auch seiner Haltung anzumerken war.

Außerdem tadelte er den jüngeren Mann scharf. »… gleichgültig! Du hättest nicht herkommen sollen!«

»Ich bin der Letzte! Ich kann nichts mehr ausrichten!«

»Sobald sie eingewiesen sind, schicken wir neue Leute. Solange machst du deinen Job wie bisher: Du bleibst im Hintergrund und sperrst die Ohren auf! Und hältst dich an unsere vereinbarten Treffen!«

Dem jungen Beamten gefiel diese Anweisung ganz und gar nicht. Sein Gesicht war zu einer wütenden Grimasse verzerrt. »Einweisen? Du meinst wohl eher ausbilden! Wie lange wird das dauern? Wochen? Monate? Wir sind am Arsch, verdammt!«

Der Blick des Älteren sagte alles. Er hätte seinem Untergebenen wohl zugestimmt, konnte sich ein derartiges Eingeständnis aber nicht leisten. »Ich werde das nicht länger diskutieren. Die Entscheidung ist gefallen. Geh zurück auf deinen Posten.«

Sein Gegenüber fixierte ihn mit düsterem Blick. »Du opferst mich den Amerikanern, wie? Die können wohl nie aufgeben.«

»Das hat nichts mit den Amis zu tun. Wir sind aber dicht dran, ihn ausbluten zu lassen. Jetzt aufzugeben, kommt nicht in Frage.«

Der jüngere Mann stieß ein verächtliches Schnauben aus. »Das wirst du bereuen, Ferdinand. Wir sehen uns in der Hölle wieder.« Sein Vorgesetzter wollte noch etwas sagen, doch der junge Mann rauschte hinaus und warf die Tür so heftig hinter sich ins Schloss, dass die gesamte Glaswand erzitterte.

Er lief an Jennifer und Oliver vorbei. Dabei warf er ihnen einen vernichtenden Blick zu, ohne sie überhaupt richtig wahrzunehmen.

Sie sahen ihm hinterher und wurden erst vom Räuspern des anderen Beamten aus ihren Gedanken gerissen. Ferdinand Hirt musterte sie mit einem abschätzigen Blick. »Geschlossene Türen als Grenzen anzusehen, wie es sich für Gäste gehört, ist Ihnen offenbar nicht geläufig.«

Er drängte vorwärts und zwang sie dadurch, in das kleine Büro zurückzuweichen. Mit dem Drücken zweier Schalter ließ er die Jalousien komplett herunter und schaltete die grelle Deckenbeleuchtung ein. Dann schloss er energisch die Tür.

Oliver entschied, lieber nichts zu sagen. Und auch Jennifer schwieg.

Hirt ließ sich auf den Schreibtischstuhl fallen und verschränkte die Arme hinter dem Kopf. Er bot ihnen keine Sitzgelegenheit an, sondern musterte sie nur weiterhin. Sein Blick blieb schließlich an Jennifer hängen. »Was verstehen Sie eigentlich nicht an der Mitteilung, dass Sie angerufen werden?«

Oliver sah aus den Augenwinkeln, dass Jennifer dem Kommissar ein freundliches Lächeln schenkte. Es wirkte nicht aufgesetzt, war es aber mit Sicherheit. »Ich warte nicht gerne auf Rückrufe, vor allem dann, wenn sie mir von aufgezeichneten Computerstimmen versprochen werden.«

»Ihr unangemeldetes Auftauchen hier ist äußerst unangenehm.«

Zweifellos. Sie waren mitten in eine Diskussion mit seinem

Untergebenen hineingeplatzt, die so offensichtlich auch nicht geplant gewesen war. »Weil Ihr Büro geheim ist?«

Er lachte freudlos auf. Was die Geheimhaltung betraf, gab er sich keinerlei Illusionen hin. »Nein. Aber normalerweise nehme ich mir Zeit, um mich über die Beamten und den möglichen Grund ihres Interesses zu informieren, bevor ich mich mit ihnen in Verbindung setze. Jetzt blieben mir dafür gerade mal die zwei Minuten, die Sie im Fahrstuhl verbracht haben.«

»Das tut mir leid.« Jennifer gab sich keine Mühe, den Sarkasmus in ihrer Stimme zu überspielen.

Hirt lächelte wenig erfreut und schüttelte den Kopf. »Die Informationen über Sie lügen nicht.«

»Ach, ja?«

»Mir kam Ihr Name bereits bekannt vor, als ich ihn im System sah, Kommissarin Leitner. Das hätte mir Warnung genug sein müssen. Und siehe da, eine ehemalige Frankfurter Kollegin mit zweifelhaftem Ruf, zwangsversetzt in die osthessische Provinz. Wenn ich das sofort gelesen hätte, als Sie Ihre Anfrage im System gestellt haben, hätte ich mit Ihrem Erscheinen wohl gerechnet. Aber dann gleich mit einem Staatsanwalt im Schlepptau?« Er schenkte Oliver nicht mehr als einen Seitenblick.

Andere Staatsanwälte hätten in dieser Situation das Ruder an sich gerissen und Ferdinand Hirt wegen seines mangelnden Respekts zurechtgewiesen. Oliver wusste aber, dass dieser Kerl nur auf eine Gelegenheit wartete, seine Wut abzureagieren, und sich in seinen eigenen vier Wänden ohnehin überlegen fühlte. Auf diese Ebene wollte sich Oliver keinesfalls begeben.

Jennifer verstand es außerdem viel besser, die polizeiinternen Machtspielchen zu bedienen. Er wollte ihr nicht die Genugtuung nehmen, sich mit diesem Typen auseinanderzusetzen. Sie hasste aufgeblasene Kerle, die ihr mit Herablassung begegneten, und war äußerst streitbar. Wahrscheinlich genoss sie diese kleinen Scharmützel sogar.

»Wir haben einen Doppelmord aufzuklären. Noch ein Grund, warum wir keine Zeit haben, darauf zu warten, dass Sie sich bequemen, uns zurückzurufen.«

Ferdinand Hirt seufzte. »Ein Doppelmord. An Galina und Artur Lasarew. Und was hat Sören Wolters damit zu tun?«

In den angeblichen zwei Minuten hatte er sich bereits verdammt viele Informationen besorgt.

»Er ist tot«, erwiderte Jennifer geschäftsmäßig. »Ein Autounfall. Niemand hat nachgeholfen. Aber er hatte sämtliche Tatwerkzeuge im Kofferraum. Gut möglich, dass er den Mord begangen hat.«

Oliver hätte schwören können, dass Hirt beinahe mit dem Kopf geschüttelt hätte. Der Kommissar schien diese Theorie für absolut ausgeschlossen zu halten. Doch Olivers Eindruck konnte auch täuschen.

»Wenn er den Mord begangen hat und tot ist, ist der Fall doch abgeschlossen. Was gibt es da noch zu klären?«

»Zum einen sind wir überzeugt, dass der Täter im Auftrag von jemandem gehandelt hat. Zum anderen existieren Hinweise, die auf eine weitere beteiligte Person hindeuten«, antwortete Jennifer kühl. »Wir sind an beiden Personen interessiert: dem Auftraggeber und dem Tatbeteiligten.«

Da Hirt nicht reagierte, fuhr sie fort: »Da Sie den Zugriff auf Sören Wolters' Vorgeschichte haben sperren lassen, sollten Sie in der Lage sein, uns mehr über den jungen Mann, seine Kontakte und auch diesen Mord zu sagen. Da wären der Auftraggeber, Wolters' möglicher Komplize und das Motiv.«

»Und deshalb haben Sie den weiten Weg hierher auf sich genommen?« Hirt klang amüsiert, wovon sich Jennifer nicht irritieren ließ.

»Uns interessiert außerdem, wer in der Lage ist, den Zugriff auf die Akten eines Verdächtigen innerhalb von zwanzig Minuten sperren zu lassen. Dem stehen normalerweise einige bürokratische Hürden im Weg, und es dauert ewig. Aber Sie scheinen da gewisse Rechte zu genießen.«

Ein leises Lächeln tauchte für den Bruchteil einer Sekunde auf Ferdinand Hirts Gesicht auf. »Ich sorge lediglich dafür, dass andere Dienststellen uns durch tangierende Ermittlungen nicht ins Handwerk pfuschen.«

»Die Diskussion mit Ihrem Untergebenen vorhin hörte sich nicht gerade danach an, als hätten Sie damit besonders großen Erfolg.«

Dieser Kommentar versetzte ihm einen spürbaren Dämpfer. Jennifer hatte ins Schwarze getroffen. Trotzdem fing sich Hirt erstaunlich schnell. »Ich bezweifle, dass Sie in der Lage sind, den Erfolg unserer Arbeit auch nur ansatzweise zu beurteilen.«

»Ich kann allerdings beurteilen, ob Sie uns bei der Aufklärung unseres Falls behilflich sein können.«

»Sie sind an der richtigen Adresse, das stimmt«, räumte der Kommissar ein. »Aber es wird Sie wohl kaum überraschen, dass die Informationen, die Sie haben wollen, absolut vertraulich sind. Außerdem fällt dieser Mord in unsere Zuständigkeit.«

Diese Feststellung verblüffte Oliver so sehr, dass er sein Vorhaben vergaß, überwiegend schweigender Beobachter zu bleiben. »In *Ihre* Zuständigkeit?«

»Dieser Mord ist im Umfeld unserer Ermittlungen passiert, weshalb wir uns dieser Sache annehmen werden. Die entsprechenden Dokumente sind bereits auf dem Weg. Sie hätten sich die Fahrt hierher getrost sparen können.« Hirt konnte seine Genugtuung nur unzureichend verbergen.

Oliver fiel es daher schwer, sich an die Fakten zu halten. »Sie wissen also genau, weshalb dieser Mord passiert ist, und wer dafür die Verantwortung trägt?«

Der Kommissar zeigte keine eindeutige Reaktion. »Ich weiß, dass diese Tat unsere Ermittlungen tangiert und wir uns deshalb für zuständig erklären.«

Jennifer kam dem Staatsanwalt zuvor. »Das ist alles? Sie sichern sich die Zuständigkeit in diesem Fall, um dafür zu sorgen, dass Ihnen niemand von außerhalb aus Versehen dazwischenfunkt? Anstatt mit uns zusammenzuarbeiten?«

Der Vorwurf ließ Hirt kalt. »Richtig.«

»Und was werden Sie unternehmen, um den Fall zu lösen? Nichts?«

Er zuckte die Schultern. »Dieser Doppelmord ist in unserem Geschäft etwas Alltägliches. Verbrecher bringen Verbrecher um, die wiederum von anderen Verbrechern umgebracht werden. Das ist der Lauf der Dinge.«

»Wie bitte?!« Jennifer machte einen Schritt auf den Schreibtisch zu und blickte auf den sitzenden Kommissar hinab. »›Verbrecher bringen Verbrecher um‹? Artur Lasarew war kein *Verbrecher*! Er hatte nichts mit den Geschäften seiner Großmutter zu tun! Er hinterlässt eine hochschwangere Freundin, die …«

»Er hat versucht, seine kleine Familie mit Hanfverkäufen über Wasser zu halten.« Hirt blieb vollkommen ruhig und unbeeindruckt. »Ich kann verstehen, dass Sie das aufregt und dass Ihnen das nicht passt. Aber so läuft es nun mal.«

Jennifer schüttelte energisch den Kopf. »Das werde ich nicht akzeptieren!«

Der Kommissar lächelte nur. »Ihnen wird nichts anderes übrig bleiben. Sie können gerne Beschwerde einreichen, aber das wird nichts ändern.« Er stand auf und umrundete den Tisch. Mit dem Schalter neben der Tür verstellte er die Lamellen der Jalousie, sodass sie in das Großraumbüro hinausblicken konnten. »Wir haben hier eine Menge guter Leute von der Frankfurter Kripo. Außerdem noch Beamte vom BKA und vom LKA. Dort hinten rechts die vier Schreibtische besetzt Interpol, da drüben sitzen zwei Ermittler von Europol. Uns sitzen außerdem regelmäßig Vertreter vom FBI sowie der amerikanischen und der europäischen Drogenbehörde im Nacken.« Er warf Jennifer und Oliver einen abschätzigen Blick zu. »Diese Kommission kann keine eigenständigen Ermittlungen irgendeiner Kleinstadtbehörde gebrauchen. Das sollten Sie einsehen. Ihre Vorgesetzten sind bereits informiert, es ist alles in die Wege geleitet. Wir werden jemanden schicken, der die Beweismittel abholt.«

Jennifer holte tief Luft. Sie wollte nicht begreifen oder nicht akzeptieren, dass sich Hirt augenscheinlich in einer unanfechtbaren Position befand, von höchster Stelle gestützt. Er würde sich durchsetzen, ganz gleich, wie viele Beschwerden sie auf den Weg brachten. Man würde ihrem Ansinnen nicht einmal Gehör schenken.

Oliver wollte Jennifer zuvorkommen, da es verschwendete Atemluft war, doch Hirt war schneller. »Bevor Sie sich weiter über Tatsachen aufregen, die Sie nicht ändern können, lassen Sie mich eine Frage stellen: Haben Sie schon einmal etwas von Jegor Sidorov gehört?«

Jennifer musste ihre Wut hinunterschlucken. »Nein.«

Ferdinand Hirt nickte, als ob er nichts anderes erwartet hätte. »Das ist der Mann, um den es hier geht. Sie werden genügend frei verfügbare Informationen über ihn finden, um sich ein Bild von ihm zu machen, und dann werden Sie mir zustimmen.«

»Worin werde ich Ihnen zustimmen?«

»Zum einen werden Sie erkennen, dass Galina Lasarew sich mit dem Falschen angelegt und ihr Schicksal selbst herausgefordert hat. Zum anderen werden Sie begreifen, dass diese Sache um einiges zu groß für Sie ist. Sie werden uns dankbar dafür sein, dass wir Ihnen die Last dieses Falles abgenommen haben.«

Jennifers Mundwinkel verzogen sich zu einem verkniffenen Lächeln. »Zu freundlich. Dafür schicken wir Ihnen einen Blumenstrauß.«

»Danke. Ich fand unsere Begegnung auch sehr angenehm.«

Oliver stand stumm und innerlich kochend vor Wut neben Jennifer. Ein klein wenig wünschte er sich sogar, sie möge die Fassung verlieren, doch sie hatte sich erstaunlich gut im Griff.

Ferdinand Hirt wollte es offenbar nicht darauf ankommen lassen. Für ihn war die Unterhaltung sowieso beendet, weiteren Diskussionen würde er sich nicht stellen. Er wandte sich Oliver zu. »Würden Sie die Dame bitte zur Tür hinausbegleiten? Oder muss ich die Security bitten, Sie beide aus dem Gebäude zu entfernen?«

9

Es war kurz nach acht Uhr abends. Sasha war nervös. Er verspürte eine rastlose Unruhe, die sich als drängendes Gefühl in seinem Brustkorb ausbreitete und als Kribbeln bis in seine Fingerspitzen reichte. Sie raubte ihm beinahe jede Konzentration.

Er versuchte diese Nervosität nun schon seit fast einer Stunde zu ignorieren, ihre Existenz zu verdrängen, doch weder Ablenkung noch bewusstes Bekämpfen half. Es war sinnlos, sich gegen das aufsteigende Verlangen zu wehren, das der Grund für seine Rastlosigkeit war.

Sasha stoppte den Action-Film, den er sich über das TV-System des Hotels bestellt hatte, und warf frustriert die Fernbedienung aufs Bett. Er hätte am liebsten laut geschrien.

In der Vergangenheit war es ihm nach und nach gelungen, den Zeitabstand zwischen einer Tat und dem ersten Ritual immer mehr zu vergrößern. Inzwischen war er bei drei Tagen und fünfeinhalb Stunden angelangt, wobei er um jede Stunde, jede Minute gerungen hatte. Bei diesem Auftrag war die beruhigende und befriedigende Wirkung allerdings bereits nach vierundzwanzig Stunden verpufft.

So sehr er sich auch dagegen sträubte und die Regungen zu unterdrücken versuchte, die Fehler und ihre Folgen schürten seinen Zorn. Er selbst hatte versagt, er hatte den falschen Leuten vertraut. Wut war ihm noch nie gut bekommen, erst recht nicht Wut auf sich selbst. Er war selbst überrascht, wie stark es in ihm brodelte.

Vielleicht war zu lange alles zu reibungslos gelaufen. Er hatte frei von Problemen, ohne Ärger und Zwischenfälle agieren und den Frieden genießen können. Dabei waren Rückschläge eigentlich normal, Teil des Geschäfts. Aber je länger Probleme auf sich warten ließen, desto stärker war offensichtlich ihr Effekt.

Diese rationalen, kühlen Gedanken erstickten seine Wut sofort, zumindest an der Oberfläche. Er konnte nicht ändern, was passiert war, er hatte keinen Einfluss auf die möglichen Folgen. Trotzdem war er frustriert, denn durch seinen Zorn hatte er einen großen Teil seiner so sorgsam und hart erarbeiteten Kontrolle verloren. Viel zu früh musste er seine Instinkte und Triebe bedienen.

Sasha wälzte sich vom Bett und ging zum Schreibtisch, in dessen Unterbau ein kleiner Kühlschrank eingelassen war. Darin befand sich, gemäß seinen Wünschen, eine Auswahl alkoholischer wie nicht-alkoholischer Getränke und Standardsnacks. Außerdem der Joghurt, den er aus einer Laune heraus am Nachmittag gekauft hatte, und eine kleine Flasche Kirschsaft.

Er nahm die Flasche, deren Inhalt er ausgetauscht hatte, heraus und brachte sie ins Badezimmer. Der Raum hatte kein Fenster, doch die Klimaanlage des Hotels arbeitete perfekt. Temperatur und Luftfeuchtigkeit waren angenehm, und es herrschte ein frischer, an eine Meeresbrise erinnernder Duft.

Sasha stellte die Flasche auf dem Waschbecken ab und öffnete sie vorsichtig. Der metallische Geruch stieg ihm sofort in die Nase und ließ sein Herz flattern, obwohl er von einer leichten chemischen Note untermalt war. Andere Menschen hätten sie vermutlich überhaupt nicht wahrgenommen.

Sasha verharrte einen Moment und genoss das wohlige Gefühl der Erwartung in seiner Brust, bevor er eine Spritze aus seinem Kulturbeutel nahm. Vorsichtig füllte er eine genau bemessene Menge von der dunkelroten Flüssigkeit ab.

Kein Tropfen sollte verloren gehen. Kein Tropfen sollte an einer nicht dafür vorgesehenen Stelle landen.

Er ging routiniert, aber achtsam vor. Er legte die aufgezogene Spritze so auf dem Badewannenrand ab, dass der überschüssige Tropfen, der zwangsläufig an der Spitze der Kanüle hängen blieb, in die Wanne fallen würde.

Sasha zog sich aus, setzte sich in die Badewanne und ließ warmes Wasser einlaufen, bis es ihm bis unter die Brust reichte.

Er war bereit für das erste Ritual, die erste Begegnung mit dem Blut.

Er ließ die schwere Flüssigkeit aus der Spritze auf seine Hände tropfen. Er atmete den Duft ein, fühlte die – leider kühle – Klebrigkeit, verrieb sie zwischen den Fingerspitzen und verstrich sie sanft auf seinen Unterarmen. Anschließend tauchte er seine Arme nacheinander ins Wasser und sah zu, wie sich das Blut in Schlieren löste und mit dem Wasser vermischte, wie sich allmählich eine blassrote Tönung ausbreitete.

Er hob die Spritze an und ließ den verbliebenen Rest langsam, Tropfen für Tropfen, ins Wasser fallen. Dann legte er sie beiseite.

Sasha schloss die Augen und lehnte sich zurück. Die warme Flüssigkeit umspülte seinen Körper, er sog den süßlich-metallischen Duft mit jedem Atemzug ein. Sein Gehirn schaltete die Außenwelt stumm, verwischte die Realität und gab sich ganz der Illusion hin, die ihn immer wieder im Traum heimsuchte.

Umgeben von Blut, schwimmend in Blut.

Er fiel in Trance oder in einen tiefen Schlaf. Was dieser Zustand genau war, wusste er nicht. Sein Körper löste sich aus der Realität des ihn umgebenden Raums, aus der Gegenwart. Sein Geist flog davon und fand sich in der Vergangenheit wieder.

Als er zum ersten Mal mit Blut getauft worden war.

Warum er und seine Familie an diesem Tag mit dem Auto gefahren waren, wusste er nicht. Wohin die Fahrt gehen sollte, wie lange sie gedauert hatte, wo und wann genau es passiert war, daran konnte sich Sasha ebenso wenig erinnern.

Die Wochen und Monate vor dem Unfall waren vollständig aus seinem Gedächtnis gelöscht. Doch das Ereignis selbst, das Unglück, das der Ausgangspunkt für sein Leiden und seine Entwicklung geworden war, hatte sich Bild für Bild, Ton für Ton, in sein Gehirn gebrannt.

Sasha war sieben Jahre alt und saß mit seiner vier Jahre alten Schwester auf dem Rücksitz des Familienautos. Es war 1979, ein Jahr, in dem sich noch niemand um Sicherheitsgurte oder Kindersitze scherte. Er hielt die Hand seiner Schwester und sang lauthals mit ihr Kinderlieder.

Noch heute fragte sich Sasha oft, wohin sie eigentlich hatten fahren wollen und warum. Manchmal spürte er, dass es unglaublich wichtig für ihn gewesen wäre, es zu wissen – als ob das irgendetwas geändert hätte.

Sie waren alle gut gelaunt gewesen, sehr gut sogar, auch seine Eltern. Sein Vater, der das Auto steuerte, und seine Mutter, die ab und zu in den Gesang der Kinder einstimmte. Seine Mutter war jung und sehr schön gewesen. Sasha erinnerte sich noch deutlich an ihr Lächeln, ihre rosigen Wangen und die blitzenden Augen, die ihn immerzu liebevoll ansahen.

Er war unsicher, ob sie damals während der Fahrt tatsächlich schwanger gewesen war. Sie war nie dick gewesen, aber in seiner Erinnerung wölbte sich unter ihrem gelben Kleid eine kugelige Rundung.

Seine Schwester und er grölten lautstark die letzten Zeilen eines Kinderliedes. Ihr Lachen schallte durch das Wageninnere. Sein Vater drehte den Kopf und sah seine Frau an. Auch er lachte.

Es war Zufall, dass Sasha zwischen den beiden Vordersitzen hindurch nach draußen sah. Möglicherweise war er aufgestanden und hielt sich an den Lehnen seiner Eltern fest, obwohl sein Vater das Herumklettern während der Fahrt sonst strengstens verboten hatte.

Er war der Einzige, der das Unheil durch die Frontscheibe auf sie zukommen sah. Ein Laster, der ihm in seiner Erinnerung noch immer wie ein riesiges Monster erschien – die Scheinwerfer rot glühende Augen, der Kühlergrill ein aufgerissenes, mit Zähnen gespicktes Maul –, war von der Spur abgekommen und raste direkt auf sie zu. In einer Geschwindigkeit, die das Fahrzeug in Wirklichkeit niemals gehabt haben konnte. Der Lkw schoss auf sie zu, wurde innerhalb von Bruchteilen einer Sekunde größer und größer und größer …

Sasha war vor Schreck zurückgewichen und in seinen Sitz geprallt. »Papa! Pass auf!« Er hatte geschrien oder geflüstert. Sein Ausruf oder sein Wispern waren in kreischendem Lärm, einem explosionsartigen Zusammenstoß und einem kurzen, scharfen Schmerz untergegangen.

Als er wieder zu sich gekommen war, hockte er eingeklemmt hinter dem Fahrersitz. Er konnte sich keinen Millimeter bewegen, und seinen Kopf musste er merkwürdig verdreht halten, da der Sitz seines Vaters über ihm zusammengedrückt worden war.

Er spürte keine Schmerzen. Sein Körper fühlte sich taub an.

Nur langsam realisierte Sasha, was geschehen war. Dass es einen Unfall gegeben hatte, dass ein Lastwagen frontal in das Auto seiner Eltern gerast war. Dieser Tatsache wurde er sich ganz nüchtern bewusst.

Sirenen heulten, er hörte das Schreien und Rufen von Menschen, die um das Auto herumstehen mussten, dennoch hörte es sich so an, als kämen ihre Stimmen aus weiter Ferne. Sie wurden von einem tropfenden Geräusch übertönt, das nur langsam in sein Bewusstsein drang.

Ebenso wie die Feuchtigkeit, die irgendwo von oben zu ihm hinunter tropfte. Es war dunkel, und er konnte kaum etwas sehen, doch der Geruch, den er plötzlich scharf, fast beißend wahrnahm, als hätte jemand den Schalter zu seinem Geruchssinn umgelegt, verlieh der warmen, leicht klebrigen Flüssigkeit Farbe. Rot, dunkelrot. Blutrot.

Es war nicht nur das Blut seines Vaters. Es war auch das Blut seiner Schwester. Noch während er bewusstlos gewesen war, musste er die Hand seiner Schwester ergriffen haben, die sich ihm zwischen zerfetztem Polster und Metall entgegenstreckte. Das Blut, das an ihren Fingern hinablief und sich zu seinen Füßen mit dem Blut seines Vaters vermischte, war noch warm. Ihre Haut wurde aber bereits kalt.

Noch wusste Sasha nicht, dass er drei Stunden lang würde ausharren müssen, bis man ihn endlich aus dem Wrack herausgeschnitten hatte. Dass er dort mit verdrehtem Hals kauern würde, die tote Hand seiner Schwester haltend, die fast vollständig vom Arm abgetrennt war, während immer mehr Blut auf ihn sickern würde.

Das Blut würde sich zu einer immer größeren Lache sammeln und zu einem kleinen See stauen, der bis zu seinen Knöcheln reichen würde. Noch war der Moment nicht gekommen, in dem er die zerschmetterten Körper seiner Eltern auf dem Asphalt der Straße liegen sehen würde, während man ihn auf eine Trage hievte und fort in ein Krankenhaus brachte.

Doch in dem Augenblick, als er nach dem Unfall wieder zu sich kam, wusste er, dass seine gesamte Familie und damit ein Teil von ihm selbst unwiederbringlich ausgelöscht worden war.

Stunden, nachdem Sasha in die Badewanne gestiegen war, lag er rücklings auf dem Bett, in einen seidenen Bademantel gehüllt, und blickte zur Decke. Er spürte jedem der unterschiedlichen Gefühle nach, die durch seinen Brustkorb tobten, und lauschte den widerstrebenden Gedanken, die in seinem Gehirn um Aufmerksamkeit rangen.

Er drückte einen alten Schlüsselanhänger an die Brust.

Sasha war zufrieden. Das erste Ritual hatte seine Wirkung voll entfaltet. Die Narbe, die der Verlust seiner Familie hinterlassen hatte, schmerzte nicht mehr so sehr. Jedes Mal, wenn er die erste Stufe nahm, schien er ein Stück näher daran zu sein, seinen Frieden mit dem Tod seiner Eltern und seiner Schwester zu machen.

Vielleicht würde er sogar irgendwann in der Lage sein, dem Lastwagenfahrer zu vergeben, der betrunken gewesen war und deshalb die Kontrolle über sein Fahrzeug verloren hatte. Sasha schloss seine Hand so fest um den Schlüsselanhänger, dass es beinahe wehtat.

Die Erinnerung an seine Rache war neu aufgefrischt und hatte sich mit den Gewalttaten der letzten Nacht verknüpft. Er empfand eine ganz eigene Art von Frieden. Es störte ihn nicht einmal, dass er nach dem Baden die Wanne mit Enzymreiniger hatte putzen müssen. Diese ärgerliche, aber notwendige Nachbereitung blendete sein Verstand mitsamt den Gerüchen aus.

Es war bedauerlich, dass er nicht mehr als den Anhänger als Erinnerung hatte behalten können. Über die Jahre hinweg waren die Blutreste, die noch in den Ritzen des aus Metall gefertigten Trucks gesessen hatten, verschwunden.

Der Lastwagenfahrer hatte seine Strafe bekommen. Sasha hatte keine Mühen gescheut, ihn Jahre später aufzuspüren, nachdem er neu geboren worden war. Allerdings zu einem Zeitpunkt, als er noch nicht über die Möglichkeiten und Kenntnisse von heute verfügte. Es war zu schnell und zu schmerzlos geschehen, aber der Mann, der seine Familie getötet hatte, war durch seine Hand gestorben.

Der Schlüsselanhänger des Fahrers würde ihn auf immer und ewig begleiten.

Die letzten Klänge des *Adagio for Strings* von Samuel Barber verstummten, und Stille kehrte ein. Sasha warf einen letzten Blick auf den Anhänger. Es war spät geworden, die Arbeit rief.

Am Nachmittag hatte die Geldübergabe stattgefunden, die er am Morgen mit seinem Auftraggeber vereinbart hatte. Natürlich war Sidorov eingeknickt, saß nun vermutlich auf heißen Kohlen und hoffte auf seinen Anruf. Insgeheim befürchtete er vermutlich schon, dass Sasha ihn übers Ohr hauen und ohne die ersehnte Antwort verschwinden würde, obwohl er es besser wissen sollte.

Sasha erledigte seine Aufträge wie vereinbart. Ob das Ergebnis seinen Auftraggebern gefiel oder nicht, dafür ließ er sich nicht bezahlen. Es ärgerte ihn natürlich trotzdem, wenn er nicht liefern konnte, obwohl er nie etwas versprach oder gar fest zusagte.

Dieses Mal machte es ihm allerdings weniger aus, weil sein Geschäftspartner dilettantisch vorgegangen und deshalb auch selbst schuld war, dass sein Anruf so spät kam.

Er hatte den Tag damit zugebracht, seine Fühler vorsichtig auszustrecken, was mögliche Informationsquellen anging, und hatte die lokalen Nachrichten und den Polizeifunk verfolgt.

Bisher schien für ihn alles im grünen Bereich zu liegen. Seine Instinkte warnten ihn, trotzdem wachsam zu bleiben.

Er wusste nicht einmal genau, weshalb.

Sasha setzte sich auf und hangelte sein Handy vom Tisch. Auch etwas, das er heute erledigt hatte: seine Verbindung so einzurichten, dass er von jedem Standort aus sicher telefonieren konnte, ohne zurückverfolgt werden zu können.

Sein Auftraggeber meldete sich nach dem dritten Klingeln. Er klang gereizt. »Ja?«

»Eine laue Sommernacht wünsche ich Ihnen.«

Er hörte, wie Jegor Sidorov erleichtert die Luft ausstieß. Der Mann stand unter enormem Druck. »Sie haben das Geld. Sagen Sie mir nun endlich, was Sie erfahren haben. Wo hat sie versteckt, was sie mir gestohlen hat?«

»Sie haben mich vor der Alten gewarnt, und Sie hatten recht.«

Seine Worte brauchten einen Moment, um bei seinem Gesprächspartner anzukommen. Doch er wollte nicht verstehen. »Was soll das heißen?«

»Dass sie ihr Wissen mit ins Grab genommen hat.«

Stille. Sidorov konnte es nicht glauben. Ein Knirschen kam durch die Leitung, als ob er das Telefon in seiner Hand malträtierte. »Das … dieses verdammte Dreckstück!«

Sasha war ein wenig überrascht. Bei Sidorov hätte er eigentlich mit Diskussionen gerechnet. Aber offenbar hatte er die Zeit zum Nachdenken genutzt. Niemand hatte ihm Antworten versprochen. Lediglich den Versuch, sie zu erlangen. Da er ihn beauftragt hatte, sollte er verdammt gut wissen, dass Sashas Versuche die effektivsten waren.

»Kein Wort?«, fragte Sidorov nach.

»Nein. Nicht von ihr, nicht von ihrem Enkel.«

Noch einmal das Knirschen. Zähne oder Plastik? Er hörte undeutliches Gemurmel, vermutlich unterdrücktes Fluchen.

»Mein Auftrag ist damit erfüllt«, stellte Sasha ungerührt fest. »Wir hören voneinander.«

»Nein, warten Sie!«

Wenn Sidorov nicht so verzweifelt geklungen hätte, hätte

Sasha direkt aufgelegt. Er diskutierte nicht. Er sprach nicht über seine Arbeit.

»Ich habe einen weiteren Auftrag für Sie. Sie bekommen noch einmal denselben Betrag. Wenn Sie sich die Freundin vorknöpfen.«

»Die wollten Sie doch ursprünglich aus der Sache raushalten.« Eine Entscheidung, die Sasha als Schwäche empfunden hatte. Er hätte die Freundin von Anfang an mit einbezogen, es gab kaum bessere Druckmittel als eine hochschwangere Frau. Doch Sidorov war davor zurückgeschreckt, zumal die Frau mit der Sache nichts zu tun hatte.

»Die Lage hat sich geändert. Wenn noch jemand etwas weiß, dann ist sie es. Ich will nicht, dass Sie sie töten. Helfen Sie ihr einfach ein wenig auf die Sprünge! Das sollte in ihrem Zustand nicht allzu schwierig sein.«

»Dafür haben Sie Ihre eigenen Leute.«

»Das Dumme ist nur, dass meine Leute Skrupel haben, im Gegensatz zu Ihnen. Sie schrecken vor nichts zurück. Es muss garantiert sein, dass das Mädchen versteht, worum es geht. Da kann ich nicht das geringste Zögern brauchen.«

Sasha zögerte allerdings. Nicht wegen der Frau oder ihrer Schwangerschaft, sondern weil sich bei dem Gedanken etwas Dunkles in ihm zu regen begann.

Verdammt noch mal.

Sidorov nannte die Summe, die er zu zahlen bereit war, wenn Sasha versuchte, etwas aus Francesca Galdino herauszukitzeln. Selbst wenn er dabei nur zu der Überzeugung gelangen sollte, dass sie nichts wusste.

Doch Sasha hörte ihm kaum noch zu.

10

»Guten Morgen!« Oliver trat mit einem leichten Lächeln auf den Lippen in Jennifers Büro, eine Papiertüte in der Hand, die er ihr auffordernd entgegenstreckte. »Schon gefrühstückt?«

Sie sah ihn fragend an. »Was ist das?«

»Ich war in der Bäckerei um die Ecke und habe dir eine von diesen süßen Brezeln mitgebracht. Ich wusste nur nicht mehr, ob du Schoko oder Rosine-Zimt am liebsten magst, also habe ich einfach von jeder Sorte eine gekauft.«

Sie nahm die Tüte entgegen, blieb aber skeptisch. Oliver hatte ihr noch nie Frühstück mitgebracht. Woher wusste er eigentlich von ihrer Vorliebe für die Brezeln? »Danke … oder erwartest du irgendeine Art von Gegenleistung?«

Er ließ sich unaufgefordert auf den Stuhl am verwaisten Schreibtisch ihres abwesenden Partners Marcel Meyer fallen und lehnte sich zurück. »Ich dachte, wir könnten einen Moment reden.«

Sie mochte seinen unterschwelligen Tonfall nicht. Eine Ahnung beschlich sie, doch dieses Thema würde er wohl keinesfalls im Büro anschneiden, erst recht nicht in normaler Lautstärke und bei offener Tür. Oder etwa doch? Sofort spürte sie ein leichtes Rumoren in der Magengegend.

Um sich abzulenken und Zeit zu gewinnen, öffnete Jennifer die Papiertüte und sog genießerisch den Duft des frischen Hefegebäcks ein. Vielleicht hatte sie auch einfach nur Hunger, obwohl sie sich heute Morgen ausnahmsweise die Zeit für eine Schüssel Müsli genommen hatte.

Sie griff in die Tüte und zupfte ein Stück von der Schokoladenbrezel ab. »Schieß los.« Sie schob sich das Stück in den Mund, kaute und schluckte. Das Magengrummeln aber blieb, bis er endlich mit der Sprache herausrückte.

»Schießen ist ein gutes Stichwort. Du warst gestern Abend auf dem Schießstand.«

Jennifer konnte ihre Überraschung nicht verbergen. »Woher weißt du das denn?«

»Von Hannah, und Hannah weiß es von Bastian. Er hat gestern Abend noch mit ihr telefoniert.«

»Seit wann telefonieren die beiden miteinander?«

Oliver zuckte die Schultern. »Keine Ahnung.«

Eigentlich hatten sie erwartet, dass Hannah und Bastian nicht besonders gut miteinander auskommen würden. Die beiden Teenager waren einfach zu verschieden. Dass sie nun aber sogar noch über den Nachhilfeunterricht hinaus miteinander kommunizierten, damit hatte Oliver wohl genauso wenig gerechnet wie sie selbst.

»Aber darum geht es mir auch gar nicht. Der Punkt ist, dass du gestern Abend frustriert warst, dich auf dem Schießstand abreagieren wolltest und Bastian gegen seinen Willen mitgeschleppt hast. Das ist zumindest seine Version.«

Wie bitte? »Und deshalb willst du mir jetzt an den Karren fahren?!«

Er hob beruhigend die Hände. »Ich will dich deswegen nicht angreifen oder dir irgendeinen Vorwurf machen. Aber Hannah versteht es nicht, und ich muss ehrlich sagen, mir geht es genauso.«

Seinen Beteuerungen zum Trotz: Jennifer fühlte sich angegriffen. »Was verstehst du daran nicht?«

Oliver unterdrückte ein Seufzen, das war ihm deutlich anzumerken. »Dass du ihn zwingst, mit dorthin zu gehen, und ihn dann zum Schießstandleiter ins Büro setzt, und er da rumhocken und auf dich warten muss. Du hättest ihn doch wenigstens schießen lassen können.«

Erst jetzt begann Jennifer zu dämmern, dass er sie erfolgreich aufs Glatteis geführt hatte. Oliver hatte nicht den geringsten Grund, sich bei ihr für ihren Bruder einzusetzen. Er hatte über Hannah von der Geschichte auf dem Schießstand erfahren und sich ganz offensichtlich die richtigen Fragen gestellt.

Fragen, auf die sie ihm keine offenen Antworten geben wollte, was er ebenfalls richtig vermutete. Der Angriff aus einer vollkommen unerwarteten Richtung hätte beinahe Erfolg gehabt. Vielleicht würde er aufgeben, wenn sie sein Spiel mitspielte, ohne ihm die erhofften Informationen zu geben.

»Er ist erst sechzehn«, erinnerte sie ihn, obwohl sie nur zu gut wusste, dass das kein Argument war. Kleinkaliber hätte Bastian problemlos ausprobieren können. Doch das wusste Oliver hoffentlich nicht. Mit Waffenrecht hatte er ihres Wissens noch nie viel zu tun gehabt, zumindest nicht mit Fragestellungen betreffend dieser Altersklasse.

»Schön, er ist zu jung, und du hältst dich an jede Vorschrift.« Seine Ironie war unüberhörbar. »Dann eine andere Frage: Warum hast du ihn nicht einfach zu Hause gelassen?«

»Den Grund dafür hat er Hannah wohl nicht genannt.«

»Vielleicht hat er das.« Oliver zuckte die Schultern. »Sie hat es mir jedenfalls nicht erzählt.«

Gut. Das kam Jennifer entgegen. Sie hatte noch immer kein Bedürfnis, Bastians nächtlichen Ausflug ihm gegenüber zu erwähnen. »Hältst du es für eine gute Idee, wenn wir hinter ihren Rücken über sie reden?«

Oliver runzelte die Stirn. »Was glaubst du, was die beiden tun? Gemeinsames Lästern über Eltern und andere Erwachsene schweißt auch in diesem Alter noch zusammen.«

Jennifer fiel keine passende Erwiderung ein. Er hatte sie erfolgreich in die Ecke gedrängt. Und das wusste er auch.

»Jennifer, was verschweigst du mir?«

»Wieso sollte ich dir etwas verschweigen?«

Diesmal konnte Oliver seinen Seufzer nicht mehr zurückhalten. »Weil offensichtlich irgendetwas vorgefallen ist, und zwar mit Bastian, deinem Bruder, mit dem sich meine Tochter gerade täglich zum Lernen trifft. Vielleicht willst du mir keine Angst machen? Oder einfach nur seine Nachhilfelehrerin nicht verlieren?«

Volltreffer. Natürlich wollte sie Hannah nicht verlieren. Wie hätte sie so kurzfristig jemand anderen finden sollen? Und sie wollte verdammt noch mal nicht, dass die Kapriolen ihres Bruders zwischen Oliver und sie gerieten.

Das hättest du dir überlegen sollen, als du diese grandiose Idee mit Hannah hattest. Genau genommen war es nicht ihre eigene Idee gewesen, sondern Hannahs.

Jennifer hatte Oliver und Hannah zum Essen eingeladen, nachdem sie aus dem Krankenhaus entlassen worden war, als Dank dafür, dass die beiden sich aufopferungsvoll um ihre verletzte Katze Gaja gekümmert hatten. Irgendwann war die Sprache auch auf Bastian gekommen, und Hannah hatte sofort angeboten, ihm Nachhilfeunterricht zu geben. Jennifer hatte nicht lange überlegt und gleich zugestimmt.

Es fiel ihr schwer, die Wahrheit zu sagen. »Ich bin gestern Morgen wegen ihm erst so spät ins Präsidium gekommen.«

Oliver war nicht überrascht. »Das dachte ich mir schon, so abweisend wie du auf jede Frage reagiert hast. Was war denn los?«

»Er ist abgehauen«, gestand sie. »Er hat meine nächtliche Abwesenheit dazu genutzt, loszuziehen und sich Bier zu besorgen. Ich habe gewartet, bis er wieder aufgetaucht ist.«

»Er war betrunken?« Olivers Stimme klang vollkommen neutral.

Jennifer war trotzdem bewusst, dass er in dieser Angelegenheit alles andere als entspannt war. »Nein, nicht ansatzweise. Aber er hatte eine Bierfahne.«

»Also ist er abgehauen und hat sich irgendwo ein, zwei Bier besorgt?«

Sie nickte. »Ja.«

»Und deshalb machst du so einen Aufstand?«

Jennifer runzelte die Stirn. Sie sah Olivers Lächeln, spürte seine Erleichterung, trotzdem war sie nicht sicher, ob sie seine Reaktion richtig deutete. »Er hat sich hinter meinem Rücken aus der Wohnung geschlichen. Er hat sich rumgetrieben. Ja, darüber rege ich mich auf.«

Olivers Lächeln wurde breiter. »Wenn das alles ist, verbuche es unter harmloser Eskapade.«

Sie schüttelte den Kopf. Schlug er sich gerade tatsächlich auf die Seite ihres Bruders? »Das ist bei ihm aber doch nur der Auftakt.«

»Mag sein, dass er früher schon mehr über die Stränge geschlagen hat. Aber du wirst nichts erreichen, wenn du ihn einsperrst und ihm alles verbietest.« Er lächelte noch immer. »Seit wann hast du denn kein Bier mehr zu Hause?«

»Seitdem er da ist.«

Oliver nickte, als ob er mit dieser Antwort gerechnet hätte.

Sie musterte ihn einen Augenblick lang. »Du denkst wirklich, dass ich übertreibe?«

Er zögerte. »Ein wenig.«

Bisher hatte es Jennifer vermieden, sich mit ihm tiefergehend über ihren Bruder zu unterhalten, obwohl er alleinerziehender Vater einer sechzehnjährigen Tochter war. Hannah lebte erst seit Februar bei ihm und war ihm bei ihrer

Ankunft nicht gerade freundlich gesinnt gewesen. Trotzdem führten die beiden eine ziemlich gute und offene Vater-Tochter-Beziehung, jedenfalls soweit sie es mitbekam.

Es konnte nicht schaden, seine Sicht der Dinge zu hören. »Okay. Dann sag mir, was ich falsch mache. Deine Meinung. Wie soll ich mit Bastian umgehen?«

»Ehrlich?« Er schien überrascht zu sein, dass sie ihn um Rat fragte.

»Ja, ehrlich. Sag mir, was du denkst.«

Oliver zögerte noch ein klein wenig, bevor er schließlich antwortete: »Bastian ist sechzehn. Bier ist vollkommen im Rahmen, solange er sich nicht besäuft. Du musst ihm ein paar Freiheiten zugestehen, sonst wird er erst recht versuchen, auszubrechen. Je mehr du ihn einschränkst, je mehr du versuchst, ihm etwas vorzuenthalten, was jedem Jugendlichen seines Alters per Gesetz zusteht, desto bockiger wird er wahrscheinlich. Gib ihm klare Regeln vor, aber mach aus seinem Leben kein gottverdammtes Gefängnis.«

»Hm.« Jennifer sah den Staatsanwalt eine ganze Weile an, während sie darüber nachdachte und ein weiteres Stück von der Brezel aß. Schließlich schüttelte sie über sich selbst den Kopf. »Scheiße, du hast recht.« Sie machte dieselben Fehler wie ihre Mutter. Sie versuchte durch Behüten und Verbote etwas zu korrigieren, was aber auf diese Art nur noch schlimmer wurde. »Verdammt.«

»Es ist ein Vorschlag«, fügte Oliver hinzu. »Ich gebe dir keine Garantie.«

Jennifer setzte einen kritischen Blick auf. »Entzieh dich nur schön deiner Verantwortung.«

»Ich bin Jurist.«

»Aber eigentlich Ankläger und kein Verteidiger.«

Oliver zuckte die Schultern. »Kommt immer drauf an.«

Sie vermisste ein Grinsen. »Worauf?«

Diesmal zögerte er nicht. »Dein Besuch auf dem Schießstand hat mich an ein Versprechen von dir erinnert, das du noch nicht eingelöst hast.«

Jennifer hielt inne. Das Versprechen hatte sie in den letzten beiden Wochen erfolgreich verdrängt. Sie hatte zugesagt, mit ihm schießen zu gehen und ihn zu unterrichten. Er wollte lernen, einen Angreifer mit einem nicht-tödlichen Schuss außer Gefecht zu setzen. Ein Ansinnen, das sie nachvollziehen konnte.

Das war allerdings vor dem Konzert seiner Band gewesen, in dessen Anschluss sie ihn im Backstage-Bereich aufgesucht hatte. Fernab von Arbeit, Gesetzen und Toten, mit ihm allein in einem kleinen Raum in ohnehin bereits aufgeheizter Stimmung, waren ihre Dämme nur allzu leicht gebrochen. Etwas, das sich nicht noch einmal wiederholen sollte. »Das hat doch noch Zeit«, erwiderte sie lapidar.

Damit gab er sich nicht zufrieden. »Du hast selbst gesagt, dass wir mehr als einen Termin brauchen werden. Ich will nicht aus Versehen jemanden umbringen, nur weil ich nicht richtig treffen kann.«

Eigentlich hätte sie ihm zugestimmt. Aber etwas in ihr sträubte sich dagegen, ihr Versprechen einzulösen. »Wie wahrscheinlich ist es, dass du jemals wieder in eine derartige Situation gerätst? Noch dazu mit einer geladenen Waffe in der Hand?«

»Wie wahrscheinlich ist es, dass du nie wieder Hals über Kopf einen Alleingang unternimmst?«

Seine Entgegnung ließ sie kurz stutzen. Es gab mehr als eine Interpretation dieser Frage, und keine davon gefiel ihr. »Das eine hat mit dem anderen doch überhaupt nichts zu tun.«

»Das behaupte ich auch gar nicht, es geht mir nur um Wahrscheinlichkeiten.«

»Ich musste dir und ein paar anderen hoch und heilig schwören, keine Alleingänge mehr zu unternehmen«, erinnerte sie ihn.

»Das weiß ich.«

»Und du glaubst mir nicht?« Sie wollte Empörung spüren, sie wollte Empörung in ihre Worte legen, doch beides funktionierte nicht. »Du denkst, ich werde es wieder tun?«

»Es geht ums Schießen, Jennifer. Du weichst mir aus.«

»Tue ich nicht.«

»Doch«, widersprach er. »Du versuchst, mich in eine Diskussion über deine Alleingänge zu verwickeln, um mir keine Antwort geben zu müssen.«

»Blödsinn.« Jennifer schüttelte den Kopf. »Ich weiß nur nicht, warum du auf einmal so einen Druck machst.«

»Weil wir uns einig waren, das bald anzugehen.«

»Es ist jetzt aber ungünstig. Ich habe Bastian am Hals.« Konnte er die Sache nicht einfach auf sich beruhen lassen?

»Wir könnten auf den Schießstand gehen, wenn dein Bruder und Hannah im Kino sind.«

Dieser Vorschlag irritierte sie vollends. »Was?«

»Der eigentliche Grund, warum ich wegen Bastian Bescheid wissen wollte, ist, dass Hannah mit einer Freundin ins Kino gehen und Bastian gerne mitnehmen will. Er meinte aber, dass seine Schwester ihm das niemals erlauben würde.«

»Kino?«, wiederholte Jennifer. »Nach dem, was er sich gestern geleistet hat? Ganz bestimmt nicht.«

Oliver legte den Kopf leicht schräg. »Es ist keine fünf Minuten her, da sprachen wir über Freiheiten.«

»Versuchst du etwa, mich zu manipulieren?«

»Ich weiß inzwischen nur zu gut, wie du tickst. Oder glaube es zumindest zu wissen.«

»Wenn du dich da mal nicht irrst.«

Oliver kehrte erbarmungslos zum Ausgang ihrer Unterhaltung zurück. »Wir schicken also Hannah und Bastian ins Kino, und du bringst mir den Umgang mit einer 9-Millimeter bei?«

Nein. Es war einfach keine gute Idee. »Vielleicht würde ich einen freien Abend mit etwas anderem verbringen wollen …«

»Jennifer.«

»Was?«

Plötzlich war Oliver wieder ganz ruhig. Die Art, wie er sie ansah, gefiel ihr nicht. »Du weichst mir aus.«

Selbstverständlich, er ließ ihr ja keine andere Wahl. »Nein, tue ich nicht.«

»Nicht nur im Hinblick auf das Schießen.«

Sie antwortete nicht, und auch Oliver hielt inne.

Er sah zur offenen Bürotür, sie hatte den Eindruck, er lauschte auf Schritte. Dann beugte er sich vor und senkte die Stimme. »Ich hatte eigentlich gedacht, dass zwischen uns alles geklärt ist.«

Ihr Herz schien mehrere Schläge auszusetzen. Da war das Thema, das sie umschifft hatte und begraben wissen wollte. Olivers Blick zwang sie, ihm in die Augen zu sehen. Es war nur der Bruchteil einer Sekunde, doch er wühlte all das wieder auf, was sie so sorgfältig zu beruhigen versucht hatte.

Wieso musste er es darauf anlegen? Warum musste er so verdammt gelassen damit umgehen? Oder war sein Vorstoß eher ein Beweis für das Gegenteil? Jennifer schüttelte den Kopf und erteilte diesem idiotischen Gedanken damit eine Absage.

Am besten wäre es, seine Bemerkung einfach zu übergehen und zu hoffen, dass er nicht noch einmal darauf einging. Sie riss sich zusammen und streckte sich. »Wenn du es so eilig hast, können wir noch diese Woche auf den Schießstand gehen.«

Glücklicherweise begann in diesem Moment ihr Telefon zu klingeln. Einsatzzentrale. Jennifer nahm den Anruf entgegen, ohne Oliver nochmals anzusehen, in der stillen Hoffnung, dass das Telefonat länger dauern und er ihr Büro verlassen würde. »Leitner.«

Was ihr der Beamte am anderen Ende der Leitung berichtete, ließ sie das Intermezzo mit Oliver allerdings augenblicklich vergessen. Sie schrieb sich die Adresse auf und bestätigte, dass sie sich sofort auf den Weg machen würde.

Oliver, der natürlich nicht gegangen war, hatte mitbekommen, dass es keine guten Neuigkeiten gab. »Was ist los?«

»Unser Mann«, erwiderte sie. »Er hat wieder zugeschlagen.«

11

Francescas Herz raste, als sie sich ihrer Frauenärztin gegenüber an den Schreibtisch setzte. Die hochgewachsene Frau mit der Brille hatte ihr zwar bereits während der Untersuchung versichert, dass alles in Ordnung sei, doch tief in ihrem Innern nagten noch immer Zweifel. Die Sorge, dass es eben nicht nur der Stress und die Trauer waren, die sie überempfindlich gemacht und ihr Körpergefühl gestört hatten. Dass es nicht allein ihre angegriffene Psyche war, die sie glauben ließ, mit ihrem Baby sei etwas nicht in Ordnung.

Die plötzliche Übelkeit, das merkwürdige Ziehen im Bauch, der Schwindel … Natürlich wusste Francesca, dass dies alles psychosomatische Symptome sein konnten, doch auf irgendeine merkwürdige Art hatte sich das heranwachsende Leben in ihr plötzlich anders angefühlt. Sie konnte das Gefühl nicht einmal richtig beschreiben, aber es gab nun mal mütterliche Instinkte und mütterliche Intuition, und beides hatte bei ihr Alarm geschlagen.

Deshalb war sie zu ihrer Ärztin gefahren und hatte nicht locker gelassen, bis die Arzthelferin sie einschob, obwohl sie keinen Termin hatte. Zum zweiten Mal innerhalb von zwei Tagen.

Francesca war zwischen ihrer Angst, ihrem Verstand und ihrem schlechten Gewissen hin- und hergerissen. Denn irgendwie hatte sie trotz allem doch gewusst, dass sie sich verrückt machte … Es war erstaunlich, wie ruhig und verständnisvoll die Gynäkologin reagierte.

Auch heute nahm sie sich die Zeit, ihr mehrfach zu versichern, dass es ihrem Baby gut ging. Dass ihr nichts Ungewöhnliches aufgefallen war. Weder beim CTG noch beim Ultraschall oder beim Abtasten. Alle Werte und Parameter seien im grünen Bereich. Um ihr Kind müsse sich Francesca keinerlei Sorgen machen.

Am Tag zuvor war ihr schon Blut abgenommen worden, und die Ergebnisse würden in ein bis zwei Tagen vorliegen. Es gab aber seitens der Ärztin, die auch Blutdruck, Zucker, Urin und Temperatur bei ihrer Patientin kontrolliert hatte, keinen Verdachtsmoment, der nicht auf Stresssymptome schließen ließ.

Trotzdem bot sie Francesca an, dass sie sich, falls sie weiterhin unsicher sei, im Krankenhaus untersuchen lassen könne. Es war ein Angebot, das durchaus ernst gemeint war. Francesca merkte aber bereits, wie ihre Angst immer mehr dem schlechten Gewissen darüber Platz machte, dass sie immer noch Zweifel hatte.

Ihre Gynäkologin lächelte milde. Sie bemerkte, was in ihrer Patientin vorging und versicherte Francesca, dass ihre Reaktion völlig normal sei und sie sich keine Vorwürfe machen müsse. Sie solle versuchen, sich auf ihr Baby zu freuen. Wegen der psychischen Belastung sollte sie sich aber jetzt und auch nach der Geburt niemals scheuen, Hilfe in Anspruch zu nehmen.

Francesca verließ die Praxis mit gemischten Gefühlen. Es gab diesen kleinen Funken Freude darüber, dass es ihrem kleinen Mädchen gut ging, dass sie gesund auf die Welt kommen würde. Doch dieser Gedanke wurde sofort wieder von der Tatsache überschattet, dass sie ohne Vater aufwachsen würde, noch dazu in unsicheren Verhältnissen.

Francesca war tief in Gedanken versunken, als sie die Parkgarage betrat, und bemerkte die dunkle Gestalt nicht, die ihr wie ein Schatten folgte. Ihre Aufmerksamkeit wurde von ihren Zukunftsängsten vollkommen in Beschlag genommen.

Der Angriff kam daher völlig überraschend. Sie wurde angerempelt. Starke Arme umschlossen ihren Brustkorb und schoben sie in Sekundenschnelle durch eine Tür neben dem Treppenaufgang, die normalerweise abgeschlossen war. Sie hatte keine Gelegenheit, das Geschehen zu realisieren, geschweige denn zu schreien, bevor sich eine in Leder gehüllte Hand über ihren Mund legte und sie die Klinge eines Messers an der Kehle spürte.

Die Tür in ihrem Rücken fiel im selben Moment ins Schloss. Es wurde stockfinster. Erst jetzt begann Francesca zu begreifen, was geschehen war und in welcher Situation sie sich befand. Sie spürte den Körper eines Mannes, der sie wie in einen Schraubstock gespannt festhielt.

Sein Atem ging langsam und regelmäßig. Auch seine Stimme klang vollkommen ruhig, als er ihr zuflüsterte, sie solle keinen Laut von sich geben und sich nicht wehren.

Francesca war wie gelähmt. Sie kam überhaupt nicht auf den Gedanken, sich seiner Forderung zu widersetzen. Steif blieb sie in seinem Griff stehen und lauschte den Worten, die ihr ins Ohr geflüstert wurden.

Zwar verflüchtigte sich ihre erste, diffuse Befürchtung, dass der Kerl sie vergewaltigen wollte, doch mit jedem Wort wurde ihr bewusster, in welchen Schwierigkeiten sie steckte.

Sie verstand nicht wirklich, was der Kerl von ihr wollte. Ihr Gehirn war blockiert. Sie konnte nur mit einem erstickten Schluchzen den Kopf schütteln.

Die Klinge wanderte zu ihrer Wange. Den Schnitt nahm sie nur als kurzes Ziehen wahr, die warme Feuchtigkeit ihres eigenen Blutes spürte sie dafür umso deutlicher auf ihrer Haut.

Das Messer wanderte wieder tiefer, über ihren Hals und ihre Brust hinweg. Bis zu ihrem Bauch, wo sich die Spitze der Klinge knapp unterhalb des Nabels in ihre Haut bohrte.

»Denk an dein Kind. Du willst sicher nicht, dass deinem Kind etwas passiert.«

Doch Francesca kannte die von ihr geforderte Antwort einfach nicht. Wieder schüttelte sie den Kopf.

Dann verwandelte sich ihr Bauch in eine Hölle aus Schmerz.

12

Bereits als Charlie durch die Tür trat, die in den Flur der Kriminalpolizei führte, konnte sie Jennifer Leitners Stimme hören. Sie war eindeutig sauer und sprang mit ihrem Gesprächspartner alles andere als höflich um.

Trotzdem war die Assistentin Freya Olsson in ihre Arbeit vertieft und wirkte vollkommen unbeteiligt. Als Charlie zu ihr an den Tresen trat, um sich anzumelden, wie Jarik Fröhlich es ihr aufgetragen hatte, blickte die blondgelockte Schwedin auf, grinste und deutete den Flur hinunter in Richtung von Jennifer Leitners Büro.

Charlie war wohl deutlich anzusehen, dass sie die unüberhörbaren Tiraden ein wenig aus dem Konzept brachten. Sie hatte Jennifer Leitners Art noch gut in Erinnerung. Die Kommissarin konnte nett und höflich, aber auch unnachgiebig, direkt und übellaunig sein, wenn man ihr als Zeugin bei einer Befragung gegenübersaß. Charlie ging davon aus, dass sie sich gegenüber ihren Kollegen noch weniger zurückhielt.

Auch wenn sie es sich nicht gerne eingestand, war sie doch erleichtert, Jennifer Leitner nicht alleine in ihrem Büro anzutreffen. Staatsanwalt Oliver Grohmann stand mit verschränkten Armen am Fenster und beobachtete die Kommissarin beim Telefonieren. Ihm stand die schlechte Laune nicht weniger ins Gesicht geschrieben als seiner Kollegin, noch dazu wirkte er extrem skeptisch.

Ein Gesichtsausdruck, der nicht an Intensität verlor, als er aufblickte und Charlie mit einem kurzen Nicken begrüßte.

Ihr war bewusst, dass seine Reaktion nicht den neuesten Entwicklungen im Fall Francesca Galdino geschuldet war. Der Staatsanwalt stand ihr ablehnend gegenüber, das hatte sie vom ersten Moment an gespürt.

Bei Jennifer Leitner war sie sich noch nicht sicher. Die Kommissarin war aufgrund ihrer Launen schwer einzuschätzen. Etwas, was sie beide über die gemeinsame Vergangenheit hinaus miteinander verband.

Ihrem Gesprächspartner bescherte Jennifer jedenfalls gerade keine gute Zeit.

»Es ist mir egal, wer alles in diesem verdammten Meeting mit ihm sitzt. Und wenn er gerade dem Bundespräsidenten persönlich den Hintern küsst, ich will ihn sprechen und zwar sofort!«

Eine verärgerte Frauenstimme klang aus dem Lautsprecher des Telefons. Das Telefonat war laut gestellt, sodass auch der Staatsanwalt mithören konnte. Vermutlich hielt die Kommissarin den Hörer nur noch in der Hand, damit sie irgendetwas hatte, was sie traktieren konnte. Ihre Rechte war um einen Kugelschreiber gekrallt.

»Ich sagte Ihnen bereits, Sie müssen sich gedulden. Ich kann ihn jetzt nicht ans Telefon holen. *Es geht einfach nicht.*«

Jennifer Leitner ging auf diese vermutlich zum wiederholten Mal vorgebrachte Beteuerung überhaupt nicht ein. »Ich gebe Ihnen noch genau zwanzig Sekunden. Dann sitze ich im Auto, und kein Sicherheitsdienst der Welt wird mich davon abhalten, in sein verdammtes Büro zu stürmen.«

Charlie blieb in der Tür stehen und wartete. Die Kommissarin nahm sie überhaupt nicht wahr, und auch der Staatsanwalt machte keine Anstalten, sie zum Gehen oder Bleiben aufzufordern. Also blieb sie.

»Einen Moment.« Es war undeutliches Murmeln und Getuschel zu hören. Der Tonlage nach zu urteilen, war der Umgang am anderen Ende der Leitung ebenfalls alles andere als höflich. Dann meldete sich erneut die Frauenstimme. »Ich stelle Sie durch.«

Jennifer sah auf und begegnete Charlies Blick. Mit gerunzelter Stirn hob sie die Hand, als wolle sie sie heranwinken, doch die Wartemelodie verstummte schon nach fünf Sekunden.

Der Mann hielt sich nicht mit einer Begrüßung auf. »Was wollen Sie schon wieder?«, fauchte er wütend.

Jennifers Stimme nahm einen bittersüßen Klang an. »Hauptkommissar Hirt, schön, dass ich Sie doch noch sprechen kann.«

»Sparen Sie sich das Gesülze! Ich habe keine Zeit für Sie!«

»Wenn Sie keine Zeit für mich haben, dann vielleicht für die neuesten Entwicklungen in unserem, ach nein, in *Ihrem* Fall.«

»Sie haben die klare Anweisung, sich aus der Sache rauszuhalten«, keifte er.

»Ich habe meinen Job zu machen. Und wenn Ihr Freund Sidorov seinen Killer erneut ausschickt, um in *meinem* Zuständigkeitsbereich zu morden, kann ich mich leider nur schwer einfach raushalten.«

»Wie bitte?« Diese Aussage ließ ihn für den Bruchteil einer Sekunde innehalten. Seine Wut war noch nicht gänzlich verraucht, doch die Neuigkeit brachte ihn offensichtlich sofort in ruhigeres Fahrwasser. »Was heißt das?«

Jennifer beruhigte sich nicht. »Das heißt, dass Sidorov seinen Killer erneut losgeschickt hat, um eine hochschwangere Frau anzugreifen! Die Lebensgefährtin von Artur Lasarew, um genau zu sein, und das am helllichten Tag!«

»Scheiße.«

»Ja, das war auch mein erster Gedanke.«

Der Mann, den Jennifer mit Kommissar Hirt angesprochen hatte, ließ sich nicht einmal eine Sekunde Zeit, um nachzudenken. »Woher wissen Sie, dass das etwas mit unseren Ermittlungen oder dem Tod der Lasarews zu tun hat? Weshalb beschuldigen Sie Sidorov?«

Die Kommissarin hatte sichtlich mit ihrer Fassung zu kämpfen. »Wäre die angemessene Frage nicht, wie es Francesca Galdino geht?«

»Ich bin an den Fakten interessiert.«

Was für ein abgebrühter Wichser!

Charlie hatte genug gehört. Hirt musste der Frankfurter Sonderkommission angehören, die den Lasarew-Fall an sich gerissen hatte. Dieselbe Kommission, von der der Umschlag stammte, den sie in den Händen hielt.

Jarik Fröhlich wäre persönlich gekommen, um der Kommissarin die nächste wenig erfreuliche Botschaft zu überbringen, doch er war vollauf mit der kriminaltechnischen Untersuchung des Angriffs auf Francesca Galdino beschäftigt. Sie wollten so viel wie möglich herausfinden, bevor die Sonderkommission sich auch dieses Falles bemächtigte.

»Schön, dann also nur die Fakten.« Jennifer Leitners Stimme hatte den Klang von Eis. Trockeneis, um genau zu sein. »Francesca Galdino wurde in einem Parkhaus angegriffen und mit einem Messer bedroht, das auch zum Einsatz kam. Der Typ ist nicht gerade zimperlich mit ihr umgegangen. Er hat behauptet, die Lasarews getötet zu haben, und wollte Informationen zu irgendeinem Konto, über das das Opfer aber überhaupt nichts weiß. Er ist abgezogen, hat jedoch angekündigt, wiederzukommen und hat gedroht, dass sie beim nächsten Mal dasselbe durchmachen würde wie ihr geliebter Artur. An mehr erinnert sie sich nicht mehr. Der Schock hat eine Sturzgeburt ausgelöst.«

»Also lebt sie noch«, stellte Hirt emotionslos fest. »Ist die Spurensicherung bereits abgeschlossen?«

»Annähernd.«

»Der Fall fällt in unsere Zuständigkeit.« Das überraschte weder die Kommissarin noch den Staatsanwalt, aber beide verzogen gleichzeitig das Gesicht. »Das gesicherte Beweismaterial geht an uns. Und Sie halten sich weiterhin raus.«

»Das ist alles?«, hakte Jennifer aggressiv nach.

»Wir kümmern uns darum.«

Daran hatte Charlie ihre Zweifel. Sie kannte nur das Gerede, das in den Katakomben des Präsidiums angekommen war, doch allein die Art, wie der Kerl es sagte, war aussagekräftig genug.

»Wie wäre es dann, wenn Sie jemanden herschicken, der sich der Sache annimmt? Und mit ›annehmen‹ meine ich: ermitteln, Zeugen befragen, allen voran das Opfer, Spuren sichten.«

Jennifer Leitners giftiger Tonfall brachte Hirt nicht aus der Ruhe. »Wir wissen, wie unser Job funktioniert, und wir arbeiten nach Prioritäten. Wie ich Ihnen schon bei Ihrem Besuch hier vor Ort sagte, übersteigt diese Sache Ihren Horizont. Belassen wir es dabei.«

»Nein«, grollte die Kommissarin, und mit jedem weiteren Wort wurde sie lauter und aggressiver. »Dabei werde ich es garantiert nicht belassen! Zwei Menschen sind abgeschlachtet worden, eine hochschwangere, unschuldige Frau wurde angegriffen und bedroht und könnte jetzt mitsamt ihrem Baby tot sein! Haben Sie das eigentlich verstanden, Sie arrogantes Arschloch?!«

»Mir ist bewusst, worum es hier geht«, antwortete er mit der Ruhe eines Menschen, der derartige Anfeindungen gewohnt war. »Und zwar mehr als Ihnen. Beschimpfungen ändern nichts daran.«

Der Kugelschreiber in Jennifers Hand zerbrach knirschend. Sie warf die Einzelteile so kraftvoll auf den Tisch, dass sie in alle Richtungen davonflogen. Hirt konnte froh sein, dass er ihr nicht persönlich gegenüberstand. »Die Frau und ihr Kind schweben in höchster Gefahr, und Sie wollen die Hände in den Schoß legen, bis sie auch noch umgebracht werden! Und zwar hier, in *meinem* Zuständigkeitsbereich! Wenn Sie ernsthaft glauben, dass ich mich da raushalte, haben Sie sich geschnitten!«

»Stellen Sie die Frau unter Personenschutz. Wir übernehmen die Rechnung.«

Nicht nur Charlie glaubte, sich verhört zu haben. Oliver Grohmann starrte das Telefon inzwischen nur noch ungläubig an. Sein Körper schien vor Anspannung fast zu vibrieren, und selbst er, den Charlie eher als ruhigen und zurückhaltenden Menschen kennengelernt hatte, hatte die Hände zu Fäusten geballt.

»Wie bitte?!«

»Unsere Ermittlungen sind vertraulich, Frau Leitner. Falls Sie sich in Vermutungen ergehen wollen, bitte schön, aber das ändert nichts an den Tatsachen. Mehr habe ich Ihnen dazu nicht zu sagen.«

Hirt legte auf. Ein charakteristisches Klicken ertönte. Dann war die Leitung tot.

Jennifer starrte das Telefon und dann den Hörer in ihrer Hand an, als sähe sie ein solches Gerät zum ersten Mal und könnte nicht glauben, dass es tatsächlich existierte.

Charlie rechnete schon damit, dass sie den Hörer auf der Tischplatte zertrümmern würde. Sie selbst hätte es vermutlich getan. Doch Jennifer hielt sich weiterhin nur daran fest.

»Das ist nicht wahr«, murmelte die Kommissarin schließlich, bevor sie den Staatsanwalt ansah. »Das ist alles einfach nicht wahr.«

Oliver Grohmann schien unschlüssig zu sein, was er sagen sollte.

Charlie vermutete, dass er Jennifer Leitners Meinung teilte, ihre Stimmung aber nicht weiter anheizen wollte. Ganz gleich, was er auch gesagt hätte, ob er Leitner zugestimmt oder ihre nicht gerade zur Kooperation einladende Art erwähnt hätte, die Kommissarin wäre vermutlich explodiert.

Das wusste er. Also schwieg er lieber und brachte sie auf andere Gedanken, indem er ihre Aufmerksamkeit mit einer Handbewegung auf Charlie lenkte.

Vielleicht wollte er aber auch einfach nicht über den Fall sprechen, solange die Praktikantin der Kriminaltechnik anwesend war. Ebenso wenig wie er in ihrer Anwesenheit die Kommissarin rügen oder sich die Blöße geben würde, seine Zurückhaltung abzulegen.

»Gute Neuigkeiten?« Jennifers Blick war düster vor unterdrückter Wut. Doch noch hatte sie sich unter Kontrolle.

Charlie rang sich zu einem Lächeln durch, das aber nicht dazu angetan war, falsche Hoffnungen zu wecken. »Mitnichten.« Sie hielt den Umschlag hoch. »Das ist gerade aus Frankfurt eingetroffen. Ein kurzes Anschreiben und jede Menge vorbereitete Versandaufkleber.«

»Es kommt also niemand her, um die Beweisstücke abzuholen. Sie lassen sie sich schicken.« Jennifer schüttelte den Kopf. Ihre Schultern sackten nach unten. »So viel zum Thema Prioritäten.«

»Nun ja …« Charlie biss sich zögernd auf die Unterlippe. »Jarik … ich meine, Herr Fröhlich hat sich das angesehen, und das sind Archivaufkleber. Die werden den Fall wohl komplett auf Halde legen und die Beweismittel archivieren. Er glaubt, dass in absehbarer Zukunft nichts damit passieren wird, falls überhaupt jemals.«

Charlie erwartete einen Ausbruch. Auch Oliver Grohmann war angespannt, seine Kiefer mahlten unruhig. Es schien ihn selbst einige Kraft zu kosten, nicht die Beherrschung zu verlieren, aber seine Aufmerksamkeit galt Jennifer Leitners Reaktion.

Doch sie rastete nicht aus. Sie schüttelte nur noch einmal den Kopf, ein trauriges Lächeln im Gesicht. Dann begann sie zu lachen. »Das glaube ich alles einfach nicht. Das kann einfach nicht wahr sein, das …« Sie verstummte und sah an Charlie vorbei.

Erst jetzt bemerkte Charlie, dass hinter ihr in der Tür eine weitere Person erschienen war. Sie erkannte Peter Möhring, den Leiter der Einsatzabteilung und Jennifer Leitners direkten Vorgesetzten. Sie trat zur Seite, um ihn durchzulassen, doch er blieb, wo er war.

Sein Blick wirkte fast schon versteinert. »In mein Büro«, sagte er an die Kommissarin gerichtet. »Sofort.« Er machte auf der Stelle kehrt und ging davon.

Jennifer Leitner reagierte relativ entspannt, obwohl er sie ganz offensichtlich nicht zu einem netten Plausch eingeladen hatte. »Das hat ja nicht lange gedauert. Für eine Beschwerde hatte Hirt immerhin Zeit.« Sie stand auf und folgte ihrem Vorgesetzten.

Mit ihrem Abgang trat eine unangenehme Stille ein. Charlie blieb wie angewurzelt stehen. Ebenso der Staatsanwalt. Ihre Blicke trafen sich, und Charlie spürte Unbehagen, das auf Gegenseitigkeit zu beruhen schien.

Der Augenblick verging, als ein elektronischer Ton den Staatsanwalt an sein Handy erinnerte. Er zog es aus der Tasche seiner Anzughose und sah aufs Display.

Sein Seufzen sagte alles. »Er hatte wohl gleich für zwei Anrufe Zeit«, murmelte er kaum hörbar, als er an Charlie vorbeiging.

Sie blieb allein zurück. Ihr Blick schweifte durch das Büro, das funktional und kühl wirkte. Ein wenig wie die Frau, die hier arbeitete. Ein wenig Wärme und Farbe würden dem Raum guttun, dachte sie, bevor sie sich auf den Rückweg in die Katakomben machte.

13

Hannah riss die Augen auf. »Wow, Dad, das kann man ja fast nicht essen!« Sie griff zu der bereitstehenden Schale mit Crème fraîche, häufte sich hektisch mehr davon auf den Tellerrand und aß zwei Esslöffel pur, bevor sie ihren Vater über den Tisch hinweg ansah. »Wie viele Chilis hast du denn da reingetan?!«

Der Crème fraîche folgten mehrere Löffel Bohnen. Dann schob sie noch ein dickes Stück Maisbrot hinterher, ohne ihn aus den Augen zu lassen. »Hey, ich rede mit dir! Hast du überhaupt mal vorgekostet?!«

Oliver schob seine eigene Portion lustlos auf dem Teller herum. Sie hatte recht, er hatte weder gekostet noch abgeschmeckt. Das war auch nicht nötig gewesen, um zu wissen, dass er vielleicht ein oder zwei Habañeros zu viel verwendet hatte. Die Dämpfe, die ihm beim Kochen in die Augen gestiegen waren, hatten keinen Zweifel daran gelassen. Es war ihm aber egal gewesen, er hatte im Moment andere Sorgen.

»Das passiert schon mal«, sagte er nur, als ihm klar wurde, dass Hannah auf eine Antwort wartete. »Es heißt nicht umsonst Texas Jailhouse Chili. Nimm einfach mehr Bohnen und Crème fraîche.«

»Das habe ich bereits! Herrgott noch mal! Wer isst überhaupt mitten im Sommer bei über dreißig Grad im Schatten Chili?«

»Die Texaner?«

»Gott, bist du mies drauf!« Sie schüttelte verständnislos den Kopf und warf den Löffel neben ihren Teller auf den Tisch.

»Lass deine Scheißlaune doch nicht an mir oder am Essen aus!«

Wieder traf sie ins Schwarze. Oliver wusste, dass er sich ihr gegenüber nicht fair verhielt. Sie konnte schließlich nichts dafür, dass er innerlich vor Wut kochte und es bisher nicht geschafft hatte, sich irgendwie abzureagieren.

Trotzdem brachte er nur ein Seufzen zustande. Erst als sie vom Tisch aufsprang, setzte er zu einer Entschuldigung an. Doch das Klingeln an der Tür kam ihm zuvor.

Hannah verschwand im Flur, als Nächstes knallte ihre Zimmertür. Sie würde den Besucher wohl nicht einlassen, und er war versucht, es ihr gleichzutun.

Ohnehin fiel ihm niemand ein, der abends um halb acht bei ihnen vor der Tür stehen könnte. Er erwartete niemanden und seine Tochter augenscheinlich auch nicht.

Oliver schob weiter das Chili auf seinem Teller herum, ohne es anzurühren. Welcher Teufel hatte ihn überhaupt geritten, einkaufen zu fahren und einen Eintopf zu kochen, der für mindestens zehn Personen gereicht hätte?

Sein Handy begann *Riders on the Storm* von den Doors zu spielen. Er hielt inne und runzelte die Stirn. Das Display bestätigte, was er wegen des Klingeltons längst wusste. Doch ob es eine gute Idee war, den Anruf entgegenzunehmen, darüber war er sich nicht im Klaren.

Sein Daumen schwebte einen Moment lang unschlüssig über dem Touchscreen, dann wischte er nach rechts. »Was willst du?«, fragte er und erschrak selbst über seinen verärgerten Tonfall.

»Dass du die Tür aufmachst. Ich habe gerade geklingelt«, erwiderte Jennifer kühl.

»Schon mal daran gedacht, dass ich nicht zu Hause sein könnte?«

»Dein Auto steht auf dem Parkplatz, und ich sehe, dass in deiner Wohnung Licht brennt.«

Er setzte an, etwas zu sagen, doch Jennifer ließ ihn überhaupt nicht zu Wort kommen.

»Ich muss mit dir reden.«

Und wenn ich gerade keine Lust habe, mit dir zu reden, fragte er im Stillen.

Sie hatte an diesem Nachmittag am Telefon genau das ausgesprochen, was er selbst gedacht hatte. Die gesamte Situation und die Ignoranz des Frankfurter Kommissars hatten ihn ebenfalls extrem wütend gemacht. Dass er sich eine Rüge seiner Chefin eingehandelt hatte, weil er der Kommissarin nicht das Telefon aus der Hand gerissen und dafür gesorgt hatte, dass der Tonfall angemessen blieb, nahm er Jennifer aber trotzdem übel.

Sie schien bei ihrem Verhalten grundsätzlich weder an die Oberstaatsanwältin noch an die Folgen – insbesondere für ihn – zu denken. Schon unter normalen Umständen gefiel es ihm nicht, mit Ricarda Anstett im Nacken arbeiten und sich ihren Anweisungen beugen zu müssen. Der Vorfall hatte seine Vorgesetzte erwartungsgemäß mal wieder komplett unausstehlich werden lassen.

»Worüber? Hat das nicht bis morgen Zeit?«

»Nein, hat es nicht. Es ist wichtig.«

Oliver ahnte bereits, was Jennifers Besuch bedeutete. Es wäre das erste Mal gewesen, dass sie sich von Anweisungen hätte aufhalten lassen, die sie für untragbar hielt. Allein deshalb hätte er Jennifer wegschicken sollen. Und zwar, bevor sie Gelegenheit hatte, über ihr Ansinnen mit ihm zu reden.

Er wusste aber auch, dass sie nicht vor seiner Tür stehen würde, wenn sie nicht irgendetwas in der Hand hatte. Mit Sicherheit war sie längst tätig geworden. Seine Neugier trug einen leichten Sieg gegenüber seinen rationalen Erwägungen davon.

Wenige Minuten später saß Oliver wieder vor seinem Teller am Esstisch.

Jennifer hatte sein Angebot, etwas von dem Chili zu essen, sofort angenommen. Trotz seiner Warnung kostete sie pur, verzog aber nur kurz das Gesicht, bevor sie sich jede Menge Bohnen und Crème fraîche zusätzlich auf den Teller lud und ein großes Stück von dem frisch gebackenen Maisbrot abbrach.

Nach einer weiteren Kostprobe nickte sie anerkennend. »Wenn der Schärfegrad erst mal reguliert ist, verdammt lecker. Kein Vergleich mit irgendwelchen Chilis aus der Dose.«

Oliver warf ihr einen skeptischen Blick zu. Dosenchili. Schon der Gedanke war widerlich. »Reden wir nicht vom Essen, sondern über den Grund deines Besuchs.«

Doch den Gefallen tat sie ihm nicht. »Madame Giftzahn war wohl nicht besonders erfreut«, vermutete sie.

»Sie gibt mir die Schuld. Vielen Dank.«

»Als ob du diesem Vollidioten nicht dasselbe gesagt hättest.«

»Es gibt einen Unterschied zwischen sagen und denken.« Er schüttelte den Kopf. Es war sinnlos, irgendjemandem die Schuld zu geben. »Aber was soll's, den Fall wären wir so oder so los gewesen.«

»Hat sie dir auch ein verlängertes Wochenende verordnet?« Jennifers Heiterkeit war nur aufgesetzt. In ihren Augen lag ein Glimmen, mit dem sie Papier hätte in Brand stecken können.

»Nein, aber ich hatte nach ihrer Tirade absolut keinen Bock mehr, im Büro zu bleiben. Wofür ich morgen früh wahrscheinlich den nächsten Anschiss kassieren werde.« Oliver wollte sich nicht länger mit Ricarda Anstett beschäftigen. Er würde ihr früh genug wieder über den Weg laufen. »Hast du mitbekommen, was aus Francesca Galdino wird?«

»Möhring organisiert den Schutz, Frankfurt zahlt, und er hat darauf bestanden, sie persönlich darüber zu informieren. Er traute meinen verbalen Fähigkeiten wohl nicht mehr so ganz über den Weg.«

Was er ihrem Vorgesetzten nicht verdenken konnte. Sie wäre, was Francesca Galdinos Situation und Sicherheit anging, deutlich geworden, viel zu deutlich. Oliver empfand es als fraglich, ob die junge Frau damit hätte umgehen können. »Was ist denn jetzt eigentlich so wichtig, dass du meinen bröckeligen Frieden störst?«

Jennifer kramte in ihrem Rucksack und warf eine Laufmappe auf den Tisch. »Dieser Typ ist definitiv ein fetter Brocken.«

Oliver runzelte verwirrt die Stirn. »Welcher Typ?«

»Jegor Sidorov.«

Oliver hob die Laufmappe an, in der gut und gerne fünfzig ausgedruckte Seiten steckten. »Du hast weitergemacht?« Wieso klang seine Stimme eigentlich noch überrascht? Er hatte mit nichts anderem gerechnet. »Trotz der doch sehr eindeutigen Ansage unserer Chefs?«

Sie zuckte die Schultern. »Hirt hat mir einen Namen genannt, da werde ich doch wohl nachschauen dürfen, was das Internet und die Systeme so hergeben. Rein interessehalber. Wir sollen nichts unternehmen. Das Sammeln von Informationen fällt bei mir nicht unter ›etwas unternehmen‹.«

»Definitionssache.«

Jennifer deutete auf die Laufmappe. »Du kannst mir das auch einfach wieder zurückgeben, und ich behalte mein Wissen für mich.«

Als er die Mappe aufschlug, ohne zu antworten, lächelte sie ihm siegessicher zu. Natürlich war ihr klar gewesen, dass er nicht würde widerstehen können. Oliver überflog die Ausdrucke, zum großen Teil alte Zeitungsausschnitte, die sie im Internet zusammengesucht haben musste.

»Jegor Sidorov ist ein anerkannter Bürger Frankfurts, Unternehmer mit Saubermann-Image, auch wenn seine Geschäfte nicht unbedingt die moralischsten sind. Klebe irgendwo ›Deluxe‹ drauf, und schon wird aus schmuddeligen Sexdienstleistungen erotische Kunst mit Flair.« Jennifer war ihre Antipathie deutlich anzumerken. »Er hat Kontakte in Politik und Wirtschaft. Als die Polizei zum ersten Mal gegen ihn ermittelt hat, wurde der Verdacht publik, seine Klubs könnten dazu dienen, seine kriminellen Machenschaften zu verschleiern. Man munkelte, er würde über diverse kleine Unternehmen einen Großteil des Drogenhandels im Rhein-Main-Gebiet kontrollieren. Seitens seiner Freunde gab es einen riesigen Aufschrei, von wegen Diffamierung, falsche Beschuldigungen, das gesamte Programm.«

Oliver verzog das Gesicht. Wenn man die richtigen Leute kannte oder genug Geld hatte, war Gerechtigkeit in Deutschland inzwischen ein sehr wandelbarer Begriff. Er musste die Artikel nicht lesen, um sich vorstellen zu können, was im Einzelnen abgelaufen war.

»Das wäre aber gar nicht nötig gewesen, denn Sidorov weiß, wie man seine Geschäfte tarnt und sich die Polizei vom Hals hält«, fuhr Jennifer fort. »Alle Ermittlungen gegen ihn wurden mangels Beweisen eingestellt. Ihm war nichts nachzuweisen.«

»Wieso überrascht mich das nicht?«, warf Oliver ein.

Sie lächelte bitter. »Er ist trotzdem nicht vom Haken. Es gibt immer noch den Unterschied zwischen wissen und beweisen können. Inzwischen sind offenbar auch die höchsten Stellen von seiner Schuld überzeugt, die Liste der ihm zugerechneten Verbrechen ist lang. Nur gerichtsfeste Beweise existieren nicht.«

»Weil seine Freunde noch immer ihre schützende Hand über ihn halten?«, vermutete Oliver.

»Das auch. Hinzu kommt, dass Sidorovs Organisation sehr effizient strukturiert ist. Seine Leute sind loyal. Er setzt auf breit gefächerte Teilinformationen, sodass zwar jeder irgendetwas vom Hörensagen weiß, aber die direkt Beteiligten schwer auszumachen sind. Obwohl es den Kollegen in Frankfurt regelmäßig gelungen ist, kleine Auswüchse seines Geschäfts auszutrocknen, sind sie an den Kern und Sidorov selbst nie herangekommen.«

»Deshalb wurde die Sonderkommission ins Leben gerufen.«

Jennifer nickte. »Gegen den Widerstand einiger Verantwortlicher und Funktionäre, die eng mit Sidorov verbandelt sind. Der Frankfurter Kripo muss von vornherein klar gewesen sein, dass sie die Soko nicht vor ihrem Gegner geheim halten können. Unser Freund Ferdinand Hirt ist im Übrigen stellvertretender Leiter.«

Eine Information, die er ihnen vorenthalten hatte. Das machte jetzt aber auch keinen Unterschied mehr.

»Ich habe mich noch ein bisschen umgehört. Die Gerüchteküche siedet leise vor sich hin. Die Soko existiert seit eineinhalb Jahren, vom großen Schlag sind sie aber noch immer weit entfernt. Sie scheinen sich darauf verlegt zu haben, Sidorovs Geschäftsbeziehungen trockenzulegen, indem sie seine kriminellen Partner ausschalten. Das setzt ihm allerdings hauptsächlich in finanzieller Hinsicht zu, Beweise bleiben trotzdem aus.«

Oliver ließ sich all diese Informationen in Ruhe durch den Kopf gehen. »Das sind interessante Details«, räumte er schließlich ein, »ich sehe nur nicht, was wir noch damit zu tun haben.«

Jennifer beugte sich vor. »Jegor Sidorov hat offenbar jemanden damit beauftragt, eine alte Frau und ihren Enkel bestialisch foltern und ermorden zu lassen. Denselben Killer hat er einer hochschwangeren Frau auf den Hals geschickt, die von Glück reden kann, dass ihr und ihrem Baby nichts Schlimmeres passiert ist.«

»Das ist mir bewusst.«

»Die Verantwortlichen dieser Sonderkommission werden die beiden Fälle direkt ins Archiv wandern lassen, weil es sich für sie nur um Kriminalität unter Kriminellen handelt. Sie gehen davon aus, dass die Morde und der Angriff nichts zu bieten haben, was sie gegen Sidorov verwenden könnten. Sie werden nicht ermitteln, sie werden *rein gar nichts* tun. Zwei Morde und der Angriff auf Francesca Galdino sollen ungesühnt bleiben. Damit will ich mich nicht abfinden.«

Oliver seufzte leise. Ihm ging die ganze Verfahrensweise ebenfalls gehörig gegen den Strich, aber sie waren gezwungen, auch einen Blick auf die Gesamtsituation zu werfen. Es war nun mal so, dass höchste Vertreter von Polizei und Staatsanwaltschaft Ferdinand Hirt den Rücken stärkten.

»Ich kann dich verstehen, Jennifer, aber so laufen die Dinge nun mal. Diese Soko wurde nicht eingerichtet, um Straftaten in den Niederungen des organisierten Verbrechens aufzuklären. Sie sind hinter dem Boss her. Ihre Aufgabe ist es, ihn zu überführen und erfolgreich vor Gericht zu bringen. Ermittlungen in unseren beiden Fällen wären nur ein Störfaktor.«

»Das denken sie, ja. Weil sie noch immer glauben, dass sie auf einen Schlag alle kriminellen Machenschaften aus der Welt schaffen, in die Sidorov verstrickt ist, sobald sie ihn anklagen und er verurteilt wird. Diese Annahme ist längst überholt. Es wird nicht funktionieren.«

Oliver konnte nicht anders, als ihr mit einem Nicken zuzustimmen. Den obersten Boss einer Verbrechensorganisation dieser Größenordnung ins Gefängnis zu bringen, hatte noch nie die erhofften Effekte erzielt. Es gab immer irgendjemanden, der erfolgreich seinen Platz einnahm. »Mag sein. Aber das haben wir nicht zu entscheiden. Und solange wir die Hintergründe und die Arbeitsweise dieser Soko nicht mit Sicherheit kennen, sind das alles nur Mutmaßungen.« Oliver schob die Zeitungsartikel in die Laufmappe zurück und schlug sie frustriert zu. »Wir wissen rein gar nichts. Und wir können nichts tun.«

Jennifer hatte ihn während der letzten Sekunden gemustert, senkte nun aber den Blick, um schweigend noch einen Löffel Chili zu essen. Sie kaute langsam und schluckte. Irgendetwas ging in ihr vor. »Das könnten wir ändern«, sagte sie schließlich.

Allein die Beiläufigkeit, mit der sie das sagte, ließ seine inneren Alarmglocken losschrillen. »Das ist keine gute Idee, Jennifer.«

Als sie zu ihm aufsah, schienen Flammen in ihren Augen zu tanzen. »Es ist die einzige Idee, die ich im Moment noch habe.«

»Uns sind die Hände gebunden. Wir können nichts tun.«

Sie schüttelte schon fast trotzig den Kopf. »Das sehe ich anders.«

»Jennifer, es ist vorbei.«

»Ich will doch einfach nur wissen, wer in der Lage ist, einer alten Frau und einem jungen Mann so etwas anzutun!«, rief sie verärgert. »Und vor allem, warum! Wenn ich ihn schon nicht aufhalten kann, dann will ich wenigstens verstehen, was für ein Typ es sich leisten kann, derartige Aufträge zu vergeben, und dann auch noch ungeschoren davonkommt!«

Sie sprach genau das aus, was Oliver empfand, dieselben quälenden, drängenden Fragen. Er hätte beruhigend auf sie einwirken sollen, doch ihm fehlte an diesem Abend die Kraft dazu. »Denkst du, mir geht es anders?«

»Dann lass uns losziehen und uns diesen Dreckskerl aus der Nähe ansehen. Ich will zumindest einen Blick auf ihn werfen.«

Oliver konnte nur die Stirn runzeln. »Das würde nichts ändern.«

»Für mich würde es etwas ändern. Dann käme ich mir nicht mehr ganz so feige vor und wäre nicht gezwungen, tatenlos herumzusitzen.«

Oliver wusste nur zu gut, dass es Jennifer nicht allein darum ging, Jegor Sidorov in Fleisch und Blut zu sehen. Sie wollte ihm gegenübertreten, von Angesicht zu Angesicht, und ihm vermutlich mindestens die Faust in den Magen rammen. Eine Vorstellung, die ihm nicht ganz fremd war, die er aber im Gegensatz zu ihr niemals in die Tat umsetzen würde.

Trotzdem hörte er sich sagen: »Willst du etwa bei ihm zu Hause vorbeifahren und klingeln?«

Sein Kommentar handelte ihm einen bösen Blick ein, mit dem sich Jennifer aber nicht lange aufhielt. »Sidorov betreibt in Frankfurt offiziell einen exklusiven Klub, das ›White Honey‹. Es ist ein Komplex, in dem sich mehrere Etablissements befinden. Von fast noch keuschem Striptease bis hin zum Luxusbordell, natürlich alles legal und streng nach Vorschrift.«

Sidorovs offizielle weiße Weste. Er war nicht der einzige Verbrecher, der sich öffentlichkeitswirksam als Geschäftsmann inszenierte.

»Es gab schon genügend Razzien, und obwohl er das ›White Honey‹ anscheinend auch als Schaltzentrale für seine anderen Geschäfte nutzt, wurde bisher kein einziger Verstoß festgestellt. Ich will diesem Laden einen Besuch abstatten und live erleben, was dort abläuft.«

Oliver verstand nicht, was sie sich davon versprach. Wenn keine einzige Razzia irgendetwas zutage gefördert hatte, würde ein Besuch ebenfalls zu nichts führen. »Du würdest Sidorov vermutlich nicht einmal zu Gesicht bekommen.«

»Es heißt, er würde sich persönlich um den Club kümmern. Er hat dort eine Privatlounge.«

Wie gut sie sich informiert hatte. Das gefiel ihm nicht. »Außerdem hört es sich für mich ganz so an, als wäre das ›White Honey‹ ein Etablissement für das männliche Geschlecht.«

»Nicht ganz. Der Striptease-Bereich, der als Eingang zu den weiteren Stufen des lustvollen Wandelns dient, wie es so schön auf der Homepage heißt, ist für Frauen und Männer zugänglich. Immerhin gibt es einen angrenzenden Swinger-Club.«

»Du willst heute Abend dorthin«, stellte er fest. »Mit mir.«

»Ja.« Ihr Lächeln wirkte ein klein wenig kokett. »Ich würde auch alleine gehen, aber irgendwie ist mir nach einem weiteren Tatbeteiligten.«

Du weigerst dich, mit mir auf den Schießstand zu gehen, und jetzt willst du mich in einen Stripclub schleifen? »Ein Verstoß gegen klar formulierte Anweisungen?«

»Wir machen einen privaten Klubbesuch. Das kann uns niemand verbieten. Wer sollte außerdem jemals herausfinden, dass wir dort waren?«

Was hatte sie vor? Ging es ihr wirklich nur um diesen Besuch? »Und was dann? Was soll das bringen?«

Jennifer zuckte die Schultern. »Keine Ahnung. Das werden wir sehen. Ich will mich einfach nur umschauen, ein Gefühl für die Abläufe kriegen, vielleicht Sidorov zu Gesicht bekommen. Danach … wahrscheinlich gibt es kein Danach. Ich möchte nur nicht untätig zu Hause herumsitzen und diesen ganzen Mist einfach akzeptieren.«

Ein Klubbesuch würde daran kaum etwas ändern. »Belügst du dich nicht gerade selbst? Wir beide wissen, dass es garantiert ein Danach geben wird.«

»Soweit plane ich momentan nicht voraus.«

Oliver schüttelte den Kopf, allerdings nicht so energisch, wie er es hätte tun sollen. »Das ist verrückt.«

»Ich werde nichts Unüberlegtes tun, versprochen.« Sie schaffte es tatsächlich, vollkommen unschuldig dreinzublicken. »Nur ein kurzer Besuch. Wir werden hingehen, die Show genießen, wieder nach Hause fahren. Mehr nicht.«

Er sollte es nicht tun. Er sollte sie davon abhalten. Doch er schwankte bereits. Es kostete ihn Kraft, den letzten möglichen Einwand vorzubringen. »Wenn ich nicht mit dir gehe, gehst du auch nicht. Keine Alleingänge mehr. Du erinnerst dich?«

Sie musterte ihn kurz. Wusste sie, dass sie ihn bereits geködert hatte? »Deshalb gebe ich dir die Chance, dich mir anzuschließen.«

Es war alles, was sie sagte. Sie mussten nicht darüber diskutieren. Sie ließ ihm scheinbar die Wahl, eine Wahl, die er nicht wirklich hatte. Jennifer würde in den Klub fahren, mit ihm oder ohne ihn.

Wenn er sie alleine losziehen ließ, wäre niemand vor Ort, der darauf achtete, dass sie sich nicht doch zu einer unüberlegten Handlung hinreißen ließ. Und alleine würde sie mit Sicherheit auf irgendeine dumme Idee kommen.

Er hatte eigentlich nur noch die Option, sie bei ihrem Vorgesetzten zu melden, sobald sie seine Wohnung verlassen hatte, doch das konnte und würde er nicht tun.

Sie sollten lernen, Ihre Gefühle aus dem Job herauszuhalten. Das hatte Ricarda Anstett vor wenigen Wochen zu ihm gesagt, als sie den verstorbenen Oberstaatsanwalt abgelöst hatte. Vielleicht hätte er wenigstens in dieser Hinsicht auf sie hören sollen …

Jennifer erwiderte seinen Blick. Sie schien sicher zu sein, dass er sie nicht anschwärzen würde.

Verdammt.

»Wie exklusiv ist der Laden?«

Sie unterdrückte ein Lächeln, doch ihr Triumph war deutlich in ihren Augen zu lesen. »Der Eintritt kostet für Männer zweihundert Euro. Aber den übernehme ich.«

»Wenn das so ein feiner Laden ist, wie du sagst, habe ich im Schrank definitiv keinen Anzug, mit dem ich dort aufschlagen könnte.«

»Das habe ich bereits befürchtet«, erwiderte sie grinsend. »Ich habe vorgesorgt. Größe fünfzig?«

»Das passt«, antwortete er perplex und musste sich im nächsten Moment auf die Zunge beißen, um sie nicht zu fragen, weshalb sie das so gut hatte einschätzen können.

Ihr Grinsen verriet, dass sie ihn durchschaute. »Für einen angemessenen Wagen habe ich auch schon gesorgt. Alles, was du noch tun musst, ist Ja zu sagen und mit zu mir nach Hause zu kommen.«

14

Die Rückkehr nach »Garten Eden« fühlte sich seltsam an. Sie war vor drei Monaten aus der ehemaligen Kleingartenkolonie ausgezogen, in ein Ein-Zimmer-Apartment, das ihre Großmutter für sie gekauft hatte. Sie hatte den Wohnwagen mitsamt dem Paar, mit dem sie mehr oder weniger in einer Dreiecksbeziehung zusammengelebt hatte, zurückgelassen. Und damit auch einen großen Teil ihres alten Lebens.

Auch ein Teil von ihr selbst war unweigerlich zurückgeblieben, als sie dem Bitten und Drängen ihrer Großmutter nachgegeben, den Kauf akzeptiert und damit einen Schritt in Richtung bürgerliches Leben gewagt hatte. Zumindest ging Charlie davon aus, dass es so war, obwohl sie bisher noch keinen Teil von sich vermisste.

Sie vermisste allerdings die Gelegenheiten. Den unkomplizierten Sex mit ihrem Mitbewohner, seiner Freundin oder beiden gleichzeitig. Die Chance auf einen Joint, den sie ein paar Gassen weiter problemlos kaufen konnte. Sie vermisste das Umfeld, das ihr und ihrem Treiben keine sonderliche Beachtung schenkte, weil sie niemand dafür verurteilte.

Ihre Therapeutin sah ihren Umzug als Schritt in die richtige Richtung an.

Charlie war nicht so optimistisch. Sie hatte Freiheit und Versuchung gegen gemauerte Wände eingetauscht, mitsamt den Argusaugen der anderen Wohnungseigentümer. Leider ausnahmslos Spießer, die sich ihr Eigentum hart erarbeitet und es nicht von einem Verwandten geschenkt bekommen hatten.

Auch das sah ihre Therapeutin positiv.

Zwar trennte Charlie jetzt ihren Müll, ging einer geregelten Arbeit nach, hielt sich an die Ruhezeiten und hatte keinen unverbindlichen Sex mehr, aber wenn sie sich mal deprimiert in ihrer Wohnung verkriechen sollte, wäre niemand für sie da. Niemand würde merken, wenn die Todessehnsucht auf ihrer Schwelle erschien und mit kräftigen Armen nach ihr griff. Niemand würde sie aus dem Bett werfen und sie zwingen, zum Psychiater zu gehen.

Außerdem war auch ihr neues Umfeld nicht frei von Konfliktherden und Versuchungen. Sie ließ ihre Schuhe manchmal absichtlich im Flur stehen, nur damit sich das Rentnerehepaar von gegenüber aufregen konnte. Manchmal ertappte sie sich dabei, dass sie unbewusst die Konfrontation suchte, indem sie mehr oder weniger absichtlich vergaß, nach acht Uhr abends die Haustür abzuschließen.

Charlie war sich nicht sicher, wie lange sie in ihrer Wohnung bleiben würde. Die Möbel von Ikea waren ihr noch immer fremd, und die regelmäßigen Stromausfälle fehlten ihr auf eigenartige Weise. Ein richtiges, eigenes Bad zu haben, war zwar schön, doch der Komfort nutzte sich verdammt schnell ab, wenn man ständig selbst putzen musste.

Einerseits fehlte ihr »Garten Eden«, andererseits war die Wohnung ihre Chance auf einen Neuanfang, auf ein anderes Leben. Das wollte sie sich zumindest einreden. Denn sie wusste nur zu gut, dass sie sich niemals ändern, niemals auf Dauer würde anpassen können. Es gab Zeiten, in denen sie und der Umgang mit ihr weniger kompliziert war, doch sie würde für immer und ewig auf der Linie wandeln.

I walk the line. Ein schönes Bild. Charlie würde immer die Gefangene ihrer eigenen Persönlichkeit sein. Innerlich zerrissen, manchmal für sich selbst unberechenbar, schwankend zwischen Gefühlen, die sie teilweise nicht einmal benennen konnte. Borderliner.

Die Frage, die immerzu im Raum stand, war allerdings, ob sie ins Wanken geraten und abstürzen oder einigermaßen unfallfrei bis zum Finale gelangen würde. Würde am Ende der Linie der elektrische Stuhl oder die Begnadigung auf sie warten?

Charlie schüttelte über sich selbst den Kopf, während sie die Kieswege zwischen den Parzellen entlangging. Es war später Abend, trotzdem brannten noch überall Lichter und Gartenfackeln. Die Augusthitze trieb die Bewohner in ihre kleinen Gärten, meist nicht mehr als drei Quadratmeter vertrockneten Rasens.

Die Häuschen und Wohnwagen hatten sich tagsüber aufgeheizt. Manche Bewohner hatten ihre Fernseher nach draußen getragen und tranken, spärlich bekleidet in Liegestühle gefläzt, das dritte oder vierte Bier.

Niemand erkannte sie, kaum jemand schenkte ihr Beachtung. Charlie hob hier und da die Hand zum Gruß, mehr aber auch nicht, selbst bei denen, die sie früher gut gekannt hatte. Es gab keine Straßenlaternen, und im Dunkeln waren nicht mehr als ihre Umrisse zu erkennen. Jeder nahm an, dass sie ein Bewohner »Garten Edens« war, niemand stellte Fragen, oder machte sich Sorgen um sein Hab und Gut.

Hier wohnten Menschen, die die Normen und die Konformität der normalen Gesellschaft hinter sich gelassen hatten. Die sich weigerten, in Sozialbauten zu ziehen und sich anzupassen, und die sich deshalb dem einen oder anderen Angriff seitens Behörden und Mitmenschen ausgesetzt sahen. Die Gemeinsamkeiten schweißten zusammen, ohne echte Verbundenheit zu erzeugen.

Es war eine trügerische Idylle. Denn zwischen all den alternativen Wohnungen und Häusern trieben sich sehr wohl dunkle Gestalten herum, die hier nicht nur lebten, sondern auch ihren illegalen Geschäften nachgingen. Sie waren allerdings klug genug, sich in die Gemeinschaft einzugliedern, denn nichts schützte besser als die freundschaftliche Anonymität und Gelassenheit einer Siedlung wie »Garten Eden«.

Christian war einer von ihnen, und einer der Harmlosesten. Er hatte es in seinem Leben zu nichts gebracht, obwohl er ein Faible und eine Begabung für Chemie hatte. Weil er sich vor härteren Dingen und den ganz schweren Jungs fürchtete, braute er sein eigenes kleines Putschmittelchen zusammen. Was er alles untermischte, war sein Geheimnis, das Zeug wirkte aber immerhin gut genug, um den Schulkids einen Kick zu geben. Die zahlten genug für den kurzen Energieschub, der vermutlich eher dem Reiz des Verbotenen als den Inhaltsstoffen zu verdanken war, um Christian über Wasser zu halten.

Die echten Drogendealer interessierten sich nicht für seine Geschäfte mit ein paar pickeligen Jugendlichen, die sich noch nicht an richtige Drogen herantrauten. Sie sahen in ihm eher einen Wegbereiter, den Einstieg, um später ihre eigenen Produkte unter die Leute bringen zu können. Christian gehörte nicht zum Kreis der Lemanshainer Verbrecher, wurde aber dennoch zu der einen oder anderen Party eingeladen. Manche Dealer hingen gerne bei ihm ab, obwohl er spitze Ohren hatte.

Worüber Christian am meisten verfügte, waren Informationen. Es gab kein Gerücht, das er nicht kannte, jeder Tratsch und Klatsch landete früher oder später in seiner Braustube.

Er wohnte auf einem kleinen Grundstück, das früher einmal ein Schrebergarten gewesen war. Die Beete waren mittlerweile vollständig einem Häuschen der Marke Eigenbau gewichen, das den Anschein erweckte, beim nächsten Sturm davongeweht zu werden.

Durch die Lamellen der geschlossenen Fensterläden, von denen kein einziger zu seinem Gegenstück passte, fiel noch Licht. Christian war schon immer ein Nachtmensch gewesen.

Er köchelte seine Aufputschmittel im rückwärtigen Teil des Hauses zusammen. Es gab eine Klingel, die ihm mitteilte, dass jemand vor der Tür stand, und gleichzeitig zwei oder drei versteckte Kameras aktivierte.

So war es zumindest bei ihrem letzten Besuch gewesen. Vermutlich war inzwischen noch mehr Sicherheitstechnik hinzugekommen. Christian war über die Maßen paranoid, obwohl ihn die Polizei noch nie auf dem Schirm gehabt hatte.

Wenn ihr derzeitiger Arbeitgeber gewusst hätte, wie viele Kleinkriminelle es in »Garten Eden« gab, die Charlie hätte verraten können, hätte sie die Praktikumsstelle wahrscheinlich vergessen können oder nur gegen Informationen bekommen. Jarik Fröhlich hatte sich dafür aber überhaupt nicht interessiert, und so hatte sich Charlie glücklicherweise nie ernsthaft fragen müssen, ob sie bereit gewesen wäre, ein paar Möchtegerngangster wie Christian ans Messer zu liefern.

Sie drückte auf den kleinen Knopf neben der Tür und wartete. Er würde sie zweifellos auf den Bildern erkennen, die ihm seine Kameras schickten. Bevor er nach vorne kommen konnte, musste der Kochprozess aber erst einen stabilen Status erreichen.

Es dauerte zwei Minuten, bis sich die Tür öffnete, allerdings nur einen Spalt breit. Christian hatte drei Ketten vorgelegt und leuchtete ihr mit einer Taschenlampe ins Gesicht, um sie zu blenden.

»Charlie«, sagte er mit einer Stimme, die wohl bedrohlich klingen sollte. »Was willst du hier?«

Sie kniff die Augen zusammen. »Mit dir reden.«

»Seit wann reden wir miteinander?«

Eine berechtigte Frage. Bei Christian und ihr war es immer nur ums Geschäftliche gegangen. »Wir können auch erst vögeln und dann reden, wenn dir das lieber ist.«

»Ich hab keine Zeit.«

Dieses Statement hatte sie von ihm noch nie gehört. »Zehn Minuten.«

»Worüber?«

Er schien in den letzten Monaten noch vorsichtiger geworden zu sein. »Das will ich nicht an der Tür besprechen.«

Christian musterte sie misstrauisch, soweit sie sein Gesicht überhaupt erkennen konnte. Er dachte nach. Endlich nahm er die dämliche Lampe runter. »Moment.« Er fingerte an den Ketten herum und öffnete schließlich die Tür. »Komm rein.«

Das Innere des Hauses hatte sich nicht verändert. Direkt hinter der Eingangstür lag eine geräumige Wohnküche, die noch genauso chaotisch eingerichtet und unordentlich war, wie Charlie sie in Erinnerung hatte. Es war das Fehlen von Ordnung in Verbindung mit teilweise pingeliger Sauberkeit, was den Raum, zumindest in ihren Augen, richtig gemütlich machte.

Christian trat an den Tresen, der sich in der Mitte der Küche befand und als Esstisch diente. Er selbst war äußerlich noch immer derselbe dürre und zerstreute Professor, den sie vor ein paar Jahren kennengelernt hatte. Seine braunen Haare standen ihm in sämtlichen Richtungen vom Kopf ab. Die dunklen Augenringe zeugten von schlaflosen Nächten.

Früher war er allerdings freundlicher gewesen. »Also, was genau willst du von mir?«

Charlie nickte zur Tür hin, die in die hinteren Bereiche des Hauses führte. »Kochst du gerade was?«

»Wieso? Was geht dich das an?«

Sie runzelte die Stirn. Sogar für seine Verhältnisse war er merkwürdig drauf. »Warum bist du so misstrauisch?«

Er klopfte nervös mit den Fingern auf der verkratzten Arbeitsplatte herum. »Das solltest du wissen.«

»So, sollte ich das?«

Christian zögerte. Er war offenbar unsicher, ob er ihr seine Erkenntnisse mitteilen sollte. »Gerüchteweise arbeitest du neuerdings für die Bullen.«

Charlie war überrascht. Dabei hätte sie sich denken können, dass diese Information längst bis zu ihm durchgedrungen war. Schon früher hatte sie den Verdacht gehabt, dass er jemanden im Polizeipräsidium kannte, der ihn mit Infos versorgte.

»Aha«, war trotzdem das Einzige, was sie dazu sagte.

»Was, aha?«

Charlie hörte auf ihr Bauchgefühl. Es war besser, nichts abzustreiten. »Das macht dich derart nervös?«

»Sollte es mich nicht nervös machen, wenn ein Bulle mitten in der Nacht bei mir reinspaziert?«

»Ich bin kein Bulle.«

»Aber du arbeitest für sie«, stellte er tonlos fest.

Charlie verdrehte die Augen.

»Stimmt doch, oder?«

»Ich leiste ein Praktikum ab, aber für die Bullen arbeiten würde ich das nicht nennen.« Das war natürlich Ansichtssache.

Er verschränkte die Arme vor der Brust. »Wie dann?«

Sie seufzte. »Du solltest mich besser kennen.«

»Ich bin nur vorsichtig.« Als ob es notwendig gewesen wäre, das zu betonen. »Du hast die Seiten gewechselt, nicht nur zum Spießbürgertum, sondern auch noch zur staatlichen Gewalt.«

»Schon mal was von Systemunterwanderung gehört?«

»Wie bitte?« Der Spruch überforderte ihn. Christian war ein kluger Kopf, doch seine Intelligenz beschränkte sich auf Chemie und Pharmazie. Zumindest war es der einzige Teil seines Geistes, den er pflegte.

Charlie schüttelte den Kopf. »Vergiss es. Ich bin nicht hier, um dich hochgehen zu lassen.«

»Wer einmal lügt, dem glaubt man nicht.«

Es war eine Phrase, die er zu gerne und zu oft verwendete. »Habe ich dich jemals angelogen?«

»Äh, nein, aber …«

»Ich will nur ein paar Informationen von dir.«

Er reckte das Kinn hoch. »Ich verrate niemanden.«

»Du sollst niemanden verraten.« Charlie bemühte sich um Geduld. »Ich will nur wissen, was du über einen bestimmten Vorfall gehört hast. Und der betrifft weder deine Kunden noch deine Lieferanten oder sonst irgendwen, der dir nahesteht.«

»Woher willst du das so genau wissen?«

»Seit wann hast du was mit Folter und Doppelmord zu tun?«

Christian blinzelte. »Oh, darum geht's.«

»Ja, oh, genau darum geht's«, äffte sie ihn nach.

»Damit habe ich wirklich nichts zu tun«, murmelte er leise und wich ihrem Blick aus.

»Aber du weißt was.«

Er zuckte die Schultern, doch er hatte sich bereits verraten.

»Spuck's schon aus!«

»Es gibt ein paar Gerüchte, nichts Genaues.« Christian zögerte noch immer. Als er Charlies ungeduldigen Blick bemerkte, gab er sich endlich einen Ruck und überwand sein Misstrauen. »Über die Lasarew wurde immer mal wieder was erzählt. Angeblich verdient die Familie schon seit mehreren Generationen mit Geldwäsche ihre Brötchen. Die Alte soll für eine Organisation gearbeitet haben, irgendwas Großes in Frankfurt. Der Name Sidorov ist mal gefallen.«

Den Namen hatte Charlie heute schon mal gehört. Es war

die richtige Entscheidung gewesen, sich bei Christian umzuhören. »Hat irgendjemand Vermutungen darüber angestellt, weshalb sie umgebracht wurde? Und von wem?«

»Sie hätte über die Jahre Geld beiseite geschafft, sehr viel Geld … Hätte den Typen aus Frankfurt übers Ohr gehauen. Der soll einen neuen Buchhalter eingestellt haben, der das entdeckt hat. Und das wollte er nicht auf sich sitzen lassen.«

»Wie viel genau?«

Christian zuckte erneut die Schultern. »Da wurde alles Mögliche gemunkelt, alles von einer Million aufwärts. Angeblich wollte er sein Geld wiederhaben … Muss schon einiges gewesen sein, bei dem, was ihr angetan worden ist.« Der letzte Gedanke ließ ihn sichtlich frösteln.

Charlie fragte sich, wie die Details über die Morde so schnell hatten durchsickern können. Hatte Christian tatsächlich eine Kontaktperson im Präsidium? Oder entstammten seine Informationen der Fantasie der Menschen, durch deren Münder sie zuvor gegangen waren?

Ein Leck im Polizeipräsidium erschien ihr am wahrscheinlichsten. Noch eine Sache, die sie ihrem Arbeitgeber hätte melden können, doch das sah sie nicht als ihre Aufgabe an, obwohl sie neben etlichen Verschwiegenheits- und Vertraulichkeitserklärungen entsprechende Klauseln hatte unterschreiben müssen.

Es zählte auch nicht zu ihren Aufgaben, alte Kontakte aufleben zu lassen, um Informationen zu einem Doppelmord zu sammeln. Ihren Ausflug nach »Garten Eden« unternahm sie vollkommen inoffiziell.

»Also hat dieser Sidorov ihr irgendeinen Killer auf den Hals gehetzt, der sie gefoltert und die Drecksarbeit für ihn erledigt hat«, stellte sie fest.

Christian schüttelte den Kopf. »Nicht *irgendeinen* Killer.«

Sein Tonfall klang unheilvoll. Sie spürte ein Kribbeln im Nacken. Wusste Christian etwa noch mehr? Kannte er vielleicht sogar einen Namen? »Was soll das heißen?«

»Da sind ein paar eigenartige Geschichten im Umlauf …«

Eigenartige Geschichten? »Was für Geschichten?«

»Dieser Boss aus Frankfurt, dieser Sidorov, soll für den Job einen ganz besonderen Mann angeheuert haben. Sie nennen ihn *Myasnik*. Das ist russisch und heißt übersetzt ›der Schlächter‹.«

Der Schlächter? Das hörte sich schon nach Legende und nicht mehr nach Fakten an. »Was soll das denn für ein Typ sein?«

Christian bemerkte ihre Reaktion, ließ sich davon aber nicht beirren. »Er ist Freelancer, könnte man sagen. Er wird von allen möglichen Organisationen für Spezialaufträge angeheuert. Er soll aus Russland stammen und schon in halb Europa tätig gewesen sein. Der Kerl soll gut sein – verlässlich, effizient und vor allem skrupellos. Angeblich gibt er die Regeln vor, selbst bei den Chefs der Mafia. Niemand weiß, wer er ist, niemand hat ihn je gesehen, aber er erledigt seine Aufträge zur vollsten Zufriedenheit … und verschwindet dann wieder.«

Das klang eindeutig nach Märchen. Charlie musterte Christian, achtete auf jedes verräterische Zeichen, doch er nahm sie nicht auf den Arm. Er glaubte tatsächlich, was er ihr gerade erzählte. »Wenn niemand weiß, wer er ist, wie kann er dann Aufträge entgegennehmen?«

»Keine Ahnung. Ich gebe nur wieder, was ich gehört habe. Ob an der ganzen Sache was dran ist, kann ich dir nicht sagen. Das gilt für alles, was du von mir gerade erfahren hast. Ich höre vieles, aber ich hinterfrage es nicht.«

»Wäre manchmal vielleicht besser«, murmelte Charlie so leise, dass er es nicht hören konnte. Immerhin hatte seine Eigenschaft, alles ungefiltert weiterzugeben, zuweilen auch seine Vorteile. »Fällt dir sonst noch irgendwas ein?«

Er schüttelte den Kopf. »Das ist alles, was ich weiß.«

Sie nickte. Er sagte die Wahrheit. »Du warst mir eine große Hilfe. Danke.«

Charlie wandte sich zum Gehen.

Er rief ihr hinterher, als sie die Tür erreichte. »Hey, wie steht's mit deinem Angebot?«

»Welchem Angebot?«

»Na, dem Ficken.«

Charlie lachte, um ihre plötzliche Unsicherheit zu überspielen. »Denkst du, nur weil du mir geholfen hast, mache ich es dir umsonst?«

Christian schüttelte den Kopf. Er kannte die Spielregeln. »Wie immer: eine Stunde hundertfünfzig Cash. Und ich lege nochmal hundert für die Extras drauf.«

Allein für ihr kurzes Zögern hätte sich Charlie selbst ohrfeigen können. Es ging nicht ums Geld, das brauchte sie nicht, auch wenn zweihundertfünfzig Steine noch immer verlockend waren. Es ging um den Nervenkitzel, dieses plötzliche Angebot, das sofort ihre Zentren ansprach.

Ein Teil von ihr wollte sich auf der Stelle die Kleider vom Leib reißen und mit ihm vögeln, der andere Teil war über ihre fehlenden Skrupel entsetzt. Hinzu kam Frustration, denn ganz gleich, wie sie sich entscheiden würde, sie würde ihre Entscheidung letztlich bereuen und sich schlecht und schuldig fühlen.

Manchmal kann es helfen, wenn Sie sich fragen, was der Großteil Ihres Umfeldes für die angemessene Entscheidung halten würde. Das hatte ihre Therapeutin gesagt. So weit war sie nun schon, dass sie ihre Entscheidungen davon abhängig machen sollte, welches Verhalten der gesellschaftlichen Norm am ehesten entsprach.

Charlie war das allerdings zu kompliziert. In ihrem Umfeld gab es zu viele Menschen mit fehlender Moral, denn alle anderen hatten sich früher oder später von ihr abgewandt. Sie orientierte sich deshalb daran, welches Verhalten bei ihrer Therapeutin das geringere Stirnrunzeln hervorrufen würde.

Sie warf Christian einen letzten Blick über die Schulter zu. »Sorry, Alter, fick dich selbst.«

15

»Was zum Teufel ist eigentlich in Sie gefahren?!?!« Möhrings Kopf war so rot angelaufen, dass Jennifer ernsthaft um seine Gesundheit fürchtete. Er brüllte selten, aber jetzt war ihr Chef derart außer sich, dass sie schweigend neben Oliver stand und die Standpauke mit gesenktem Blick über sich ergehen ließ.

Sie wollte sich nicht noch einmal das leicht verwackelte Foto anschauen, das letzte Nacht mit einem Handy aufgenommen worden war. Ein kurzer Blick hatte genügt, um zu wissen, dass es keine Möglichkeit gab, sich herauszureden.

Das Foto zeigte Oliver und sie an einem kleinen Tisch in einer abgedunkelten Nische, Schulter an Schulter, eine Vertrautheit und Intimität vortäuschend, die sich gar nicht so vorgetäuscht angefühlt hatte.

Wenn Möhring nicht so geschrien und Anstett sie nicht derart kalt fixiert hätte, hätte sie vermutlich versucht, sich zu rechtfertigen. Dass sie ihren Frust irgendwie hätten abreagieren müssen, dass sie mehr zufällig als absichtlich ausgerechnet in diesem Klub gelandet seien. Vielleicht hätte sie sogar eine Affäre mit dem Staatsanwalt eingestanden, um ihren Kopf ein klein wenig aus der Schlinge zu ziehen.

Aber der Leiter der Einsatzabteilung und die Oberstaatsanwältin ließen keinerlei Zweifel daran aufkommen, dass Leugnen vollkommen zwecklos war. Sie wussten, dass sich Oliver und Jennifer ihren Anweisungen widersetzt und weiter in einem Fall ermittelt hatten, der ihnen entzogen worden war. Dass sie sich lediglich umgesehen, nichts von Interesse bemerkt und tatsächlich einfach einen recht angenehmen Abend miteinander verbracht hatten, interessierte weder Möhring noch Anstett.

Wahrscheinlich war es auch besser, dass ihre Vorgesetzten keine Erklärungen hören wollten und sie gar nicht erst ins Kreuzverhör nahmen. Denn nachdem sie im »White Honey« angekommen waren, hatte Jennifer ohnehin mit abschweifenden Gedanken zu kämpfen gehabt. Die erotisch angehauchten Darbietungen hatten, gepaart mit Olivers Gegenwart, keinen allzu guten Einfluss auf sie gehabt.

Das war jedoch kein Thema, das sie mit ihren Vorgesetzten erörtern oder auch nur Oliver gegenüber erwähnen wollte. Zumal sie bemerkt hatte, dass ihn die Situation ebenfalls nicht kaltließ. Die Nacht nach seinem Konzert hatte ihre Spuren hinterlassen, und die notwendige Einigung darauf, dass es bei dem einen Mal bleiben würde, änderte nichts daran, dass sie anscheinend beide anfällig für eine Wiederholung waren.

Wieso hatte ausgerechnet der Undercover-Bulle von Ferdinand Hirt, dem sie in den Räumen der Sonderkommission begegnet waren, vor Ort sein müssen? Wie war es dem Typen bei diesen Lichtverhältnissen überhaupt gelungen, sie zu erkennen? Er hatte sie in Frankfurt keine Sekunde lang angesehen. In ihrem schwarzen Minikleid, die Haare hochgesteckt und eine dicke Schicht Make-up im Gesicht hatte sie ihr eigenes Spiegelbild kaum erkannt. Wie hatte er sie sehen und ablichten können, ohne dass sie etwas davon mitbekamen?

Der Abend hatte ihnen nicht mehr gebracht als die Erkenntnis, dass die Frankfurter Sonderkommission das »White Honey« offenbar als wichtigen Dreh- und Angelpunkt von Sidorovs Organisation betrachtete. Das war aber auch vorher eigentlich längst klar gewesen.

Und jetzt hatten sie ihre Vorgesetzten am Hals.

Jennifer war die treibende Kraft, es war ihre Idee gewesen. Sie hatte Oliver in die Aktion mit hineingezogen. Aber wenn sie jetzt erklärte, dass er sich von ihr hatte überreden lassen, würde er ihr das vermutlich noch übler nehmen, als die ganze Geschichte an sich.

Also hielt sie lieber den Mund. Und ließ Möhrings Brüllen und Anstetts eisiges Schweigen über sich ergehen.

»Haben Sie eigentlich eine Ahnung, was Sie getan haben?! Was Ihr Besuch in diesem Etablissement hätte anrichten können, wenn Sie nicht nur von dem Beamten erkannt worden wären?!«

Jennifer biss die Zähne zusammen. Wieso hätte sonst jemand sie erkennen sollen? Wer? Mit den Ermittlungen der Sonderkommission hatten sie nicht das Geringste zu tun. Sie bezweifelte, dass ihre Gesichter irgendjemandem in Sidorovs Dunstkreis bekannt waren. Die Fälle Lasarew und Galdino hatte man ihnen entzogen, bevor sie überhaupt die Chance gehabt hatten, richtig einzusteigen.

Obwohl Jennifer keine Anstalten gemacht hatte, etwas zu erwidern, schob Möhring sofort hinterher: »Sagen Sie bloß nichts! Ich will nichts von Ihnen hören! Kein Wort! Und ich will Sie hier auch nicht mehr sehen! Für die nächsten vier Wochen sind Sie zwangsbeurlaubt, alle beide!«

Anstett starrte sie und Oliver nur weiter an. Die Oberstaatsanwältin nickte nicht einmal, aber es war klar, dass sie mit Möhring im Vorfeld darüber gesprochen und die beiden sich auf die ausgesprochene Strafe verständigt hatten. Dass Anstett allerdings Möhring den großen Auftritt überließ, überraschte Jennifer ein wenig. Vielleicht sparte sie sich ihre Kräfte aber auch für den Moment auf, wenn sie mit Oliver allein war.

Möhring schien es ohnehin nicht zu kümmern, dass er keinerlei Personalgewalt über Oliver hatte. »Ich warne Sie. Beide. Wenn Sie diese zwei Fälle auch nur noch einmal erwähnen, steht Ihnen ein saftiges Disziplinarverfahren ins Haus! Sie haben keine Vorstellung davon, wie tief ich dem Leiter der Frankfurter Soko in den Arsch kriechen musste, damit er Ihren Auftritt in diesem Klub nicht an die übergeordneten Stellen meldet!«

Jennifer prägte sich das Muster des Fußbodens ein, während sie zuhörte, und war sich ziemlich sicher, dass Oliver das Gleiche tat. Sie hielt es tatsächlich für möglich, dass ihr sonst so ruhiger und ausgeglichener Vorgesetzter auf irgendetwas einschlagen würde, sollten sie auch nur den Versuch unternehmen, etwas zu sagen.

»Eigentlich hatte *ich* vor, die höheren Etagen wegen der Untätigkeit der Frankfurter Soko in den Fällen Lasarew und Galdino einzuschalten. Aber das kann ich jetzt nicht mehr, dank ihrer saudämlichen Aktion! Die würde seitens der Frankfurter nämlich als Erstes zur Sprache kommen, und dann wäre eine vierwöchige Beurlaubung Ihr geringstes Problem!«

Möhring atmete so heftig, als wäre er mehrere Stockwerke nach oben gejoggt. Sekunden vergingen, in denen er für die Fortsetzung seiner Ansprache Atem zu schöpfen schien, dann stapfte er jedoch ohne ein weiteres Wort hinaus.

Jennifer erwartete, dass Anstett nun zur Höchstform auflaufen würde, doch die Oberstaatsanwältin blieb erstaunlich ruhig.

Sie sah Oliver an, der ihrem Blick schweigend begegnete. Doch anstatt eines Ausbruchs kam nur ein Kopfschütteln. »In zwei Wochen übernimmt mein Nachfolger, und er wird begeistert sein, dass der einzige Vollzeit-Staatsanwalt vor Ort sich eine Disziplinarstrafe eingehandelt hat. Ich werde kein Verfahren mehr gegen Sie einleiten, auch wenn Sie es mehr als verdient hätten. Vielleicht tut mein Nachfolger das dann noch, aber ich bezweifle es. Danken Sie Ihrem Vater dafür.«

Ein spürbarer Ruck fuhr durch Oliver. »Meinem Vater?«

»Sie wirken überrascht.« Anstett lächelte säuerlich. »Glauben Sie mir, das war ich auch, als ich es erfahren habe. Sie hatten wohl nicht die Absicht, mich irgendwann darüber zu informieren?«

Sie wartete nicht auf eine Antwort, sondern stöckelte davon, blieb aber noch einmal im Türrahmen stehen und drehte sich zu ihnen um. »Ihr neuer Partner wird von Ihrer Strafe sicher auch hellauf begeistert sein, Frau Leitner. Aber immerhin erhält er so gleich den richtigen Eindruck von Ihnen.«

Anstett verschwand im Flur.

Jennifer lauschte den sich entfernenden Schritten. Ihr Gehirn war mit den eben neu gewonnenen Informationen vollkommen überfordert. Sie wandte sich Oliver zu, der ihrem Blick allerdings nicht wirklich überzeugend begegnete. »Dein Vater?«, wiederholte sie perplex. »Mein neuer Partner?!«

Oliver schüttelte den Kopf. »Ich habe keine Ahnung, wovon sie da eben geredet hat.« Seine Antwort kam viel zu schnell. Er hatte schon besser geschauspielert.

»Sicher.«

Jennifer sah ihm hinterher, als er sich wortlos abwandte und ebenfalls hinausmarschierte. Ihr entging keinesfalls, dass er es eilig und nicht die Absicht hatte, jetzt mit ihr zu reden, ganz gleich, worüber.

Sekundenlang blieb sie an den Tisch gelehnt stehen und rekapitulierte im Stillen noch einmal Anstetts Worte. Dann rauschte sie in Möhrings Büro.

Er war alles andere als froh darüber, sie zu sehen. »Sagte ich nicht vor fünf Minuten, dass Sie mir nicht mehr unter die Augen kommen sollen?«, fragte er kraftlos. Das Gebrüll hatte offensichtlich seine letzten Reserven aufgebraucht.

Jennifer baute sich vor seinem Schreibtisch auf. »Wieso redet Anstett von meinem *neuen* Partner?«

Möhring stöhnte auf. »Das konnte sie wohl nicht für sich behalten.«

»Es stimmt also?« Der Raum schien sich ein klein wenig um sie zu drehen. »Was ist hier los?! Was ist mit Marcel?! Wieso bekomme ich einen neuen Partner?! Und wieso zum Teufel weiß ich nichts davon?!«

Möhring atmete tief durch und deutete auf den Stuhl, der seinem Schreibtisch gegenüber stand. »Setzen Sie sich.«

Jennifer blieb mit verschränkten Armen stehen. Sie wollte sich nicht setzen. Sie wollte Antworten.

»Frau Leitner, *bitte*.«

Sie kam seiner Aufforderung nach, wenn auch zähneknirschend. »Ich höre.«

Ihr Vorgesetzter rieb sich die Schläfen, bevor er seufzte. »Ich wollte Ihnen das eigentlich persönlich mitteilen, zu einem angemessenen Zeitpunkt …« Er musste ihre Ungeduld spüren. Sie gab sich auch keinerlei Mühe, sie zu verbergen. »Marcel Meyer wird nicht nach Lemanshain zurückkehren. Er hat eine Stelle im Innendienst in Hanau angenommen.«

Jennifer brauchte einige Sekunden, um diese Neuigkeit zu verdauen, obwohl sie sie nicht wirklich überraschte. Marcel war ihr in den letzten Wochen aus dem Weg gegangen. Er hatte sich immer mehr zurückgezogen und schließlich jeden Versuch der Kontaktaufnahme ignoriert. Sie hatte sich eingeredet, dass es zu seinem Heilungsprozess gehörte, dass er nur so auf Dauer vom Alkohol loskommen konnte, tief in ihrem Innern hatte sie aber gespürt, dass es kein gutes Zeichen war. »Wie lange wissen Sie das schon?«

»Er hat schon eine ganze Weile mit dem Gedanken gespielt. Die endgültige Entscheidung ist vor zehn Tagen gefallen.«

Jennifer nickte langsam. Sie hätte Zorn erwartet, doch sie fühlte sich nur leer. »Wieso weiß ich nichts davon, dafür aber Anstett?«

»Weil Marcel Meyer mich darum gebeten hat, Ihnen nichts zu sagen, bevor er seine Sachen abgeholt hat.«

Ihr Partner ging ihr ganz bewusst aus dem Weg. Er mied sie und wollte sich aus dem Staub machen, ohne ihr noch einmal zu begegnen und sich zu erklären. Ohne sich zu verabschieden. Sie biss die Zähne aufeinander, wütend und traurig zugleich.

Warum? Das war die alles entscheidende Frage. Wahrscheinlich gab er ihr eine Mitschuld an seinem Absturz. Das hatte sie von Anfang an befürchtet.

Marcel hatte sich endgültig im Alkohol verloren, als seine Ehe in die Brüche gegangen war. Dass seine Frau geglaubt hatte, er habe mit ihr, seiner neuen Kollegin, eine Affäre, hatte zur Trennung des Paares geführt. Dabei hatte er nur versucht, mit Jennifer mitzuhalten und Überstunden geschoben, weil sie, frisch aus der Großstadt gekommen, sich auf jeden noch so unbedeutenden Schnipsel Arbeit gestürzt hatte, um mit ihrer Versetzung fertigzuwerden.

Sie damit zu konfrontieren, dass er ihr nach wie vor eine Mitverantwortung für seine Misere gab, kam ihm aber wohl nicht in den Sinn. Weshalb behandelte er sie so, nach allem, was sie für ihn getan hatte? Sie hatte ihm eine Klinik gesucht, war für ihn da gewesen und hatte ihn nicht, wie manch anderer, fallen lassen.

Antworten auf diese Fragen würde sie in Möhrings Büro allerdings nicht finden. Sie schluckte den Kloß in ihrem Hals hinunter. »Wie soll es jetzt weitergehen?«, fragte sie. »Wer wird mein neuer Partner?«

»Es wird eine Umstrukturierung geben«, eröffnete ihr Möhring. »Wir werden zwei neue Beamte bekommen.«

Jennifer runzelte die Stirn. »Zwei?«

»Sie wissen, dass es Katia Mironowa nicht besonders gut geht. Der Krebs ist zurückgekehrt.« Es war eine Feststellung, keine Frage. Möhring arbeitete meist hinter den Kulissen, war zeitweise beinahe unsichtbar, wenn es keine besonderen Vorfälle gab. Trotzdem entging ihm nichts. Er wusste, dass Jennifer und die Hauptkommissarin eine Art Freundschaft verband.

Der Gedanke an Katia versetzte ihr einen weiteren Dämpfer. »Es sieht schlecht aus.«

Ihr Vorgesetzter nickte verständnisvoll. »Sie wird sich erholen. Diesmal. Vielleicht auch beim nächsten Mal. Aber ich kann sie nicht länger im aktiven Außendienst einsetzen. Sie wird in den Innendienst wechseln und zukünftig beide Teams der Kripo unterstützen. Ich nehme an, dass sie Ihnen noch nicht davon erzählt hat?«

Jennifer schüttelte den Kopf. Irgendwie schien ihr Umfeld Hiobsbotschaften derzeit gerne für sich zu behalten. Zumindest ihr gegenüber.

»Mit dem Ausscheiden von Meyer und dem Wechsel von Mironowa in den Innendienst sind bei der Kripo zwei Stellen neu zu besetzen. Ich hätte das gerne zu einem anderen Zeitpunkt mit Ihnen besprochen, aber …« Er zuckte die Schultern. »Mir ist nicht entgangen, dass Sie und Frank Herzig nicht besonders gut miteinander auskommen. Allerdings habe ich das Gefühl, es liegt hauptsächlich daran, dass er Ihre Position vor zwei Jahren auch gerne gehabt hätte. Und Sie nicht gerade ein Mensch sind, der auf gekränkte Eitelkeit mit Verständnis reagiert.«

Eine ziemlich treffende Beschreibung. Sie hatte selbst nie so recht verstanden, warum sie mit Frank Herzig nicht warm wurde, obwohl er ihr keineswegs von Grund auf unsympathisch war. Bis Katia ihr gesteckt hatte, dass er sich Hoffnungen auf ihre Stelle gemacht hatte und sie seine nicht immer offen gezeigte Feindseligkeit gespürt haben musste. »Das heißt, Sie wollen mir Herzig zuteilen und ein neues Team bilden?«

»Das von Mironowa eingearbeitet werden soll. Richtig. Vor zwei Jahren war Herzig noch zu jung und zu hitzköpfig. Aber er hat sich entwickelt, und ich will ihm die Möglichkeit geben, zu beweisen, dass er das Zeug zum Ermittler in Strafsachen gegen Leib und Leben hat.«

»Und Sie fragen mich gerade ernsthaft, ob ich damit einverstanden bin?« Es war immerhin seine Entscheidung.

»Ich will wissen, ob Sie eine Chance für sich und Herzig als Team sehen. Es bringt mir nichts, Sie beide zusammenzustecken, wenn absehbar ist, dass es nicht funktioniert. Und Sie beide können das selbst noch am besten beurteilen.«

Jennifer lehnte sich zurück und dachte darüber nach. Sie zollte Möhring Respekt dafür, dass er seine Leute so gut einschätzen konnte und keine Entscheidung über ihre Köpfe hinweg treffen wollte. Ein dysfunktionales Ermittlerteam wäre für eine kleine Dienststelle wie Lemanshain allerdings auch fatal gewesen. »Was sagt Herzig dazu?«

»Er glaubt nicht, dass irgendetwas zwischen Ihnen steht, was eine offene Aussprache nicht aus der Welt schaffen könnte.«

»Ich habe mit ihm ebenfalls kein Problem. Er hat allerdings einen vollkommen anderen Ermittlungsstil.«

»Was ich als großen Vorteil ansehe«, ließ Möhring sie mit einem leichten Lächeln wissen. »Sie brauchen jemanden an Ihrer Seite, der sich an die Vorschriften hält und Sie im Zweifel ausbremst, auch wenn das bedeutet, dass er dann ernsthaft mit Ihnen aneinandergerät.«

Darauf wusste Jennifer nichts zu antworten.

»Als sich abzeichnete, dass Grohmann nicht in seinem Büro zu halten ist, hatte ich anfangs die Hoffnung, dass er diesen

Part übernehmen würde, bis Meyer zurückkehrt. Doch wie sich mittlerweile überdeutlich gezeigt hat, haben Sie keinen besonders guten Einfluss auf unseren Staatsanwalt. Sie haben sich zu einem Team mit eigener Dynamik entwickelt. Wenn Sie endlich wieder einen festen Partner an Ihrer Seite haben, wird diese ungute Entwicklung hoffentlich durchbrochen.«

»Vielleicht haben Sie ihn auch nur falsch eingeschätzt«, gab Jennifer zu bedenken, obwohl sie sich ihrer Rolle als treibende Kraft sehr wohl bewusst war. »Wieso bin ich eigentlich immer die Schuldige?«

»Verstehen Sie mich nicht falsch, Frau Leitner. Ich *bin* wahnsinnig wütend wegen dieser Klub-Aktion, genauso wütend bin ich jedoch darüber, dass die Fälle Lasarew und Galdino einfach so in der Versenkung verschwinden sollen. Ich kann die Zielsetzung der Frankfurter Sonderkommission nachvollziehen, aber Mörder ungestraft davonkommen zu lassen, nur weil entsprechende Ermittlungen theoretisch das höhere Ziel gefährden könnten …« Möhring schüttelte den Kopf. »Ich will Sie nicht wegen so einem Mist verlieren. Ich schätze Ihre Art, aber Sie schlagen in letzter Zeit eindeutig zu sehr über die Stränge. Nehmen Sie sich zurück. Wenn Sie in meiner Zuständigkeit Vorschriftsverletzungen begehen, die zu Ergebnissen führen, ist das eine Sache. Aber wenn externe Einheiten involviert sind, sieht es anders aus.«

Es fiel Jennifer nicht leicht, doch sie rang sich zu einem Nicken durch. Sie wusste, dass er recht hatte. Das änderte jedoch nichts an dem Stachel, den zwei ungesühnte Morde und der Angriff auf eine hochschwangere Frau in ihr Bewusstsein gebohrt hatten.

»Jetzt verschwinden Sie. Wir sehen uns in vier Wochen wieder. Und das meine ich ernst. Bleiben Sie dem Büro fern und belassen Sie es allenfalls bei Freundschaftsbesuchen außerhalb der Dienstzeit. Machen Sie sich unsichtbar. Dann wächst Gras über die Geschichte.«

Ebenso würde Gras über die Gräber der Lasarews und die Wunden Francesca Galdinos wachsen.

Wenn Jennifer es zuließ.

16

Oliver war alles andere als wohl dabei, zu Jennifer nach Hause zu fahren. Nachdem man sie heute Morgen derart zusammengefaltet hatte und sie nur knapp einem Disziplinarverfahren entgangen waren, schien ihm ein Treffen am Nachmittag eher keine gute Idee zu sein.

Zumal sich auch Jarik Fröhlich angekündigt hatte. Auf Olivers eigentlich überflüssige Frage, ob es um die Fälle Lasarew und Galdino gehe, hatte Jennifer lediglich geantwortet, dass ihnen niemand verboten habe, sich privat mit Kollegen zu treffen.

Dass dieses Treffen keineswegs privater Natur sein würde, daran bestand für Oliver kein Zweifel. Trotzdem hatte er Hannah und Bastian allein in seiner Wohnung zurückgelassen und war zu Jennifer gefahren.

Ich muss wahnsinnig sein, dachte er, als ein Summen ertönte, und er die Haustür aufdrückte. *Oder einfach nur an Gerechtigkeit interessiert.*

Letzteres mochte stimmen, dennoch hatte er bisher nie derart freimütig seine Karriere riskiert. Es war nicht das erste Mal, dass ihm ein Fall entzogen wurde, damit erst gar keine Ermittlungen in Gang kamen, doch bisher hatte er die Entscheidung seiner Vorgesetzten früher oder später akzeptiert, wenn auch zähneknirschend und frustriert.

Diesmal stand ihm allerdings eine treibende Kraft zur Seite, die nicht davor zurückschreckte, sämtliche Vorschriften und Anweisungen zu ignorieren. Und es war auch noch nie um einen derart grauenhaften Doppelmord und den Angriff auf eine hochschwangere Frau gegangen.

Ein Teil von ihm hätte gerne im Stillen erörtert, welcher dieser beiden Faktoren schwerer wog, während der andere einfach nur erleichtert war, dass Jennifer ihm keine Sekunde Zeit dafür ließ.

»Seit wann weißt du es?«, fragte sie ihn unumwunden, kaum dass er die Küchentür erreicht hatte.

Jennifer hatte den Tisch für vier Personen gedeckt. Jarik Fröhlich wollte Essen vom Asiaten mitbringen. Oliver sah den Raum zum ersten Mal, seitdem er von Grund auf renoviert und die Einrichtung ausgetauscht worden war. Jennifer hatte offenbar keine Kosten gescheut, um nicht mehr an den toten Vogel und die Drohung erinnert zu werden, die ein Irrer vor wenigen Wochen dort hinterlassen hatte. Doch sie gab Oliver keine Gelegenheit, sich an der modernen Küche zu erfreuen.

»Kam dir nie der Gedanke, es mir zu sagen?« Obwohl ihre Worte durchaus für einen Angriff geeignet waren, sprach sie für ihre Verhältnisse erstaunlich ruhig.

»Was hätte ich dir sagen sollen?« Es gab mehrere Möglichkeiten, und er wollte eigentlich keine einzige davon als Thema aufgreifen.

»Das mit Marcel.«

Er zögerte, was sich sofort als Fehler herausstellte.

»Du wusstest es also auch!« Sie stand mit verschränkten Armen vor ihm und fixierte ihn anklagend.

»Seit kurzem«, versuchte er sich zu verteidigen. »Und auch nur gerüchteweise.«

Jennifer glaubte ihm nicht, doch anstatt sich an Marcel Meyers Ausscheiden festzubeißen, wechselte sie sofort das Thema. »Und wann wolltest du mir sagen, dass dein Vater Richter am Bundesgerichtshof ist? *Vorsitzender* Richter?«

Oliver verdrehte die Augen. Natürlich hatte sie nichts Besseres zu tun gehabt, als sich an den Rechner zu setzen und zu recherchieren. »Nie«, antwortete er ehrlicherweise.

»Nie?!«

Er stieß einen gequälten Seufzer aus. »Ich will nicht mit ihm in Verbindung gebracht werden.«

»Weil er schützend seine Hand über dich hält?«, hakte sie nach. »Dein Vater. Dein Schutzherr. Dein Patron.«

Konnte sie das Thema nicht einfach auf sich beruhen lassen? »Er ist nicht mein Schutzherr.«

»Was dann?«

Oliver war versucht, ihr irgendeine ausweichende Antwort zu geben, wusste aber, dass er die unvermeidliche Erklärung damit nur auf später verschieben würde. Jennifer würde keine Ruhe geben. »Ich wollte nicht, dass er etwas für mich tut, noch nie. Selbst dann nicht, wenn mir das Wasser bis zum Hals stand. Ich will nicht mit ihm in Verbindung gebracht werden, weil ich nicht aufgrund meiner Verwandtschaft zu ihm anders behandelt werden will. Schon gar nicht bevorzugt.«

»Das hat offenbar nicht funktioniert.«

Leider. »Scheint so.«

»Hast du mit ihm darüber geredet?«, wollte Jennifer wissen.

Oliver nickte. Er hatte seinen Vater angerufen, kaum dass er das Präsidium verlassen hatte. »Er sagt, er weiß nichts von dem aktuellen Geschehen. Vielleicht stimmt es, vielleicht auch nicht. Er meint, dass er überhaupt keinen Einfluss darauf nehmen müsse oder könne. Ich würde nun mal ohne sein Zutun und ganz automatisch davon profitieren, dass er mein Vater ist.«

Jennifer runzelte die Stirn. Ihr gefiel das genauso wenig wie ihm. »Irgendjemand ist jedenfalls eingeschritten, und zwar jemand, der Anstett trotz ihrer vielen Verbindungen in die Schranken weisen kann.«

»Offensichtlich.« Mehr gab es dazu nicht zu sagen. Oliver hatte keine Idee, wie er herausfinden sollte, wer ihm zur Seite gesprungen war, und er wollte es eigentlich auch gar nicht wissen. Er würde wohl oder übel akzeptieren müssen, dass er immer wieder auf die eine oder andere Weise mit seinem Vater in Verbindung gebracht werden würde.

Jennifer dachte eine Weile schweigend nach, bevor sie kopfschüttelnd sagte: »Ich kann noch immer nicht glauben, dass Maximilian Dornbusch dein Vater ist.«

»Es gab Zeiten, da habe ich mir gewünscht, er wäre es nicht.«

Sie sprach das Offensichtliche aus: »Ihr habt kein einfaches Verhältnis, oder?«

»Wenn meine Mutter wüsste, dass ich auch nur sporadisch Kontakt zu ihm habe, würde sie nie wieder ein Wort mit mir wechseln.«

»Weil dein Vater sie betrogen und verlassen hat?«

Oliver konnte sich gar nicht erinnern, ihr davon erzählt zu haben. Aber er musste es wohl getan haben. »Es ist das Schlimmste, was ihr jemals angetan wurde, sagt sie.«

»Hast du seinetwegen Jura studiert?«

Wusste sie noch, dass er ihr diese Frage schon einmal beantwortet hatte? Oder hatte sie es vergessen? Er fühlte sich unwohl bei der Vorstellung, dass sie ihn womöglich beim Lügen ertappte. »Wahrscheinlich, ja, in gewisser Weise schon. Das gestehe ich mir selbst aber nur ungern ein.«

»Er ist nicht das beste Vorbild.«

»Er ist überhaupt kein Vorbild.«

Darauf wusste Jennifer nichts mehr zu sagen. Das eintretende Schweigen wurde glücklicherweise von der Klingel unterbrochen, bevor es richtig unangenehm werden konnte.

»Das wird Jarik sein.« Jennifer verließ die Küche, um zu öffnen. Wenig später kehrte sie mit dem Kriminaltechniker zurück. Er wurde nicht nur von einer Duftwolke aus asiatischen Gewürzen, sondern auch von Charlotte Seydel begleitet.

Oliver hatte keine Ahnung, warum sie hier war, ebenso wenig verstand er, warum er auf die junge Frau derart heftig, schon beinahe allergisch reagierte. Wieso kam er nicht darüber hinweg, dass er intimste Details aus ihrem Leben kannte? Wahrscheinlich gelang es ihm einfach nicht, das Opfer von der Person zu trennen. Ihr Anblick verwirrte ihn jedes Mal aufs Neue.

Jennifer hatte offenbar gewusst, dass die junge Frau ebenfalls kommen würde, denn sie wirkte kein bisschen überrascht. Auch den Tisch hatte sie bereits für vier Personen gedeckt, ein Detail, das Oliver wahrgenommen hatte, ohne es zu hinterfragen.

Das Essen wurde auf Teller verteilt, und die Unterhaltung drehte sich einige Minuten lang um ihren Besuch im »White Honey«, um Möhrings Ausbruch, ihren Zwangsurlaub, die allgemeine Aufregung über die Frankfurter Soko und den Entzug der Zuständigkeit in den beiden Kriminalfällen.

Jarik hatte bei der Soko angerufen und sich erkundigt, ob es sich bei den Archivaufklebern möglicherweise um einen Fehler handele. Was die Mitarbeiterin, zu der er durchgestellt worden war, allerdings verneint hatte. Sie hatte ihm außerdem versichert, er könne sich mit der Bearbeitung und dem Versand Zeit lassen.

In Frankfurt herrschte keinerlei Eile, was die Fälle Lasarew und Galdino anging.

Beiläufig, aber mit einem Grinsen, fügte Jarik Fröhlich schließlich hinzu, dass er ohnehin nicht vorgehabt hatte, sich mit dem Versand der Beweise besonders zu beeilen.

Oliver konnte sich des Gefühls nicht erwehren, an einem konspirativen Treffen teilzunehmen. Und genau das war es.

Fröhlich würde sich – selbstverständlich inoffiziell – weiterhin mit den Beweismitteln beschäftigen. Er würde sie nicht aus der Hand geben, bevor er nicht explizit dazu aufgefordert wurde. Es gab genügend Möglichkeiten, Untersuchungen anzustoßen, ohne die richtige Fallnummer anzugeben.

Wenn er auf etwas stieß, das für sie von Interesse sein könnte, würde er zuallererst Jennifer anrufen. Was sie dann tun würde, darüber wollte Oliver lieber gar nicht erst nachdenken.

Ihm war nicht wohl bei der Sache. Im Gegensatz zu Jarik und Jennifer riskierte er nicht nur seine Karriere und seinen Beamtenstatus. Er hatte auch für eine sechzehnjährige Tochter zu sorgen, für die er eigentlich ein Vorbild sein sollte.

Allerdings kannte er Hannah gut genug, um zu wissen, wie sie darüber denken würde. Sie würde ihm einen Vorwurf machen, wenn er sich – ausgerechnet wegen ihr – zurückzog und die Morde ungesühnt ließ. Und sie würde stolz auf ihn sein, selbst wenn er im Streben nach Gerechtigkeit alles verlor.

Er war sich ehrlicherweise nicht sicher, ob er diese Einstellung nun gut oder schlecht finden und ob er seine Entscheidung wirklich davon beeinflussen lassen sollte.

Jennifer kam endlich auf den Kern ihres Treffens zu sprechen. Sie wandte sich an Jarik, der sich gerade eine weitere Portion gebratene Nudeln in den Mund schaufelte. »Du sagtest am Telefon, du hättet noch was für uns.«

Er machte sich nicht die Mühe, zu schlucken. »Nicht ich habe was für euch, sondern Charlie. Sie hat einen Anruf von einem Typen aus ›Garten Eden‹ bekommen, der zu den Morden ein paar interessante Gerüchte beizusteuern hatte. Der Killer, der für diesen Sidorov die Drecksarbeit erledigt, ist kein Unbekannter.«

17

Aus dem, was Jennifer Leitner und Oliver Grohmann erzählt hatten, hatte sich Charlie nur schwer ein Bild vom »White Honey« machen können. Ebenso wie Jarik wäre sie an pikanten Details interessiert gewesen, doch die beiden Ermittler hatten sich diesbezüglich überraschend zugeknöpft gegeben.

Ihr Bericht und die Homepage des Klubs hatten Charlie trotzdem genügend Informationen geliefert, um sich so gut wie möglich vorbereiten zu können. Es war nicht die Art von Etablissement, in der alleinstehende Frauen normalerweise gerne gesehen wurden. Doch da das »White Honey« nicht nur als Dreh- und Angelpunkt für einen diskreten Bordellbetrieb diente, sondern auch einen Swinger-Club und private Spielwiesen bereitstellte, herrschten hier andere Gesetze.

Dass Männer, ob sie nun mit oder ohne Damenbegleitung kamen, zweihundert Euro Eintritt zahlen mussten, sorgte für einen gewissen Standard beim Publikum. Geld allein brachte aber niemanden ins »White Honey«. Zwei Hausdamen begutachteten jeden Besucher, der nicht bereits Stammgast war. Sie entschieden bei jedem einzeln, ob er Zutritt bekam oder nicht.

Der Klub versprach eine angenehme, diskrete Atmosphäre, sowohl hochpreisig als auch hochklassig, und die sollte von keinem Gast gestört werden. Angetrunken brauchte man auf der Schwelle gar nicht erst zu erscheinen, und prolliges Verhalten war ebenso ungern gesehen wie zu freizügige oder anderweitig unangemessene Kleidung.

Der Klub diente als Restaurant und Bar mit erotischem

Flair, unterstützt von unaufdringlichen, niveauvollen Tanzshows, die sowohl Männer als auch Frauen ansprechen sollten.

Sexuelle Handlungen jeder Art waren verboten. Für alles, was nach dem Aperitif oder dem Essen im Klubraum des »White Honey« kam, gab es in den angrenzenden Korridoren und Stockwerken die passenden Angebote, in großer Vielfalt und jeglicher Ausrichtung.

Charlie war nicht sicher, ob man sie einlassen würde. Zwar waren auf der Website Stellenangebote mit dem Hinweis gelistet, man solle während der Öffnungszeiten (von achtzehn Uhr abends bis sechs Uhr morgens) direkt im »White Honey« vorstellig werden, doch sie hatte Zweifel, ob ein Schuppen, der so viel Wert auf ein gehobenes Ambiente legte, sie überhaupt bis zu einem Ansprechpartner vorlassen würde.

Sie hatte in ihrem Schrank brauchbare Kleidung gefunden. Ein dunkelgrünes Sommerkleid, das in Bezug auf Kürze und Schnitt gerade noch als elegant durchgehen konnte. Ein geübtes Auge würde aber sofort erkennen, dass es kein Vermögen gekostet hatte, ebenso wie die Pumps, der Modeschmuck und die Handtasche. Sie hatte ihre Piercings abgelegt, sich für ein dezentes Make-up entschieden und ihr Haar gebändigt.

Charlie fühlte sich selbst ein wenig fremd in ihrer Haut. Sie fand zwar, dass sie rein äußerlich durchaus als elegante junge Lady durchging, doch einer erfahrenen Hausdame würde sie kaum etwas vormachen können.

Als sie sich dem Eingang des »White Honey« näherte, hoffte sie beinahe, dass man sie abweisen würde. Ihr Vorhaben war leichtsinnig und machte ihr sogar ein kleines bisschen Angst, aber gerade dieses klamme, kalte Gefühl in Verbindung mit dem Reiz des Verruchten und Verbotenen gab ihr einen ungeahnten Kick.

Die Idee war ihr bereits gekommen, nachdem man die Kommissarin und den Staatsanwalt in Urlaub geschickt hatte. Zu einem konkreten Vorhaben hatte sie sich aber erst entwickelt, als die Beamten beschlossen hatten, auf eigene Faust weiterzuermitteln.

Der Plan hatte Charlie auf der Zunge gelegen, auf ihren Lippen balanciert, sie hatte ihn aber doch für sich behalten. So weit konnten und würden die Ermittler nicht gehen. Und Mitwisser, die sie von ihrem Vorhaben abbringen wollten, konnte Charlie nicht gebrauchen.

Die Geschichten, die sich um den Killer rankten, faszinierten sie, ebenso die Taten, zu denen er fähig war. Es war ihr relativ gleichgültig, ob er letztlich verurteilt werden würde, doch die Möglichkeit, ihm Auge in Auge gegenüberzustehen, reizte sie ungemein.

Für sie stand fest: Wenn diese mysteriöse Legende für den Besitzer des »White Honey« arbeitete, der seine Geschäfte mutmaßlich hinter den Kulissen seines Klubs abwickelte, würden sie den Mörder hier vor Ort am ehesten aufspüren können.

Es war ein ähnlicher Ansatz, wie ihn die Kollegen der Soko verfolgten, die hinter Jegor Sidorov her waren, wenn auch nicht besonders erfolgreich. Das Problem war vermutlich, dass ausgebildete Polizisten, die undercover ermittelten, immer gewissen Grenzen und inneren Konflikten unterworfen waren. Es gelang ihnen nicht auf Dauer, sich auf dem ungewohnten Parkett natürlich zu bewegen.

So zumindest Charlies Theorie. Sie selbst ging nicht mit dem Ziel an die Sache heran, auf Biegen und Brechen etwas herausfinden zu wollen. Sie würde sich als Tänzerin anwerben lassen, ein paar Nächte vor Ort arbeiten und die Ohren spitzen.

Falls sie etwas hörte und ein wenig tiefer bohren konnte, gut, falls nicht, dann eben nicht … Das »White Honey« übte auf sie ohnehin einen so starken Reiz aus, dass sie vermutlich früher oder später einen Besuch gewagt hätte.

Zwar war ihr bewusst, dass ihre Therapeutin in Zeter und Mordio schreien würde, wenn sie je davon erführe, trotzdem konnte Charlie der Versuchung nicht widerstehen. Mittlerweile hatte sie ein ausgesprochen gutes Gefühl dafür entwickelt, wann es Sinn machte, gegen ihre schwache Impulskontrolle anzukämpfen, und wann nicht.

Die beiden Typen, die den Eingang flankierten, schlugen vermutlich bereits durch ihre muskulöse Statur die ersten potenziellen Besucher in die Flucht. Charlie bemühte sich um einen selbstsicheren Gang, übersah die Männer geflissentlich – und die Pforten öffneten sich.

Sie betrat ein Vorzimmer, das aussah wie eine Miniaturausgabe des Foyers einer barocken Oper. Dicker Teppichboden verschluckte jeden ihrer Schritte. Zu ihrer Rechten erhob sich ein ausladender Tresen, hinter dem eine junge Frau stand und auf einen Bildschirm starrte. Die Theke gegenüber, hinter der sich Garderobenstangen mit leeren Kleiderbügeln befanden, war unbesetzt. Zu einer Jahreszeit, in der die Temperaturen selbst nachts kaum unter fünfundzwanzig Grad fielen, trug niemand Jacken oder Mäntel.

Die beiden Hausdamen steckten in eleganten, weißen Hosenanzügen, den Bildern auf der Webseite entsprechend. Sie kamen lächelnd auf Charlie zu und begrüßten sie, wobei sie sie von Kopf bis Fuß musterten. Allerdings auf eine so unauffällige Art und Weise, dass es ihr vermutlich nicht einmal aufgefallen wäre, wenn sie nicht damit gerechnet hätte. Die Beschau dauerte keine zwei Sekunden.

Charlie hätte gerne gewusst, worauf sie achteten. Stil? Körpersprache? Nahmen sie anhand von Schmuck und Kleidung eine Einschätzung der Vermögensverhältnisse vor? Woran genau erkannten sie, ob Charlie eine Prostituierte auf illegalem Freierfang war?

»Benötigen Sie eine Einführung, oder kennen Sie sich aus?«, fragte die ältere der beiden Hausdamen.

Charlie versicherte, sich auszukennen, und schon wurde sie mit einer höflichen Geste und einem beinahe zärtlich gesäuselten »Willkommen« hineingebeten.

Die doppelflügelige Tür vor ihr öffnete sich. Sie lief weiter und betrat das »White Honey«, das Herzstück des Gebäudes, in dem Jegor Sidorov die Fäden seines Imperiums zog.

Wenn Charlie den nüchternen Bericht der beiden Ermittler in ihrem Kopf nicht bereits um die Fotos auf der Homepage angereichert hätte, wäre sie vom Anblick des großen, in dunklen Farben gehaltenen Raumes überwältigt gewesen.

Sie hatte nicht das Gefühl, einen Erotikklub zu betreten, eher ein Varieté-Theater, in dem alle gespannt auf den Beginn der Show warteten – dabei war der Klub bestens besucht. Wer auch immer für die Akustik zuständig gewesen war, ihm war eine Meisterleistung gelungen.

Die leichte, klare Musik bildete einen angenehmen Hintergrund, der weder vom Murmeln der Menschen, die die Tische im Restaurantbereich besetzten, noch vom Geschirrgeklapper oder sonstigen Geräuschen besonders gestört wurde. Obwohl die Tische, die vom Restaurantpersonal bedient wurden, direkt zu ihrer Rechten standen, nahm Charlie nur einen Hauch von Essensgeruch wahr. Die Luft wirkte überraschend frisch und trug eine beinahe exotische Note.

Um nicht durch steifes Herumstehen aufzufallen, schlenderte Charlie in Richtung Bar, die sich auf der linken Seite erstreckte und nur spärlich besetzt war.

Es gab drei Bühnen. Die größte befand sich im hinteren Bereich, gegenüber vom Eingang, und ragte, einem breiten Laufsteg gleich, in den Raum. Sie wurde von einer Theke umschlossen, an der ausschließlich Männer saßen. Sie schauten zu der Frau im spärlichen Dress auf, die einen professionellen und äußerst gekonnten Tanz an der Stange hinlegte. Sie vollbrachte scheinbar mühelos das Wunder, lasziv, aber nicht billig oder nuttig zu wirken.

Die anderen beiden Bühnen befanden sich rechts von der Hauptbühne und wurden von zwei Ausgängen flankiert, durch die man, wie Charlie bereits aus dem Netz wusste, zu Lounges und Privaträumen gelangte, die sowohl von Paaren als auch Freiern angemietet werden konnten. Eine weitere Tänzerin und ein Tänzer wiegten sich im Takt der Musik.

Charlie setzte sich an die Bar, bestellte einen Cocktail und beobachtete das Treiben. Sie war überrascht, wie überaus gesittet es sogar direkt an der Hauptbühne zuging. Keiner der Männer rief Schlüpfrigkeiten, keiner versuchte, die Bedienungen wie zufällig zu berühren.

Es kam ihr eigenartig vor, dass dieses Geschäft florierte. Aber das Konzept, einen Stripklub in gehobenem Ambiente mit weiterführenden Angeboten zu verknüpfen und dafür eine Menge Geld zu verlangen, ging offensichtlich auf.

Nur mit den weiblichen Gästen tat sich das »White Honey« augenscheinlich noch etwas schwer, sonst wären Eintritt und Getränke für sie nicht kostenfrei gewesen. An den männlichen Singles konnte es jedenfalls nicht liegen. Zwar bemühte sich der eine oder andere um Blickkontakt oder prostete ihr zu, doch ein leichtes Kopfschütteln genügte, um sie sich vom Hals zu halten.

»Nicht auf einen Flirt aus?«

Charlie war so in ihre Beobachtungen vertieft gewesen, dass sie nicht bemerkt hatte, dass der Barkeeper gekommen war, um ihren ausgetrunkenen Mojito durch ein volles Glas zu ersetzen. Sie erwiderte sein Lächeln und bedankte sich mit einem Nicken. »Nein, eigentlich nicht.«

»Auf der Suche nach einem untreuen Freund oder Ehemann?«

Ihr entging keinesfalls, dass er nicht nur aus Höflichkeit fragte. Er hatte nicht viel zu tun und wollte offenbar die Zeit mit einem angenehmen Gespräch überbrücken. Oder er wollte abklopfen, was sie alleine in diesem Klub zu suchen hatte. Im Zweifelsfall war er darauf aus, Ärger vorzubeugen, denn einen lautstarken Ehestreit wollten die Betreiber sicher nicht riskieren.

»Weder noch.« Charlie ließ offen, ob sie Freund oder Ehemann hatte. Zumindest was den Freund anging, war sie sich selbst nie ganz sicher. Ihre On-Off-Beziehung mit Joshua ruhte mal wieder, aber es war fast schon ein ungeschriebenes Gesetz, dass sie früher oder später erneut zusammenkommen würden. Zumindest für eine gewisse Zeit.

Der Barkeeper beobachtete sie einige Sekunden lang, dabei wanderten seine Augen recht ungeniert, wenn auch unaufdringlich über ihr Gesicht. »Dann stellt sich die Frage, was Sie in einer schwülen Donnerstagnacht hierhergeführt hat.«

Sein Lächeln war noch immer offen, seine dunkelbraunen Augen blitzten. Flirt oder Spionage? Charlotte konnte ihn nicht recht einschätzen. Sie sah sich kurz in beide Richtungen um, als ob sie prüfen müsste, dass niemand direkt in ihrer Nähe saß. Dann beugte sie sich zu ihm vor. »Um ehrlich zu sein, ein Stellenangebot auf Ihrer Webseite.«

Diese Antwort schien ihn zu überraschen. Zumindest für den Bruchteil einer Sekunde. Dann trat wieder das einnehmende, höfliche Lächeln auf sein Gesicht. »An welche Stelle hatten Sie denn gedacht?«

Charlie nickte in Richtung Hauptbühne. »Tänzerin. Ausschließlich Tänzerin.« Nicht alle Tänzerinnen des »White Honey« prostituierten sich, und nicht alle Prostituierten tanzten.

Er nickte langsam und musterte jetzt unverhohlen nicht nur ihr Gesicht, sondern auch ihre Arme und ihr Dekolleté. Dabei erschien es ihr eher unwahrscheinlich, dass er über Neueinstellungen in diesem Bereich entschied. »Erfahrung?«, fragte er.

Charlie nippte an ihrem Mojito. »Genügend. Ist denn derzeit überhaupt eine Stelle zu besetzen?«

»Wir sind immer auf der Suche nach … flexiblen Mädchen.« Er zuckte die Schultern. »Aber ich fürchte, Sie sind heute Abend umsonst hierhergekommen. Nadeshda ist nicht da. Sie entscheidet über die Anstellungen.«

Mist! Ausgerechnet! Charlie seufzte enttäuscht. »Schade. Ich hätte wohl vorher anrufen sollen.«

»Nun ja, es gäbe da vielleicht noch eine Möglichkeit.«

Wieso überraschte sie das nicht? »Und die wäre?«

»Ihr Können werden Sie beweisen müssen. Mindestens ein Tanz, allerdings nicht vor echtem Publikum.« Sein Lächeln hatte nun etwas leicht Schelmisches bis Anzügliches.

Dieser Dreckskerl. »Eine spezielle Zulage für die männlichen Mitarbeiter?«

»Nur für die, die sich zu benehmen wissen. Für die Gentlemen.«

Charlie schenkte ihm einen Blick, der sagen sollte, dass sie dieses Angebot für fragwürdig hielt. »Und Ihr Wort allein zählt bei Nadeshda?«

»Mehr als du dir vorstellen kannst.«

»Hört sich für mich eher danach an, als wolltest du dir die nächste Pause ein klein wenig versüßen.«

Er grinste. »Könnte sein.«

»Ohne die Konditionen zu kennen, auf die ich mich einlasse, keine Chance.«

Diese Feststellung brachte ihn auf den Boden der Tatsachen zurück. Er ließ sie aber auch weiterhin nicht aus den Augen. »Die Kleidung wird dir gestellt. Du arbeitest auf selbständiger Basis. Zwei Drittel deiner Einnahmen behältst du, ein Drittel geht ans Haus. Ob du oben ohne tanzt, bleibt dir überlassen. Wir wollen unseren Gästen Abwechslung bieten, daher maximal ein Auftritt innerhalb von zwei Stunden. Ob du erweiterten Service, welcher Art auch immer, anbieten möchtest, ist ebenfalls deine Entscheidung. Du wirst zu nichts gezwungen. Es steht dir frei, bei deinen Tänzen Körperkontakt zu Gästen zu suchen, wichtig dabei ist nur: Die Initiative geht von dir aus. Wer ohne Aufforderung anfasst, fliegt. Neben den üblichen Standards wie Diskretion, Sicherheit und Hygiene gibt es nur zwei Regeln: Was auch immer du tust, du tust es hier in unseren Räumlichkeiten. Gäste aus dem Klub hinauszubegleiten, ist verboten. Und ein Drittel deiner Einnahmen gehen immer ans Haus.«

»Wow. Das hört sich tatsächlich so an, als ob du Ahnung hättest.«

Sein Grinsen wurde wieder breiter. »Ich unterstütze Nadeshda immer mal wieder hinter der Bühne. Du siehst, ich habe nicht gelogen.«

Hatte er offenbar tatsächlich nicht. »Hört sich gut an. Und wie genau komme ich an den Job?«

»Wenn du willst, kann ich in zehn Minuten Pause machen. Du tanzt, ich sehe, was du drauf hast, und stelle dich vielleicht auch schon mal den Mädchen hinter der Bühne vor. Dann kannst du überlegen, in welche Schicht du dich eintragen willst. Verlässliche Anwesenheit setzen wir voraus.«

»Und was hat Nadeshda dann noch damit zu tun?«

»Wenn ich mich zu sehr von meinen Hormonen leiten lasse und du es nicht bringst, lädt sie dich bei der ersten Gelegenheit wieder aus. Und ich bekomme den Ärger.«

Charlie zögerte, aber nur einen kurzen Moment. Sie ließ ihren Blick absichtlich über seinen Oberkörper schweifen. Was sie sah, gefiel ihr. Sie riskierte natürlich, in einem Hinterzimmer einen Striptease für diesen Kerl hinzulegen, nur um anschließend feststellen zu müssen, dass er sie ausgenutzt hatte. Aber es war eben genau dieses Risiko, das sie ansprach.

»Also gut«, sagte sie lächelnd. »In deiner Pause.«

18

Jennifer warf einen letzten Blick auf den Ausdruck, bevor sie die Fahrertür öffnete und sich der Nachmittagssonne aussetzte. Es herrschte eine trockene Hitze, die die Luft über dem Asphalt flimmern ließ, sodass die Menschen in ihre Häuser oder in den Schatten flüchteten. Nach der angenehmen Kühle in ihrem klimatisierten Auto waren die Temperaturen im ersten Moment ein Schock.

Trotzdem riss sie sich zusammen und bemühte sich um ein gemächliches Tempo auf dem Weg zum Eingang des Hotels. Oliver begleitete sie. Überraschenderweise hatte er nicht gezögert, sich ihren inoffiziellen Ermittlungen anzuschließen. Sie hatte mit Protest gerechnet, sogar damit, dass er sich auf seine Verpflichtungen als Vater besinnen und heraushalten würde.

Doch nachdem Charlotte Seydel mit ihren Informationen über den mysteriösen Auftragskiller *Myasnik* herausgerückt war und Jennifer beschlossen hatte, auf eigene Faust weiter zu ermitteln, hatte er seine Unterstützung angeboten und war bei ihr geblieben, während sie die ihr zur Verfügung stehenden Systeme anzapfte und sich ans Telefon klemmte.

Bis spät in den Abend hinein, und dann noch mal den kompletten nächsten Morgen bis zum frühen Nachmittag.

Es war nicht ganz ungefährlich, denn theoretisch wurden ihre Aktivitäten im System aufgezeichnet. Sie konnte sich allerdings darauf verlassen, dass zumindest der für die Lemanshainer Polizei zuständige IT-Administrator Moritz Sprenger, genannt Morpheus, ihre Spuren selbst dann ignorieren würde, wenn er nicht von Jarik eingeweiht worden wäre.

Die Ausbeute war nicht besonders groß gewesen. Zwar war der Name *Myasnik*, was russisch war und so viel wie »der Schlächter« bedeutete, ein paar Mal aufgetaucht, doch in den meisten Fällen war es nur eine Randnotiz gewesen, eine beiläufige Bemerkung eines Zeugen. Man hatte durchaus in diese Richtung ermittelt, aber die Zweifel an der Existenz dieses derart legendenumwobenen Täters waren deutlich spürbar, und die Nachforschungen hatten in Sackgassen geendet, die »Spur« war verworfen worden.

Immerhin schienen sich die Frankfurter Kollegen nicht für diese Schattenfigur zu interessieren, die für sie wohl ebenfalls zum Reich der Legenden zu gehören schien. Entweder die Mitglieder der Soko nahmen entsprechende Gerüchte nicht ernst, oder ein Auftragskiller, der nur ein paar interne Angelegenheiten für ihre Zielperson erledigte und anschließend wieder verschwand, war auf ihrem Radar eine ebenso unbedeutende Nebensächlichkeit wie die Morde an den Lasarews.

Eine ganze Weile war sich Jennifer selbst nicht ganz sicher gewesen, ob sie nicht einfach nur einem Phantom nachjagten. Einem Geist, der von irgendwem erfunden worden war, um Ängste zu schüren oder Gesprächsstoff unter Kleinkriminellen zu bieten.

Sie bezweifelte ohnehin, dass Charlotte Seydel von dieser Person, die sie nicht näher hatte benennen wollen, angerufen worden war. Trotz intensiven Nachhakens war die junge Frau aber bei ihrer Geschichte geblieben und hatte abgestritten, selbst nachgeforscht zu haben.

Letztlich erschien es Jennifer aber auch nicht relevant. Wichtig war für sie allein der Wahrheitsgehalt der Informationen, und der sah anfangs mehr als dürftig aus.

Sie hatten über zwanzig Dienststellen kontaktiert, aber wenn sie die zuständigen Beamten überhaupt ans Telefon bekamen, bestanden die meisten – vorschriftsmäßig – auf einer offiziellen Ermittlungsanfrage. Um keinen Verdacht zu schöpfen, hatten sie auf Überredungsversuche verzichtet. Dass einer von ihnen eine offizielle Nummer in Lemanshain anrief und ihre Ermittlungen somit aufflogen, war das Letzte, was sie gebrauchen konnten.

Nach etlichen Fehlversuchen fanden sie schließlich zwei Beamte, die einst in Fällen ermittelt hatten, die auf das Konto dieses mysteriösen Schlächters zu gehen schienen. Die beiden waren bereit gewesen, ohne den normalerweise notwendigen Papierkram zu helfen.

Die Foltermethoden bei diesen Fällen waren ähnlich, die Toten genauso grausam verstümmelt gewesen wie die Lasarews. Während der Beamte, der in einer relativ kleinen Dienststelle an der tschechischen Grenze saß, sich für die über fünf Jahre zurückliegende Angelegenheit nicht mehr interessierte und Jennifer einfach die inzwischen digitalisierte Akte zukommen ließ, horchte der Nürnberger Kollege sofort auf.

Er hatte sich seinerzeit – der Fall lag auch schon fast fünf Jahre zurück – eingehender mit dem Schlächter befasst und einige Informationen zusammengetragen. An diese Infos wäre Jennifer normalerweise gar nicht mehr herangekommen, weil viele Einträge längst aus den Systemen verschwunden waren.

Der Kriminalbeamte selbst hatte irgendwann aufgegeben, als er nicht weitergekommen war und andere Fälle ihn mit Beschlag belegt hatten. Er war aber nach wie vor sicher, auf Tatortfotos, auf denen umstehende Gaffer zu sehen waren, einen Mann erkannt zu haben, der sowohl im Vogtland als auch in Nürnberg sowie an zwei Tatorten in Österreich und der Schweiz aufgetaucht war.

Er kannte sogar den Namen des Mannes, weil er in Österreich befragt worden war, allerdings nur als Zeuge. Seine Aussage war sehr dürftig gewesen und hatte bei den ermittelnden Beamten kein Misstrauen geweckt.

Dass es ihrem Nürnberger Kollegen nicht gelungen war, den Mann aufzuspüren, wunderte Jennifer inzwischen nicht mehr. Der Name existierte in keinem System und keiner Datenbank, auf die sie Zugriff hatte. Sogar Morpheus, dem noch einige Kanäle mehr offenstanden, war gescheitert.

Blieben noch die Fotos. Die Ähnlichkeit zwischen den abgebildeten Personen erschien Jennifer nur vage, weshalb sie die Bilder an Morpheus weitergeleitet hatte. Er hatte sie bearbeitet und durch mehrere – offiziell nicht zugelassene – Gesichtserkennungsprogramme gejagt. Die Übereinstimmung betrug demnach immerhin zwischen sechsundachtzig und fünfundneunzig Prozent.

Das brachte sie allerdings auch nicht weiter. Denn vor dem Haus der Lasarews hatte es keine nennenswerten Gaffer gegeben. Lediglich Nachbarn hatten sich an den Absperrungen eingefunden, und niemand hatte sich die Mühe gemacht, Fotos von ihnen zu machen.

Den einzig interessanten Anhaltspunkt hatte die Befragung in Österreich geliefert. Der Zeuge hatte angegeben, in einem Hotel unweit des Tatorts zu wohnen. Die Angaben waren positiv überprüft worden.

Das passte zu Jennifers Annahme, dass der Mörder seine Opfer im Zuge der Tatvorbereitung beobachtet haben musste. Wenn sie den Geschichten über den Schlächter nur ansatzweise Glauben schenkten, war es sehr wahrscheinlich, dass er vor Ort, in der Nähe seiner Opfer, keinen festen Wohnsitz hatte.

Das hatte Jennifer und Oliver auf die Idee gebracht, die Hotels in Lemanshain und Umgebung abzuklappern. Sie hatten ein grobkörniges Foto, das allenfalls eine Ahnung vom Aussehen der abgelichteten Person vermittelte, sowie den Hinweis auf seine russische Abstammung und einen entsprechenden Akzent. Es war ein Schuss ins Blaue, aber der einzige Ansatz, den sie momentan verfolgen konnten.

Jennifer fühlte sich ohne das Gewicht ihres Holsters am Gürtel nicht ganz wohl. Möhring hatte ihr am Tag zuvor noch die Dienstwaffe und ihren Ausweis abgenommen. Der ultimative Misstrauensbeweis.

Sie wollten so unauffällig wie möglich ermitteln, was mit einer sichtbar getragenen Schusswaffe sowieso undenkbar gewesen wäre. Wenn der Typ tatsächlich existierte und auch nur die Hälfte der Gerüchte über ihn stimmte, würde er Polizeibeamte ohnehin dreißig Meilen gegen den Wind wittern. Es war nur die Frage, wie er auf ihr Auftauchen reagieren würde.

Sie hatten nicht vor, ihm gegenüberzutreten, schon gar nicht unbewaffnet.

Oliver hatte Jennifer gleich zweimal das Versprechen abgenommen, dass sie sich nur umhören und eine direkte Konfrontation unter allen Umständen vermeiden würden. Beobachten ja, eingreifen nein. Nicht, solange sie keinen ausreichenden Verdacht hatten. Jennifer hatte zugestimmt, obwohl sie wusste, dass sie in sich dynamisch entwickelnden Situationen stets intuitiv handelte. Und wohin das für gewöhnlich führte, wussten sie beide.

Im Eingangsbereich des Hotels wimmelte es von Männern und Frauen in Businesskleidung. Ein Schild am Eingang hatte bereits auf die heute stattfindende Konferenz eines Hanauer Großunternehmens hingewiesen. Vermutlich hatten sie gerade Pause und zogen die angenehm klimatisierte Lobby der Hitze draußen vor.

Das Durchkommen gestaltete sich schwierig. Die eng stehenden Gruppen nahmen nichts und niemanden um sich herum wahr und verhielten sich so, als befänden sie sich noch in ihrem angemieteten Konferenzraum.

Die Dame an der Rezeption war von Kopf bis Fuß durchgestylt und begrüßte Jennifer und Oliver mit einem höflichen Lächeln. Nur in ihren Augen war zu lesen, dass sie die Anwesenheit der Menge in ihrem Hoheitsgebiet als störend empfand.

Das Lächeln erhielt einen minimalen Dämpfer, als Oliver ihr freundlich und knapp ihr Anliegen erklärte. Jennifer war gespannt, ob seine Taktik, nicht sofort seinen Dienstausweis vorzuzeigen, Erfolg haben würde. Sie rechnete sich kaum Chancen aus. Anstett hatte ihm seinen Ausweis gelassen, doch er wollte ihn nur einsetzen, wenn es unbedingt nötig war.

Aber entweder war die Dame von dem schnatternden Managervolk genügend abgelenkt, oder Olivers breites Lächeln und seine charmante Art waren überzeugend genug, um ihm abzunehmen, dass sie Ermittlungsbeamte und ihr Interesse an einem Gast des Hauses begründet war.

»Vermutlich russischer Akzent?«, hakte sie zweifelnd nach, als Oliver ihr das Foto über den Tresen hinweg zuschob.

Sie sah eine Sekunde lang stirnrunzelnd auf das leicht verschwommene Bild, dann veränderte sich ihr Blick. Jennifer spannte sich unwillkürlich an. Sie konnte das Erkennen in den Augen der Rezeptionistin sehen, bevor sie etwas sagte.

Die Managerhorde war ein Ärgernis. Sasha setzte sich jeden Nachmittag für eine halbe Stunde in die Lobby des Hotels, um einen Kaffee zu trinken und gelegentlich ein Stück Kuchen zu essen, bevor er nach Frankfurt fuhr, um seinem Zweitjob nachzugehen. Er war selten alleine. An den niedrigen Tischen und in den Ledersesseln nahmen regelmäßig andere Gäste Platz, doch sie verhielten sich überwiegend so still, als würden sie in einer Bibliothek sitzen.

Diese Anzugtypen hingegen benahmen sich, als ob ihnen das Hotel, wenn nicht die ganze Welt gehörte. Ihre Mitmenschen, die sich etwas Ruhe außerhalb ihrer Zimmer gönnen wollten, ohne in direkten Kontakt mit anderen Gästen zu kommen, waren ihnen herzlich egal.

Sasha ertappte sich recht schnell dabei, wie er seinen Blick über die Grüppchen gleiten ließ. Keinen dieser flüchtigen, oberflächlichen Blicke, sondern einen intensiven, im Bruchteil einer Sekunde markante Hinweise aufnehmenden Blick.

Er ordnete die Männer und Frauen innerhalb kürzester Zeit ein, anhand von Mimik und Gestik, Körperbau, Schmuck, Nachlässigkeiten, Flecken, die sonst niemand sah, und der Art, wie sie sich bewegten. Noch während er sie scannte, sortierte er sie in Kategorien ein, gestaffelt nach ihrer Eignung als Opfer. Möglich, unmöglich, bedenklich, leicht, bevorzugt.

Obwohl es ihm meistens gelang, sein Verlangen im Zuge seiner Aufträge zu stillen, liefen ihm potenzielle Opfer beinahe täglich über den Weg. Er hatte Menschen schon aus weitaus geringerem Anlass als Ruhestörung umgebracht.

Sasha musste sich zwingen, den Blick zu seiner Kaffeetasse zurückzulenken. Er ballte die rechte Hand so lange zur Faust, bis seine Muskeln zu protestieren begannen. Dann öffnete er sie langsam, während er im Kopf von zwanzig ab rückwärts zählte.

Bewusst wandte er sich von den Menschen ab und sah durch die Fensterfront nach draußen auf den Parkplatz.

Sasha erkannte sie sofort, als sie aus dem Auto stiegen.

Es war keine zwei Tage her, dass er sich über die beiden Ermittler informiert hatte, die für den Fall Lasarew zuständig waren. Er hatte wissen wollen, mit wem er es möglicherweise zu tun bekommen würde, obwohl es ihm mehr als unwahrscheinlich erschienen war, dass sie überhaupt auf seine Beteiligung aufmerksam werden könnten. Bisher hatten seine Vorsichtsmaßnahmen immer ausreichend Sicherheit geboten.

Wie sehr er sich geirrt hatte.

Dabei hatte eine seiner Informationsquellen erst gestern Abend gemeldet, dass die Morde seinem Auftraggeber zugeschrieben wurden und die Ermittlungen in die Zuständigkeit einer Frankfurter Sonderkommission übergegangen waren. Sofern er der Einschätzung seiner Quelle trauen konnte, war der Wechsel der Zuständigkeit gleichbedeutend mit einer Einstellung. Die Frankfurter Soko interessierte sich nicht für die beiden Toten.

Das Auftauchen des Staatsanwalts und der Kommissarin kam deshalb sehr überraschend.

Auch jetzt noch, als er die beiden Beamten auf das Hotel zusteuern sah, ging er davon aus, dass sie nicht gezielt nach ihm suchten oder überhaupt von seiner Existenz wussten. Sonst wären sie nicht zu zweit hier aufgetaucht, ohne jede Rückendeckung und noch dazu ohne Waffe.

Aber dass ihre wie auch immer gearteten Ermittlungen sie bis hierher ins Hotel geführt hatten, war beunruhigend. Sie konnten allenfalls irgendeiner unbewiesenen Vermutung nachgehen, doch selbst dazu hätte es niemals kommen dürfen.

Ausgerechnet diese beiden.

Sasha hatte genügend Informationen über Jennifer Leitner und Oliver Grohmann eingeholt, um zu wissen, dass sie nicht so schnell lockerließen. Es gab nur wenige Ermittler, denen er Respekt zollte, weil sie sich wie Jagdhunde an eine Spur hefteten, wenn sie erst einmal Blut gewittert hatten. Beamte, die ihm – bisher ausschließlich in der Theorie – gefährlich werden konnten.

Dass die Kommissarin ihre Dienstwaffe nicht trug, ließ Sasha vermuten, dass sie und der Staatsanwalt nicht in offizieller Funktion unterwegs waren. Das freiwillige Ablegen der Waffe im Dienst erschien ihm für Jennifer Leitner undenkbar. Er würde baldmöglichst klären müssen, ob sie nicht doch noch für seinen Fall zuständig waren.

Doch ganz gleich, was die beiden hierhergeführt hatte, ob sie nun inoffiziell oder offiziell ermittelten, es war an der Zeit, seine Zelte abzubrechen und sich ein neues Versteck zu suchen. Selbst wenn sie nur wahllos an ein paar Ästen rüttelten, wollte er ihnen nicht begegnen.

Jeder Kontakt hinterließ zwangsläufig Spuren. Unsichtbarkeit bedeutete Sicherheit.

Sasha musste lächeln. Das nervige Managervolk würde für seinen geordneten Rückzug mehr als hilfreich sein. Er leerte seine Kaffeetasse in einem Zug. Zeit zu gehen.

»Es könnte derselbe Mann sein«, erklärte die Hotelangestellte etwas zögerlich. »Er ist Gast bei uns.« Sie blickte über Jennifers Schulter. »Eben hat er noch hier in der Lobby gesessen und einen Kaffee getrunken.«

Jennifer widerstand dem Drang, sofort herumzuwirbeln. Sie drehte sich langsam um und versuchte vergeblich, zwischen den Gruppen hindurch etwas zu erkennen. Glücklicherweise erschien in diesem Moment ein einzelner Anzugträger und rief den Konferenzteilnehmern zu, dass die Pause beendet sei.

Es schien ewig zu dauern, bis sich die Meute in Bewegung setzte, durch die Tür in Richtung Konferenzraum zurückdrängte und endlich den Blick auf die Tische und Ledersessel freigab. Dort saß allerdings niemand.

Auf dem Tisch, auf den die Bedienstete des Hotels nun deutete, stand ein kleines Tablett mit beinahe vollständig geleerter

Kaffeetasse, Zucker und Milch. Obwohl nichts darauf hindeutete, durchfuhr Jennifer sofort der Gedanke, dass der Mann sie bemerkt und die Anwesenheit der Konferenzteilnehmer dazu genutzt haben könnte, sich aus dem Staub zu machen.

Sie folgte ihrem ersten Impuls und lief zum Ausgang. Die Tür öffnete sich automatisch, und ein Schwall heißer Luft schlug ihr entgegen. Doch der Parkplatz war menschenleer, die Autos allesamt verlassen.

Konnte er sie gesehen und erkannt haben? Hatte er genug Zeit gehabt, unbemerkt zu verschwinden? War er überhaupt ihr Mann?

Oliver hatte inzwischen reagiert. Die plötzliche Hektik schien die Dame am Empfang ohne weitere Nachfrage kooperieren zu lassen. Oder er hatte mittlerweile doch noch seinen Dienstausweis gezückt. Jedenfalls hielt er bereits eine Zugangskarte in der Hand, und Jennifer hörte, wie er die Angestellte bat, ihnen alle Daten auszudrucken, die sie über den Herrn hatte.

Obwohl sie am liebsten direkt losgestürmt wäre, nahm sie sich die Zeit, einen Handschuh aus ihrer Hosentasche zu ziehen und das Tablett mit der Kaffeetasse zu sichern, indem sie es bei der Empfangskraft hinter den Tresen stellte. »Nicht anfassen!«

Oliver wies den Weg Richtung Treppenhaus. »Gemäß System ist er nicht auf seinem Zimmer. Sie hat meist nachmittags Dienst und glaubt, dass er häufig um diese Zeit einen Kaffee in der Eingangshalle trinkt, bevor er das Hotel verlässt.«

Er war also vielleicht einfach verschwunden, um seinen wie auch immer gearteten Geschäften nachzugehen, während sich die Managermeute in der Lobby sortiert hatte. Dann würde er sicher nicht so schnell zurückkommen. Sie sollten genug Zeit haben, sich kurz in seinem Zimmer umzusehen. »Wo müssen wir hin?«

»Zweiter Stock, letztes Zimmer. Direkt an der zweiten Treppe, die zum Notausgang im hinteren Teil des Gebäudes führt.«

»Er wollte ausdrücklich ein Zimmer in dieser Lage haben?«, mutmaßte Jennifer.

»Bingo.«

Sie nahmen die Treppe in angezogenem Tempo, achteten aber darauf, nicht allzu hektisch zu wirken.

Oliver ging direkt hinter Jennifer. »Wir sehen uns kurz um und entscheiden dann, wie wir weiter vorgehen.« Es war keine Frage, sondern eine Feststellung. Er wollte offenbar sichergehen, dass sie ihre zuvor getroffene Abmachung nicht vergessen hatte, und jeder Diskussion vorbeugen.

Jennifer konnte sich vorstellen, dass ihm diese Aktion einige Bauchschmerzen bereitete. Das Zimmer zu durchsuchen – es überhaupt zu betreten – war gesetzlich nicht abgedeckt. Sie waren nicht offiziell tätig, hatten keinen Durchsuchungsbeschluss und in den Augen eines Ermittlungsrichters ohnehin nur einen hauchdünnen Verdacht.

Wenn sich ihre Vermutungen bestätigten, wenn sie irgendeinen Beweis fanden, mussten sie sich etwas einfallen lassen, um die Ermittlungen auf gesetzlichen Boden zurückzuführen. Dass die Angestellte des Hotels kooperativ gewesen war, würde keinen Richter interessieren, wenn es um die illegale Beschaffung von Beweismitteln ging.

Doch die rechtliche Seite war für Jennifer eher nebensächlich. Für sie war im Moment allein von Bedeutung, dass sie möglicherweise kurz davor standen, einem Kerl auf die Spur zu kommen, der seit Jahren vollkommen unbehelligt als Auftragskiller tätig war. Dass seine Opfer zum Großteil selbst Kriminelle waren, spielte für sie keine Rolle.

Jennifer wollte den Mann finden, der die Lasarews getötet

und Francesca Galdino massiv bedroht hatte. Über den Richter konnten sie sich später noch Gedanken machen.

Sie erreichten den zweiten Stock. Der hell gestrichene Flur mit dem dunkelblauen Teppich lag verlassen da, sämtliche Türen waren geschlossen. Alles war ruhig. Beinahe zu ruhig.

Jennifer bedeutete Oliver mit einer Handbewegung, er solle zurückbleiben. Erst jetzt fiel ihr ein, dass er besser im Erdgeschoss geblieben wäre. Aber er hätte sich wahrscheinlich ohnehin geweigert. So wie jetzt, denn er schüttelte nur den Kopf.

Der Empfangskraft ihre Rückendeckung zu überlassen, war riskant, um nicht zu sagen idiotisch. Sie hätte Oliver aber wohl kaum davon überzeugen können, sie aus den Augen zu lassen. Vertrauen schenkte ihr im Augenblick wirklich niemand. Und das auch noch zu recht, wie sie sich zähneknirschend eingestehen musste.

Sie näherten sich Zimmer 212. Jennifer unterdrückte einen Fluch. Die Tür war nur angelehnt. Die rot leuchtende LED am elektronischen Schloss signalisierte trotzdem, dass sie abgeschlossen war.

Verdammt! Der Kerl musste es irgendwie geschafft haben, die Schließanlage des Hotels auszuhebeln. Selbstverständlich war er nicht so dämlich, sein Kommen und Gehen von irgendwelchen Computersystemen aufzeichnen zu lassen.

Das »Bitte nicht stören«-Schild hing an der Klinke und schwang sanft hin und her. Kein Wäsche- oder Servierwagen im Flur, der auf die Anwesenheit von Hotelpersonal schließen ließ.

Jennifer spürte, wie sich Olivers Hand um ihren Unterarm schloss. Es hätte nicht einmal des kurzen Blicks über die Schulter bedurft, um zu verstehen, was er ihr sagen wollte. Sein Kopfschütteln und seine angespannte Kinnpartie bestätigten es nur.

Rückzug. Wie vereinbart.

Jennifer ignorierte ihn. Als sich sein Griff festigte und sich seine Finger schon fast schmerzhaft in ihren Arm gruben, machte sie sich mit einer schnellen Drehung los.

Oliver fluchte lautlos, folgte ihr aber, als sie zwei weitere Schritte auf die Tür zumachte und mit rasendem Herzen erneut stehen blieb. Sie lauschte angespannt, doch nichts war zu hören.

Ihre rechte Hand war ganz automatisch zu ihrem Gürtel gewandert, doch dort, wo sich sonst das Holster mit der vertrauten Pistole befand, spürte sie nur das abgenutzte Leder ihres Gürtels.

Sie wusste, dass sie Olivers Aufforderung folgen und sich aus dem Staub machen sollte. Doch sie konnte sich einfach nicht abwenden und gehen. Wenn er in sein Zimmer zurückgekehrt war und die Tür nicht hinter sich zugezogen hatte, konnte das nur bedeuten, dass er sie bemerkt, die richtigen Schlüsse gezogen hatte und nun drauf und dran war, abzuhauen.

Das konnte sie unmöglich zulassen.

Mehrere Sekunden verstrichen, doch sie hörte nichts, was darauf hindeutete, dass sich irgendjemand hinter der Tür befand. Zumindest niemand, der in aller Eile seine Sachen zusammenraffte. Sie streckte die Hand aus. Ihre Fingerspitzen waren keinen Zentimeter mehr von der hell furnierten Tür entfernt, als sie zusammenzuckte.

»Jennifer!«, zischte Oliver leise. Er unternahm einen letzten, eindringlichen Versuch, sie von ihrem Vorhaben abzubringen. Vergeblich.

Sie stieß sanft gegen die Tür, die lautlos nach innen aufschwang. Wieder lauschte sie zwei Sekunden, bevor sie ihre Angst überwand und mit einem entschiedenen Schritt in den Rahmen trat.

Das kurze Stück Flur mit dem Einbauschrank zur Rechten und der Badezimmertür zur Linken war breiter als in Zimmern niedrigerer Preisklasse. Die Regalfächer waren leer, Holzkleiderbügel hingen ungenutzt im Schrank. Die Tür zum Bad stand offen. Jennifer sah eine Eckbadewanne und eine ebenerdige Duschkabine. Gähnende Leere.

Auch das hell gestaltete, großzügig geschnittene Zimmer war verlassen. Das Bett war gemacht, ordentlich mit Satinbettwäsche überzogen, und Schokotäfelchen lagen auf den Kopfkissen. Der Schreibtisch war aufgeräumt und leer. Nirgendwo herumliegende Schuhe, kein Koffer, die Fernbedienung lag unberührt neben dem großen Flachbildschirm.

Dieses Zimmer war nicht nur, wie jeden Morgen, vom Zimmermädchen aufgeräumt und gesäubert worden. Jennifer zog die Schubladen des Nachttischs und des Schreibtischs auf, überprüfte die Minibar und öffnete die Türen des zweiten Schranks neben dem Bett – überall sterile Leere.

Sie fand keinen einzigen Hinweis darauf, dass Zimmer 212 derzeit bewohnt oder vor kurzem belegt gewesen war. Höchstens von jemandem, der darauf bedacht war, keinerlei Spuren zu hinterlassen, und der noch dazu darauf vorbereitet gewesen war, sich in wenigen Sekunden aus dem Staub machen zu können.

Denselben Eindruck vermittelte das Bad. Alles sah sauber und unbenutzt aus. Die Handtücher hingen ordentlich aufgereiht auf der Stange neben der Toilette, keine Wasserränder waren zu sehen, keinerlei Dusch- oder Hygieneartikel standen herum. Das Waschbecken war trocken und blitzsauber.

Ein absoluter Profi. Aber war er einfach nur ausgegangen oder bereits geflohen? Hatte er sie bemerkt? Theoretisch war beides möglich.

Jennifer hoffte zwar, dass er zurückkommen würde, doch daran glauben konnte sie nicht. *Ich habe deine Kaffeetasse*, dachte sie grimmig. *Du wirst ja wohl kaum das Kunststück vollbracht haben, zu trinken, ohne deine Lippen zu benutzen.* Allenfalls hatte er sich die Mühe gemacht, die Tasse abzuwischen, im ungünstigsten Fall mit einem Hygienetuch, bevor er sie zurückgelassen hatte.

Aber diese Möglichkeit wollte sie lieber nicht in Betracht ziehen. Eine solche Voraussicht und Bereitschaft wäre noch weitaus bedenklicher, als es dieses verlassene, saubere Zimmer ohnehin schon war. Jennifer glaubte nicht, dass Jarik hier mit den Zaubermitteln der Kriminaltechnik noch etwas bewirken konnte.

Ein Rumpeln irgendwo auf dem Flur ließ sie zusammenfahren und machte ihr bewusst, wie angespannt sie war. Sie trat aus dem Badezimmer und warf einen letzten Blick auf die prächtig blühenden Orchideen vor den Fenstern, bevor sie das Zimmer verließ.

Oliver wartete vermutlich ungeduldig darauf, die Räumlichkeiten ebenfalls zu inspizieren.

Doch der Staatsanwalt war verschwunden.

Er hatte sie unterschätzt. Fehleinschätzungen waren etwas, was ihm in letzter Zeit viel zu häufig passierte. Seine eigene Unzulänglichkeit machte ihn mindestens genauso wütend wie die unerwartete Nähe der Ermittler.

Sasha hatte geglaubt, sich einfach zurückziehen und das Hotel verlassen zu können. Er hatte keinerlei Grund gehabt, die beiden Beamten im Auge zu behalten.

Sie waren ihm viel zu nahe gekommen. Er wäre ihnen beinahe direkt in die Arme gelaufen. Ein unverzeihlicher Fehler!

Was genau wussten sie? Wieso waren sie in den zweiten Stock gekommen? Suchten sie bereits explizit nach ihm?

Er wusste lediglich, dass sie ein wenig zu zielstrebig vorgingen für die Ermittlungsansätze, die er ihnen bisher zugestanden hatte. Sein Unwissen und die Fragen, die er sich zwangsläufig stellte, brannten eine Schneise in seinen Brustkorb.

Er hätte jetzt gehen können, schaffte es aber nicht. Er hockte auf dem Absatz eines viel zu warmen, stickigen Treppenhauses und spähte durch einen mickrigen Türspalt in den Flur. Er sah dem Staatsanwalt dabei zu, wie er unruhig herumstand und darauf wartete, dass die Kommissarin aus dem Zimmer kam.

Zu schade, dass sie nicht gemeinsam hineingegangen waren. Das hätte ihm die Möglichkeit gegeben, sie zu stellen und die Antworten aus ihnen herauszupressen, die er haben wollte. Zwei Gegner waren ein Leichtes für ihn und sein Messer, das er bereits in der Hand hielt und dessen Klinge nur aufgeklappt und an den richtigen Stellen angesetzt werden musste.

Sasha war bewusst, dass es sein Verlangen war, das ihn bedrängte, denn eine derartig unüberlegte Aktion entsprach für gewöhnlich nicht seinem Vorgehen. Das unerwartete Erscheinen der Beamten hatte ihn kalt erwischt und schwächte seine Kontrolle.

Er lechzte schon wieder nach Blut. Begutachtete den Staatsanwalt, schätzte dessen Fitness und Wehrhaftigkeit ein, die Entfernung zwischen Tür und Mann, die Möglichkeit eines schnellen Angriffs.

Sasha biss sich auf die Unterlippe. Seine Rechte spielte bereits mit der Klinge, klappte das Messer auf und zu. Auf, zu, auf, zu.

Verführerische Aussichten überschwemmten seine Gedanken, zerrten an seiner Beherrschung. Wenn er nicht beide gleichzeitig erwischte, blieb keine Zeit für lange Verhöre und ausgiebiges Quälen, aber für eine kurze, brachiale Symphonie …

Dieser Kerl wäre so ein leichtes Opfer … So einfach … Mit kräftigem Herzschlag, einem blutroten Fluss …

Er musste ihn nur fortlocken, ins Treppenhaus, vor die Tür …

Sasha kniff die Augen zusammen.

Sein Wille geriet ins Wanken.

Oliver zuckte unwillkürlich zusammen, als hinter der Tür, die ins Treppenhaus führte, ein merkwürdiges Geräusch ertönte. Eine Art Rumpeln, gefolgt von einem Klicken, das sich anhörte, als wäre die Tür gerade ins Schloss gefallen.

Er sah zu der Tür hinüber, konnte aber keine Veränderung erkennen. War sie zuvor nur angelehnt gewesen? So genau hatte er nicht darauf geachtet, möglich war es. Waren sie von jemandem beobachtet worden? Floh derjenige gerade?

Jennifer war noch immer in dem Hotelzimmer zugange und nicht zu sehen. Ihm blieb nur der Bruchteil einer Sekunde, um sich zu entscheiden. Für lange Überlegungen hatte er keine Zeit.

Mit drei schnellen Schritten war er bei der Tür. Ein grün umrandetes Schild wies darauf hin, dass die Treppe nur im Notfall benutzt werden sollte. Warme, abgestandene Luft schlug ihm entgegen, als er sie öffnete.

Niemand war zu sehen. Kein verdächtiger Laut, keine Schritte. Er schaute sich nur kurz um, bevor er entschied, die Treppe hinunterzulaufen. Wenn jemand auf der Flucht war, wäre der wahrscheinlichste Weg der zum Hinterausgang.

Er nahm zwei Treppenstufen auf einmal. Im ersten Stock überprüfte er kurz den Flur, bevor er weiterlief und, unten angekommen, die Tür nach draußen aufriss, auf der ein Notausgangsschild prangte. Glücklicherweise schrillte kein Alarm los.

Vor ihm lag ein enger Durchgang, der in einen Hinterhof

führte, in dem einige Mülltonnen herumstanden und an dessen Ende ein betonierter Pfad in einen Garten führte.

Oliver sah niemanden, doch die Äste der Sträucher am Wegrand bewegten sich verräterisch. Es war absolut windstill, kein Lufthauch versprach Abkühlung.

Er folgte dem Pfad. Noch immer auf einen Fliehenden konzentriert, sah er den Schatten im Gebüsch zu seiner Linken zu spät. Dieser wirbelte heran und stieß mit voller Wucht mit ihm zusammen.

Noch bevor Oliver richtig begriffen hatte, was geschah, flammte knapp unterhalb seines Bauchnabels ein brennender Schmerz auf.

Jennifer drehte sich auf dem Flur einmal um die eigene Achse. »Oliver?!« Wo zum Teufel steckte er?

Sie erinnerte sich an das merkwürdige Poltern, und ihr Herzschlag beschleunigte sich sofort. Pessimistisch wie sie war, befürchtete sie sofort das Schlimmste.

Einer dunklen Ahnung folgend, nahm sie den Weg über die Nottreppe zum Hintereingang, durch den kleinen Hof und in den zum Hotel gehörenden Garten. Und wurde fündig.

Oliver lag auf dem betonierten Weg und hielt sich die linke Bauchseite. Ihr Gehirn registrierte das Blut an seinen Fingern und den Mann, der sich mit einem metallisch glänzenden Gegenstand über ihn beugte.

Ihre Hand tastete nach der nicht vorhandenen Waffe. Einen Lidschlag später raste sie auf den Typen zu und brüllte ihn an, ohne lange nachzudenken. »Zurück! Weg von ihm! Waffe fallen lassen!«

Im selben Moment wurde ihr bewusst, dass sie sich nicht nur lächerlich machte, sondern auch ihrer beider Todesurteil unterzeichnete. Ohne jede Deckung und Ausrüstung auf einen

Bewaffneten zuzustürmen, war mit das Dümmste, was sie je getan hatte.

Doch der Mann reagierte tatsächlich. Erschrocken sprang er von Oliver zurück, riss die Hände nach oben und ließ die Waffe fallen, die klirrend auf dem Beton aufschlug.

Jennifer blieb wie angewurzelt stehen und starrte den Typen an, der gerade drauf und dran gewesen war, Oliver abzustechen … mit einer Heckenschere.

Das war überhaupt nicht der Mann, hinter dem sie her waren. Es sei denn, er war zwischenzeitlich um gut zwanzig Jahre gealtert, hatte sich einen stattlichen Bauch angefuttert und trug grüne Latzhosen. Dieser ältere Herr war augenscheinlich der Gärtner und hatte sich nach unten gebeugt, um dem Staatsanwalt beim Aufstehen zu helfen.

Als Oliver sich jetzt auf die Füße zurückkämpfte, sah sie auch, dass seine Hand zwar blutverschmiert war, er aber kaum ernstlich verletzt sein konnte. Sein Hemd war an einer Stelle zerschnitten. Jennifer konnte aber weder eine Wunde noch hervorquellende Blutströme entdecken.

»Verdammt noch mal!«, fluchte der Gärtner, als er den ersten Schock überwunden hatte. »Ihr habt hier draußen nix zu suchen! Mensch, Kerl, erschreckst einen fast zu Tode, und dann rennst du mir noch fast in die Schere! Selbst abstechen hättest du dich können! Herrgott noch mal!«

Oliver schien nur langsam zu realisieren, was eigentlich passiert war. Er zuckte zusammen, als er über die Stelle strich, die die Schere des Mannes bei ihrem Zusammenprall verletzt haben musste. »Sorry, ich dachte … war keine Absicht.«

Jennifer blickte von einem zum anderen. »Was ist hier los? Alles in Ordnung?«

Bevor Oliver auf die an ihn gerichtete Frage antworten konnte, zeterte der Gärtner erneut los. »Das will ich wohl hoffen! Warum rafft eigentlich niemand, dass der Hinterausgang nicht für die Gäste ist?!«

»Ich war auf der Suche nach jemandem. Kommt nicht …«

Der Mann ließ Oliver nicht ausreden. »Ach, zu euch gehörte die Type, die hier vorhin durchgekommen ist? Noch so ein Rabauke!«

»Welcher Typ?!«, hakten die beiden Beamten unisono nach.

Jennifer zog den mittlerweile verknitterten Papierausdruck aus ihrer Jeans und hielt sie dem Gärtner hin. »Der hier?«

Der Gärtner kniff die Augen zusammen und begutachtete das Foto. »Könnte sein, ja. Hatte 'ne Reisetasche dabei und hat überhaupt nicht reagiert, als ich ihn verscheuchen wollte. Ist einfach durch den Garten marschiert und über das Tor da hinten geklettert.«

Er hatte noch nicht zu Ende gesprochen, als Jennifer schon loslief. Am liebsten wäre sie gerannt, doch ihr Knöchel erinnerte sie seit dem Sprint durchs Treppenhaus daran, dass er Belastungen immer noch nicht gewachsen war.

Das grün gestrichene Gartentor war verschlossen. Sie lehnte sich bedenklich weit darüber und inspizierte die Straße, wobei sich die abgerundeten Spitzen schmerzhaft in ihren Bauch bohrten.

Doch niemand war zu sehen. Nur der Asphalt flimmerte träge in der nachmittäglichen Hitze.

19

Sasha hatte klare Regeln. Eine davon lautete, sein Ritual niemals in einer von ihm angemieteten Wohnung durchzuführen. Niemals sein »Heim« zu beschmutzen, ganz gleich, wie zuverlässig Enzymreiniger für gewöhnlich säuberte. Seine Wohnung sollte auf gar keinen Fall mit Opferblut in Berührung kommen.

Er hatte noch nie eine seiner Regeln gebrochen.

Bis heute.

Die Verzweiflung war einfach zu groß.

Es hatte ihn Kraft und Beherrschung gekostet, sich nicht an dem Staatsanwalt zu vergreifen. Er war so nah gewesen, so verführerisch nah. Obwohl die gesamte Situation, nüchtern betrachtet, ungeeignet gewesen war – risikoreich, seine Entdeckung beinahe vorprogrammiert –, hatte er sich kaum zurückhalten können.

Er verlor zunehmend die Kontrolle. Er wurde zu einer Gefahr für sich selbst.

Sasha fühlte sich an seine frühe Zeit erinnert, als seine dunkle Seite gerade erst erwacht war und er von Stadt zu Stadt gezogen war, mordend, wenn sich die Gelegenheit dazu ergab, und ohne sich über seine Sicherheit Gedanken zu machen. Es waren andere Zeiten gewesen, damals, im Nordosten der Sowjetunion. Jetzt auch nur annähernd in diesen archaischen Zustand zurückzufallen, würde ihm innerhalb kürzester Zeit das Genick brechen.

Sich in die Badewanne in seiner Frankfurter Mietwohnung zu legen, weil sein Inneres so sehr nach Blut schrie, war ein Zugeständnis. Ein Zugeständnis, das er sich vor einer Woche nicht im Entferntesten hätte vorstellen können.

Sasha öffnete das Röhrchen, in das er die zweite Portion umgefüllt hatte. Er kippte den Inhalt in seine Hände und verrieb die klebrige Flüssigkeit. Er hielt sich die Handflächen direkt unter die Nase und sog den intensiven Duft mit so tiefen Atemzügen ein, als wäre er kurz davor zu ersticken.

Das Monster in ihm schrie triumphierend auf. Sasha schloss die Augen und ließ sich zurücksinken, die feuchte Hand über sein Gesicht gebreitet und den Geruch immer gieriger einatmend.

Die Erinnerungen, die er sonst tief in sich begraben hielt, schwappten an die Oberfläche. Er kehrte viel weiter in seine Vergangenheit zurück als üblich.

Sasha sah sich als Jungen mit einer Tasche neben dem Auto stehen, das ihn zu seiner Tante und ihrem Mann gebracht hatte. Sie waren die einzigen Verwandten, die nach dem Unfalltod seiner Familie hatten ermittelt werden können.

Der Polizist, der ihn gefahren hatte, hatte mit den beiden Erwachsenen gesprochen. Sasha hatte nichts von dem Gespräch mitbekommen und kaum gewagt, in die Richtung des Paares zu sehen, das zukünftig für ihn sorgen sollte.

Die wenigen Blicke, die er aufgefangen hatte, hatten nur eines vermittelt: Ablehnung.

Sie schienen von ihm und seinem Auftauchen wenig begeistert zu sein. Er hatte sich deshalb vorgenommen, brav zu sein und ihnen nicht zur Last zu fallen.

Doch das hatte nicht gereicht. Heute wusste er, dass sie ihm niemals auch nur die geringste Chance gegeben hatten. Es war vollkommen gleichgültig gewesen, wie er sich verhielt oder was er tat.

Die nächsten Jahre flogen an ihm vorbei. Jahre voller Arbeit, Erniedrigung und Schmerz. Er war für Tante und Onkel lediglich ein Störenfried gewesen, ein Ärgernis. Und eine billige Arbeitskraft.

Sie hatten ihn nicht zur Schule geschickt, sondern im Haushalt und auf den Feldern schuften lassen. Etwas, was heute in Europa vielen undenkbar erschien, hatte damals auf einem Hof im nordöstlichen Sibirien, der fünf Kilometer vom nächsten Dorf entfernt lag, niemanden interessiert.

Die Dörfler akzeptierten seine Existenz, wenn er zum Einkaufen kam, nahmen aber weder Notiz von den Striemen und Narben an seinem Körper, noch Anteil an seinem Schicksal. Keiner der Dorfbewohner schaute hin, wenn er bei Wind und Wetter kiloweise Einkäufe zu Fuß schleppen musste, obwohl sein Onkel einen alten Traktor und ein Motorrad mit Anhänger besaß.

Von den Kindern und der Dorfjugend wurde er ebenfalls ignoriert. Wenn seine Zieheltern ihn wie Luft behandelten, war ihm das lieber, als wenn seine Tante ihren Aggressionen freien Lauf ließ oder sein Onkel sich darüber beklagte, wie nutzlos und wertlos er sei.

Sasha schluckte alles. Er nahm die Herabwürdigung und Demütigung hin, weil ihm nichts anderes übrig blieb und er nichts anderes kannte. Er lebte, irgendwie.

Er ließ sich von seiner Tante die Schuld an dem Leid aufbürden, das sie ertragen musste, weil er ihr Leben zerstört hatte, wie sie nicht müde wurde zu betonen. Es war allein seinem Dasein geschuldet, dass sie keine eigenen Kinder hatten. Sie konnten sich keine leisten, da er, das Balg ihrer verfluchten Schwester, am Leben war.

Heute konnte Sasha natürlich einschätzen, dass er Tante und Onkel kaum etwas gekostet hatte.

Das freie Zimmer, das sie wohl für ihren eigenen Spross vorgesehen hatten, hatte er nie bezogen, sondern erst in einer Kammer unter dem Dach gelebt und später in der Scheune geschlafen. Sie hatten ihm kaum etwas zu essen gegeben, allenfalls Reste. Meist hatte er von dem gezehrt, was er selbst in der Natur gesammelt und in der Scheune versteckt hatte. Die wenige abgetragene Kleidung konnte niemals so viel gekostet haben wie sie sparten, weil sie dank seiner Arbeit keinen Feldarbeiter beschäftigen mussten.

Der wahre Grund, warum seine Tante niemals Kinder bekommen hatte, war vielmehr die Impotenz seines Onkels gewesen. Sie hatten sich keinerlei Mühe gegeben, leise zu sein. Sasha hatte, als er noch im Haus schlief, jede Kleinigkeit mitbekommen. Die sexuelle Frustration seiner Tante, weil sein Onkel keine richtige Erektion zustande brachte, mit eingeschlossen.

Solche Gedanken hatte er sich als Kind natürlich noch nicht gemacht. Seine Zeit auf dem Hof hatte er erst viele Jahre später reflektieren und sein Schicksal betrauern können. Damals war alles in ihn eingedrungen und hatte sich in den Tiefen seiner Seele abgelagert.

Schicht um Schicht.

Sasha hatte gar nicht bemerkt, wie sich all dieses Gift in seinem Innersten festsetzte und im Stillen wirkte. Glühenden und unbändigen Zorn, tiefen und alles verzehrenden Hass hatte er in neun Jahren stummen Leidens niemals gekannt oder verspürt. Bis zu dem schicksalhaften Tag Ende November.

Er war trotz Schneesturm und Eisglätte zu Fuß ins Dorf geschickt worden, um beim Metzger zwei große Eimer mit Schlachtabfällen zu holen. Sein Onkel hielt seit Jahren Kampfhunde, die er regelmäßig in Kämpfen mit Wetteinsatz gegen die Tiere anderer Halter in der Umgebung antreten ließ.

Die Hunde waren sein ganzer Stolz und vermutlich seine einzig wahre Liebe. Die Tiere lebten in einem Verschlag direkt am Haus und konnten sich in eine Hütte verkriechen, die direkt an der Rückseite des Kamins stand, sodass sie im Winter nicht frieren mussten. Die Schlachtabfälle, die Sasha regelmäßig holen musste, enthielten meist neben blutigen Organen, Sehnen und Knochen auch noch einige gute Fleischstücke und kosteten entsprechend viel. Einem Arzt zahlte sein Onkel hohe Beträge, damit er die in Kämpfen erlittenen Wunden der Hunde ordentlich versorgte. Der grobschlächtige Bauer heulte wie ein kleines Kind, wenn eine seiner tollwütigen Bestien, die jeden angriffen, der ihnen zu nahe kam, ihren Verletzungen erlag.

Sasha konnte mit den Hunden nichts anfangen. Seit sich einer von ihnen in seinen Arm verbissen und fast ein Stück Fleisch herausgerissen hatte, ging er ihnen lieber aus dem Weg.

Trotzdem erledigte er alle Aufgaben, die irgendwie mit den Tieren zu tun hatten, besonders sorgfältig. Denn wenn etwas schieflief, was mit seinen Kampfmaschinen zu tun hatte, wurde sein Onkel unberechenbar.

Was an dem Tag genau passiert war, wusste Sasha nicht mehr. Es war besonders kalt und windig gewesen, der Weg beschwerlicher als sonst, außerdem hatten ihn seit mehr als einer Woche Fieber und Husten geplagt. Ihm musste wohl schwarz vor Augen geworden sein, seine Kräfte hatten ihn verlassen, und er war auf einem besonders glatten Wegstück gestürzt.

Er musste eine Weile bewusstlos gewesen sein. Denn als er wieder zu sich kam, hatten ihn Schneewehen bereits zur Hälfte bedeckt, und er war nicht mehr allein.

Die beiden Eimer waren umgekippt, und ihr halb gefrorener Inhalt hatte sich um ihn herum im Schnee verteilt. Sasha blinzelte, und der bewegliche Umriss, der für das Schmatzen und Kauen verantwortlich war, nahm langsam Gestalt an.

Die Fleischabfälle nach Hause zu schleppen, war nie ungefährlich gewesen. Sie lebten in einem wenig besiedelten Gebiet, in dem es Wölfe und Bären gab, nur war Sasha glücklicherweise noch nie einem dieser wilden Tiere begegnet.

Jetzt aber saß keinen Meter von ihm entfernt ein Wolf im Schnee, ein dürres Exemplar mit struppigem Fell, und fraß die blutigen Abfälle. Der Wolf bemerkte, dass sich der im Schnee liegende Mensch rührte, und beobachtete ihn aus gelbgrünen Augen, während er die blutigen Innereien verschlang.

Sasha blieb wie gelähmt liegen. Es dauerte mehrere Sekunden, bis ihm bewusst wurde, dass der Wolf allein war, ohne Rudel, und vermutlich halb verhungert. Vielleicht war er sogar krank und von seinem Leitwolf verstoßen worden. Ein Rudel hätte Sasha wahrscheinlich längst angegriffen.

Er setzte sich auf, und der Wolf schreckte vor ihm zurück. Das Tier wich langsam nach hinten, während sich Sasha hochrappelte, doch es floh nicht. Seine Schnauze war blutverschmiert. Ihm war anzusehen, dass er zwischen seiner Angst vor dem Menschen und der Verlockung des Futters hin und her gerissen war.

Sasha klopfte fröstelnd den Schnee von seinem geflickten Wintermantel und besah sich die Bescherung. Der Wolf hatte ganze Arbeit geleistet.

Nur kurz dachte Sasha daran, sich mit dem Tier anzulegen und die verbliebenen Reste einzusammeln, doch es war nicht mal mehr ein halber Eimer von den Schlachtabfällen übrig. Also überließ er dem hungrigen Wolf, was noch da war, und kämpfte sich weiter durch den Sturm.

Mit leeren Eimern auf den Hof zurückzukehren, würde ihm mindestens eine Tracht Prügel einbringen, doch es war nicht mehr zu ändern. Er konnte nicht zurück. Er hatte kein Geld, um eine zweite Ladung Abfälle zu bezahlen. Außerdem würde er den Weg zurück ins Dorf und wieder bis zum Hof nicht vor Einbruch der Dunkelheit schaffen.

Sasha hoffte noch, dass er wegen des Wetters Glück haben könnte und niemand seine Ankunft bemerken würde. Dann könnte er behaupten, die Hunde direkt gefüttert zu haben. Doch seine Tante erwartete ihn schon an der Haustür. Sie kam im dicken Pelzmantel die Stufen hinunter auf ihn zugeschossen. Sofort setzte sie an, ihn wegen seiner Verspätung zurechtzuweisen, doch als sie die leeren Eimer bemerkte, verstummte sie wieder.

Sie starrte in die Eimer, hob dann den Blick und sah Sasha mit bewegungsloser Miene ins Gesicht. Sie fragte nicht, was passiert war. Ob der Metzger nichts gehabt hatte, ob Sasha von Bären oder Wölfen angegriffen worden war oder eben einen Schwächeanfall gehabt hatte – es war vollkommen gleichgültig.

»Warte nur, bis dein Onkel nach Hause kommt«, zischte sie ihm lediglich zu, bevor sie kehrt machte und im Haus verschwand. Sie würde ihrem Mann nach seiner Heimkehr als Erstes von Sashas Versagen berichten. Wenn er seine Launen an ihm ausließ, gerieten die Eheleute wenigstens nicht untereinander in Streit.

Sasha rieb die Eimer mit Schnee aus, obwohl das bei den eisigen Temperaturen nichts brachte, und räumte sie in den Schuppen neben dem Verschlag. Von den Hunden war nichts zu sehen. Sie lagen vermutlich eingerollt in der Hütte und genossen die Wärme, die der Stein der Kaminrückwand abstrahlte.

Sasha zog sich in die Scheune zurück. Bereits vor Jahren hatte er sich in einer Ecke des Schobers ein Lager eingerichtet, als er es in der kleinen Kammer unter dem Dach im Haus nicht mehr ausgehalten hatte. Aus Brettern, Stroh und Heu hatte er sich seinen eigenen windgeschützten Verschlag gebaut.

Eine alte Öllampe, die er selbst repariert hatte, spendete ihm Licht und etwas Wärme. Er hängte die vom Schnee durchnässte Kleidung auf, wickelte sich in mehrere Decken und wartete auf die Rückkehr seines Onkels.

Hier in der Scheune war er nicht allein.

Im Spätherbst vor über einem Jahr hatte er jenseits der Felder in der Falle eines Jägers einen Schneehasen entdeckt. Das Tier hatte noch gelebt, die Hinterläufe waren aber von der Falle zerschmettert worden.

Sasha hätte den Hasen liegenlassen müssen, allenfalls hätte er ihn erschlagen dürfen. Es war die Falle eines Jägers, das Tier also dessen Eigentum, und Sasha hatte schon davon gehört, dass Diebe, die sich an den Fallen zu schaffen machten, von den Jägern erschossen wurden.

Doch er hatte anders entschieden. Weshalb, wusste er selbst nicht so genau. Er hätte sowohl das Fell als auch das Fleisch gebrauchen können, doch er hatte dem Hasen, der heftig atmend dalag, in die Augen gesehen und es nicht über sich gebracht, ihn zu töten.

Also hatte er ihn aus der Falle befreit, seine Hinterläufe abgebunden und amputiert, da sie nicht mehr zu retten gewesen waren. Dann hatte er den Schneehasen – ein Weibchen, wie er später herausfand – mit in die Scheune genommen und gesund gepflegt. Zu seiner eigenen Überraschung hatte die Häsin sich erholt und zeigte trotz ihrer Behinderung einen erstaunlichen Lebens- und Kampfeswillen. Seitdem lebten sie zusammen in der Scheune, kuschelten sich aneinander und spendeten sich gegenseitig Wärme und Trost.

Sie war das einzige Lebewesen, das ihm nach dem Tod seiner Familie irgendeine Art von Dankbarkeit oder Liebe entgegenbrachte.

Sein Onkel wusste von dem Hasen und hatte ihm, zu Sashas

Verwunderung, nie etwas getan. Noch nicht einmal zu irgendwelchen Kommentaren hatte er sich hinreißen lassen. Er hatte lediglich die Stirn gerunzelt. Vielleicht, weil das die einzige Gemeinsamkeit war, die sie beide teilten – die Liebe zu ihren Tieren.

In dieser Nacht im November änderte sich jedoch alles.

Sein Onkel kehrte früh nach Hause zurück, direkt nachdem sich der Schneesturm gelegt hatte. Er war zwar betrunken, doch leider nicht so sehr, dass er nicht mehr ansprechbar gewesen wäre. Nur wenige Minuten nach seiner Rückkehr kam er in die Scheune.

Sasha stand auf und trat ihm entgegen, bereit, seine Strafe entgegenzunehmen.

Sein Onkel raste vor Wut. Er brüllte und ließ eine Tirade übelster Schimpfwörter über Sasha niedergehen. Doch anstatt ihn grün und blau zu schlagen, wie er es sonst zu tun pflegte, schubste er ihn plötzlich ins Stroh.

Dann griff er sich die Häsin, die verängstigt zwischen den Decken kauerte, sich wegen ihres weißen Winterfells aber gut von dem braungrünen Stoff abhob. Sie versuchte gar nicht zu fliehen. Die Attacke kam schnell und unerwartet.

Sasha wusste sofort, was sein Onkel vorhatte, als er ihn Richtung Ausgang stapfen sah. Die Häsin baumelte an seiner Seite, er hatte sie an den Ohren gepackt. Sie zappelte und quiekte vor Schmerz.

Sasha sprang auf die Füße, rannte seinem Onkel hinterher und wollte ihm die Häsin entreißen. Als das nicht klappte, bettelte und flehte er. Er versuchte sogar noch, seinen Onkel zu Fall zu bringen, doch der schüttelte ihn ab. Seine Faust landete in Sashas Magengrube und schickte ihn zu Boden.

Die Hunde bellten und heulten, rannten in ihrem Verschlag umher und begrüßten ihren Herrn stürmisch.

Sasha wollte schreien, brachte aber keinen Laut über die Lippen. Hilflos musste er mit ansehen, wie sein Onkel das weiße Fellbündel in den Verschlag schleuderte. Sasha hörte die Häsin schreien. Es war ein Schrei, der ihm durch Mark und Bein ging und direkt in seine Seele fuhr.

Die blutrünstigen Bestien stürzten sich auf ihre Beute. Der Schrei erstarb. Das Reißen von Fleisch und Sehnen war zu hören, Blut und Fell flogen umher. Der metallische Geruch wehte ihm in die Nase und setzte sich dort fest.

Sasha brach weinend auf dem eisigen Boden zusammen.

Sein Onkel trat ein letztes Mal nach ihm, bevor er ins Haus ging. Irgendwann erlosch das Licht. Dunkelheit und eine tiefe, alles verschluckende Stille senkten sich über Sasha.

Er verlor jegliches Zeitgefühl. Wie lange er da draußen gelegen hatte, bis er wieder zu sich kam, wusste er nicht. Seine eiskalten Glieder fühlten sich schwer wie Blei an, und es schien ihn Minuten zu kosten, sich auf alle viere und schließlich auf die Füße zu kämpfen.

Wie in Trance lief er zu dem Verschlag und kletterte über den Zaun.

Die Hunde waren wieder in der Hütte verschwunden. Eine Schnauze erschien am Eingang. Als Sasha in seine Richtung sah, verstummte das Knurren allerdings sofort, und mit einem Winseln zog sich die Töle in ihr Versteck zurück.

Die Hunde witterten, dass es nicht mehr derselbe junge Mann war, der in ihrem Verschlag niederkniete, inmitten der Fellreste, und mit den Fingern durch die noch warmen Blutspuren fuhr.

Es war nicht mehr Sasha, der seine Hände mit dem Blut seiner geliebten Gefährtin benetzte und geräuschlose Tränen vergoss.

Sein Dämon war erwacht.

20

Jennifer ließ sich in den Sessel fallen und warf das Mobilteil des Telefons auf den Wohnzimmertisch. Mit einem derben Fluch auf den Lippen lehnte sie sich zurück und sah zu Oliver hinüber, der auf dem Sofa saß und vollkommen entspannt an einem Wasserglas nippte.

Die Schmerzmittel, die sie ihm direkt nach ihrer Rückkehr in ihre Wohnung angeboten hatte, lagen unangerührt auf dem Tisch. Er war tatsächlich die Ruhe selbst, obwohl er aus ihrer Stimmung schließen musste, dass sie nicht weitergekommen war.

Der Name, den der Typ für seine Anmeldung im Hotel genutzt hatte, war ebenso falsch wie der russische Pass, von dem beim Einchecken eine Kopie angefertigt worden war. Er hatte bar bezahlt, immer zwei Tage im Voraus, eine Tatsache, die die Rezeptionistin auf Rückfrage mit einem Schulterzucken quittiert hatte.

Geld war Geld, ob nun in Form von Scheinen oder Plastik, selbst im einundzwanzigsten Jahrhundert. Weshalb sich jemand die Mühe machte, jeden zweiten Tag fast dreihundert Euro am Automaten abzuheben, war dem Empfänger ebenso egal wie der Ursprung des Geldes. Ein Vier- bis Fünf-Sterne-Hotel bildete keine Ausnahme, solange der Gast nicht negativ auffiel.

Die Zeiterfassung des Hotels konnten sie ebenfalls vergessen. Das Kommen und Gehen des Mannes zeigte keine Regelmäßigkeit, noch dazu war er, zumindest laut Hotelsystem, zum Zeitpunkt der Morde auf seinem Zimmer gewesen. Ohne seine Zugangskarte auslesen zu können, waren Moritz Sprengers Möglichkeiten, die Manipulation nachzuvollziehen oder gar nachzuweisen, begrenzt. Erst recht ohne offiziellen Ermittlungsauftrag, denn das Hotel würde ohne richterlichen Beschluss einem Ausbau des Schlosses kaum zustimmen.

Die Kooperationsbereitschaft der Empfangskraft war ohnehin gen Null gesunken, nachdem ihr in einem ruhigen Moment doch noch aufgegangen war, dass sie sich keinen Gefallen damit tat, Zugangskarten und Informationen ohne schriftliche Behördenanweisung herauszurücken. Der Hotelbesuch von Jennifer und Oliver schlug vermutlich nur deshalb keine hohen Wellen, weil die Dame bestrebt war, dass ihr Chef nichts von ihrem unprofessionellen Verhalten erfuhr, und sie ihn deshalb verschwieg.

Jennifer hatte gerade nochmals mit Jarik telefoniert, und das Ergebnis war ernüchternd. Der Kerl musste die Tasse tatsächlich abgewischt haben, denn die Kriminaltechnik hatte bis auf einen Teilabdruck keine Fingerabdrücke oder DNA-Spuren gefunden. Jarik konnte den Abdruck zwar ins System einspeisen, indem er ihn einem anderen Fall zuordnete, doch letzterer hatte nur niedrige Priorität, sodass er mit einer Antwort erst in vierundzwanzig Stunden rechnete – wenn sie Glück hatten. Die Wahrscheinlichkeit, dass der Abdruck einem Hotelangestellten gehörte, war ebenso groß wie die Möglichkeit, dass er gar nicht in den Systemen erfasst war.

»Keine guten Neuigkeiten?«, fragte Oliver noch immer völlig entspannt.

Wie konnte er nach den Geschehnissen des Nachmittags eigentlich so verdammt ruhig bleiben? »Die Tasse wurde abgewischt, wir haben nur einen Teilabdruck. Ist aber wahrscheinlich sowieso eine Niete.«

»Könnte aber auch ein Volltreffer sein.«

»Da wäre ich sogar bei David Copperfield optimistischer. Außerdem könnte ein Volltreffer die Frankfurter Spezialeinheit alarmieren, und dann wird aus unserem Zwangsurlaub ein Disziplinarverfahren.«

Oliver zuckte die Schultern. »Für jede einzelne Suchanfrage nach einem Namen im System gilt dasselbe.«

»Das scheint dir herzlich egal zu sein.«

Er runzelte die Stirn. Falls er erst jetzt ihren Ärger bemerkte, der sich langsam aber sicher in unterschwellige Wut verwandelte, hatte er verdammt lange gebraucht. »Dich stört das doch auch nicht.«

»Ich bin aber normalerweise diejenige von uns beiden, die sich weniger Gedanken macht.«

Die Falten auf seiner Stirn vertieften sich. »Gibt es zufälligerweise irgendetwas, worüber du reden willst?«

»Reden?!« Jennifer hatte mit vielem gerechnet, aber nicht mit einer solchen Frage. »Muss ich zu deinem Verhalten noch irgendetwas sagen? Du rennst unbewaffnet und völlig kopflos einem Killer hinterher! Was, wenn er dich bemerkt hätte? Wenn er *nicht* vor dir geflohen wäre?«

»Wir wissen doch gar nicht, ob er vor mir geflohen ist. Vielleicht war es nur ein dummer Zufall.«

»Ein dummer Zufall?!« Sie traute ihren Ohren nicht.

»Worüber regst du dich so auf? Du warst doch diejenige, die in das Hotelzimmer rein ist und alle Sicherheitsmaßnahmen und unsere Abmachung über Bord geworfen hat.«

»Das ist etwas völlig anderes!«

Oliver schüttelte den Kopf. »Wenn wir beide außer Dienst sind, und du keine Waffe trägst, ist es nichts anderes.«

»Hattest du denn überhaupt keine Angst?«

»Du etwa?«

»Ja, verdammt, ich hatte eine Scheißangst!« So leicht war ihr ein derartiges Eingeständnis noch nie über die Lippen gekommen. »Und es *ist* etwas anderes. Ich laufe nicht in irgendwelche Heckenscheren und spieße mich selbst auf!«

»Es ist ein Kratzer. Nichts weiter.« Zum Beweis hob Oliver sein Hemd an und legte die Stelle frei, die er selbst mehr schlecht als recht mit Mullkompressen und Leukoplast versorgt hatte. »Ein oberflächlicher Schnitt. Sonst nichts.«

Jennifer seufzte, als ihr Blick auf die dunkelrot gefärbte Kompresse fiel, von der aus ein dünnes Rinnsal in den Bund seiner Jeans lief. »Dein Verband ist durchgeblutet«, stellte sie ruhig fest.

Oliver sah nach unten. »Scheiße!«

»Ich habe dir gleich gesagt, dass ein paar Kompressen nichts nützen. Der Schnitt geht bei jeder kleinen Bewegung wieder auf. Das sollte genäht werden.« Wie oft hatte sie diese Feststellung schon gemacht und war mit der immer gleichen Antwort belohnt worden?

»Das ist völlig übertrieben!«

Jennifer musste ein Seufzen unterdrücken. »Wundnahtpflaster helfen da wesentlich besser.«

»So was hast du im Haus?«, fragte Oliver irritiert.

Sie zuckte die Schultern. »Selbstverständlich.«

»Und warum hast du das nicht gleich gesagt?«

»Weil ich dich da noch zur Wundversorgung ins Krankenhaus bringen wollte.«

»Das hast du ja glücklicherweise aufgegeben.« In seiner Stimme schwangen deutliche Zweifel mit. »Wo sind denn diese Pflaster?«

»Ich hole sie.« Jennifer stand auf und schlenderte Richtung Tür. »Aber dann solltest du mich die Wunde versorgen lassen.«

»Das kann ich auch selbst«, protestierte Oliver.

»Ich sehe ja, wie gut du das kannst. Aber mehr als anbieten kann ich es nicht. Für die Wundversorgung ist es allerdings besser, wenn man einen Profi ranlässt.«

Er begriff sehr wohl, dass sie noch einmal auf einen Arzt und die Klinik anspielte. »Wenn du unbedingt willst.«

Jennifer holte nicht nur die Pflaster aus dem Bad, sondern auch das Desinfektionsmittel, das er zuvor abgelehnt hatte. »Wenn du dich etwas streckst, geht es besser.«

Oliver lehnte sich diesmal ohne Diskussion zurück. Er hatte den alten Verband inzwischen entfernt.

Jennifer kniete vor ihm nieder und begutachtete den Schnitt. Er war tatsächlich nicht besonders tief, lag aber so ungünstig, dass sie noch immer der Meinung war, dass es besser wäre, ihn nähen zu lassen. Oliver hatte sich jedoch offenbar in den Kopf gesetzt, den Helden zu spielen.

Er atmete scharf ein, als sie mit einem mit Desinfektionsmittel getränkten Stück Mull das Blut von der die Verletzung umgebenden Haut wischte.

»Wir sind bekloppt, weißt du das«, presste er zwischen zusammengepressten Zähnen hervor. »Diese Streiterei führt zu gar nichts.«

»Tja.« Jennifer tränkte ein weiteres Stück Mull, um die Wunde selbst zu desinfizieren. Es war unsinnig, darüber zu diskutieren. Er hatte recht, doch irgendwie musste sich das aufgestaute Adrenalin wohl entladen.

Sie drückte vorsichtig die Wundränder zusammen und klebte, von außen nach innen arbeitend, sechs Klammerpflaster über den Schnitt. Oliver hielt sich gut, doch sie konnte jedes verräterische Muskelzucken deutlich unter ihren Fingerspitzen spüren. Angenehm war die Prozedur sicher nicht.

Sie blickte zu ihm auf und sah, dass er das Gesicht abgewandt hatte und aus dem Fenster starrte. Ein leichtes Lächeln umspielte ihre Mundwinkel. »Fertig. Du kannst wieder hinsehen. Operation erfolgreich, Patient tot.«

Oliver drehte ihr langsam das Gesicht zu. Ihre Blicke trafen sich. »Es ist nicht die Verletzung …« Er verstummte.

Jennifer begriff schlagartig. Die Art, wie sie hier vor ihm saß, an ihn gelehnt, ihre Linke noch immer auf seinem Bein abgestützt. Die Idee, dass er kein Blut sehen konnte, war lächerlich. Es war die Nähe, die ihm zu schaffen machte.

Die Nähe, die ihr erst in diesem Moment bewusst wurde.

Sie hätte ihre Hand zurückziehen, sich von seinen Augen lösen und aufstehen sollen, doch es gelang ihr nur, den Blick zu senken. Sie fand aber keinen unverfänglichen Punkt, sondern blieb an der Tätowierung auf seiner Hüfte hängen.

Sie berührte den Tiger und strich mit dem Daumen über die geschwungenen Linien in seiner Haut. »Ihn hätte es beinahe erwischt«, murmelte sie.

Eine leiser werdende Stimme schrie ihr zu, endlich aufzustehen. Sie hatten immerhin eine unmissverständliche Abmachung! Aber sie wollte sie gar nicht hören. Zunehmend drängte sich die Erinnerung, die mit dem Tattoo verknüpft war, in den Vordergrund.

Jennifer spürte eine Berührung, mehr einen Hauch als seine Fingerspitzen an ihrer Wange. Sie schloss die Augen.

Oliver beugte sich vor. Seine Hand wanderte zu ihrer Schulter.

Dann klingelte sein Handy. Der Ton klang laut und schrill in ihren Ohren und entfaltete die Wirkung einer Alarmanlage. Während Oliver sich mit einem resignierten Seufzen zurücksinken ließ, sprang sie auf und geriet kurz ins Wanken, als sie mit den Unterschenkeln gegen den Couchtisch stieß.

Sie achtete nicht mehr auf Oliver, der nach dem Störenfried in seiner Hosentasche suchte. Sie klaubte die Kompressen und das benutzte Verbandsmaterial zusammen und trug alles Richtung Küche.

Jennifer spürte die Hitze in ihren Wangen. Sie war unschlüssig, worüber sie wütender war. Über sich selbst, weil sie beinahe die Beherrschung verloren hatte, oder über das dämliche Handy, das ihnen einen Strich durch die Rechnung gemacht hatte.

Sie pfefferte das Verbandszeug in den Mülleimer, stützte sich auf der Arbeitsplatte ab und atmete tief durch. Sie sollte froh sein, dass dieses Telefonat, von dem sie nur Wortfetzen mitbekam, die sich anbahnende Dynamik zerstört hatte. Zwangsurlaub und nicht autorisierte Ermittlungen hin oder her – das änderte nichts an den in gegenseitigem Einvernehmen gesetzten Grenzen.

Oliver hatte das Gespräch beendet.

Jennifer hörte seine Schritte durch das Wohnzimmer kommen und schätzte, dass er im Durchgang zur Küche stehen geblieben war. Sie wappnete sich, bevor sie sich zu ihm umdrehte, doch ihre Befürchtung, dass er diesen Zwischenfall nicht als notwendige Mahnung, sondern als Einladung interpretieren könnte, lösten sich in Luft auf.

Er sah angespannt aus, und unterdrückte Wut spiegelte sich in seinen Augen. Die Art, wie er das Smartphone umklammert hielt, zeigte, dass sein Zorn diesem Anruf und nicht ihr oder ihm selbst galt.

»Was ist los?«, fragte Jennifer mit einem Stirnrunzeln.

»Es ging um Hannah«, sagte er nur.

Hannah? Wieso Hannah? Seine Tochter und Bastian waren doch zusammen unterwegs. Sie hatten gemeinsam mit Hannahs Freundin ins Kino gewollt. Jennifers Blick streifte die Küchenuhr. Der Film war noch nicht zu Ende.

Ein ungutes Gefühl machte sich in ihrer Magengegend

breit, das allerdings weit von Angst entfernt war. Just in diesem Moment erwachte ihr eigenes Handy zum Leben.

»Und es ging um Bastian«, murmelte Oliver und nickte ihr zu, das Gespräch entgegenzunehmen.

Scheiße, dachte Jennifer.

Sie fuhren getrennt in ihren jeweils eigenen Autos. Oliver erreichte den hinter der Disco liegenden Parkplatz nur wenige Sekunden nach Jennifer. Sie wartete, bis er seinen altersschwachen Ford geparkt hatte und ausgestiegen war.

Das Einsatzfahrzeug war in der Nähe des Hintereingangs abgestellt. Zwei Angestellte standen rauchend daneben und beobachteten die beiden Polizisten, die ungeduldig auf die Ankunft der Ermittler warteten, während sie auf die Teenager aufpassten, die missmutig an der Wand lehnten.

Wenigstens sahen sie einigermaßen schuldbewusst aus. Hannah blickte nicht auf, als sie auf die uniformierten Beamten zutraten. Oliver hätte ihr gerne ins Gesicht und in die Augen gesehen. Ob ihr klar war, was sie angerichtet hatte?

Der ältere der beiden Polizisten streckte sich und musterte Jennifer und Oliver kurz. Sein Desinteresse wirkte merkwürdig aufgesetzt. »Sie sind die Erziehungsberechtigten der beiden Kids?«, fragte er.

Oliver nickte. »Ich bin der Vater des Mädchens.«

»Aha, dann sind Sie also die Mutter des Jungen?«, wandte er sich an Jennifer.

»Seine Schwester. Er lebt derzeit bei mir.«

Oliver wunderte sich über ihren leicht patzigen bis streitlustigen Tonfall. Ob sie Diskussionen befürchtete, weil sie dem Gesetz nach nicht Bastians Erziehungsberechtigte war? Wenn die Hanauer Beamten es zu genau nahmen, konnten sie Bastian mitnehmen und darauf bestehen, dass er von einem Elternteil abgeholt wurde. Sehr wahrscheinlich erschien ihm diese Möglichkeit allerdings nicht. Es sei denn, Jennifers Bruder hatte die Uniformierten gehörig verärgert.

»Aha«, erwiderte der zuständige Beamte nur. »Wie ich Ihnen schon am Telefon sagte, haben die beiden versucht, mit falschen Ausweisen in die Disco eingelassen zu werden. Hier ist der Eintritt erst ab achtzehn erlaubt.«

Sein Kollege, ein jüngerer Schutzpolizist, dessen Augenringe so dunkel waren, dass sie beinahe geschminkt aussahen, hielt zwei Ausweise hoch. Oliver konnte im trüben Licht der Lampe über der Hintertür der Diskothek nur erkennen, dass es sich um Personalausweise handelte.

»Sehr gut gemacht, aber nicht gut genug.« Der ältere Polizist fuhr fort, in vollkommen unaufgeregter Manier das Geschehen zu erläutern. »Die haben hier ausgezeichnet geschultes Personal, seit es schon mal Ärger gab.«

Er blickte kurz zu den beiden Jugendlichen, die noch immer alles Mögliche anstarrten, nur um nicht in Olivers oder Jennifers Richtung sehen zu müssen. »Ihre Tochter sagte, dass Sie Staatsanwalt in Lemanshain sind und Sie Kommissarin. Ich muss Ihnen also nichts weiter erklären. Wir ziehen die Ausweise ein. Und da Sie beide Kollegen sind, drücken wir noch mal ein Auge zu.«

Oliver schüttelte den Kopf. Zwar spielte es für die Polizisten sicher eine wesentlich größere Rolle, dass sie sich nicht mit dem ganzen Papierkram herumschlagen wollten, doch das änderte für ihn nichts an den Tatsachen. »Das will ich nicht«, sagte er entschieden. »Die beiden haben Mist gebaut, also müssen sie dafür auch geradestehen.«

Eine Hand schloss sich schmerzhaft um seinen Arm. Er drehte sich um und blickte direkt in Jennifers Gesicht, die ihn mit einer Mischung aus Entsetzen und Warnung ansah. »Oliver …« Noch ehe er etwas sagen konnte, bat sie die beiden Beamten mit einer Geste um etwas Geduld, dann zog sie ihn energisch zwei Schritte zur Seite.

Er machte sich von ihr los und rieb sich den schmerzenden Arm. »Was zum Teufel soll das?«

Jennifer warf einen Blick in Richtung der Polizisten. »Wenn sie es auf sich beruhen lassen wollen, sollten wir das annehmen.«

Erneut schüttelte er den Kopf. »Nein, auf keinen Fall. Soweit kommt es noch, dass ich Hannah damit durchkommen lasse, die ›Mein Vater ist Staatsanwalt‹-Karte auszuspielen. Das …«

Im Gegensatz zu Jennifer sprach er alles andere als leise. Ein Umstand, der ihr offenbar nicht gefiel, denn sie hob die Hand, um ihn zum Schweigen zu bringen. »Es ist das falsche Signal, da sind wir einer Meinung. Dass die beiden bestraft werden müssen, ist für mich ebenfalls selbstverständlich. Aber es muss nicht aktenkundig oder amtlich werden.«

Er kniff die Augen zusammen und runzelte die Stirn. »Wieso nicht?«

Jennifer biss sich auf die Unterlippe und blickte beinahe so schuldbewusst drein wie die beiden Teenager. »Weil Bastian dann richtig üble Probleme bekommt.«

Oliver hatte es geahnt und insgeheim befürchtet. Sie hatte ihm erzählt, dass Bastian in Heidelberg einige Probleme hatte und auch mit dem Gesetz in Konflikt geraten war. Jetzt schien die uneingeschränkte Wahrheit ans Licht zu kommen. »Wie übel?«

»Er ist mehr oder minder auf Bewährung …«

»Und da läuft er mit einem gefälschten Ausweis durch die Gegend? Dann hat er seine Lektion ganz eindeutig noch nicht gelernt und muss mit den Konsequenzen leben.«

»Ich gebe dir ja recht, aber ich versuche gerade, ihm irgendwie zu helfen, und wenn er jetzt in den Arrest wandert, war's das mit diesem Schuljahr und …« Sie bemerkte offensichtlich seine ablehnende Haltung. »Oliver, bitte …«

Er musste sich von ihr abwenden, denn die Art, wie sie ihn ansah, ertrug er keine Sekunde lang. »Ich soll also meine gesamten Prinzipien für deinen verkorksten Bruder über den Haufen werfen?«

»Bitte, Oliver … Wenn du es nicht für Bastian tun willst, dann tu es für mich.«

Oliver musste sie nicht noch einmal ansehen. Der Klang ihrer Stimme und die Hand, die sie ihm nun sanft auf den Arm legte, reichten vollkommen aus. Verdammt. Sie stand ihm definitiv viel zu nahe, ging ihm viel zu nahe.

Und das fällt dir erst jetzt auf?

Er entzog ihr seinen Arm, eine letzte ablehnende Geste, die seiner Wut auf sich selbst geschuldet war. Obwohl er davon ausging, dass sie sich ihrer Manipulation bewusst war und ihre zur Schau gestellte Verzweiflung augenblicklich in Zorn umschlagen würde, sollte er nicht einknicken, hatte er seine Entscheidung längst getroffen.

Er wandte sich den wartenden Beamten zu. Dass der Jüngere zu grinsen schien, machte ihm die Sache nicht gerade leichter. Er nickte ihnen zu. Sie verstanden die Geste und stiegen keine drei Sekunden später in ihren Wagen.

Jennifer stieß hörbar die Luft aus. »Danke.«

Sie war ehrlich erleichtert. Ganz so bewusst schien ihr ihre Wirkung auf ihn also doch nicht zu sein. »Aber dafür werde ich mich jetzt mal kurz mit deinem Bruder unterhalten.«

Ihre Wachsamkeit kehrte augenblicklich zurück. »Was hast du vor?«

»Psychologische Kriegsführung.«

Oliver gab ihr keine Gelegenheit, ihn zur Rede zu stellen. Er trat auf die beiden Jugendlichen zu, die jetzt endlich aufsahen. Hannah öffnete den Mund und holte Luft – für ein reuevolles Geständnis und nicht für eine ausgeklügelte Verteidigung, wie er hoffte, doch er ignorierte sie.

Stattdessen packte er Bastian nicht gerade zurückhaltend an der Schulter. »Komm mal einen Moment mit.«

Bastian war anscheinend zu überrascht, um aufsässig zu reagieren. Er folgte ihm dic paar Schritte neben die Müllcontainer, wohin das Licht der Lampe kaum noch drang.

Jennifers Bruder war fast genauso groß wie er. Er konnte ihm direkt in die Augen sehen. Seine eigene Wut musste ihm deutlich anzumerken sein, denn Bastian sah zwar nicht eingeschüchtert aus, aber wachsam. Vielleicht rechnete er tatsächlich damit, dass Oliver ihm eine reinhauen würde.

Zumindest zuckte er zusammen, als sich Oliver zu ihm vorbeugte. Bastian öffnete den Mund, doch es kam kein Ton heraus.

»Du willst etwas sagen? Nein? Gut so. Denn jetzt hörst du mir mal zu, mein Freund. Ich weiß, dass meine Tochter kein Engel ist und diese blödsinnige Aktion vermutlich genauso auf ihrem wie auf deinem Mist gewachsen ist. Aber im Gegensatz zu dir hat sie keine kriminelle Vergangenheit. Und ich will eigentlich nicht in die Situation geraten, deine Karriere persönlich mit einer Anklage untermauern und begleiten zu müssen. Aber wenn es sein muss, habe ich kein Problem damit, das bis zum bitteren Ende durchzuziehen. Also, wenn du heil und ohne Zwischenstopp nach Hause zurückkommen willst, bau hier keine Scheiße mehr, kapiert?«

»Aber …«

Oliver brachte ihn mit einem angedeuteten Kopfschütteln zum Schweigen. Dann warf er einen Blick in Jennifers Richtung. »Deine Schwester versucht, dir zu helfen. Sie kämpft für dich, sie kämpft für die Ehe eurer Eltern. Ich weiß, dass sie weder sehr geduldig ist, noch immer den richtigen Ton trifft oder jede ihrer Entscheidungen vorher überdenkt. Ich kenne eure Familienangelegenheiten nicht, und sie gehen mich auch nichts an. Aber ich habe eine Frage an dich, Bastian, und ich will, dass du sie mir mit einem einfachen Ja oder Nein beantwortest. Und wenn die Antwort Ja lauten sollte, werde ich nicht nach dem Wie, Weshalb oder Warum fragen. Hat dir deine Schwester irgendeinen Grund dafür gegeben, dich hier so aufzuführen?«

Sofort öffnete der Jugendliche den Mund, doch Oliver ließ ihn erneut nicht zu Wort kommen. »Nimm dir Zeit, darüber nachzudenken. Hat sie dir jemals etwas getan, was dein Verhalten in irgendeiner Weise rechtfertigt? Denk nicht als kleiner, eingeschnappter Junge darüber nach, sondern als Mann. Hat Jennifer jemals irgendetwas getan oder gesagt, das logisch und nachvollziehbar erklärt, warum du hier einen solchen Aufstand machst?«

Auf diesen Ausbruch hin schwieg Bastian. Er sah Oliver mehrere Sekunden lang irritiert an, bevor er über dessen Schulter hinweg einen Blick auf seine Schwester warf. Die war inzwischen zu Hannah getreten. Die beiden Frauen schwiegen sich an. Dann hefteten sich seine Augen auf Oliver. »Nein«, antwortete er schließlich.

»Dann reiß dich gefälligst zusammen. Sorg dafür, dass du nicht in Schwierigkeiten gerätst, erst recht nicht mit meiner Tochter. Denn wenn auch nur noch die geringste Kleinigkeit passiert, das schwöre ich dir, werde ich persönlich dafür sorgen, dass jede Ermittlung, die jemals gegen dich geführt wurde, jedes Verfahren, jede Bewährung, alles, selbst der Kaugummi, den du als Achtjähriger vielleicht hast mitgehen lassen, auf meinem Schreibtisch landet, und dann, Bastian, wird es verdammt ungemütlich für dich.«

Bastian musterte ihn. Trotz kehrte urplötzlich in seinen Blick zurück, und er verschränkte die Arme vor der Brust. »So einer sind Sie doch gar nicht.«

»Willst du es darauf ankommen lassen? Nur zu. Du hast jetzt deine allerletzte Chance. Und wenn ich deine Schwester nicht so verdammt gern hätte, hättest du nicht einmal die bekommen. Haben wir uns verstanden?«

Der Funken Aufsässigkeit verflog so schnell, wie er gekommen war. »Ja, haben wir.«

21

Charlie bewegte sich im Takt der Musik. Sie hatte ihren eigenen Soundtrack für ihre zehnminütige Performance aussuchen dürfen, und die Rhythmen von Flightcranks *What U Need* verflossen leicht und problemlos mit ihren Bewegungen.

Sie suchte den Blickkontakt zu den Gästen, die um die Seitenbühne herum saßen und jeden Hüftschwung wie hypnotisiert verfolgten. Ihre Hände ließ sie lasziv über ihre Haut hinweg schweben, ohne sich zu berühren. Charlie verstand es, ihr Publikum in die Irre zu führen. Immer wieder kehrte sie andeutungsweise zu dem Verschluss ihres Spitzen-BHs zurück, um ihn dann doch unangetastet zu lassen. Sie genoss den Tanz und die Aufmerksamkeit mehr, als ihr guttat.

Alexander hatte Wort gehalten. In der Nacht zuvor war sie mit ihm in einen kleinen Raum gegangen, der für Privattänze eingerichtet war. Der Barmann hatte sich auf dem gemütlichen Stuhl in der Mitte niedergelassen. Es war leicht für sie gewesen, sich zu entspannen und sich ganz der Musik hinzugeben. Sie hatte sich tanzend aus ihrem Kleid geschält und am Ende auf seinen Schoß gesetzt. Sein Gesicht war von Erregung und von der Anstrengung gezeichnet gewesen, sie nicht zu küssen oder zu berühren.

Charlie hatte Alex' Selbstbeherrschung auf eine harte Probe gestellt. In dem Moment, in dem er sie endgültig zu verlieren drohte, war sie von seinem Schoß gerutscht und hatte sich angezogen.

Sie hatte nicht fragen müssen. Er war begeistert gewesen

und hatte ihr den Job umgehend zugesagt. Für heute Nacht hatte sie sich direkt in den Schichtplan eingetragen und war um zwanzig Uhr erschienen.

Sie hatte Nadeshda kennengelernt, die sich um die Tänzerinnen und Prostituierten des »White Honey« kümmerte. Die ältere Frau hatte keinen Hehl aus ihrer Skepsis gemacht, obwohl es nicht das erste Mal war, dass Alexander auf diese Art Angestellte rekrutierte. Charlies erster Auftritt hatte ihre Bedenken aber sofort zerstreut.

Es war nun ihr dritter und letzter Tanz für diese Nacht.

In den Pausen hatte Charlie selbst nicht viel geredet, dafür aber zugehört. Sie hatte schon einige Bemerkungen aufgeschnappt, die darauf hinwiesen, dass Jegor Sidorovs kriminelle Machenschaften kein Geheimnis unter den Mädchen waren. Allerdings waren es bisher nur zusammenhanglose Kommentare, die sie gar nicht richtig hätte einordnen können, wenn sie nicht über Vorwissen verfügt hätte.

Als praktisch konnte sich auch erweisen, dass Alex Gefallen an ihr gefunden zu haben schien, denn er hatte sie gebeten, sich nach Schichtende hinter den Kulissen noch kurz mit ihm zu treffen. Vielleicht wollte er sich nur erkundigen, wie es ihr an ihrem ersten Tag ergangen war, aber Charlie hatte das Gefühl, dass mehr dahintersteckte.

Ihr konnte es nur recht sein. Alex arbeitete zwar hauptsächlich als Barkeeper im »White Honey«, übernahm aber regelmäßig Sonderaufgaben hinter der Bühne. Er schien tiefer in die Strukturen verstrickt zu sein, als es auf den ersten Blick den Anschein hatte. Sich an ihn zu halten, könnte zum Erfolg führen.

Ihre Darbietung steuerte auf den Höhepunkt zu. Charlie gab dem aufgeheizten Publikum, worauf es sehnsüchtig gewartet hatte, öffnete den BH und ließ ihn zu Boden gleiten. Eine letzte Drehung, eine Kusshand in Richtung Zuschauer, dann stöckelte sie von der Bühne.

In dem Raum, in dem sich die Tänzerinnen für ihre Auftritte vorbereiteten, ihre Kleidung und Taschen ablegen oder sich in den Pausen unterhalten konnten, schlüpfte Charlie in ihre Alltagsklamotten. Dabei lauschte sie dem Gespräch von drei jungen Frauen, das sich allerdings nur um langweiligen Promiklatsch drehte.

Nadeshda kam in den Raum und übergab ihr lächelnd einen prall gefüllten Umschlag. »Dein Anteil, Süße. Du bist verdammt gut. Mach so weiter, und du kannst dir eine goldene Nase verdienen.«

Charlie warf nur einen kurzen Blick auf das Bündel Scheine. Ob die Abrechnung stimmte, konnte sie nicht kontrollieren. Das Trinkgeld des Publikums wurde nach dem Auftritt von einer Bedienung eingesammelt, gezählt und abgerechnet. Sie hatte jedenfalls nicht schlecht verdient.

Im Erotikgewerbe ließ sich viel Geld machen. Striptease und Prostitution waren eine praktische Einnahmequelle. Für Charlie war das Gewerbe theoretisch sogar ideal, denn sie zählte zu den Personen, die Spaß an der Arbeit hatten und für die die Bezahlung nur zweitrangig war.

Bei diesem Gedanken musste sie über sich selbst den Kopf schütteln. So leicht war es also für sie noch immer, ihre Ziele aus den Augen zu verlieren. Zumindest für ein paar Sekunden.

Auf dem Flur vor dem Mädchenzimmer lief sie direkt Alex in die Arme. Er musste gerade erst angekommen sein. Seine Haare waren noch feucht. Es konnte nicht lange her sein, dass er geduscht hatte.

Er begrüßte sie mit einem breiten Grinsen. »Na, habe ich nicht gesagt, dass du Nadeshda problemlos überzeugen wirst?«

»Daran habe ich nie gezweifelt«, erwiderte Charlie. Sie hatte schließlich während ihres Studiums bereits als erotische Tänzerin gearbeitet. Das erwirtschaftete Trinkgeld war schon damals aussagekräftig genug gewesen.

»Selbstbewusst«, stellte Alex fest. »Das gefällt mir. Hör mal, wir könnten …« Er unterbrach sich, und sein Blick wanderte zum Ende des Flurs.

Als Charlie seinem Beispiel folgte, wunderte sie sich nicht mehr über seine angespannte Haltung. Sie hielt selbst unwillkürlich den Atem an.

Jegor Sidorov kam in Begleitung von zwei Männern auf sie zu. Der Inhaber des »White Honey« war offenbar in Eile, trotzdem schien er jedes Detail in seiner Umgebung wahrzunehmen.

Die kühlen Augen des Mannes blieben kurz an ihr und Alex hängen. Sie waren beide einen Schritt zurückgetreten. Alex begegnete Sidorovs Blick, deutete ein Nicken an. Charlie hingegen schien für Sidorov unsichtbar zu sein.

Es waren nur ein paar Sekunden, die Charlie allerdings wie Minuten vorkamen. Dann waren die Männer an ihnen vorbei. Sie wagte wieder zu atmen. Nur der Hauch eines herben Rasierwassers hing noch in der Luft.

Jegor Sidorov.

Mit seinem Erscheinen in Fleisch und Blut hatte sie überhaupt nicht gerechnet.

Charlie sah Sidorov und seinen Begleitern nach, bis sie um eine Ecke gebogen waren. »Wow«, murmelte sie überrascht, gerade so laut, dass Alex es hören konnte. »Ich hätte gar nicht gedacht, dass ich ihn hier zu Gesicht bekomme.«

»Du kennst ihn?« Lag Misstrauen in seinem Blick, oder irrte sie sich?

Charlie zuckte die Schultern und gab ihrer Stimme einen

beiläufigen Klang. »Kennen würde ich das nicht nennen. Aber als ich eure Homepage entdeckt hatte, habe ich das ›White Honey‹ gegoogelt. Ich wollte wissen, ob es überhaupt Sinn macht, mich hier vorzustellen. Bei der Suche ist sein Name aufgetaucht. Und ein paar Medienberichte.«

Alex nickte, als habe er diese Antwort erwartet. Dass im Internet einige Informationen und Gerüchte über seinen Chef kursierten, war für ihn natürlich nicht neu.

»Tut er das öfter?«, fragte Charlie. »Hier auftauchen und hinter den Kulissen herumspazieren?«

»Gelegentlich.« Alex schien es nicht viel auszumachen, über das Thema zu reden. Charlie wurde trotzdem das Gefühl nicht los, dass er auf der Hut war. Vielleicht wollte er auch einfach nicht, dass jemand mitbekam, wie sie über Sidorov sprachen. »Er sieht gerne nach dem Rechten, nicht nur von seiner privaten Lounge aus.«

»Private Lounge?«

Alex nickte. »Er hat einen privaten Bereich im ersten Stock, in den er sich zurückzieht und von dem aus er alles beobachten kann. Die Spiegel oberhalb der Hauptbühne sind verspiegelte Fenster.«

»Ah, verstehe.« Charlie gab sich gedankenlos, doch nun hatte sie zumindest eine Theorie, wie der Undercover-Polizist Jennifer Leitner und Oliver Grohmann hatte bemerken und fotografieren können, ohne selbst von ihnen entdeckt zu werden. »Darüber haben die Mädels vorhin also geredet.«

Er runzelte die Stirn. Diese Information schien ihm nicht zu gefallen. »Worüber haben die Mädchen geredet?«

»Ach, nichts im Speziellen. Ich habe nur aufgeschnappt, wie sie von ›seinen Gemächern‹ sprachen, und dass Penny ihnen nichts darüber erzählen wollte.« Es war ein Glücksfall, dass er gerade jetzt auf Sidorovs Privatlounge zu sprechen kam. Das war nämlich eine der interessanteren Informationen gewesen, die sie heute aufgeschnappt hatte. Sie sah Alex prüfend an.

Doch er nickte nur, offenbar zufrieden, dass besagte Penny nichts Relevantes ausgeplaudert hatte.

»Das heißt, es gibt eine Möglichkeit, aufzusteigen?«, hakte Charlie mit einem Lächeln nach. Es sollte ihm signalisieren, dass sie sich immer noch nichts dabei dachte und seinen Unmut nicht bemerkt hatte.

Alex zögerte sichtlich. »Ja, theoretisch ja.«

Charlie forderte ihn wortlos zum Weiterreden auf.

Doch er schüttelte den Kopf. »Ein solcher Aufstieg liegt für dich noch in weiter Ferne«, betonte er. »Du bist neu, ein absoluter Frischling. Es ist ein langer Weg bis in die Privatlounge.«

»Schade. Allerdings verständlich.« Sie setzte eine enttäuschte Miene auf, ließ sie aber schnell wieder verfliegen. »Wie sieht's aus, hast du vor deiner Schicht noch Zeit für einen Drink?«

Sein Gesicht hellte sich auf, trotzdem lag ein leichter Schatten in seinem Blick. »Für dich jederzeit.«

22

Oliver versetzte der Wohnungstür einen heftigen Stoß, erinnerte sich im letzten Augenblick jedoch daran, dass es mitten in der Nacht war, und fing sie ab, bevor sie krachend ins Schloss fallen konnte. Sein Schlüsselbund landete trotzdem mit einem lauten Klirren auf dem Schuhschrank im Flur, als er Hannah in die Wohnung folgte.

Sie steuerte auf ihre Zimmertür zu.

»Wo willst du hin?«, fragte er mit kaum unterdrückter Wut.

Sie hielt inne, drehte ihm aber weiterhin den Rücken zu. Es war offensichtlich, dass sie überlegte, sich ihm zu widersetzen, in ihr Zimmer zu stürmen und sich dort einzuschließen, um der drohenden Auseinandersetzung aus dem Weg zu gehen.

»In die Küche oder ins Wohnzimmer mit dir«, zischte Oliver verärgert. »Es sei denn, du willst den Rest deiner Ferien ohne Zimmertür verbringen.« Die Drohung kam ihm leicht und überzeugend über die Lippen, obwohl er niemals so weit gehen würde, ihr ihre Privatsphäre zu rauben.

Hannah war sich dessen entweder nicht bewusst, oder sie entschied, ihn nicht noch weiter zu reizen, indem sie das unausweichliche Gewitter hinauszögerte. Sie bog ins Wohnzimmer ab, ließ sich in den Sessel fallen und verschränkte die Arme vor der Brust.

Ihre Abwehrhaltung und ihr Gesichtsausdruck sagten ihm bereits, dass sie nicht dazu zu bringen sein würde, ihn anzusehen. Es wäre vermutlich besser gewesen, sich ebenfalls hinzusetzen, doch dazu fehlte ihm eindeutig die Ruhe. »Ich höre«, sagte er nur, doch sie reagierte nicht. Er biss die Zähne aufeinander und zählte in Gedanken bis fünf. »Irgendeine Erklärung?«

Sie schüttelte den Kopf.

Oliver bemühte sich um einen einigermaßen normalen Tonfall. »Was soll das, Hannah? Wieso? Warum? Es gibt hier im Ort eine Disco, die euch eingelassen und um Mitternacht rausgeworfen hätte. Warum musste es ausgerechnet dieser Schuppen sein?«

Hannah wandte den Kopf ab. Er sah trotzdem, dass sie die Augen verdrehte.

Er konnte es sich natürlich denken. Reiz des Verbotenen. Was sonst? »Wo hast du den gefälschten Perso her? Wann hast du dir den besorgt?«

Sie zog wortlos die Beine auf den Sessel und umschlang ihre Knie mit beiden Armen.

Oliver kannte diese Reaktion. Sie würde ihm keine Antwort geben. Zumindest nicht auf vernünftige Fragen. Er konnte aufgeben und sie mit der Ankündigung einer Strafe in ihr Zimmer gehen lassen. Oder zu unfairen Methoden greifen. »Bringt dich Lukas auf solche Ideen?«

Sie lachte freudlos auf und warf ihm einen Seitenblick zu. »War ja klar, dass du meinen volljährigen Freund verdächtigst.«

»Ich versuche lediglich, dein Verhalten zu verstehen, Hannah.«

Sie schüttelte den Kopf. Er fürchtete bereits, dass sie endgültig dichtmachen würde, doch dann wandte sie sich ihm plötzlich zu. »Daran gibt es nichts zu verstehen. Es war falsch, okay?«

»Falsch«, wiederholte er. »Ist das alles, was du dazu zu sagen hast?«

»Ja, was sollte ich denn sonst dazu sagen? Es gibt keine Erklärung«, erwiderte sie genervt. »Es war eine dumme Idee, wir sind erwischt worden. Es war ein Fehler, der Ausweis ist weg, und es kommt nie wieder vor. Ende der Geschichte.«

»So einfach ist das nicht.«

Hannah stieß einen theatralischen Seufzer aus. »Ist schon klar. Schick mich eben wieder für ein paar Wochen in ein Alters- oder Obdachlosenheim, wenn dir das hilft! Aber erspar mir die Moralpredigten. Ich weiß, dass es falsch war.«

»Ja, das war es allerdings.«

»Schön. Dann kann ich ja jetzt ins Bett gehen.«

»Nein, das kannst du nicht.«

Sie hielt im Aufstehen inne. »Was denn noch? Soll ich vielleicht vor dir auf die Knie fallen und um Verzeihung bitten? Wegen diesem dämlichen Ausweis?«

»Scheiße, Hannah, darum geht's doch gar nicht!«

Sie sah ihn irritiert an. Sein plötzlicher Ausbruch überraschte sie mindestens genauso wie ihn selbst.

Trotzdem konnte sich Oliver nicht mehr beherrschen. »Glaubst du etwa, ich könnte die Sache mit dem Ausweis nicht einschätzen?! Ich weiß doch, dass du dir nicht besonders viel dabei gedacht hast! Jugendlicher Leichtsinn ist mir nicht unbekannt. Denkst du, ich hätte so was in deinem Alter nicht auch abgezogen?!«

Sie war in ihrer Bewegung erstarrt und blinzelte verunsichert. »Äh … okay …«

»Es geht mir doch gar nicht um diesen bescheuerten Ausweis! Was mich richtig, *richtig* wütend macht, ist die Tatsache, dass du versucht hast, dich über mich und meine Position aus der Affäre zu ziehen!«

Sie brauchte einen Moment, um seine Aussage richtig einzuordnen. »Darum geht es?«, fragte sie schließlich vorsichtig.

»Ja, darum geht es! Wenn du Scheiße baust und erwischt

wirst, steh verdammt noch mal dazu! Benutze nicht mich, um davonzukommen! Das ist einfach …« Oliver brach ab, als er eine Mischung aus Erstaunen und Angst in Hannahs blaugrauen Augen entdeckte.

Erst da realisierte er, dass er auf sie zugetreten und sich vor ihr aufgebaut hatte. Er hatte die ganze Zeit über in einer Lautstärke geschrien, mit der er vermutlich inzwischen das halbe Haus aufgeweckt hatte.

Eine Welle der Erschöpfung und des schlechten Gewissens rollte auf einmal über ihn hinweg. Er spürte förmlich, wie jegliche Kraft aus seinem Körper wich. Der Schnitt an seinem Bauch fing plötzlich heftig an zu schmerzen.

»Scheiße«, murmelte er, als er die Feuchtigkeit spürte. Die Wunde blutete erneut, trotz Klammerpflaster.

Was machte er hier eigentlich gerade? Er hatte die Beherrschung verloren und mit seiner Aggression sogar seine Tochter erschreckt. Er war nicht mehr er selbst.

Er wandte sich von Hannah ab und ließ sich ihr gegenüber auf das Sofa fallen. Die Wunde schickte ein schmerzhaftes Ziehen durch seine Bauchdecke, und er verzog das Gesicht. »Verdammt nochmal.«

Hannah blickte ihn forschend an. Es war offensichtlich, dass sein Verhalten sie immer mehr verwirrte. »Hast du Schmerzen?«

»Nein.« Er bemerkte, wie aggressiv seine Stimme noch immer klang. Er atmete tief durch, bevor er einigermaßen ruhig wiederholte: »Nein.«

Es verging gut eine Minute, in der sie schweigend dasaßen, bis Hannah einen erneuten Vorstoß wagte. »Ich weiß jetzt, was dich so aufgeregt hat. Aber … ist das nicht auch etwas, was du früher getan hast? Ich meine, Opa war doch …«

»Nein.« Er schüttelte energisch den Kopf.

Ganz im Gegenteil. Er hatte nie auch nur mit einem Wort die Stellung seines Vaters erwähnt. Was der ihm immer wieder vorgeworfen hatte, da er jemand war, der gerne seine Position nutzte, um gewisse Vorteile für sich herauszuschlagen. Letztlich hatte Oliver seine Abreibungen nicht in erster Linie für seine Vergehen erhalten, sondern weil er nicht das Amt seines Vaters genutzt hatte, um davonzukommen.

»Wieso ist das so ein Problem für dich?«, hakte Hannah bedächtig nach. »Ich meine, die Polizei kommt doch früher oder später sowieso drauf …«

»Das ist etwas anderes«, erwiderte Oliver. »Wenn die Polizei auf mich zukommt, gibt mir das die Chance, zu entscheiden, ob ich deinen Kopf aus der Schlinge ziehen will oder nicht. Wenn es nicht gerade irgendeinen besonderen Grund gibt, will ich nicht, dass du irgendeine Spezialbehandlung bekommst, nur weil dein Vater zufälligerweise Staatsanwalt ist.«

Hannah erinnerte ihn an die Ausnahmen von der Regel. »Aber Mamas Unterschrift, meine Randale im Februar …«

Oliver musste sich zusammenreißen, um nicht nach der pochenden Wunde zu tasten. »Du hattest einfach nur Glück, Hannah. Die Unterschrift deiner Mutter zu fälschen, war dreist, aber du warst verzweifelt, und sie hatte dir keine andere Wahl gelassen. Als dich die beiden Polizisten damals aufs Revier gebracht haben, bist du, wie du selbst inzwischen weißt, mitten in eine Mordermittlung geplatzt. Außerdem warst du ganz offensichtlich fix und fertig.«

»Und heute Abend?«

Hatte er seine Regel gebrochen, weil er schwach geworden war. »Habe ich Jennifer und ihrem missratenem Bruder einen Gefallen getan.«

Hannah verkniff sich ein Grinsen, doch er sah es trotzdem.

»Definitiv eine Entscheidung, die ich irgendwann bereuen

werde.« Diese späte Erkenntnis galt eher ihm selbst als Hannah. »Ich habe so schon genug Probleme am Hals.«

»Aha.« Hannahs Unbehagen war zwischenzeitlich offenbar verflogen. Jetzt beugte sie sich interessiert vor und musterte ihn genau. »Dann bist du also im Moment doch vom Dienst befreit, weil du Mist gebaut hast.«

Diese Feststellung traf ihn unerwartet, und er wusste nicht, was er darauf erwidern sollte. Woher wusste Hannah von seinem Zwangsurlaub?

»Überleg dir erst gar keine Ausrede. Ich hatte deine Sekretärin am Telefon, weil ich etwas mit dir besprechen wollte. Da hieß es dann, du hättest Urlaub, trotzdem scheinst du aber zu arbeiten. Oder tust zumindest so.«

Jetzt grinste sie doch, wenn auch verhalten. »Erst dachte ich, dass du dir vielleicht tatsächlich Urlaub genommen hast und deine Zeit in Jennifers Bett verbringst, aber offensichtlich seid ihr beide geflogen und macht jetzt einfach auf eigene Faust weiter.«

Oliver blieb stumm. Hannah hatte ihn mit ihrer Scharfsinnigkeit und Impertinenz vollkommen überfahren.

Sie lächelte und erhob sich aus dem Sessel. »Gut zu wissen.«

Oliver öffnete den Mund, um etwas zu sagen, wusste aber eigentlich gar nicht, was er ihr hinterherrufen sollte. Das Klingeln seines Handys erlöste ihn glücklicherweise, und Hannah nutzte die Ablenkung, um in ihr Zimmer zu verschwinden.

Es wurde keine Rufnummer angezeigt.

»Grohmann.«

»Tut die Verletzung noch weh?« Eine verzerrte Stimme am anderen Ende.

»Wie bitte?« Die Frage verblüffte ihn viel zu sehr, als dass er angemessen hätte reagieren können.

»Wenn ich Sie erwischt hätte, hätte es viel mehr wehgetan. Halten Sie sich von mir fern.«

Noch ehe Oliver etwas sagen konnte, klickte es in der Leitung.

Er blickte ungläubig auf sein Smartphone.

Hatte der Kerl ihm gerade tatsächlich gedroht?

23

Charlie war überrascht, wie viel am späten Sonntagabend im »White Honey« noch los war.

Es waren überwiegend männliche Gäste, die alleine oder in kleinen Gruppen kamen und so ausgelassen feierten, als gäbe es für sie keinen Montagmorgen mit frühem Aufstehen. Vielleicht stimmte das sogar, denn so viel Geld, wie sie in den Töpfen der Tänzerinnen ließen, hatten sie es wahrscheinlich gar nicht mehr nötig, arbeiten zu gehen oder morgens pünktlich anzufangen.

Charlie konnte es recht sein, auch wenn sie noch gar nicht so genau wusste, was sie mit dem unverhofften Geldsegen anstellen sollte. Zur Bank konnte sie die Barschaft nicht bringen, ohne das Finanzamt auf den Plan zu rufen, weshalb sie es altmodisch in einer leeren Kaffeedose sammelte und ihre laufenden Kosten damit beglich. Den Führerschein zu machen, würde schon bald kein finanzielles Problem mehr darstellen.

Es war nicht weiter verwunderlich, dass viele Studentinnen ihre Körper verkauften, um sich ihre Ausbildung zu finanzieren. Wenn man sich ohne Zwang und ohne Abhängigkeiten für das Erotikgewerbe entschied, konnte man in kurzer Zeit ziemlich viel verdienen. Es war nur die Frage, wie man den Verkauf der eigenen Würde psychisch verkraftete.

Für Charlie war das niemals ein Problem gewesen. Sie hatte sich in schlechten Zeiten bereits als Hobbynutte versucht. Ihre sexuelle Freizügigkeit und Promiskuität, von Psychiatern und Therapeuten als krankhafte Symptome betrachtet, kamen ihr dabei sehr entgegen.

Es ging schnell und war einfach: Bei einschlägigen Portalen anmelden, Profil erstellen oder reaktivieren, und wenige Stunden später hatte man mehrere potenzielle Freier zur Auswahl. Aus diesen hatte sie sich diejenigen herausgepickt, die ihr sympathisch und annehmbar erschienen. In einer Woche hatte sie ohne großen Zeitaufwand über tausend Euro verdient.

Manchmal kam ihr noch immer der Gedanke, dass es durchaus ein lohnender Job sein könnte. Aber dann erinnerte sie sich wieder an ihre Ziele und war froh, dass sie es endlich schaffte, sich über einen längeren Zeitraum darauf zu konzentrieren. Auch wenn ihr Ausflug ins »White Honey« eine Art Kompromiss zwischen beiden Welten darstellte.

Und die Welt des »White Honey« war verführerisch. Nicht zuletzt wegen Alex. Er hatte sich als Gentleman erwiesen, sie mochte ihn irgendwie, und trotzdem brachte er eine Menge Alarmglocken in ihr zum Klingeln.

Sie hatten Freitagnacht mehr als nur einen Drink genommen, viel geredet und schließlich auch ein klein wenig rumgeknutscht. Obwohl sie offen für mehr gewesen wäre, schien ihm Reden wesentlich wichtiger zu sein.

Bei jedem anderen hätte sie gedacht, dass er so anständig war, sie kennenlernen zu wollen, bevor er mit ihr vögelte, doch sein plötzliches Interesse hatte Charlie auch alarmiert. Hatte sie sich mit ihren Fragen und ihrem Interesse an Jegor Sidorov zu sehr aus dem Fenster gelehnt? Hatte sie sein Misstrauen geweckt?

Misstrauisch hatte er allerdings gar nicht gewirkt, eher interessiert. Das musste aber nichts heißen.

Sie hatte beschlossen, ihn heute Nacht genau zu beobachten, doch bisher hatte sie ihn noch gar nicht zu Gesicht bekommen. Eigentlich sollte er an der Bar arbeiten, war aber weder dort noch hinter den Kulissen zu finden gewesen.

Es war bereits spät. Sie hatte zwei Tänze absolviert und beschloss, unverrichteter Dinge nach Hause zu fahren. Obwohl sie inzwischen einen alten, klapprigen Fiat Seicento ihr Eigen nannte, würde die Fahrt nach Lemanshain lange genug dauern.

Das Mädchenzimmer war verlassen. Die meisten Frauen waren bereits nach Hause gegangen oder in den Privaträumen mit Kunden beschäftigt. Charlie hatte sich gerade umgezogen, als die Tür geöffnet wurde, und Penny hereingestürzt kam.

Sie weinte, ihr Make-up war verschmiert, und sie wankte leicht, während sie sich ihrem Spind näherte. Sie beachtete Charlie überhaupt nicht, so aufgewühlt war sie. Schluchzend zerrte sie ihre Tasche und ihre Klamotten aus dem Schrank.

»Penny?« Charlie kannte die junge Frau nur fröhlich und mit einem Lächeln im Gesicht. Was war passiert? »Ist alles in Ordnung?«

Was für eine bescheuerte Frage! Selbst ein Blinder hätte bemerkt, dass mit Penny nichts, aber auch gar nichts in Ordnung war. Sie war vollkommen verstört und reagierte nicht.

Charlie trat zu ihr, obwohl sie noch nie gut darin gewesen war, andere zu trösten. Negative Gefühlsausbrüche animierten sie eher zur Flucht. Sie überwand sich, weil Penny zu den ausgesuchten Mädchen gehörte, die in der Privatlounge von Sidorov zugelassen waren.

»Penny?« Charlie berührte sie am Arm.

Die junge Frau zuckte erschrocken zusammen, fuhr zu ihr herum und starrte sie aus schreckgeweiteten Augen an. Sie brauchte einige Sekunden, bis sie ihre Kollegin erkannte. Ihr Blick zuckte zur Tür, bevor sie den Kopf schüttelte.

»Was ist denn los?« Charlie widerstrebte es, sie zu bedrängen. Doch es musste sein. War etwas bei Sidorov in der Lounge vorgefallen? »Penny?«

»Nichts, nichts ist los«, murmelte sie zwischen zwei Schluchzern und raffte ihre Sachen zusammen. Sie nahm nicht nur ihre Kleidung aus dem Spind, sie packte ihren ganzen Kram ein. Sie hatte nicht vor, wiederzukommen.

Charlie musterte sie und hielt inne, als sie auf Pennys hellblauen Dessous und auch auf ihrer Haut dunkelrote Flecken bemerkte. Es waren nicht einmal richtige Flecken, es sah eher so aus, als hätte Penny einen Sprühregen roter Farbe abbekommen.

Oder Blut.

Erst jetzt bemerkte Charlie, dass ihre Hand feucht war. Sie hatte in die Flüssigkeit gegriffen, als sie Penny am Arm berührt hatte. Sie brauchte nicht mehr daran zu riechen, um zu wissen, dass es Blut war. Sie spürte es einfach.

Wo kam das Blut her? Charlie konnte keine Verletzung an der Tänzerin ausmachen, auch nicht bei genauerem Hinsehen.

Penny zog sich derweil an, ohne sich der beschmutzten Dessous zu entledigen. Sie hörte erst auf, als Charlie sie energisch am Arm packte und sie zu sich heranzog, um ihr in die Augen zu sehen. »Was ist passiert?«

Wieder nur ein Kopfschütteln. Penny war vollkommen verängstigt. »Ich gehe … ich kann nicht …«

Charlie wiederholte ihre Frage, diesmal leiser, eindringlich, jedes einzelne Wort betonend. »Was ist passiert? Penny, sag mir, was passiert ist.«

Die junge Frau blickte sie nur an. Charlie fürchtete schon, dass sie endgültig verstummt war, bis sie schließlich doch noch flüsterte: »Sie haben ihn erschossen. Einfach so. Erschossen …« Neuerliches Schluchzen schüttelte sie. Sie war kurz davor, sich in Charlies Arme sinken zu lassen.

Dann erschien Alex in der Tür. »Was ist hier los?«

Penny versteifte sich, als sie seine Stimme hörte, und trat schnell einen Schritt zurück. »Nichts … ich … ich packe nur.«

Alex fragte nicht nach dem Grund. Er warf Penny nur einen Blick zu, den Charlie nicht richtig einordnen konnte. Drohung? Verärgerung? Er sorgte jedenfalls dafür, dass Penny sich zusammenriss, ihr T-Shirt über den Kopf zog und sich ihre Tasche schnappte.

Alex folgte ihr mit den Augen, noch immer mit diesem merkwürdigen Blick, der weder richtig warnend noch besonders mitfühlend wirkte. Als Penny verschwunden war, wandte er sich Charlie zu, jetzt mit einem offenen Lächeln im Gesicht, das seine leichte Anspannung jedoch nicht gänzlich verbergen konnte. »Alles gut?«, fragte er.

Charlie zögerte. Nichts war gut. Sie blickte an sich hinunter, fand aber glücklicherweise keinerlei Blutspuren. Ihre Hand hatte sie ganz automatisch hinter ihrem Rücken versteckt. Sie rang sich zu einem Lächeln durch, das vermutlich genauso irritiert wirkte, wie sie sich fühlte. »Weiß nicht …«

Alex legte den Kopf leicht schräg und musterte sie. »Du siehst aus, als hättest du ein Gespenst gesehen.«

»Äh, nun ja, Penny …«

»Penny ist rausgeflogen«, antwortete Alex mit einem enttäuschten Lächeln. »Es wurde ein bisschen hässlich.«

»Hässlich?«, wiederholte Charlie. Ihre Kehle fühlte sich vollkommen ausgetrocknet an. Sie schluckte, doch es war kein Speichel da.

»Was hat sie dir erzählt?«, fragte Alex und kam auf sie zu.

»Nichts. Ich meine, sie hat irgendwas gemurmelt, aber das ergab irgendwie alles keinen Sinn.«

Er nickte, doch es war ihr unmöglich, einzuschätzen, ob er ihr glaubte. Die Art, wie er sie ansah, ließ ihren Körper zu einer Salzsäule erstarren. Pennys Worte hallten in ihrem Kopf wider. Wer hatte wen erschossen? Weshalb? Und viel wichtiger: Was hatte Alex damit zu tun?

»Hast du Angst vor mir?«

Sie schüttelte den Kopf. Sie verspürte keine Angst, eher eine neutrale Art von Anspannung, die noch nicht in die eine oder andere Richtung gekippt war. Ihr war bewusst, dass Angst wohl die angemessenste Reaktion gewesen wäre, doch das gab ihr System einfach nicht her.

Sekunden verstrichen, in denen er ihr in die Augen starrte, keinen Meter mehr von ihr entfernt. Plötzlich verzogen sich seine Mundwinkel wieder zu einem Lächeln, und er schüttelte den Kopf. »Pennys Auftritt hat dich ganz schön aus der Fassung gebracht, was?«

Charlie nickte und brachte ein Lächeln zustande, das sich wenigstens halbwegs überzeugend anfühlte.

»Penny ist ein verrücktes Huhn mit einem Hang zur Übertreibung. Ist nicht das erste Mal, dass sie ausflippt und ihre Sachen packt. Zu viel Koks.«

»Oh, okay.« Hoffentlich war ihr nicht anzumerken, dass sie das für eine Ausrede hielt. Noch dazu für eine ziemlich schlechte.

Alex hielt ihr die Hand hin. »Komm. Ich denke, für diesen kleinen Zwischenfall sollte ich dich entschädigen. Außerhalb der Bude hier.«

Charlie spürte, wie ihr Lächeln zu gefrieren begann. Sie konnte sich des Gefühls nicht erwehren, dass er sie testete und dass sie drauf und dran war, den Test zu vermasseln. Wie ferngesteuert wischte sie ihre Hand am roten Stoff des Sofas ab, das direkt in ihrem Rücken stand, und ergriff die ihr angebotene Hand. »Wo willst du hin?«, fragte sie mechanisch.

»Irgendwohin, wo wir ungestört sind.«

Unter anderen Voraussetzungen hätte diese Ankündigung ihre Erwartungen geweckt, doch jetzt schürte sie ihr Misstrauen. Sie sollte nicht mitgehen. Auf keinen Fall sollte sie alleine mit ihm sein. Sie sollte es Penny gleichtun und die Flucht ergreifen.

Doch seine Hand hatte sich bereits um ihre geschlossen. Er zog sie mit sich, und sie folgte ihm. Ohne die geringste Gegenwehr und ohne Fragen zu stellen.

Alex führte sie auf den Parkplatz. Sie stieg in seinen BMW ein, und erst, als er den Motor startete, fiel ihr auf, dass sie ihre Handtasche und ihr Handy im »White Honey« zurückgelassen hatte.

Die Fahrt verlief schweigend. Charlie versuchte, nachzuvollziehen, wohin sie fuhren, ihre Kenntnisse des Frankfurter Umlandes waren aber derart löchrig, dass sie schon bald die Orientierung verlor.

Wo wollte er mit ihr hin? Was war in der Privatlounge geschehen? Und wieso zum Teufel verspürte sie noch immer keine Angst? Wieso musste ihr ausgerechnet dieses Gefühl, das zu Vorsicht verleiten sollte, abhandenkommen?

Sie waren zwanzig Minuten gefahren, als er von der Landstraße abbog und auf einem von Büschen gesäumten Feldweg im Nirgendwo stehen blieb.

Alex schaltete den Motor ab und starrte in die Dunkelheit. Irgendwo in der Ferne waren die Lichter einer Ortschaft zu erkennen. Es war kurz nach drei Uhr in der Frühe, Sonntagnacht, und weit und breit waren keine anderen Fahrzeuge zu sehen.

Was taten sie hier? Charlie musterte Alex von der Seite und versuchte, die Lage einzuschätzen. Es gelang ihr jedoch nicht. Vielleicht war er mit ihr hier rausgefahren, um ungestört Zeit mit ihr zu verbringen. Vielleicht aber auch, um sie aus dem Weg zu räumen. Für einen Quickie oder einen Mord – dieser Platz hier draußen wäre für beides ideal gewesen.

Ihr wurde die Wartezeit zu lang, und ihre Geduld schwand.

Sie beschloss, die Initiative zu ergreifen. Sie musste irgendetwas tun, um ihre Nervosität unter Kontrolle zu bekommen. Sie legte ihre Linke auf Alex' Oberschenkel und ließ sie in seinen Schritt wandern.

Er ließ es geschehen, entspannte sich sogar ein wenig. Sie spürte, wie sein Glied unter ihrer Berührung anschwoll, hörte, wie er scharf die Luft einsog, als sie etwas fester zudrückte.

Sie dachte bereits, dass sie aus dem Schneider war, als sich seine Hand plötzlich um ihr Handgelenk krallte und sie von seinem Schritt fortzog. »Dafür sind wir nicht hergekommen«, wies er sie zurecht.

Charlie begegnete seinem Blick, der nun nichts Freundliches oder Leidenschaftliches mehr hatte. Es war beinahe derselbe Blick, der Penny zum Rückzug animiert hatte. »Und wozu dann?«, fragte sie, zu ihrer eigenen Überraschung mit Trotz in der Stimme.

Wieder vergingen Sekunden, bevor Alex endlich antwortete. »Wir sind hier, weil ich genau gehört habe, was Penny zu dir gesagt hat. Ich weiß, dass du es verstanden hast.«

24

»Der Kerl hat dich bedroht?«, fragte Jennifer leise und warf einen kurzen Blick in Richtung Küche, wo sich Hannah und Bastian am Esstisch zum Lernen niedergelassen hatten.

Sie konnte immer noch nicht glauben, dass die beiden Teenager ihre Lage durchschaut hatten. Zwar machte es die täglichen Treffen einfacher, wenn sie sich alle an einem Ort versammelten, außerdem konnten sie die beiden so ein wenig im Auge behalten, doch es bestand auch die Gefahr, dass Hannah und Bastian auf die Idee kamen, ihr Wissen gegen Oliver und sie einzusetzen. Und offen miteinander reden konnten sie nun auch nicht mehr.

»Wie würdest du seine Aussage interpretieren? Das war keine Freundschaftsbekundung.« Oliver saß mit einer frischen Tasse Kaffee auf dem Sofa und wirkte alles andere als entspannt. Der Anruf hatte seine volle Wirkung entfaltet, während Oliver über einen Tag lang Zeit gehabt hatte, darüber nachzudenken und sich alle möglichen Szenarien auszumalen.

Jennifer hatte außerdem bemerkt, dass ihm der Schnitt am Bauch bei jeder unbedachten Bewegung Schmerzen bereitete, auch wenn er es zu überspielen versuchte. Sie hätte gerne geprüft, ob sich die Wunde entzündet hatte, doch das wollte sie in Anwesenheit der beiden Teenager lieber lassen. Er weigerte sich noch immer standhaft, einen Arzt aufzusuchen.

Vielleicht konnte sie ihn wenigstens beruhigen. »Aber wie hat der Kerl uns beobachten können? Wenn er noch am Tor gewesen wäre, als du deine Begegnung mit dem Gärtner hattest, hätte er nicht so schnell verschwinden können.«

Oliver zuckte die Schultern. »Keine Ahnung. Irgendwie hat er es mitbekommen.«

»Russischer Akzent?«, hakte sie nach.

»Er hat verzerrt gesprochen. Ich habe keine Ahnung.«

Jennifer versuchte, sich den Ablauf vorzustellen und sich in die Handlungsweise des Mannes, den sie für den Killer *Myasnik* hielten, hineinzuversetzen. »Wieso hat er sich die Mühe gemacht, seine Stimme zu verstellen?«

»Woher soll ich das wissen?« Oliver reagierte zunehmend gereizt. »Vorsicht?«

»Wenn wir bereits wissen, wie er aussieht?«

Oliver seufzte. Er hatte ebenso wenig eine überzeugende Erklärung wie sie. »Du hast keinen freundschaftlichen Anruf bekommen?«

Jennifer schüttelte den Kopf. Bei den Vorsichtsmaßnahmen, die sie erst kürzlich ergriffen hatte, war das aber auch keine Überraschung. Olivers Nummer war weitaus leichter in Erfahrung zu bringen als ihre. Trotzdem hätte sie die Stimme gerne selbst gehört, auch wenn sie keinen Wert darauf legte, bedroht zu werden. Nicht schon wieder.

»Kommt vielleicht noch«, sagte sie, obwohl sie nicht daran glaubte. Oliver hatte den Anruf Freitagnacht erhalten, jetzt war Montagmorgen. Nein, der Kerl würde sich bei ihr nicht mehr melden.

Zumindest nicht, solange sie die Füße stillhielten. Am Wochenende hatten sie sich nicht getroffen, nicht einmal miteinander telefoniert. Die Gemüter hatten sich nach dem Eklat um Hannah und Bastian erst einmal abkühlen müssen. Sie hatten ohnehin nicht viel mehr in der Hand als den Teilabdruck auf der Kaffeetasse.

Der Anruf hatte die Karten unter Umständen neu gemischt. Obwohl es wegen der Kürze des Telefonats absolut illusorisch war, ihn zurückzuverfolgen, hätte Jennifer gerne Moritz Sprenger darauf angesetzt. Aber wie sie es auch drehte und wendete, es war unwahrscheinlich, dass der Anrufer nicht der Kerl war, den sie verfolgten – oder verfolgt hatten. »Wie willst du damit umgehen?«

Oliver war offensichtlich beunruhigt. Normalerweise waren derartige Drohanrufe harmlos, stammten von irgendwelchen Angeklagten, die aus Verzweiflung und ohne ernste Absichten handelten. Doch ihm war ebenso wie ihr selbst bewusst, dass dieser Typ eine ganz andere Kategorie von Gegner war. Sie hätte verstehen können, wenn er sich nicht länger an den Ermittlungen hätte beteiligen wollen.

Doch das kam für Oliver nicht in Frage. »Ich lasse mich nicht einschüchtern, schon gar nicht von so einem Anruf. Das zeigt doch nur, dass wir ihm bereits gefährlich nahegekommen sind. Aufgeben? Auf keinen Fall.«

Jennifer blickte in ihre Kaffeetasse und ließ die schwarze Flüssigkeit kreisen. Sie fragte sich, welchen Anteil sie selbst an dieser Entscheidung hatte. Wollte er ihr etwas beweisen? Sie hätte es ansprechen können, entschied sich aber dagegen. Oliver war erwachsen. Sie war für seine Entscheidungen nicht verantwortlich. »Alles klar. Gut zu wissen.«

»Wir brauchen eine neue Strategie«, erwiderte Oliver, nachdem er sie kurz gemustert hatte. Ihre nachdenkliche Reaktion war ihm nicht entgangen, er ließ diesen Punkt aber unangetastet.

Jennifer wandte sich direkt den wenigen Erkenntnissen zu, die sie am Tag zuvor erhalten hatte. »Es gibt Neuigkeiten. Cameron hat das Ergebnis der Analyse der Substanzen bekommen, die den Lasarews verabreicht wurden. Er hat mir eine

Kopie geschickt. Eine beachtliche Liste verschreibungspflichtiger Medikamente. Jarik wird mögliche Bezugsquellen ermitteln und anfragen.«

Oliver runzelte die Stirn. »Braucht man denn für den Einsatz so vieler Medikamente keine Ausbildung?«

»Das war auch mein Gedanke. Das Internet hat mich aber eines Besseren belehrt. In einer Welt, in der das Rezept für Liquid Ecstasy nur einen Mausklick entfernt ist, kommt man an so ziemlich jede Information ran.« Sie sah die Enttäuschung in Olivers Gesicht und schenkte ihm ein Lächeln. »Allerdings, wenn man so genau ist wie unser spezieller Freund, verlässt man sich lieber nicht auf Schätzungen. Bei einer Frau in Galina Lasarews Alter ist die Krankengeschichte ebenso ein Faktor wie die Medikamente, die sie täglich nimmt.«

»Du meinst, er hat sich ihre Krankenakte und ihre Medikamentenliste besorgt?«, fragte Oliver hoffnungsvoll.

Jennifer nickte. »Glücklicherweise konnte ich, besser gesagt Charlotte Seydel, ihren Hausarzt ausfindig machen. Sie ist damit beschäftigt, sämtliches Beweismaterial für die Frankfurter Kollegen zu verpacken und es dabei für uns zu dokumentieren. Sie hat entsprechende Hinweise in den Unterlagen der alten Dame gefunden.«

Jennifer spürte Olivers Ungeduld, doch aus irgendeinem Grund genoss sie es an diesem Morgen, ihn ein wenig zappeln zu lassen. »Galina Lasarews Hausarzt hat vor vier Wochen einen Einbruch gemeldet. Es sah alles nach einem Junkie auf der Suche nach irgendetwas Suchtstillendem aus, ich glaube allerdings, dass unser Mann dafür verantwortlich war. Jarik hat nochmals nachgefragt. Irgendjemand war definitiv an Galina Lasarews Akte dran.«

»Spuren?«

Jennifer schüttelte den Kopf. »Keine.« Was eindeutig gegen die Junkietheorie sprach. Doch da nur ein paar Medikamentenproben verschwunden waren, hatte der für derartige Delikte zuständige Kommissar Frank Herzig keine weiteren Ermittlungen eingeleitet. Die Erfolgsaussichten wären gering gewesen.

Diese Information löste bei Oliver verständlicherweise keine Begeisterung aus. Es wäre aber auch zu einfach gewesen, wenn sich der Killer einen derartigen Fauxpas geleistet hätte. »Immerhin können wir unseren Mann dadurch noch besser einschätzen.«

Ja, dachte Jennifer. *Je mehr wir über den Typen erfahren, desto mehr kristallisiert sich heraus, dass er ein verdammter Vollprofi und nicht umsonst eine Legende ist. Und nicht nur das …*

Es hatte keinen Sinn, die Informationen zurückzuhalten. Oliver zu schonen oder zu belügen, brachte nichts. Auch wenn die Gefahr bestand, dass er seine vor wenigen Minuten getroffene Entscheidung revidieren würde. Jennifer wollte nicht, dass er absprang, genauso wenig wollte sie, dass er aus den falschen Gründen dabei blieb. »Ich war am Wochenende auch nicht ganz untätig«, gestand sie mit einem schweren Stein im Magen.

Skepsis machte sich in seinem Gesicht breit, und auch ein stiller Vorwurf. Er sagte nichts.

»Bisher konnten wir nur an der Oberfläche kratzen, was die Geschichte dieses Mannes angeht. Er ist eine Art Legende, eine Legende russischen Ursprungs. Deshalb habe ich Katia gebeten, zu recherchieren.« Katia Mironowa war gebürtige Ukrainerin. Ihr war die russische Sprache vertraut.

»Ich dachte, sie ist krank.«

»Ich habe sie besucht und ihr von dem Fall erzählt.« Jennifer zuckte schuldbewusst die Schultern. »Ich musste sie gar nicht darum bitten. Sie war sofort Feuer und Flamme.«

Das war nur die halbe Wahrheit. Sie war zwar mit der Hoffnung zu Katia gefahren, dass sie ihr helfen und ihre russischen Sprachkenntnisse nutzen würde, um ein wenig zu recherchieren. Aber hauptsächlich hatte sie ihre Kollegin besucht, um mit ihr über Marcel Meyer zu reden.

Jennifer hatte gehofft, dass Katia die genauen Gründe für die Flucht ihres Partners kannte. Sie verstand nicht, warum er sich eine andere Dienststelle gesucht hatte. Ihr ohne jede Erklärung aus dem Weg zu gehen, war unfair. Wenn Katia ihr wenigstens hätte erklären können, warum er sich so verhielt … Doch auch ihre Kollegin und Freundin wusste nichts, zumindest behauptete sie das.

Oliver lenkte ihre Aufmerksamkeit wieder auf die Ermittlungen zurück. »Was hat sie herausgefunden?«

Dinge, die dir nicht gefallen werden. »Das Internet vergisst glücklicherweise nicht. Katia konnte ein paar Zeitungsartikel und Geschichten zusammentragen. Dieser *Myasnik* oder Schlächter scheint seit mehr als zehn Jahren zu morden. Er ist in verschiedenen Ostblockstaaten aufgetaucht und scheint Aufträge des organisierten Verbrechens anzunehmen, wobei er unabhängig operiert. Er hat sich diesen Namen verdient. Er ist ungreifbar, ein Schatten. Er erscheint aus dem Nichts, erledigt seine Arbeit und verschwindet. Der Kerl weiß eindeutig, was er tut, er ist ein Profi durch und durch. Ihm unterlaufen keine Fehler. Hinweise auf seine Herkunft oder Identität? Fehlanzeige. Die Polizei? Rat- und ahnungslos.«

»Das hört sich für mich nach Gruselgeschichten an, die sich Kleinganoven am Lagerfeuer erzählen«, meinte Oliver skeptisch.

»Ein paar dieser Informationen sind selbstverständlich mit Vorsicht zu genießen, aber insgesamt bestätigen sie das, was auch schon Charlotte Seydel in Erfahrung gebracht hat. Von unseren eigenen Erfahrungen mit dem Typen ganz zu schweigen.«

»Niemand ist unfassbar«, stellte Oliver energisch fest. »Wir sind dem Kerl auf der Spur.«

»Und genau das gefällt mir daran nicht«, erwiderte Jennifer. »Es ist zu einfach.«

»Jeder Täter macht Fehler. Bei dem Typen sind es vielleicht nur Kleinigkeiten, wie seine Rückkehr an Tatorte. Er hat es jahrelang geschafft, sich unterhalb des Radars zu bewegen. Okay. Aber auch kleinste Fehler summieren sich mit der Zeit. Irgendwann wird er bloßgestellt. Und jetzt ist es fast so weit.«

»Sicher, aber da ist noch etwas, was du …« Die Klingel unterbrach sie. Sie runzelte die Stirn und blickte auf die Uhr. Es konnte eigentlich nur die Post oder der Paketdienst sein. Sie ging zur Gegensprechanlage im Flur. »Ja?«

Als sie die Stimme erkannte, erstarrte sie. Mit diesem Besuch hatte sie am allerwenigsten gerechnet.

Jennifer führte Peter Möhring ins Wohnzimmer. Es war noch nicht einmal Mittag, aber er sah mitgenommen und verschwitzt aus, so als wäre er bereits seit Stunden von Termin zu Termin gehetzt. Allein sein Gesichtsausdruck sagte ihr, dass etwas nicht in Ordnung war. Sie hatte die unbestimmte Befürchtung, dass er von ihrem Besuch im Hotel erfahren haben könnte. Wütend wirkte er zwar nicht, aber sie ahnte auch, dass diese Entdeckung ihn definitiv in einen Zustand jenseits von Wut und Zorn befördert hätte.

Er ließ sich auf dem Sofa nieder, genau dort, wo eben noch Oliver gesessen hatte. Sie hatten nicht lange überlegt. Da Möhring spätestens dann die richtigen Schlüsse ziehen würde, wenn er den Staatsanwalt am Montagmorgen bei Jennifer in der Wohnung antraf, hatte der sich ins Schlafzimmer zurückgezogen. Es war besser, kein Risiko einzugehen.

Der Leiter der Einsatzabteilung hielt sich nicht mit Small

Talk auf, sondern kam sofort zur Sache. »Sie erinnern sich an den Undercover-Polizisten, der Sie und Grohmann im ›White Honey‹ gesehen und an die Soko in Frankfurt gemeldet hat?«

Jennifer runzelte die Stirn. Sie wusste nicht, worauf er hinauswollte. »Ja, sicher.«

»Er ist tot«, sagte Möhring und sah kurz aus dem Fenster. »Erschossen und auf einer Müllkippe abgeladen.«

»Scheiße.« So sehr sie sich über den Mann auch geärgert hatte, er hatte nur seine Arbeit gemacht. Jetzt war er im Dienst gestorben. »Jegor Sidorov?«

»Wahrscheinlich. Er wurde enttarnt, das ist zumindest die Meinung der Frankfurter Kollegen.«

Jennifer konnte nur nicken. Das machte Sinn. Sie hatten das Gespräch zwischen dem verdeckten Ermittler und Ferdinand Hirt belauscht. Er hatte es kommen sehen, und Hirt hatte ihn trotzdem in Sidorovs Dunstkreis zurückgeschickt. Doch warum kam Möhring mit dieser Information zu ihr?

»Die Frankfurter sind zudem der Meinung, dass Ihr Besuch im ›White Honey‹ in direktem Zusammenhang mit seinem Tod stehen könnte. Die Vermutung steht im Raum, dass er nicht enttarnt worden wäre, wenn er Sie und Grohmann nicht hätte melden müssen.«

Jennifer setzte sich auf. »Wie bitte?«

Möhring hob beschwichtigend die Hände. »Das ist natürlich Blödsinn. Nach dem, was Sie mir erzählt haben und was ich selbst noch in Erfahrung bringen konnte, war der Mann der letzte verbliebene Undercover-Polizist, den die Sonderkommission im direkten Umfeld Sidorovs und seines Klubs noch hatte. Die Soko führt einen Krieg, und sie hat in den letzten Wochen und Monaten eine Menge herber Rückschläge und Verluste erlitten. Der Kollege ist nicht aufgeflogen und getötet worden, nur weil er Ihren Besuch gemeldet hat.«

»Aber die Frankfurter stellen es so dar«, sinnierte Jennifer.

»Sie keilen in alle möglichen Richtungen und suchen Schuldige außerhalb ihrer eigenen Reihen. Bisher schlägt die Angelegenheit noch keine hohen Wellen, aber es könnte zu einer offiziellen Untersuchung kommen, falls die Sonderkommission noch ein wenig intensiver mit dem Finger auf Sie und Grohmann zeigt.«

Prima. Das war genau das, was sie jetzt noch gebrauchen konnten. »Und dann?«

»Ich muss Ihnen nicht erklären, wie es ablaufen könnte, Frau Leitner. Falls irgendjemand Sie und den Staatsanwalt zum Sündenbock machen will, haben Sie wahrscheinlich ein Disziplinarverfahren am Hals.«

Jennifer begegnete seinem Blick. Sie wussten beide, was passieren würde, falls es dazu kam. In einem Disziplinarverfahren würde nicht nur der aktuelle Stein des Anstoßes behandelt werden, sondern ihre gesamte Laufbahn unter die Lupe genommen. Jede noch so kleine Verfehlung würde auf die Goldwaage gelegt werden. Man würde selbst noch Vorfälle ausgraben, die zu keinem offiziellen Vermerk geführt und keinen Eingang in ihre Personalakte gefunden hatten.

Jennifer war sich im Klaren darüber, dass ein Disziplinarverfahren sie ihren Job kosten konnte, wenn die Verantwortlichen ein wenig in die Tiefe gingen. Sie hatte in ihrem Leben so viele Befehle missachtet und so viele Vorschriften ignoriert, dass selbst die liberalste Beurteilung nicht zu ihren Gunsten ausfallen konnte. Erfolge hin oder her.

»Ich werde natürlich versuchen, das zu verhindern. Ob es bei den vier Wochen Zwangsurlaub bleibt, wird sich zeigen. Die nächsten Tage sind entscheidend. Mit etwas Glück regen sich die Verantwortlichen der Soko wieder ab und erkennen, wie lächerlich der Vorwurf ist. Falls nicht …« Er zuckte die Schultern.

Sie nickte nur. Wenn die Kollegen an ihrem Vorwurf festhielten und höhere Ebenen einschalteten, war sie so gut wie erledigt. Genau wie Oliver. Wenn jetzt noch rauskäme, dass sie auf eigene Faust weiterermittelten, würde ihnen nichts und niemand mehr helfen können. Auch nicht Olivers Vater.

»Ich wollte Sie vorwarnen«, sagte Möhring und erhob sich. Sein Blick wanderte in den hinteren Teil des Wohnzimmers, wo in einer Nische ihr Schreibtisch und Computer standen. Der Platz, an dem sie von zu Hause aus arbeitete, falls es notwendig war.

Vor nicht einmal einer Viertelstunde hatte sie hektisch sämtliche verräterischen Unterlagen in eine Schublade gestopft und die Notizen auf dem Whiteboard getilgt, während Möhring den kurzen Weg von der Haustür zu ihrer Wohnung zurückgelegt hatte. Ob er den Bereich tatsächlich prüfte oder sich einfach nur umsah, konnte sie nicht mit Sicherheit sagen.

»Das ist keine schöne Angelegenheit.«

»Nein, das ist es allerdings nicht.«

Jennifer begleitete Möhring in Richtung Wohnungstür, unterwegs blieb er aber beim Durchgang zur Küche stehen. Mit gerunzelter Stirn sah er die beiden Jugendlichen an, die ein wenig zu sehr in ihre Bücher vertieft waren. Es war offensichtlich, dass sie die Unterhaltung der Erwachsenen belauscht hatten.

»Ihr Bruder?«, fragte Möhring.

»Ja.« Jennifer nickte. »Er hat noch ein bisschen was nachzuholen, wenn er die Nachprüfungen schaffen will.«

»Und das Mädchen? Ist das nicht Grohmanns Tochter?« Er wirkte erstaunt, aber kein bisschen misstrauisch.

»Sie ist gut in der Schule, und da sie im selben Jahrgang

sind …« Jennifer zuckte die Schultern, um ihrem beiläufigen Tonfall noch mehr Gewicht zu verleihen.

Sie hielt unwillkürlich die Luft an, als Möhring die Küche betrat. Hannah und Bastian sahen auf, als der Leiter der Einsatzabteilung neben ihnen stehen blieb. »Hannah, richtig?«

Die Angesprochene sah ehrlich verwirrt aus. Sie warf Jennifer einen kurzen, fragenden Blick zu. »Ja …«, antwortete sie schließlich schleppend.

»Weißt du zufällig, wo dein Vater steckt?«

»Ähm …«

Jennifer spürte, wie ein Schweißtropfen ihre Wirbelsäule entlang nach unten floss. Wieso hatten sie nicht daran gedacht, die beiden Jugendlichen zu instruieren?! Wenn Hannah jetzt die Wahrheit sagte, waren sie geliefert.

Möhring deutete die Verwirrung der jungen Frau glücklicherweise falsch. »Seine Vorgesetzte sucht ihn, aber er geht nicht ans Telefon.«

Anstett. Natürlich. Mit Sicherheit war sie nicht auf der Suche nach Oliver, um ihm eine höfliche und verständnisvolle Warnung zu übermitteln. Die Oberstaatsanwältin hoffte wahrscheinlich, dass die ganze Sache wegen dieser lächerlichen Anschuldigung seitens der Sonderkommission überkochen würde.

Jennifer starrte Hannah an und deutete ein Kopfschütteln an. *Sag jetzt bitte nichts Falsches, bitte!*

»Ach so, äh, ja … Er wollte sich mit einem ehemaligen Kumpel treffen. In Gießen, glaube ich. Kann sein, dass er sein Handy zu Hause vergessen hat.«

Jennifer lächelte ihr zu, zog die Mundwinkel aber sofort nach unten, als sich Möhring wieder zu ihr umdrehte.

»Nun, da wird sich die Oberstaatsanwältin wohl noch einen Moment gedulden müssen.«

»Sieht so aus.«

Diesmal führte Möhrings Weg direkt zur Wohnungstür. Als diese endlich hinter ihm ins Schloss fiel, sackten Jennifers Schultern nach unten. Sie lehnte sich mit einem unterdrückten Seufzer gegen die Tür, schloss die Augen und atmete mehrmals tief durch. Das war verdammt knapp gewesen.

»War das richtig so?«, hörte sie Hannah rufen.

Jennifer wäre gerne einfach so stehen geblieben. Möhrings unangekündigtes Auftauchen hatte sie in höchste Anspannung versetzt, die sie nun vollkommen erschöpft zurückließ. Sie musste sich einen Ruck geben, um an die Küchentür zu treten. »Das war super.«

Bastian und Hannah grinsten sie an. »Du schuldest uns was«, stellte ihr Bruder fest.

»Straferlass, zumindest während der Ferien«, stimmte Hannah ihm zu.

Jennifer spürte, wie sich ein säuerliches Lächeln auf ihre Lippen stahl. »Mal sehen.« Sie wusste allerdings, dass ihnen kaum etwas anderes übrig bleiben würde, als den Jugendlichen entgegenzukommen. Die beiden waren sich leider darüber im Klaren, dass sie verdammt gute Karten hatten, und noch dazu dreist genug, sie einzusetzen.

Damit wollte Jennifer sich jetzt aber noch nicht befassen. Sie ging ins Schlafzimmer, wo sie Oliver auf ihrem Bett sitzend vorfand, ungeduldig und auch ein klein wenig nervös.

Sie ließ sich neben ihn fallen und sank mit einem erleichterten Seufzer auf die Decke zurück. Am liebsten hätte sie sich zusammengerollt und ein oder zwei Stunden geschlafen. »Er ist weg. Hannah hat uns eben gerade den Arsch gerettet. Zumindest vorerst.«

Oliver lehnte sich zurück und stützte sich mit beiden Händen ab. »Was wollte er?«

»Glücklicherweise scheint er nichts von unserem kleinen Privatunternehmen zu ahnen, allerdings wollen uns die Frankfurter ans Leder.«

Den Staatsanwalt schien diese Information nicht wirklich zu überraschen. »Weshalb? Wegen des Besuchs in diesem Schuppen?«

»Der Undercover-Beamte, der uns erkannt hat, ist tot. Erschossen.«

Oliver verzog das Gesicht. »Verdammt.«

»Sie behaupten, dass er nur aufgeflogen ist, weil er uns beide hat melden müssen.«

»Das ist doch vollkommener Blödsinn«, benutzte Oliver beinahe dieselben Worte wie kurz zuvor Möhring.

»Das sehe ich so, das siehst du so, und mein Chef sieht das ebenfalls so. Was nichts daran ändert, dass die Verantwortlichen in Frankfurt die Angelegenheit möglicherweise ein oder zwei Ebenen höher tragen. Vielleicht müssen wir demnächst Bewerbungen schreiben.«

Oliver schüttelte den Kopf. »Ich glaube nicht, dass sie das tun werden.«

»Hoffen wir es. Mit unseren privaten Ermittlungen riskieren wir aber jetzt garantiert unseren Job.« Sie drehte den Kopf und sah zu ihm auf. »Möhring hat es zwar nicht gesagt, aber die Botschaft war deutlich. Jetzt bloß keinen Mist bauen.«

»Das galt auch schon vorher.«

»Die Dringlichkeit hat sich soeben mindestens verdreifacht.«

Oliver zuckte die Schultern. »Kann sein.«

Sie wunderte sich noch immer, wie entspannt er die Neuigkeiten aufnahm. Nichts und niemand schien ihn davon abbringen zu können, die Suche nach dem Schlächter fortzusetzen. »Anstett sucht dich.«

»Da wird sie wohl noch ein wenig warten müssen.«

»Genau. Hannah hat Möhring erzählt, du würdest gerade irgendwelche Freunde in Gießen besuchen und hättest dein Handy zu Hause liegen lassen.«

»Braves Mädchen.«

»Sie fordert Straffreiheit. Zumindest für die Sommerferien.«

Er lachte auf. »Unglaublich.«

Für einen Moment herrschte Stille. Jennifer starrte an die Decke und spürte, wie sich bleierne Müdigkeit in ihr breitmachte. Sie wusste, dass sie aufstehen oder sich zumindest aufsetzen sollte, doch dazu war sie viel zu erschöpft.

Bis Oliver den Faden ihrer durch Möhring unterbrochenen Unterhaltung wieder aufnahm. »Du wolltest vorhin noch irgendwas sagen. In Bezug auf den Killer.«

Jennifer stöhnte leise auf. Nicht nur, weil sie sich jetzt doch hochkämpfen musste, sondern auch, weil sie das Thema in der letzten halben Stunde so gut wie verdrängt hatte. »Ja. Ich wollte sagen, dass es nicht das erste Mal ist, dass ihm jemand nahekommt. Zu nah für seinen Geschmack.«

Oliver sah sie fragend an. »Inwiefern?«

»Einige Infos sind nur bruchstückhaft, weshalb ich mir das eine oder andere zusammenreimen musste. Fest steht, dass er ziemlich … heftig und endgültig reagiert, wenn ihm jemand in die Quere kommt. Es gab Tote …«

Oliver musterte sie einige Sekunden lang. »Kommt es mir nur so vor, oder willst du mir die Angelegenheit ausreden?«

»Wieso sollte ich das tun?« Weil es besser für ihn wäre, und weil es wahrscheinlich die letzte Chance war, seinen Hals zu retten. Und doch wollte sie nicht, dass er ging und sie alleine weiterermitteln ließ.

»Du scheinst Zweifel daran zu haben, dass ich weiter mit

dir diesen Weg gehe. Aber ich werde den Teufel tun und aufgeben.«

Der Anflug eines Lächelns stahl sich auf ihre Lippen. »Du musst mir nichts beweisen, Oliver.« Es war eine egoistische und selbstbezogene Aussage. Sie hätte sie am liebsten sofort wieder zurückgenommen.

»Wieso sollte ich dir etwas beweisen wollen? Wir haben das zusammen begonnen, und wir werden es gemeinsam beenden. Wir kriegen diesen Mistkerl … und dann kann Ferdinand Hirt sich bei uns bedanken.«

Jennifer gefiel seine kämpferische Seite. Trotzdem blieb das schlechte Gewissen. Sie war nicht ganz unschuldig daran, dass er keinen Gedanken mehr an Gesetze und Vorschriften zu verschwenden schien. »Dir ist aber schon klar, dass wir nach Möglichkeit versuchen sollten, unsere Namen aus der Sache rauszuhalten? Dass es letztlich auf anonyme Tipps oder etwas Ähnliches hinauslaufen wird?«

Oliver zuckte die Schultern. »Ich will diesen Kerl aus dem Verkehr ziehen. Die Mittel und Wege sind dabei zweitrangig. Ich erwarte weder eine Medaille noch einen Pokal.«

Sie musste unwillkürlich grinsen. »Möhring hat recht. Ich habe einen schlechten Einfluss auf dich.«

»Das denkt er von mir?« Oliver lachte leise. »Ich wusste gar nicht, dass ich den Eindruck erwecke, ein Musterknabe zu sein.«

»Ist neben mir vermutlich gar nicht so schwer.« Sie atmete tief durch. Es war ein gutes Gefühl, diese Verbundenheit mit jemandem zu spüren, jemanden zu haben, der mit ihr mitzog … Aber noch gab es diese eine Information, dieses letzte Detail, das sie nicht für sich behalten sollte. Sie setzte erneut an, es ihm zu sagen, doch das Klingeln ihres Handys vereitelte ihr Vorhaben.

Es war Jarik Fröhlich. Der Leiter der Kriminaltechnik hielt sich nicht mit einer Begrüßung auf.

»Der Teilabdruck war ein Volltreffer«, verkündete er. »Wir haben seinen Namen und seine Adresse.«

25

Jennifer hatte sich bei ihrem Autohaus schnell einen anderen Wagen geliehen, der über getönte, wenn auch nicht auffällig verspiegelte Scheiben verfügte. Das Nummernschild verriet nicht auf den ersten Blick, dass es sich um einen Mietwagen handelte. Das Auto war recht komfortabel, wenn man davon absah, dass es sich aufheizte, wenn man in der Sommerhitze herumstand. Im Innern herrschten inzwischen um die vierzig Grad.

Sie parkten direkt gegenüber dem mehrstöckigen Gebäude aus den Siebzigern, einem unansehnlichen Betonklotz, von dem es in diesem Frankfurter Stadtteil eindeutig zu viele gab. Oliver war nur kurz ausgestiegen, um die Schilder an den teilweise schief hängenden Briefkästen zu überprüfen. Er hatte den Namen gefunden. Sie mussten also davon ausgehen, dass der Mann hier tatsächlich eine Wohnung gemietet hatte.

Ihr Plan war simpel, erschien ihnen aber relativ sicher und einigermaßen effektiv.

Warten und beobachten. Hoffen, dass er auftauchte, ihn verfolgen und – mit etwas Glück – irgendeine Handlung beobachten, die ausreichte, um ihren Verdacht gegen ihn zu erhärten. Sich aufteilen, wenn er seine Wohnung verließ, damit der eine sicherstellen konnte, wo er sich gerade befand, während der andere die Nachbarn befragte oder sich anderweitig Zugriff auf Informationen beschaffte.

So hatte es zumindest Jennifer formuliert. Oliver war bewusst, dass sie damit auf recht durchsichtige Weise einen Einbruch beschrieben hatte. Nachdem feststand, dass sie ihre Erkenntnisse als anonyme Tippgeber weitergeben würden, hatte sie keinerlei Hemmungen mehr, die Gesetze zu übertreten.

Oliver ließ sie gewähren. Er verdrängte die Problematik, denn so recht wollte er nicht daran glauben, dass ihre Ermittlungen unentdeckt und sie anonym bleiben konnten. Trotzdem dachte er kein einziges Mal an Abbruch.

Er hatte am Wochenende Zeit zum Nachdenken gehabt und versucht, zu verstehen, warum sein Verstand plötzlich eine derart untergeordnete Rolle spielte. Es gab viele Erklärungen, die er in Erwägung zog: sein Wunsch nach Gerechtigkeit; das Adrenalin; dass er sich oder seinem Vater oder ihnen beiden etwas beweisen wollte; Jennifer; dass er sich im Grunde gegen Anstett auflehnte, oder alles zusammen. Oliver wusste es nicht. Vielleicht fiel es ihm deshalb so leicht, diese neue Seite an sich selbst zu akzeptieren.

Es wäre ihm dennoch lieber gewesen, sie hätten mit dem Namen und der Adresse zu Möhring und Anstett gehen können. Er musste aber einsehen, dass sie de facto noch nichts in der Hand hatten. Selbst wenn sie alle Karten auf den Tisch legten und sich damit selbst ans Messer lieferten: Sie hatten zu wenig. Auch ein anonymer Tipp machte keinen Sinn. Bei diesem Informationsgehalt würde er nur bei den Frankfurter Kollegen landen und dort direkt in irgendeine Akte wandern, die in den nächsten Jahren niemand mehr öffnen würde.

Jennifer wollte sichergehen, dass sie wirklich den Richtigen verfolgten, sie wollte etwas Handfestes vorweisen können, selbst wenn es ein gestohlenes Beweisstück war. Hauptsache, es brachte offizielle Ermittlungen ins Rollen, die zielgerichtet und effizient zu einer Festnahme führen würden. Dass er sich darauf einließ, erschien Oliver ein kleines bisschen wahnsinnig, doch so recht wollte sich auch kein Widerstand in ihm regen.

Vielleicht war die gottverdammte Sommerhitze schuld. Sie saßen jetzt schon seit drei Stunden in dieser Sauna fest, Jeans und T-Shirt klebten ihm am Körper, und langsam aber sicher schwand ihm die Geduld. Die Sitzposition zu variieren, half nicht mehr viel, seine Muskulatur fühlte sich steif und sein Nacken bereits völlig verspannt an. Wenigstens hatten sie genügend Wasser mitgenommen, und dank der Schweißproduktion musste er trotz literweiser Flüssigkeitszufuhr nicht austreten.

Oliver hatte sich noch nie Gedanken darüber gemacht, wie solche Überwachungs- oder Beschattungsaktionen abliefen. Ihm war natürlich klar gewesen, dass sie ziemlich viel langweilige Wartezeit beinhalteten. Doch wie man das physisch und psychisch durchhielt und Probleme mit körperlichen Funktionen praktisch anging, hatte ihn bisher nicht gekümmert.

Jennifer hatte ihn auf vorsichtige Nachfragen nur angegrinst. Es sei hilfreich, wenn man seinen Partner leiden könne, ebenso wenn alle Beteiligten Lebensmittel wie Bohnen, Spargel oder Knoblauch während solcher Einsätze vom Speiseplan strichen. Außerdem sollte er für die männliche Anatomie dankbar sein.

Mehr hatte er gar nicht hören wollen. Sie hatte es ihm angesehen, kurz aufgelacht und angemerkt, dass es kein Wunder sei, wenn Polizisten, die ständig zusammenarbeiteten, irgendwann fast so vertraut miteinander seien wie alte Ehepaare. Eine treffende Feststellung. Trotzdem keine angenehme.

Er ging zum wiederholten Mal die Daten über den Mann durch, den sie für den geheimnisvollen Killer *Myasnik* hielten.

Nikolai Pawlow. Vermutlich eine falsche Identität. Russischer Staatsbürger, dreiundvierzig Jahre alt, Maurer von Beruf. Seit wann er sich in Deutschland aufhielt, war nicht bekannt. Aber seine Fingerabdrücke waren erfasst worden, als er vor drei Jahren während des Oktoberfests in München in eine Schlägerei geraten war. Er hatte seinem Gegner übel zugesetzt und war per Strafbefehl zu einem Jahr auf Bewährung verurteilt worden, die Bewährungszeit betrug vier Jahre. Die Frankfurter Adresse war erst vor wenigen Wochen von seinem Bewährungshelfer erfasst worden. Er unterlag nur noch einer regelmäßigen Meldepflicht. Ob er einen Job hatte, war unbekannt. Er hatte nie irgendwelche Sozialleistungen bezogen.

Es war eine nichtssagende Karriere. Nicht unschuldig, aber auch nicht verdächtig. Oliver hätte trotzdem erwartet, dass er seine Identität nach einem Zwischenfall wie dem in München gewechselt hätte. Irgendwie wollte Pawlow nicht so recht in das Bild passen, das er sich in der letzten Woche von dem Killer gemacht hatte. Vielleicht war das aber auch genau das Geheimnis: dass viele Beamte so dachten wie er und ein nicht vollkommen unauffälliger Lebenslauf eher als Gegenargument gewertet wurde.

Oliver schüttelte den Kopf. Seine Gedanken nahmen einen etwas merkwürdigen und komplizierten Verlauf. Die Hitze musste ihm zu Kopf gestiegen sein.

Er griff nach hinten und fummelte eine weitere Flasche Wasser vom Rücksitz. Als er sich wieder umdrehte, erstarrte er mitten in der Bewegung.

Eine Gestalt war in der Haustür erschienen, stand noch im Schatten des Türrahmens und ließ den Blick gelangweilt über die Straße wandern. Oliver hätte ihn auch aus größerer Entfernung erkannt, obwohl seine Haare etwas länger waren und das Gesicht eingefallener wirkte als auf den Fotos. Nikolai Pawlow schien auf etwas oder jemanden zu warten. Seine rechte Hand spielte mit dem Schlüsselbund.

Oliver rammte Jennifer den Ellenbogen ein wenig unsanft in die Seite. Sie war keine Minute, nachdem er diese Schicht geballter Aufmerksamkeit übernommen hatte, eingedöst.

Mit einem undeutlichen Grummeln öffnete sie die Augen,

war aber sofort hellwach, als sie Olivers Anspannung bemerkte. Sie schüttelte nur kurz den Kopf, um die Müdigkeit zu vertreiben, und spähte an ihm vorbei. »Das ist er, oder?«

Oliver nickte. Er flüsterte, obwohl ihre Stimmen selbst in normaler Lautstärke unmöglich nach draußen hätten dringen können. »Ja, mit Sicherheit.«

Sie warteten angespannt. Es schien eine Ewigkeit zu dauern, bis sich Pawlow endlich in Bewegung setzte. Er lief auf dem Bürgersteig in die ihnen entgegengesetzte Richtung und verschwand zwischen den parkenden Autos.

»Wo will er hin?«, fragte Jennifer, obwohl ihr bewusst sein musste, dass Oliver auch nur raten konnte.

Auf ihre Zielperson war kein Auto oder Motorrad angemeldet, zumindest nicht auf den Namen Pawlow. Im Hotel hatte er eine andere Identität benutzt. Oliver strich über das Display des Tablets, das auf seinen Knien lag. Die Straßenkarte der Umgebung war bereits geladen. »Vielleicht will er zur nächsten U-Bahn-Station.«

»Wäre möglich.« Zweifel schwangen in Jennifers Stimme mit. Sie schien nicht sicher zu sein, ob sie an ihrem ursprünglichen Plan festhalten sollten.

Zwar hatten sie sich Mühe gegeben, ihre äußere Erscheinung ein wenig zu verändern, doch einem direkten Blick bei Tageslicht würde ihre Tarnung wohl kaum standhalten. Der Sommer war für derartige Aktionen eine verdammt schlechte Zeit. Andererseits wussten sie nicht einmal, ob der Typ ihre Gesichter überhaupt wiedererkennen würde. Es kam auch darauf an, ob er damit rechnete, beschattet zu werden oder nicht. Wie vorsichtig war er? Hielt er es überhaupt für möglich, dass sie bis zu seiner Wohnung vordringen könnten?

Oliver war sich des Risikos durchaus bewusst. Aber wenn Pawlow zur nächsten U-Bahn-Station unterwegs war, würde er in der Menge untertauchen können. Oliver nahm Baseballkappe und Sonnenbrille vom Armaturenbrett. »Wie besprochen. Ich folge ihm. Und du versuchst, irgendwas rauszufinden.« Auf welche Art auch immer.

Jennifer nickte, obwohl er ihr ansehen konnte, dass ihr die Aktion nicht geheuer war. »Pass auf, dass du nicht wieder in eine Gartenschere rennst.«

Er zeigte ihr den nach oben gereckten Daumen und wollte gerade die Tür öffnen, als Jennifers Hand sich auf sein Knie legte. Sie drückte zu, so fest, dass es wehtat. Sehr weh.

»Oliver!«

Er wollte sich schon zu ihr umdrehen, um sie anzufahren, hielt aber in der Bewegung inne. Auf dem Bürgersteig auf ihrer Straßenseite, im Schatten eines dort parkenden Transporters, stand Pawlow und starrte sie an.

Sie hatten das Auto ausgewählt, weil die Scheiben so stark getönt waren, dass es so gut wie unmöglich war, im Wageninneren etwas zu erkennen. Es sei denn, man stand direkt daneben und konnte das Licht mit den Händen abschirmen, um hineinzuspähen.

Pawlow konnte sie unmöglich sehen. Und doch blickte er sie direkt an. Seine dunklen Augen waren eindeutig auf sie gerichtet. Es war ausgeschlossen. Wie konnte das sein? Er hatte sie nicht bemerken können.

Es sei denn, er hat dich vorhin gesehen, als du die Klingelschilder überprüft hast. Oder er hat die Straße schon länger beobachtet und bemerkt, dass sich jede unserer Bewegungen im Innern auf das Auto übertragen hat.

Doch selbst dann konnte er nicht wissen, dass sie es waren, die im Wagen saßen. Um ihn mit Kappe und Sonnenbrille aus der dritten Etage zu erkennen, hätte Pawlow schon einen Röntgenblick haben müssen.

Oliver hatte den Schock noch nicht annähernd verdaut, als sich Pawlow in Bewegung setzte. Mit schnellen Schritten kam er direkt auf das Auto zu, sein linker Arm stieß in ihre Richtung und deutete direkt auf die Frontscheibe. Oliver fragte sich, was das sollte, dann wurde ihm klar, dass es ein Ablenkungsmanöver war.

Pawlows rechter Arm schnellte vor. Oliver sah das Aufblitzen von Metall. Etwas flog auf sie zu, durchschlug die Windschutzscheibe, zischte haarscharf zwischen ihnen hindurch und schlug mit einem dumpfen Geräusch in den Rücksitz ein.

Sie drehten sich gleichzeitig um und starrten den Griff eines Jagdmessers an, das bis zum Schaft in das Polster eingedrungen war.

Mit einem weiteren Angriff rechnend, fuhr Oliver herum, doch Pawlow war stehen geblieben. Vermutlich konnte er sie durch das Loch in der Frontscheibe sehen. Sein Blick war dunkel und brachte gemeinsam mit der Geste für knappes Verfehlen eine wortlose Warnung zum Ausdruck.

Hatte er sie nicht treffen wollen, oder hatten sie einfach nur Glück gehabt? Oliver stellte sich diese Frage und verwarf sie im nächsten Moment als unbedeutend. Ohne groß nachzudenken, riss er die Beifahrertür auf und sprang auf die Straße. Wie aus weiter Ferne hörte er Jennifer seinen Namen brüllen.

Pawlow hatte bereits kehrtgemacht und war nur noch als fliehender Schatten zu erkennen. Oliver erhaschte einen flüchtigen Blick auf seine Rückseite und nahm die Verfolgung auf.

Der Typ war schnell. Er rannte gut dreißig Meter vor ihm, und obwohl er immer wieder die Straßenseite wechselte und zwischen parkenden Autos hindurchhuschte, blieb Oliver ihm auf den Fersen.

Er hatte sogar den Eindruck, ein wenig Boden gutgemacht zu haben, als wie aus dem Nichts die U-Bahn-Station vor ihnen auftauchte und die Treppe in den Untergrund Pawlow verschluckte.

Oliver kam auf den Stufen ins Straucheln und wäre beinahe gestürzt, fing sich dann aber wieder. Als er den Bahnsteig erreichte, war gerade eine U-Bahn nach Frankfurt-Süd eingefahren, und rund um die Türen herrschte reger Betrieb.

Oliver sah sich um und versuchte, um die in Richtung Aufgang strebenden Menschen herumzulaufen, ohne sie anzurempeln. Pawlow war nirgends zu entdecken.

Er konnte sich in einer Nische versteckt haben, zur nächsten Treppe gerannt oder bereits in den Zug gesprungen sein, in der Hoffnung, dass sein Verfolger zu spät kam.

Oliver blieb nur der Bruchteil einer Sekunde für eine Entscheidung. Das Aus- und Einsteigen war so gut wie abgeschlossen, und schon ertönte das Signal, das vor dem Schließen der Türen warnte.

Er hechtete auf die hinterste Tür zu und sprang in die Bahn. Bevor er auch nur einen Blick in den Waggon hatte werfen können, kam ein Schatten auf ihn zugeschossen. Er spürte einen heftigen Schlag gegen die Brust und wurde zwischen den sich schließenden Türen auf den Bahnsteig zurückgeschleudert.

Die Attacke hatte Oliver so unvorbereitet getroffen, dass er das Gleichgewicht verlor und rückwärts zu Boden stürzte. Sein Hinterkopf schlug auf dem Beton auf. Die Welt um ihn herum wurde schwarz.

Jennifer sah nervös auf die Uhr. Wo zum Teufel steckte Oliver? Es war fast eine Viertelstunde her, dass er die Verfolgung von Nikolai Pawlow aufgenommen hatte, und bisher hatte er sich noch nicht gemeldet. Sie hatte versucht, ihn auf seinem Handy zu erreichen, hatte aber nur die Mailbox dranbekommen.

Was zum Teufel war passiert?!

Sie trommelte mit den Fingern auf Pawlows billigen Küchentisch und überlegte zum wiederholten Mal, die 110 anzurufen und sich unter Nennung ihrer Dienstnummer zu erkundigen, ob es irgendwelche aktuellen Notrufe oder Notfälle in diesem Stadtteil gebe.

Zuerst hatte sie den beiden folgen wollen, doch ihr Knöchel hatte ihr bereits nach wenigen Metern signalisiert, dass er das auf gar keinen Fall mitmachen würde. Also hatte sie sich an die ursprüngliche Abmachung gehalten, war in Pawlows Wohnung eingebrochen und wartete nun auf Olivers Rückkehr.

Doch er kam einfach nicht.

Eine Verfolgungsjagd zu Fuß konnte niemals so lange dauern. Weder Oliver noch Pawlow waren Leistungssportler, und wenn Jennifer auf einen von beiden hätte setzen müssen, dann hätte sie wohl dem Russen die größere Ausdauer zugesprochen.

Vielleicht hatte Oliver ihn aber auch erst in der U-Bahn verloren. Selbst wenn er nur zwei oder drei Stationen hin- und wieder zurückfuhr, wäre seine Abwesenheit zeitlich noch im Rahmen, versuchte sie sich zu beruhigen.

Jennifer stieß mehrere unterdrückte Flüche aus, hielt aber inne, als sie ein Geräusch zu hören glaubte. Sie lauschte in die hallende Leere, die die billige Küchenzeile und der Tisch nicht füllen konnte. Nichts.

War es ein Knarzen gewesen? Oder das Quietschen einer Tür? »Oliver?«

Keine Antwort.

»Verdammt noch mal!« Hier herumzusitzen und zu warten, war sinnlos. Sie würde zum Auto zurückkehren und bis zur nächsten U-Bahn-Station fahren. Mit etwas Glück konnte sie auf dem Weg dorthin Oliver auflesen.

Oder du triffst auf Polizei- und Krankenwagen. Falls du Glück hast. Wenn nicht …

Jennifer schüttelte den Kopf. Sie wollte das Wort Leichenwagen nicht einmal denken.

Für sie stand jedenfalls fest, dass sie auf jeden weiteren Direktkontakt mit Pawlow verzichten würden, solange sie ihre Dienstwaffe nicht zurückhatte. Der Typ war brandgefährlich. Es musste andere Mittel und Wege geben. Vielleicht half das Messer weiter. Möglicherweise auch die Wohnung, die er aber anscheinend nicht wirklich genutzt hatte. Sie erinnerte eher an einen übergangsweisen Unterschlupf.

Trotzdem konnte sie versteckte Hinweise bergen, die es zu sammeln galt, bevor irgendein übereifriger Nachbar den Einbruch bemerkte und die Polizei rief, was Jennifer in der anonymen Großstadt aber eher für unwahrscheinlich hielt. Sie war in Frankfurt schon einmal in einem ähnlichen Mietshaus an einen Tatort gerufen worden, die Tote hatte mehrere Tage in ihrer Wohnung gelegen. Die Nachbarn hatten einstimmig zu Protokoll gegeben, die nur angelehnte Tür bemerkt zu haben, ebenso wie einen unangenehmen Geruch. Die Polizei gerufen hatten sie allerdings erst, als Maden unter der Tür hindurch auf den Flur gekrabbelt waren.

Lenk dich nur ab. Fakt ist, dass Oliver schwer verletzt oder getötet worden sein könnte. Und das wäre deine verdammte Schuld.

Sie klaubte den Zettel vom Küchentisch, den Pawlow zweifellos für sie zurückgelassen hatte. Er würde nicht zurückkehren. Es gab hier auch nichts, was sich abzuholen gelohnt hätte. Er musste ein Auto haben, in dem er seine Sachen transportierte, oder irgendeine andere Art von Versteck. Nur wo, würden sie jetzt mit Sicherheit nicht mehr erfahren.

Sie ging gerade auf die Wohnungstür zu, als diese von außen

aufgestoßen wurde. Jennifer wich automatisch einen Schritt zurück und nahm eine Abwehrhaltung ein, stieß im nächsten Moment aber einen erleichterten Seufzer aus.

Oliver hatte so kraftvoll gegen die Tür gedrückt, dass sie gegen die Wand gekracht war. Wenn Jennifer sich nicht so große Sorgen um ihn gemacht hätte, die sein leicht torkelnder Gang kaum ausräumen konnte, hätte sie ihn dafür erst einmal zurechtgewiesen.

So zog sie ihn allerdings nur schnell in den Flur und schloss die Tür hinter ihm, bevor sie doch noch von irgendeinem neugierigen Nachbarn gesehen wurden. Es war nicht grundsätzlich so, dass Nachbarn sich nicht für die Angelegenheiten ihrer Mitmenschen interessierten, sie wählten nur meist den falschen Zeitpunkt, um etwas zu unternehmen.

Jennifer musterte Oliver prüfend, konnte aber keine Verletzungen entdecken. Da er sich den Hinterkopf hielt und unsicher auf den Beinen zu sein schien, musste er aber einen ziemlich harten Schlag auf den Schädel bekommen haben.

Sie führte ihn in die Küche und setzte ihn auf den einzigen vorhandenen Stuhl. Er wehrte sich nicht, als sie seine Hand wegzog, zuckte aber mit einem Schmerzenslaut zusammen, als sie die Beule an seinem Hinterkopf betastete.

Das musste gekühlt werden. Da Pawlow nichts in der Wohnung zurückgelassen hatte, zog sie in Ermangelung eines Handtuchs ihr T-Shirt über den Kopf und tränkte es in der Spüle unter dem Hahn mit kaltem Wasser.

»Was zum Teufel ist passiert?«, wollte sie wissen.

Sie drückte das Kleidungsstück vorsichtig auf seinen Hinterkopf, was ihn einen weiteren Schmerzenslaut ausstoßen ließ.

Er übernahm das Shirt und schenkte ihr einen irritierten Blick, als sie um den Tisch herumkam und im BH vor ihm stehen blieb. Eine Antwort bekam sie noch immer nicht.

»Hat er dir eins über den Schädel gezogen?«

Oliver schüttelte den Kopf, eine Entscheidung, die er sofort bereute. »Er hat mich aus der Bahn gestoßen. Ich bin auf den Beton geknallt. Das Nächste, was ich weiß, ist, dass Leute um mich rumstanden und der nächste Zug eingefahren ist.«

Jennifer musterte ihn kritisch, nicht sicher, ob sie ihm die Geschichte abkaufen sollte. Doch eine echte Wahl hatte sie nicht.

Er sah sich in der spartanisch eingerichteten Küche um. »Sieht gemütlich aus. Ist die ganze Wohnung so kahl und ausgeräumt?«

Jennifer nickte. »Eine Matratze, mehr nicht. Keine Kleidung, keine Waffen, keine Unterlagen, nichts. Er hat hier übernachtet, aber sein Zeug hat er definitiv irgendwo anders untergebracht.«

»Vielleicht hat er nach der Begegnung im Hotel entschieden, seine Zelte ganz abzubrechen?«

Jennifer zuckte die Schultern. »Schon möglich.« Sie zog den Zettel hervor, faltete ihn auseinander und warf ihn vor Oliver auf den Tisch. »Das hier hat er uns dagelassen.«

Oliver blickte stirnrunzelnd auf das KFZ-Kennzeichen, den Namen ihres Autohauses und Jennifers Nachnamen. »Er hat den Wagen bemerkt und rausgefunden, wer ihn angemietet hat?«

»War vermutlich ein Schuss ins Blaue, aber ein erfolgreicher. Ich habe mit der Empfangssekretärin des Autohauses gesprochen. Er hat ihr was von einem Unfall mit Fahrerflucht erzählt, irgendein kleinerer Blechschaden, und dass er dem Verantwortlichen, sprich mir, keine Probleme machen wolle. Scheint so, als wärst du nicht der Einzige, der Frauen Informationen entlocken kann, die sie lieber für sich behalten sollten.«

»Scheiße«, murmelte Oliver mit schmerzverzerrtem Gesicht. »Und jetzt?«

»Ich habe mit Jarik gesprochen. Er kommt nach Dienstschluss vorbei und wird sich die Wohnung ansehen. Vielleicht findet er irgendwas.«

Oliver schien erneut den Kopf schütteln zu wollen, entschied sich aber rechtzeitig dagegen. »Wenn das jemals rauskommt, werden sich die Beamtenreihen in Lemanshain erheblich ausdünnen. Hast du ihn gewarnt?«

»Sicher.«

»Gut. Ich hatte nämlich nicht vor, hierzubleiben und bis heute Nacht Wache zu schieben.« Er hielt ihr das Shirt hin. »Zieh dich an. Ich will nach Hause.«

»Ich ziehe mich an. Aber wir fahren nicht zu dir nach Hause.«

Er sah ihr dabei zu, wie sie das T-Shirt über der Spüle auswrang und es sich über den Kopf zog. »Wohin dann?«

»Ins Krankenhaus. Du hast eine Gehirnerschütterung.«

Er schien widersprechen zu wollen, doch sie fuhr ihm über den Mund. »Keine Widerrede. Du brauchst ärztliche Behandlung. Überleg dir schon mal eine schöne Ausrede, wie das passiert ist. Es soll schließlich niemand auf die Idee kommen, dass du angegriffen worden bist.«

Oliver verzog das Gesicht. »Ich habe jetzt schon Kopfschmerzen. Wie soll ich mir da noch eine Ausrede ausdenken?«

Sie musste lächeln. »Frag mich mal. Ich brauche eine überzeugende Geschichte für das Loch in der Frontscheibe *und* das Messer im Rücksitz.«

26

Charlie betrat das »White Honey« mit einem Rumoren im Bauch. Sie fühlte sich ein wenig so, als hätte sie jemand unter Strom gesetzt. Sie war angespannt, wachsam, und dennoch konnte sie sich der Atmosphäre des Klubs nicht entziehen.

Sie war sogar früher hergekommen als an den Abenden zuvor. Um zeitiger nach Hause fahren zu können und ein wenig mehr Schlaf zu bekommen, wie sie die Entscheidung vor sich selbst rechtfertigte. Die Wahrheit war aber, dass sie es kaum erwarten konnte, endlich wieder die mittlerweile vertrauten Räume zu betreten.

Tief in ihrem Innern wusste sie, dass die einzig logische Konsequenz gewesen wäre, sich in dem Laden nicht mehr blicken zu lassen. Dem »White Honey« und Alex fernzubleiben und gegebenenfalls sogar der Polizei zu melden, was sie gehört und beobachtet hatte.

Letzteres kam für sie allerdings nicht infrage, denn sie hatte nichts mitbekommen, was in irgendeiner Weise hilfreich oder aussagekräftig war. Lediglich die gestammelte Aussage einer verängstigten jungen Frau, deren Identität sie nicht hatte in Erfahrung bringen können. Charlie konnte nur Augen und Ohren offenhalten und hoffen, dass in den nächsten Tagen keine Tote gefunden wurde, deren Beschreibung auf Penny passte. Wer erschossen worden war, wusste die Polizei inzwischen sowieso.

Und was das Fernbleiben anging … Charlie konnte es einfach nicht. Ihr Verstand war unfähig, sich durchzusetzen, die

Verlockungen waren einfach zu groß. In ihr brodelte eine gefährliche Mischung, die sie nur begrenzt unter Kontrolle hatte.

Charlie versuchte zwar noch immer, sich einzureden, dass sie wegen der beiden Morde weiterhin ins »White Honey« kam. Dass ihr Interesse allein dem Aufspüren von *Myasnik* galt. Die Wahrheit war jedoch eine ganz andere.

Alex hatte es in der Nacht zuvor treffend auf den Punkt gebracht.

Während Charlie sich umzog, ließ sie das Gespräch, das mehr ein Monolog gewesen war, nochmals Revue passieren. Sie hatte einfach nur dagesessen und ihm zugehört.

»Ich rede jetzt Klartext. Ich weiß, was Penny zu dir gesagt hat, und ich weiß, dass du es verstanden hast. Von mir wirst du nicht erfahren, was genau passiert ist. Aber ich denke, dass es dich nicht sonderlich überrascht hat, was Penny behauptet hat. Du interessierst dich für Jegor Sidorov, du hast ein, zwei Fragen zu viel über ihn gestellt. Ich glaube also, dass du genau weißt, welche Anschuldigungen es gegen ihn gibt, und dass die nicht aus der Luft gegriffen sind. Die Bestätigung hast du heute Nacht erhalten. Eigentlich müsste ich dein Interesse melden, eigentlich müsste ich auch weitergeben, dass Penny geplappert hat. Aber ich werde beides nicht tun.«

»Wieso nicht?«

»Weil ich dir vertrauen will. Ich mag dich. Und Penny kann nichts dafür, dass sie Zeugin von etwas wurde, was nicht für ihre Augen bestimmt war. Sie hätte die Fresse halten und sich verpissen sollen. Gut, sie ist dir in die Arme gelaufen, aber du warst auch vorher kein naives Dummchen. Die Frage ist nur, wie wir jetzt mit der Situation umgehen sollen.«

Charlie hatte darauf nicht antworten können, sondern nur weiter durch die Frontscheibe auf die entfernten Lichter gestarrt.

»Ich will dir vertrauen, aber hast du mein Vertrauen auch verdient? Ich gehe davon aus, dass du wusstest, worauf du dich einlässt, als du ins ›White Honey‹ gekommen bist. Ich glaube, dich fasziniert das Umfeld, die Gefahr fixt dich an, Sidorov übt einen besonderen Reiz auf dich aus, und du würdest in dem Laden zu gerne aufsteigen. Du bist ein Risikojunkie. Angst ist dir fremd. Du wirst die Klappe halten, denn du bekommst im Moment genau das, was du brauchst. Nur, wie sicher kann ich sein, dass ich mit dieser Einschätzung richtig liege?«

Noch nie hatte jemand Charlie so gnadenlos durchschaut. Sie war sich dessen in ihrem tiefsten Innern zwar bewusst gewesen, doch erst als Alex es aussprach, hatte die Wahrheit für sie richtig Gestalt angenommen.

»Versteh mich nicht falsch. Ich mag dich, sehr sogar. Aber ich werde nicht meinen Arsch für dich riskieren. Wenn ich unrecht habe und deine Absichten doch andere sind, müsste ich für die Scheiße geradestehen, und das wird garantiert nicht passieren. Ich gebe dir jetzt die Gelegenheit, reinen Tisch zu machen. Wenn es etwas gibt, was ich wissen sollte, sag es mir hier und jetzt. Es ist die letzte Chance für dich, aus dieser Sache unbeschadet rauszukommen, Charlie. Sag mir, ob ich richtig oder falsch liege, sag mir, ob du ein Spiel spielst. Was für ein Spiel es auch immer ist. Mach den Mund auf, oder leb mit den Konsequenzen.«

Er hatte sie daraufhin nur stumm angesehen und gewartet.

Es wäre der beste Moment gewesen, um auszusteigen. Der einzige Moment.

In ihrem Kopf hatte sich alles zu drehen begonnen. Stimmen hatten sich erhoben, die gegeneinander anschrien, um sich Gehör zu verschaffen.

Sie schrien noch immer, als Charlie den Kopf gedreht und Alex in die Augen gesehen hatte. Fünf Worte aus ihrem Mund hatten die Stimmen augenblicklich zum Verstummen gebracht.

»Ich habe nichts zu verbergen.«

Alex hatte nicht weiter nachgefragt. Er hatte sie nicht einmal forschend angeblickt, sondern ihre Antwort einfach akzeptiert. Dann hatte er den Motor gestartet und war zum »White Honey« zurückgefahren.

Das Thema war erledigt.

Zumindest vorerst.

Charlie tanzte an diesem Abend leidenschaftlicher als jemals zuvor. Auf der Bühne wehrte sie sich nicht mehr gegen die brodelnde Anspannung, die Adrenalin durch ihre Adern jagte und sie beinahe in einen Rausch versetzte.

Die Gefahr, die bei jedem anderen Angst geschürt und zur Flucht animiert hätte, pushte sie in ungeahnte Höhen.

Als sie nach ihrem ersten Tanz hinter die Bühne lief und Alex dort stehen sah, der offenbar auf sie wartete, fiel sie ihm um den Hals und küsste ihn leidenschaftlich. Er ließ es geschehen, dann zog er sie mit sich, an zwei grinsenden Mädchen vorbei.

Sie folgte ihm in den ersten Stock, in ein Zimmer, das sonst vermutlich von den Prostituierten und ihren Freiern genutzt wurde. Der Raum war ganz in Weiß gehalten. Es gab ein großes, u-förmiges Sofa, und der geflieste Boden war mit Kissen und Decken übersät, die ihren gemeinsamen Sturz mühelos abfingen.

Charlies Verstand legte Widerspruch ein, fand aber kein Gehör mehr.

Alex' Mund und Hände schienen überall zu sein. Er drückte sich an sie. Charlie spürte seine Erektion durch den dünnen Stoff des Stringtangas hindurch an ihrem Schoß. Alex rieb sich an ihr, schob sich über sie.

Sie spürte seinen heißen Atem an ihrem Ohr. Endlich griff seine Hand nach ihrer Brust, drückte sie kurz, umschlang ihren Oberkörper. Sein Griff wurde fester, besitzergreifend, schmerzhaft.

Alex hielt inne, und Charlie erstarrte.

Die Klinge eines Messers legte sich an ihren Hals.

Sein Atem strich noch immer über ihr Ohr.

»Du hast keine Ahnung, wie gerne ich dich ficken würde. Aber zuerst müsstest du mir erklären, wieso du mich angelogen hast. Was bringt dich dazu, Nacht für Nacht sechzig Kilometer hierherzufahren, Charlotte Seydel aus Lemanshain?«

Charlie antwortete nicht. Ein kalter Schauer wanderte ihr Rückgrat hinunter. Obwohl ihr der Ernst der Lage bewusst war, empfand sie es nicht ausschließlich als unangenehm.

»Das Geld kann es nicht sein. Es gibt auf der Strecke zwischen deiner Heimat und diesem Klub eine Menge Möglichkeiten, als Tänzerin Geld zu machen. Vielleicht etwas weniger als hier, aber für eine Studentin mehr als genug zum Leben. Wieso also bist du hier?«

Er bewegte die Klinge ein wenig hin und her, damit sie sie spürte. Er tat das sicher nicht zum ersten Mal, denn er schnitt sie nicht. Er kannte sein Werkzeug und wusste, wie er es benutzen musste.

»Weißt du, ich denke, es könnte etwas mit einem Auftragsmord in deiner Heimatstadt zu tun haben. Ist schon ein merkwürdiger Zufall, wenn eine alte Frau und ihr Enkel in Lemanshain sterben, und du nur wenige Tage später in Sidorovs Klub auftauchst.«

Seine Stimme klang kalt und berechnend, doch Charlie hörte trotzdem so etwas wie Enttäuschung heraus. Zumindest glaubte sie das. Sie war erleichtert, als Alex keine Sekunde später ihre Vermutung bestätigte.

Sie spürte, wie er den Kopf schüttelte. »Verdammt, Charlie, ich habe dir vertraut!«

Sie hatte keine Zeit, darüber nachzudenken, wie viel er möglicherweise wusste, aber noch für sich behielt. Sie hatte nicht einmal Zeit, sich irgendeine Strategie zurechtzulegen. »Du kannst mir vertrauen.«

»Ach ja?« Wieder dieser kühle, beinahe verächtliche Ton. »Kann ich das?«

Sie schluckte. Die Klinge schabte dabei über ihre Kehle. »Ja.«

»Dann kann ich das Messer weglegen, dich loslassen, und du wirst nicht anfangen zu schreien, um dich zu schlagen oder einen Fluchtversuch unternehmen?«

Charlie hätte beinahe genickt. »Ich werde nichts dergleichen tun. Lass uns reden.«

Er reagierte nicht sofort. Die Zeit schien sich ins Unendliche zu dehnen. »Ich habe dir gestern schon die Möglichkeit dazu gegeben, und du hast sie nicht genutzt.«

»Ich weiß.«

»Wieso also sollte ich dir eine zweite Chance einräumen?«

»Was hast du von einem Adrenalinjunkie anderes erwartet?«

»Genug Verstand, um zu wissen, wann der Zeitpunkt gekommen ist.«

Sie stieß ein ersticktes Lachen aus.

»Also, noch mal für dich zum Mitschreiben: Du hast noch genau eine einzige Gelegenheit, dich zu erklären und mich zu überzeugen. Ich gebe dir den dringenden Rat, mich nicht noch einmal anzulügen. Wenn es dir gelingt, können wir reden. Wenn nicht … Blut lässt sich von den Fliesen hier wunderbar abwischen.«

Charlies Gedanken rasten ebenso schnell wie ihr Herz. Was sollte sie ihm sagen? Wie viel wusste er? Wenn er von ihrer Verbindung zur Polizei wusste, wäre sie dann noch am Leben? Wie hart war er tatsächlich drauf? Und wie kam ein gewöhnlicher Barmann dazu, eine Klinge derart perfekt zu beherrschen?

»Du hast noch fünf Sekunden, um anzufangen. Fünf, vier, drei …«

Jedes falsche Wort konnte ihren Tod bedeuten. Ebenso wie die Wahrheit. Was sollte sie tun? Verdammt noch mal, was sollte sie sagen?

»… zwei, eins …«

Es war schließlich nur ein einziges Wort, das sie hervorstieß.

»*Myasnik*.«

27

Er brauchte die dritte Ampulle. Eine knappe Woche war seit dem Blutvergießen vergangen, und er brauchte schon die dritte und letzte Ampulle. Auf der Rückfahrt hatte er an nichts anderes mehr denken können, und seine Hände zitterten, als er sie aus dem Kühlschrank nahm.

Sasha schaffte es nicht mehr bis ins Bad. Das Wort Sicherheit schien jede Bedeutung verloren zu haben. Es hatte sich aufgelöst, war zerfressen worden. Von seiner Gier, seinem Verlangen, das in ihm tobte.

Sie waren ihm so nahe gekommen, so unglaublich nahe. Und dann noch das Mädchen, Mitglied der feindlichen Truppen, in seiner direkten Umgebung – und auf der Suche nach ihm.

Jeden Tag eine weitere unangenehme Überraschung, Zwischenfall reihte sich an Zwischenfall.

Seine sorgfältig aufgebaute Festung wurde angegriffen. Sie rüttelten an seiner Verteidigung und schienen Wege zu finden, im Dunkeln hineinzuschlüpfen und Schutzwall um Schutzwall zu überwinden. Ohne dass er es bemerkte.

Sie schürten seine Wut. Er verlor zunehmend die Kontrolle über seine Emotionen.

Das durfte er nicht zulassen.

Sein Herz raste, seine Hände und seine Stirn waren schweißnass. Er taumelte gegen die Küchenzeile, öffnete die Ampulle und setzte sie an die Lippen. Die kühle, nach Eisen schmeckende Flüssigkeit rann in seinen Mund, benetzte seine Zunge und reizte seine Geschmacksknospen.

Sasha schloss die Augen und sank gegen den Küchenschrank. Seine Erinnerungen quollen hervor wie Geister, die nach seinem Verstand griffen.

Sie überfluteten ihn mit Bildern und Gefühlen aus jener schicksalhaften Novembernacht, als das Dunkle in ihm seinen Verstand zum ersten Mal ausgeschaltet hatte.

Er musste länger im Auslauf der Hunde gekniet haben, vielleicht war es aber auch nur eine halbe Stunde gewesen. Sasha erinnerte sich an die Vorkommnisse, als hätte er neben sich gestanden und sich bei all seinen Taten zugesehen.

Irgendwann in dieser Nacht hatte er sich erhoben und war in den Schuppen gegangen, in dem sein Onkel das Werkzeug lagerte, das er für die Arbeit auf dem Hof brauchte. Woher Sasha überhaupt die Kraft genommen hatte, aufzustehen, geschweige denn, die schwere Axt vom Haken zu nehmen, würde wohl immer ein Mysterium bleiben.

Er hatte keinen Gedanken an sein Tun verschwendet. Ohne einen Laut war er ins Haus geschlichen, die Axt mit beiden Händen umklammernd.

Sein Onkel und seine Tante hatten im Dunkeln in ihrem Bett gelegen. Sein Onkel auf dem Rücken, fast den gesamten Platz für sich beanspruchend und zufrieden schnarchend, während sich seine Tante am Rand des Bettes zusammengerollt hatte, einer dürren, aber bösartigen Ratte gleich.

Sasha hatte keine Warnung ausgesprochen. Er hatte die Axt über den Kopf gehoben und zugeschlagen. Seine Tante musste wohl wach geworden sein, doch er erinnerte sich noch an ein gurgelndes Schreien.

Ansonsten waren nur unmenschliche Laute zu hören gewesen. Das Krachen von Knochen, das Schmatzen von durchtrenntem Fleisch, das Knirschen von Knorpel, das Splittern von Holz und das feuchte Geräusch, mit dem Blut an die Decke, die Wände und auf den Boden spritzte. In seinen Ohren hatte es wie die süßeste Melodie überhaupt geklungen.

Er hatte zugeschlagen, immer und immer wieder. Bis die beiden Körper nur noch eine undefinierbare Masse gewesen waren, verschmolzen mit den Überresten des Bettes, vermischt mit Fetzen ihrer Nachtkleider und den Federn aus ihren Kissen.

Er war über und über mit Blut bedeckt gewesen. Seine Arme, sein Gesicht … Der Geruch hatte ihn betört, der Geschmack verführt.

Sasha hatte die Axt geschultert, ein letztes Mal sein Werk betrachtet und dann das Haus verlassen. Er war zurück zum Hundeverschlag gegangen, in dem die Tiere unruhig umhertigerten, wobei sie sich aber instinktiv von ihm fernhielten.

Er hatte die Tür des Verschlags geöffnet. Seine Wut und seine Abscheu vor den Kampfhunden waren mit seinem Onkel zusammen gestorben. Die Tiere konnten nichts für das, was ihnen ihr Herr und Meister angetan hatte. Sollten sie umherstreunen und irgendwelche Leute anfallen – in dieser Gegend konnten sie keine Unschuldigen erwischen.

Sasha hatte den Hof verlassen, ohne zurückzublicken.

Er hatte das schönste, berauschendste Gefühl verspürt, das er jemals empfunden hatte. Tief in seinem Innern hatte er gewusst, dass er niemals wieder etwas Vergleichbares erleben würde.

Er hatte den Sonnenaufgang schreiend und lachend zugleich begrüßt, und als er jetzt in der Küche zu sich kam, auf den Knien, die Arme nach vorne ausgebreitet, wurde ihm bewusst, dass er auch jetzt wieder schrie und lachte.

Es hatte eine Ewigkeit gedauert, sein Verlangen zu zähmen und einen Weg zu finden, es zu kontrollieren. Jahrelang hatte er seine Gier beherrscht, doch nun schien sie stärker denn je zu sein.

Sasha schloss die Augen und atmete tief durch. Er konnte die Tatsache nicht länger ignorieren, dass er nicht mehr weit davon entfernt war, zu explodieren. Dann würde die Dunkelheit in ihm übernehmen und er jegliche Kontrolle für immer verlieren.

Er musste sich dringend um seine Gegner kümmern, bevor sie auch nur einen weiteren, winzigen Schritt zu ihm aufschlossen. Er hatte sie viel zu lange geschont, das Unvermeidliche viel zu lange hinausgezögert. Er musste endlich ein Zeichen setzen, das sie verstanden. Und wenn das nichts half, musste er sie schnell und ohne jede Inszenierung aus dem Weg räumen.

Er war schon einmal süchtig nach dem höchsten aller Hochgefühle gewesen. Ein zweites Mal würde er diese Sucht nicht überwinden. Ein Rückfall war nur noch einen Tropfen unkontrolliert vergossenen Blutes entfernt.

28

»Bist du sicher, dass ich nicht auf den Parkplatz hinter dem Präsidium fahren soll?«, fragte Jennifer und warf Oliver einen skeptischen Seitenblick zu.

Er schüttelte den Kopf, eine Bewegung, die er sofort bereute. Ein sengender Schmerz durchfuhr seinen Schädel. Er kniff die Augen zu und konnte ein Aufstöhnen gerade noch unterdrücken. Das Zerren und Pochen aber blieb.

Jennifer musterte ihn, während er in seiner Hosentasche nach den beiden Blistern wühlte, die er am Tag zuvor im Krankenhaus bekommen hatte. Die Tabletten halfen gegen Schmerzen, Schwindel und Übelkeit, wirkten allerdings bei weitem nicht so lange wie angegeben.

Leichte bis mittelschwere Gehirnerschütterung, hatte die Diagnose der Ärztin gelautet. Sie hätte ihn gerne über Nacht zur Beobachtung dabehalten, vor allem, weil er nicht sicher hatte sagen können, ob und wie lange er das Bewusstsein verloren hatte. Dagegen hatte er sich allerdings erfolgreich zur Wehr gesetzt.

Bis zum Abend war ihm nur leicht schwindelig gewesen, die Schmerzen auszuhalten. Das Dröhnen, das seit heute Morgen immer wieder dann einsetzte, wenn die Wirkung der Medikamente nachließ, war allerdings etwas ganz anderes. Er drückte zwei Tabletten aus den Blistern und schluckte sie.

»Auf dem Rücksitz ist noch Wasser«, informierte ihn Jennifer. Als er nicht sofort reagierte, griff sie nach hinten und reichte ihm eine kleine PET-Flasche.

»Konzentrier dich aufs Fahren! Ich bin in Ordnung«, grummelte er, obwohl er ihr dankbar war. Die Suche nach einer Wasserflasche mit verdrehtem Genick wäre ihm vermutlich nicht gelungen.

Hoffentlich ließ die Übelkeit bald nach. Wenn er sich übergeben musste und die Arznei auskotzte, bevor sie wirken konnte, hatte er ein Problem. Jennifer hatte ihm angedroht, ihn zurück in die Klinik zu bringen, sobald sich sein Zustand verschlechterte. Für die Nacht hatte sie sogar Hannah instruiert, im Zweifel den Notarzt zu rufen, falls sie sich nicht sicher war – ganz gleich, ob er noch ansprechbar war und widersprach oder nicht.

Ihm war bewusst, dass sie ihre Drohung wahrmachen würde. Allein ihr Vorschlag, direkt auf den Parkplatz des Präsidiums zu fahren, nur damit er nicht zu weit laufen musste, zeugte davon, dass sie sehr genau wusste, wie beschissen es ihm ging. Immerhin hatte sie selbst erst vor kurzem eine Gehirnerschütterung auskurieren müssen.

Oliver ließ den Kopf vorsichtig gegen die Nackenstütze sinken. Wenigstens schienen die Kühlpacks Wirkung gezeigt zu haben, denn die Schwellung an seinem Hinterkopf war zurückgegangen. Die Beule tat bei Berührung zwar noch immer höllisch weh, doch er konnte den Kopf inzwischen immerhin so drehen, dass sie nicht zwangsläufig mit irgendetwas in Berührung kam.

Er musste eingenickt sein, denn als er das nächste Mal die Augen öffnete, hatte Jennifer bereits in einer Seitenstraße geparkt und musterte ihn eindringlich. Das letzte Mal hatte er einen derart sorgenvollen Ausdruck in ihrem Gesicht gesehen, als ihre Katze operiert worden war und deren Leben auf Messers Schneide gestanden hatte.

Ihr musste diese Tatsache wohl ebenfalls bewusst geworden

sein, denn ihre Gesichtszüge verhärteten sich plötzlich wieder. »Du gehörst verdammt noch mal ins Bett«, murmelte sie kopfschüttelnd. »Und nicht auf ein konspiratives Treffen.«

»Wenn du an meiner Stelle wärst, würde dich auch nichts und niemand im Bett halten«, erwiderte er und versuchte sich an einem Lächeln. »Erst recht nicht, wenn Jarik einen interessanten Fund gemeldet hat.«

Dem konnte sie unmöglich widersprechen. »Du musst mir nicht jede dämliche Verantwortungslosigkeit nachmachen.«

»Ich bin ein gelehriger Schüler.«

Diese Erwiderung entlockte ihr ein kurzes Lachen. »Lass das bloß nicht Möhring hören.«

Sie stiegen aus dem Wagen und gingen langsam Richtung Präsidium. Oliver versuchte auf den ersten Metern noch, ein gewisses Tempo vorzulegen, gab aber schließlich auf und akzeptierte, dass sie mehr schlenderten als liefen.

Es war bereits fast dunkel. Im Polizeipräsidium brannten nur noch wenige Lichter. Jennifer rief Jarik Fröhlich an, der ihnen eine Tür in einer Seitenstraße öffnete, die normalerweise als Notausgang diente und direkt in die Katakomben führte.

Oliver kam sich irgendwie lächerlich vor, obwohl er wusste, dass diese Sicherheitsmaßnahmen nicht übertrieben waren.

Die Dienststelle war klein, die Informationswege kurz, und ihr Zwangsurlaub war zwei Tage lang Gesprächsthema Nummer eins gewesen. Jeder Beamte, dem sie begegnet wären, hätte gewusst, dass sie derzeit in den Räumen von Polizei und Justiz nichts zu suchen hatten – schon gar nicht um neun Uhr abends.

Jennifer war ihre Ungeduld anzumerken. Die kriminaltechnische Untersuchung von Nikolai Pawlows Wohnung war erfolglos geblieben. Der Mann hatte bis auf Fingerabdrücke und ein wenig DNA-fähiges Material, das sie nicht zur Analyse einreichen konnten, keine Spuren hinterlassen. Sie war mindestens so gespannt auf die angekündigten Neuigkeiten wie Oliver.

Doch sie hielt sich zurück, bis sie in Jarik Fröhlichs Büro angekommen waren. »Was genau wolltest du mir mit den kryptischen Hinweisen am Telefon nun genau sagen?«

Der Kriminaltechniker verdrehte die Augen und seufzte. »Immer direkt zur Sache. Darf ich nicht mal fragen, wie es euch in eurem sogenannten Urlaub ergeht und was sein Kopf macht?«

»Meinem Kopf geht es gut«, versicherte Oliver. Der Satz klang einstudiert.

»Genauso siehst du auch aus.«

Jennifer unterband weiteres Geplänkel, indem sie sich mit beiden Händen auf Jariks Schreibtisch abstützte. »Worum geht es, Jarik? Und wieso konntest du mir am Telefon nicht mal einen klitzekleinen Hinweis geben?«

»Weil García Cruz den ganzen Tag um mich herumscharwenzelt ist und mir dein werter Kollege Herzig im Nacken saß. Es gab irgendeine Schlägerei, und er übt schon mal für seinen Einstand. Ein Wunder, dass er überhaupt daran gedacht hat, mir das Testament zu übergeben.«

»Testament?«, wiederholte Oliver. »Was für ein Testament?«

»Das Testament von Galina Lasarew. Lag beim Nachlassgericht. Sie haben ein Verfahren zur Erbenermittlung eröffnet und uns eine Kopie zugeschickt.« Jarik öffnete eine Schreibtischschublade und zog eine Klarsichthülle hervor. »Es ist ziemlich ungewöhnlich, aber das ist das Dokument, das sie vor sieben Jahren von einem Notar bei Gericht hat hinterlegen lassen.«

Es war ein einfaches Blatt Papier, auf dem in der Mitte nur drei Zeilen Text standen. In kyrillischer Schrift.

Oliver runzelte die Stirn. »Ist das russisch?«

Jarik warf ihm einen Blick zu, der ihm wohl sagen sollte, wie überflüssig die Frage war. Der Kriminaltechniker schien an diesem Abend nicht besonders gut gelaunt zu sein. »Ja, ist es. Ich habe es übersetzt, Tante Google sei Dank. Aber es ergibt nicht den geringsten Sinn. Dort steht: *Nur wer mit mir geht und sich auf meine Hilfe stützt, wird meinen Schatz finden.*«

»Ein Schatz?«, fragte Oliver verwirrt. Er war froh, dass Jennifer die Frage aussprach, die ihm als Nächstes auf der Zunge lag. Er hätte sie vermutlich nicht in ihrem freundlich-neutralen Tonfall gestellt.

»Bist du sicher, dass du den Text richtig übersetzt hast?«

Jarik nickte. »Ich habe mehrere Portale bemüht und es doppelt und dreifach gegengeprüft. Das steht dort. Definitiv.«

»Und was zum Teufel soll das heißen?«

Der Kriminaltechniker überging Olivers Frage. »Frank hat dem Text keinerlei Beachtung geschenkt, sondern das Testament brav zum Chef getragen, der ihn damit wiederum zu mir geschickt hat, mit der Anweisung, es zu den Beweisen für unsere Frankfurter Kollegen zu packen.«

»Ohne Rücksprache?«, wunderte sich Jennifer.

Jarik lächelte. »Du kennst unseren Chef. Er hat selbstverständlich in Frankfurt angerufen. War gar nicht so leicht, ihm diesbezüglich irgendwas zu entlocken, ohne allzu interessiert zu wirken. War wohl Glück, dass ich ihn im Fahrstuhl auf dem Weg nach Hause erwischt habe.«

»Und?«, hakte Oliver nach. Sein Versuch, nicht allzu ungeduldig zu wirken, scheiterte. Warum reagierte er heute Abend eigentlich so empfindlich auf Fröhlich? Nur, weil dieser ihn plötzlich wie selbstverständlich duzte?

»Kein besonderes Interesse, keine nennenswerte Reaktion. Für die Frankfurter ist es einfach nur ein weiteres Stück Papier, das sie beruhigt in irgendeinem Archiv vergammeln lassen können.«

Jennifer nahm das Dokument vom Schreibtisch. Sie blickte auf die Zeilen, als hoffte sie, dass deren tieferer Sinn sich ihr erschloss, wenn sie die verschnörkelten Buchstaben nur lange genug anstarrte.

Leise murmelnd wiederholte sie den Satz. »*Nur wer mit mir geht und sich auf meine Hilfe stützt, wird meinen Schatz finden.* Das ist ein Rätsel, oder?«

»Ja, das ist es.«

Oliver drehte sich um. In der Tür zu Jarik Fröhlichs Büro war Charlotte Seydel erschienen.

»Und ich denke, ich habe die Lösung gefunden.«

Sie standen im Labor der Kriminaltechnik um den Tisch herum und betrachteten fragend das Beweisstück, das Charlotte Seydel aus der Sammlung der in Galina Lasarews Haus gesicherten Gegenstände geholt hatte. Es war ein einfacher schwarzer Gehstock mit einem glatten Metallgriff, der bei der Garderobe im Flur gestanden hatte. Der alten Dame hatte er vermutlich als Gehhilfe gedient.

Jennifer ließ sich den Satz aus Galina Lasarews Testament noch einmal durch den Kopf gehen. Die Beschreibung passte, der Gehstock schien tatsächlich die Lösung des Rätsels zu sein, zumindest eine mögliche Lösung.

Denn was zum Teufel konnte ein Erbe schon mit einem Gehstock anfangen? Sie hatten ihn genau untersucht, jeder hatte ihn in die Hand genommen und begutachtet, doch der Stock blieb einfach nur ein Stock ohne irgendeine Besonderheit.

Wie sollte er jemanden zu einem Schatz führen? Und welcher Schatz war überhaupt gemeint? Das Vermögen von Galina Lasarew, das aus ihren kriminellen Geschäften stammte? Zumindest dahingehend herrschte Einigkeit.

Jarik hatte den Stock auf Fingerabdrücke untersucht und sie auf althergebrachte Art mit den gespeicherten Abdrücken der Lasarews verglichen. Keine Überraschungen. Der Test auf Blut war negativ ausgefallen. Der Stock war mit Leder bezogen, das bereits abgenutzt war, sich aber nirgendwo lösen ließ. Den Griff konnte man nicht abschrauben. Eine Röntgenuntersuchung hatte offenbart, dass der Kern samt Griff aus einem Stück Metall zu bestehen schien.

Es war frustrierend.

»Vielleicht ist er doch nicht die Lösung des Rätsels«, meinte Oliver zweifelnd. »Wir sollten noch einmal alle Beweisstücke durchgehen und uns mit diesem merkwürdigen Satz im Hinterkopf das Haus erneut ansehen. Vielleicht finden wir irgendetwas.«

Charlotte Seydel schüttelte den Kopf. »Bei den Beweisstücken ist definitiv nichts, worauf diese Beschreibung auch nur annähernd passen könnte. Da bin ich mir sicher.«

Jennifer fiel auf, dass Oliver es nicht schaffte, sich für die junge Frau zu erwärmen. Ihre Anwesenheit schien ihn noch immer zu irritieren. »Möglicherweise gibt es überhaupt keine Lösung«, sinnierte sie, während sie den Stock nahm und mit den Fingerspitzen über das Leder strich. »Vielleicht hat dieser Satz auch gar nichts mit dem geheimen Vermögen der alten Dame zu tun. Ihr Enkel hätte die Bedeutung vielleicht gekannt.«

»Ein letzter, gut gemeinter Rat?« Jarik sah wenig überzeugt aus. »Eine Art Insiderhinweis?«

»Kann schon sein.« Jennifer drehte den Stock zwischen den Händen. »Mit ein wenig Fantasie lässt sich da alles Mögliche reininterpre…«

Ein Klacken und eine drehende Bewegung in ihren Händen ließ sie innehalten. Sie besah sich erneut den Stock und stellte verwundert fest, dass sich unterhalb des Griffs eine feine Haarlinie durch das Metall zog.

Sie umfasste den Griff und zog kräftig daran. Das Metall glitt sanft und beinahe geräuschlos auseinander.

Die Männer standen mit offenen Mündern da, während Charlotte Seydel den Vorgang mit einem gespannten Lächeln beobachtete.

»Was zum Teufel?«

Jennifer hielt zwei Teile in Händen. Den unteren Teil des Gehstocks in der Linken und ein Stilett mit gut dreißig Zentimeter langer Klinge in der anderen. Sie legte den unteren Teil beiseite und drehte die makellose, fein geschliffene und noch dazu doppelseitige Klinge im Neonlicht. »Wow«, war das Einzige, was sie hervorbrachte.

Sie prüfte mit dem Daumen die Schärfe der Schneide, und obwohl sie äußerst vorsichtig vorging, zuckte sie sofort schmerzerfüllt zurück. Schon diese leichte Berührung hatte die obersten Hautschichten verletzt.

»Verdammt noch mal. Mit der alten Lady hätte sich wirklich keiner anlegen sollen.« Das kam von Charlotte Seydel.

»Wieso war das beim Röntgen nicht zu sehen?«, fragte Oliver schon beinahe vorwurfsvoll.

Doch Jarik störte sich nicht daran. Fasziniert betrachtete er die Klinge in Jennifers Händen. »Spezialbeschichtung«, murmelte er nur. »Damit wäre sie durch jede Kontrolle gekommen.«

»Darf ich mal?«

Jennifer gab das Stilett an Charlotte Seydel weiter und lutschte sich das Blut vom Daumen. Leicht verwundert sah sie dabei zu, wie die junge Frau die Waffe begutachtete, sie am

Griff hielt und ihr Gewicht zu schätzen schien, bevor sie sie schließlich mit einem Leuchten in den Augen auf ihrem Zeigefinger balancierte.

»Perfekte Arbeit«, kommentierte die Praktikantin. »Vermutlich handgeschmiedet. Bekommt man in einer solchen Qualität heutzutage nur äußerst selten. Vor allem nicht mit diesem Schärfegrad.« Sie sah in die Runde, während das Stilett bewegungslos vor ihr in der Luft hing, nur von einer Fingerspitze getragen. »Wenn das hier nicht die Lösung des Rätsels ist, fresse ich einen Besen.«

Woher wusste Charlotte Seydel so viel über derartige Waffen? Jennifer wollte sie gerade danach fragen, doch Oliver kam ihr zuvor.

»Was ist das?« Er hatte sich vorgebeugt, um das Stilett in Augenschein zu nehmen. Dabei kniff er die Augen zusammen, um besser sehen zu können. »Dort an der Klinge? Ist das eine Kerbe?«

Charlotte nahm das Stilett wieder am Griff und hielt es über den Tisch. Jarik zog ein Vergrößerungsglas heran, das an einem schwenkbaren Arm von der Decke hing. Die vielfache Vergrößerung offenbarte, was mit bloßem Auge nicht zu erkennen gewesen war. Eine Nummern- und Buchstabenfolge.

»Was ist das?«, fragte Jennifer. »Eine Art Seriennummer?«

Es vergingen zwei Sekunden, bevor Charlotte Seydel entschieden den Kopf schüttelte. »Nein. Das ist die Nummer, wegen der die Lasarews getötet wurden.«

Jennifer blickte auf. »Wie kommen Sie denn darauf?«

»Das hier ist ein handgefertigtes Einzelstück. Bei so etwas gibt es keine Seriennummern.«

»Vielleicht die Signatur eines Künstlers?«, warf Oliver ein.

Charlotte zuckte unmerklich zusammen. Zumindest kam es Jennifer so vor. Jarik starrte den Staatsanwalt ungläubig und verärgert an, Oliver achtete allerdings gar nicht auf ihn. Seine Aufmerksamkeit galt noch immer Charlotte Seydel.

»Ein … Künstler«, sagte sie ein wenig zu langsam und schluckte, »ein Künstler würde niemals eine Folge aus Zahlen und Buchstaben als Signatur wählen.«

»Das ist reine Spekulation«, erwiderte Oliver. Er unterdrückte offensichtlich ein Kopfschütteln. »Was soll diese Nummern-Buchstaben-Folge denn sonst sein?«

»Eine Kontonummer.«

In Olivers Gesicht trat dieselbe Skepsis, die Jennifer verspürte. »Eine Kontonummer?«, wiederholte sie.

»So etwas in der Art.« Die junge Frau zuckte die Schultern. »Worum sollte es sonst gehen, wenn nicht um das Geld? Die alte Dame hat Geld beiseitegeschafft, und da es bisher nicht aufgetaucht ist, muss es irgendwo lagern. Weshalb hätte der Killer sie sonst foltern sollen? Er wollte Antworten, und die gesuchten Antworten liegen jetzt vor uns.«

Jennifer stutzte. Das klang wie eine Feststellung, nicht wie eine Vermutung. Sie musterte Charlotte Seydel, sah ihr in die Augen, doch die junge Frau erwiderte einfach nur ihren Blick. Misstrauen regte sich in Jennifer.

Sie sah zu Oliver, der sich unbewusst die Schläfe rieb, und wieder zu Charlotte. Die beiden sahen ähnlich mitgenommen aus, blass und übermüdet.

Woher stammten die dunklen Ringe unter Charlotte Seydels Augen? Hatte sie Schlafprobleme? Oder kam sie nicht zum Schlafen, weil sie nachts zu beschäftigt war? Sie war schon einmal auf eigene Faust losgezogen, nach »Garten Eden«, um alte Kontakte zu bemühen, davon war Jennifer jedenfalls noch immer überzeugt.

Das ist verrückt, Jennifer. Das wäre Wahnsinn. Wieso sollte sie so etwas tun? Ihre Schlussfolgerungen klingen logisch. Sie ist es einfach nur nicht gewöhnt, sie diskussionsoffen zu formulieren, das ist alles.

Das mochte stimmen, doch Jennifer konnte das ungute Gefühl nicht vertreiben. Es verfestigte sich sogar noch, je länger sie in die haselnussbraunen Augen ihres Gegenübers sah. Es war idiotisch, Charlotte Seydel derartige Dummheiten zu unterstellen. Sie tat es nur, weil ihr die junge Frau in mancherlei Hinsicht viel zu ähnlich war …

Der Gedanke überraschte sie selbst. Jennifer hätte ihn gern weiter verfolgt, kam aber nicht mehr dazu.

»Es kann nicht schaden, die unterschiedlichen Theorien zu überprüfen«, schlug Jarik vor. »Glücklicherweise haben wir für derartige Suchanfragen einen Spezialisten.«

Jennifer blinzelte. Im ersten Moment wusste sie nicht, worauf er hinauswollte.

»Soll ich Morpheus anrufen?«, fragte der Leiter der Kriminaltechnik, als er ihren verdutzten Gesichtsausdruck bemerkte. »Ich wette, der braucht keine halbe Stunde, um herauszufinden, was es mit dieser Nummer auf sich hat und wo sie hingehört.«

»Morpheus.« Jennifer riss sich von Charlotte Seydels Augen los und nickte. »Gute Idee.«

Jarik sah die beiden Frauen mit gerunzelter Stirn an, doch keine von beiden reagierte auf seine unausgesprochene Frage. »Na gut. Dann Morpheus.«

Moritz Sprenger brauchte länger als eine halbe Stunde. Nachdem Jarik bei ihm angerufen und ihm die Fragestellung durchgegeben hatte, warteten sie etwa fünfzig Minuten auf seinen Rückruf. Nicht nur Oliver kam die Zeit, in der sie nicht mehr zu tun hatten, als noch einmal die Tatsachen bis ins kleinste Detail durchzugehen und sich dann anzuschweigen, wie fünf Stunden vor.

Sie sprangen beinahe gleichzeitig auf, als das Telefon klingelte, und scharten sich um Jarik. Der war in seinem Bürostuhl fast eingedöst, nahm den Anruf nun aber direkt über Lautsprecher entgegen.

»Hast du was?«, grüßte er den IT-Spezialisten.

»Selbstverständlich.«

Oliver betete im Stillen, dass sich Morpheus auf die Kurzversion beschränken und ihnen nicht erst einen Vortrag darüber halten würde, wie er das Wunder vollbracht hatte. Der Mann neigte leider zu ausschweifenden Erklärungen, die meistens zwar interessant, aber für das Ergebnis seiner Arbeit selbst höchst irrelevant waren.

Heute nannte er ihnen glücklicherweise sofort das Resultat seiner Suche.

»Eintausend Punkte für eure Praktikantin. Es ist eine Kontonummer. Sie gehört zu einem Nummernkonto auf den Cayman Islands. Und ich kann euch sogar sagen, welcher Betrag derzeit auf diesem Konto liegt.«

»Wie viel?«, fragte Jennifer.

Morpheus betonte jede einzelne Zahl: »Drei Komma vier zwei Millionen US-Dollar.«

Die Zahl schwebte einen Augenblick lang unkommentiert in der Luft.

»Für so eine Summe wären eine Menge Leute bereit, einen Doppelmord zu begehen«, murmelte Charlotte Seydel schließlich. Sie schien bemüht zu sein, ihren Triumph nicht allzu deutlich zu zeigen.

»Für ein Hundertstel dieser Summe«, antwortete Jennifer ernst. »Für ein Tausendstel, oder noch weniger.«

»Ein Teil dieser Summe dürfte Jegor Sidorov gehören.« Oliver nickte bedächtig. »Er wollte es wiederhaben. Um jeden Preis.«

»Ja«, stimmte Charlotte Seydel zu, als hätte sie dies bereits zuvor gewusst. »Aber der Killer, *Myasnik*, hat versagt.«

Oliver ließ sich das Ganze noch einmal durch den Kopf gehen, kam aber zu keinem anderen Schluss. »Einige unserer Theorien haben sich damit bestätigt. Die Frage ist nur, was machen wir jetzt daraus?« Er sah Jennifer an.

Sie erwiderte seinen Blick schweigend und schüttelte den Kopf. Schon gestern hatte sie ihm deutlich zu verstehen gegeben, dass sie eine weitere Begegnung mit dem Mann, der sich Nikolai Pawlow nannte, unbedingt vermeiden wollte. Er war sich allerdings nicht sicher, ob sie weitere Schritte grundsätzlich ablehnte oder ob sie ihm nur mitteilte, dass sie keine Idee hatte, wie sie die neu gewonnenen Informationen verwenden sollten.

»Den Killer interessiert die Kontonummer nicht mehr«, gab Charlotte Seydel zu bedenken. »Er hat seine Arbeit erledigt und seine Prämie kassiert. Für ihn sind die Informationen wertlos.«

Oliver runzelte die Stirn.

Auch Jennifer reagierte mit Skepsis. »Woher wissen Sie das?«, fragte sie nicht ohne Misstrauen.

Oliver selbst war allerdings eher verärgert darüber, dass Charlotte Seydel, eine Praktikantin der Kriminaltechnik, ständig mit ihren eigenen Vermutungen und Theorien um sich warf, als wären es gesicherte Informationen.

Die junge Frau zuckte die Schultern. »Das habe ich mir aus den Gerüchten zusammengereimt, die mir der Typ am Telefon erzählt hat.«

Jennifer schüttelte den Kopf. »Daran kann ich mich nicht erinnern.«

»Vielleicht habe ich es nicht explizit so erwähnt. Ich hatte zwischenzeitlich Zeit zum Nachdenken und habe ein paar Informationen weitergehend interpretiert.«

»Es ist doch vollkommen gleichgültig, woher sie das hat«, schaltete sich Oliver ein, dem diese Diskussion sinnlos erschien. »Ich denke jedenfalls, dass der Typ noch immer hinter der Information her ist, und das macht ihn angreifbar. Wieso sonst hätte er Francesca Galdino nach den Morden angreifen und sie bedrohen sollen?«

»Weil er das vermutlich gar nicht war«, antworteten Jennifer und Charlotte Seydel fast gleichzeitig. Die beiden Frauen warfen sich einen fragenden Blick zu, wobei die Furchen auf Jennifers Stirn zunehmend tiefer wurden.

»Wieder so eine Vermutung?«, unterstellte die Kommissarin.

Die junge Frau ließ sich von Jennifers Tonfall nicht beirren. »Das ist einfach nicht sein Stil. Alles an diesem Typen schreit nach Profi, überlegtem und geplantem Handeln, Unabhängigkeit und Risikominimierung. Eine Hochschwangere am helllichten Tag angreifen, nur um ihr Angst zu machen und zu hoffen, dass sie redet? Wenn *Myasnik* noch immer hinter dieser Information her wäre, weil er sich verpflichtet hat, sie zu besorgen, was ich mir persönlich nicht vorstellen kann, hätte er sich Francesca gekrallt, mitgenommen und irgendwo eingesperrt, wo er sie in Ruhe hätte bearbeiten können. Sie angreifen und damit riskieren, dass sie in den Polizeischutz entwischt? Niemals.«

Jennifer musterte die junge Frau mit einem Blick, den Oliver zuerst nicht zu deuten wusste. Dann seufzte sie und räumte mit einer wortlosen Geste ein, dass das so ziemlich auf das hinauslief, was sie hatte sagen wollen.

Charlotte Seydel fühlte sich durch den Zuspruch offensichtlich bestärkt, denn sie fuhr fort: »Der Angriff auf Francesca Galdino, das waren Sidorovs Leute, darauf wette ich. Er ist hinter diesem Konto her. Ihn könnte man damit kriegen, den Killer auf keinen Fall.«

Mehrere Sekunden lang herrschte Schweigen.

Oliver dachte noch einmal darüber nach, doch wie er es auch drehte und wendete, er kam zu demselben Ergebnis. Den russischen Profikiller würden sie mit der Information nicht ködern können, und selbst wenn, glaubte er nicht, dass er Jennifer von einem derartigen Versuch würde überzeugen können. Oder sich selbst.

Er ließ sich mit einem Seufzen auf den Stuhl zurücksinken, von dem er bei Morpheus' Anruf aufgesprungen war. Die Leitung war noch immer offen. Moritz Sprenger hatte ihrem Disput schweigend zugehört und vermutlich die Show genossen.

»Jegor Sidorov ist absolut tabu«, stellte Oliver nachdrücklich fest. Er konnte im Gesicht der anderen lesen, dass sie dasselbe dachten, zumindest Jarik und Jennifer. »Für uns ist er unantastbar. Und damit ist dieses Konto vollkommen wertlos für uns.«

»Aber –«

Er brachte Charlotte Seydel mit einer Handbewegung zum Schweigen. »Da gibt es kein Wenn und auch kein Aber. Wir pinkeln den Frankfurtern schon jetzt auf die Schwelle, was uns genügend Ärger einbringen wird. Sollten wir ihnen in den Pool pissen, rollen unsere Köpfe, unabhängig vom Erfolg.«

Die junge Frau verschränkte die Arme vor der Brust, sagte aber nichts mehr.

Es vergingen weitere Sekunden dumpfer, unangenehmer Stille, bevor Jennifer sich endlich dazu durchrang, das auszusprechen, was niemand wirklich hören wollte: »Wir geben unsere Entdeckung an die Frankfurter Sonderkommission weiter. Wenn sie klug sind, machen sie was draus.«

»Ja, sicher doch«, murmelte Charlotte Seydel kaum hörbar.

»Die Entwicklung gefällt mir auch nicht«, erwiderte Jennifer beinahe verständnisvoll. »Aber uns bleibt keine andere Wahl.« Sie legte Jarik eine Hand auf die Schulter. »Kümmerst du dich morgen früh darum?«

Der Leiter der Kriminaltechnik nickte. »Mir bleibt wohl nichts anderes übrig.«

29

Oliver zog die Autotür zu und ließ sich gegen die Rückenlehne sinken. Für einen Moment schloss er die Augen und versuchte, das Gefühl der Frustration abzuschütteln. Es gelang ihm allerdings nur begrenzt.

Es mochte die richtige Entscheidung sein, ihre Entdeckung an die Soko weiterzuleiten. Ihre Ermittlungen in Bezug auf Nikolai Pawlow alias *Myasnik* zu überdenken und neu auszurichten, war ebenfalls die einzig akzeptable Option. Gefallen musste ihm beides trotzdem nicht.

Er fühlte sich erschöpft und ausgelaugt, obwohl er den gesamten Tag im Internet und auf dem Sofa verbracht hatte. Wahrscheinlich eine Folge der nachlassenden Anspannung sowie seiner Gehirnerschütterung.

Jennifer neben ihm machte einen ähnlich angegriffenen Eindruck. Sie war mit der Entwicklung genauso unzufrieden, entschied aber offenbar, die Themen Nummernkonto und Frankfurt nicht mehr anzuschneiden.

Die Fahrt zu ihm nach Hause verlief schweigend. Selbst als sie ihn vor dem Mietshaus absetzte, in dem er gemeinsam mit Hannah wohnte, murmelte sie nur einen kaum verständlichen Abschied.

Er sah ihr hinterher, als sie davonfuhr, noch immer unwillig, ihre gemeinsam getroffene Entscheidung endgültig zu akzeptieren. Die Rücklichter verschwanden hinter der nächsten Ecke.

Oliver trat hinter die Mauer, die den Vorgarten begrenzte

und in die sämtliche Briefkästen eingelassen waren. Obwohl er fast den ganzen Tag zu Hause verbracht hatte, hatte er noch nicht nach seiner Post geschaut, denn er erwartete nichts Besonderes.

Er fand einen Stapel Briefe, die er direkt im dämmrigen Licht der nahen Straßenlaterne durchging. Rechnungen, Werbung, nichts Überraschendes. Er klemmte sich die Umschläge unter den Arm. Das meiste davon würde direkt im Papierkorb landen.

Er schloss den Briefkasten ab und richtete sich auf. Gerade als er sich umdrehen wollte, bemerkte er hinter sich eine Bewegung. Ein Schatten kam zwischen den Kirschlorbeerbüschen auf ihn zugeschossen.

Er hatte noch kaum erkannt, dass es sich um eine menschliche Gestalt handelte, als ihn ein gezielter Schlag im Rücken traf und gegen die Mauer beförderte. Ein Körper, der sich viel zu groß und breit anfühlte, drückte sich von hinten gegen ihn.

Oliver schlug und trat instinktiv um sich. Er rammte dem Angreifer erfolgreich den Ellenbogen in die Seite oder den Bauch, richtete aber nichts aus.

Die Antwort bestand aus zwei Schlägen, die ihn unterhalb der Rippen trafen und ihm die Luft aus der Lunge pressten. Ein kräftiger Arm schlang sich von hinten um seinen Hals und drückte unerbittlich zu.

Trotzdem gab Oliver die Gegenwehr erst auf, als sich etwas eindeutig Metallisches in seine Seite bohrte. Stumpf und rund. Sein Gehirn assoziierte das Gefühl sofort mit der Mündung einer Pistole.

Er spürte den Atem des Mannes, als der sich vorbeugte und ihn dadurch noch dichter an die Mauer presste. Er konnte die Luft, die dicht an seinem Hals entlangstrich, sogar riechen. Es war kein angenehmer Geruch.

Ihm wurde schwindelig und schlecht zugleich. Er konnte nicht mehr atmen, und seine Umgebung verschwamm bereits.

»Haltet euch von mir fern. Lasst mich in Ruhe. Ihr habt keine Ahnung, mit wem ihr es zu tun habt.« Die Worte kamen schnell und gepresst. Oliver hatte Mühe, den Mann überhaupt zu verstehen. »Wenn ihr am Leben bleiben wollt, kommt mir nicht mehr zu nahe.«

Der Druck von Olivers Körper wich so schnell, wie er gekommen war. Seine Luftröhre war wieder frei, gierig rang er nach Atem. Ein Hustenanfall ließ ihn nach hinten taumeln, und nur ein beherzter Griff nach der Mauer verhinderte, dass er hinfiel.

Oliver blickte auf, sah sich in alle Richtungen um, doch der Angreifer war genauso plötzlich verschwunden, wie er aufgetaucht war.

Oliver fasste sich an den Hals, wo er noch immer den Druck des Arms spüren konnte, und zuckte sofort zurück. Es war nicht die einzige Stelle, die wehtat, und ihm war noch immer übel. Sein Kopf war seltsam leer.

Er sammelte die Briefe vom Boden auf und wankte zur Haustür. Erst auf der Treppe nach oben sickerte langsam in sein Bewusstsein, was gerade passiert war, wer ihn angegriffen hatte und warum.

Er hätte sich am liebsten auf die Stufen gesetzt, um erst einmal zu sich zu kommen. Ihm war bewusst, dass er unter einer Art Schock stand und noch nicht wirklich begriffen hatte, was gerade im Vorgarten des Hauses geschehen war.

Doch ein weißes Viereck, das an seiner Wohnungstür klebte, ließ ihn die letzten Stufen wie in Trance nehmen. Mit jedem Schritt gewann das gedruckte und mit einem Symbol versehene Bild immer mehr an Schärfe.

Als er es erkannte, waren Schmerzen und Übelkeit auf einen Schlag bedeutungslos.

»Keine Fingerabdrücke, keine DNA, absolut nichts.« Jarik Fröhlich zog die Nitril-Handschuhe aus, knüllte sie zusammen und warf sie in den Mülleimer. »Trotzdem besteht wohl kein Zweifel daran, wer euch diese Nachrichten geschickt hat.«

Jennifer und Oliver standen neben dem Untersuchungstisch im Labor der Kriminaltechnik. Beide hatten die Arme vor der Brust verschränkt und starrten auf die Beweisstücke.

Das Foto von Hannah, auf das mit schwarzem Filzstift ein Fadenkreuz gemalt worden war. Daneben lag ein ebenso verunstaltetes Bild von Bastian.

»Ich verstehe nur nicht, warum der Typ dich angegriffen hat, obwohl er diese Nachricht schon hinterlassen hatte«, murmelte Jarik und warf Oliver einen Blick zu.

»Eine Zufallsbegegnung«, erwiderte dieser mit einem Schulterzucken, das ihm eindeutig Schmerzen bereitete. Rein äußerlich war ihm nichts anzusehen, aber seine leicht gekrümmte Haltung verriet Jennifer, dass er einiges hatte einstecken müssen. »Er ist verdammt wütend und hat die Gelegenheit genutzt, seine Absichten noch einmal zu unterstreichen.«

Der Leiter der Kriminaltechnik sah nicht überzeugt aus, behielt seine Zweifel aber für sich.

Der Blick des Staatsanwalts war auf das Foto seiner Tochter gerichtet. »So oder so, der Scheißkerl hat eine Grenze überschritten. Wir werden ihn aus dem Verkehr ziehen.«

Jennifers Augen weiteten sich. »Das ist nicht dein Ernst, oder? Du gehörst ins Krankenhaus.«

»Ich gehe jetzt ganz sicher in kein Krankenhaus. Der Typ ist fällig.«

»Oliver, diese Warnungen …«

»Bringen das Fass definitiv zum Überlaufen.«

Jennifer schüttelte energisch den Kopf. »Es ist vorbei, Oliver, das war's. Der Typ macht sonst ernst. Wenn wir ihm noch einmal zu nahe kommen, wird er …« Sie verstummte, als sie die Härte in seinen Augen sah.

»Was?«, fragte Oliver. »Was wird er? Er will uns loswerden und hofft, dass wir den Schwanz einziehen. Ich werde den Teufel tun und mich von einem verdammten Foto einschüchtern lassen!«

»Oliver, diese Drohung ist ernst gemeint. Verdammt ernst.« Jennifer wusste, dass sie die Karten auf den Tisch legen musste. Er war fest entschlossen. »Es ist nicht das erste Mal, dass er das tut, und er hat noch nie – noch *nie* – einer solchen Drohung keine Taten folgen lassen. Es trifft nicht nur die Ermittler, es trifft auch ihre Familien. Der Kerl macht keine halben Sachen.«

Oliver schien über ihre Worte nachzudenken, während er sie ansah. Seine Gesichtszüge entspannten sich jedoch nicht. »Seit wann weißt du das?«

»Seitdem Katia es mir gesagt hat.« Sie konnte förmlich spüren, wie Wut in ihm hochkochte, während er sich von ihr abwandte. Sie ergriff seinen Arm, um ihn zurückzuhalten. Sie spürte, wie er bei der Berührung zusammenzuckte. »Hör zu … hör mir zu! Ich wollte es dir sagen! Du hast aber ständig dazwischengefunkt und jeden meiner Einwände im Keim erstickt! Du wolltest unbedingt weiterermitteln!«

Oliver machte sich von ihr los und musterte sie. »Das will ich noch immer, jetzt mehr denn je. Sind das weitere Gerüchte oder Legenden, die Katia ausgegraben hat, oder gesicherte Erkenntnisse?«

Am liebsten hätte sie ihn allein für diese Frage geohrfeigt. Sie war versucht, ihn anzulügen, doch sie wusste, dass er als

Nächstes zu Katia gehen würde, um sich selbst ein Bild zu machen, wenn er nur den Hauch eines Verdachts hatte, dass sie absichtlich dramatisierte. »Es gesicherte Erkenntnisse zu nennen, wäre wohl übertrieben, aber diese Informationen sind durch mehrere Quellen untermauert. Das sind nicht nur Gerüchte.«

Sie deutete auf Hannahs Foto. »Das, Oliver, ist die letzte Warnung. Es wird keine weitere geben, bevor er sich zur Wehr setzt. Und dann ist nichts mehr sicher.«

Sie blickten einander an. Die Härte schwand langsam aus seinen Augen, und seine Schultern begannen nach unten zu sacken. Jennifer konnte förmlich spüren, wie er nachgab und sich den Tatsachen fügte.

»Das ist es bereits jetzt nicht mehr.«

Die geflüsterten Worte von Charlotte Seydel ließen sie herumfahren. Die junge Frau war an den Tisch getreten und hatte die Hand neben das Foto von Hannah gelegt, als hätte sie es berühren wollen und sich im letzten Moment dagegen entschieden.

»Was sagten Sie?«, fragte Oliver, während Jarik und Jennifer sie nur anstarrten. Ihr Blick und ihr Gesichtsausdruck waren kaum zu deuten.

»Dass bereits nichts mehr sicher ist«, wiederholte Charlotte, diesmal etwas lauter. Sie biss sich auf die Unterlippe, schien zu zögern. »Das hier ist vielleicht keine letzte Warnung mehr, sondern bereits eine Ankündigung.«

Jennifer konnte sich nicht rühren. Eine eiserne Faust ballte sich in ihrer Magengegend zusammen. »Was soll das heißen?«

»Manchmal sind diese Bilder eine Warnung, manchmal nicht. Er hat schon früher Fotos mit einem Fadenkreuz zugestellt, mit unterschiedlichen Folgen. Selbst wenn die Ermittler daraufhin von ihm abgelassen haben, hat er häufig trotzdem zugeschlagen. Nicht unbedingt direkt, bisweilen auch erst viel später. Die Familien verschont er selten. Einige glauben, dass er einfach unberechenbar ist, Zeichen setzen will oder aus Rache handelt. Ich glaube allerdings, dass er ab und zu die Kontrolle verliert. Er scheint nicht nur ein Auftragskiller zu sein, sondern die Morde regelrecht zu brauchen.«

Jennifer konnte Charlotte Seydel nur anstarren. Wie konnte es sein, dass sie zusätzlich zu Katias Erkenntnissen noch mehr Details ausgegraben hatte? »Woher, zum Teufel, haben Sie diese Informationen?«

Die junge Frau zögerte. »Ich habe mich ein wenig mit einem Barmann des ›White Honey‹ unterhalten, der nicht nur oberflächlich in Jegor Sidorovs Organisation verstrickt ist. Er hat bestätigt, dass Sidorov *Myasnik* angeworben hat, und er ist über die Vergangenheit des Schlächters gut informiert. Seine Informationen stammen nicht aus dem Internet, sondern von den Kerlen, die damit beauftragt waren, über den Killer zu recherchieren, bevor er angeworben wurde.«

Sekunden vergingen, bevor sich Oliver dazu durchrang, etwas zu sagen. Es war eine der vielen Fragen, die in Jennifers Kopf kreisten. »Das sind ziemlich viele Informationen für ein einfaches Gespräch mit einem Barmann.«

»Allerdings«, pflichtete Jarik Fröhlich ihm vollkommen perplex bei.

Charlotte Seydel biss sich auf die Unterlippe. »Nun ja … es könnte sein, dass ich so eine Art Nebenjob angenommen habe …«

Auf dieses Geständnis folgte für einen Moment vollkommene Stille. Dann brach ein kurzes, freudloses und ansatzweise hysterisches Lachen aus Jennifer hervor. »*Fucking hell.*«

Die nächsten beiden Stunden diskutierten und stritten sie. Über den möglichen Wahrheitsgehalt ihrer unterschiedlichen

Erkenntnisse, die voneinander abweichenden Deutungen und die sich daraus ergebenden Folgen und Maßnahmen. Immer wieder drehten sich die Diskussionen um Detailfragen, auf die niemand eine Antwort fand.

Hatten einige der zuvor bedrohten und getöteten Ermittler ihre Arbeit tatsächlich eingestellt? Wie viel Folklore und Übertreibung steckte in den Darstellungen? Wie viel Mythos? Konnte ein von Mordlust gesteuerter Triebtäter überhaupt derart effektiv als Auftragskiller arbeiten?

Charlies Nebenjob und ihre – von den Beamten sofort als wahnsinnig eingestufte – Eigeninitiative gerieten dabei so gut wie in Vergessenheit. Ihr war das nicht unrecht, denn sie hatte nicht vor, die Hintergründe ihrer Informationsbeschaffungsmethode preiszugeben. Sie wusste selbst, wie haarscharf sie im »White Honey« an mächtigen Problemen vorbeigeschrammt war.

Es war pures Glück, dass Alexander von dem Auftragsmörder, den sein Chef engagiert hatte, vollkommen fasziniert war. Er hatte ihr sofort geglaubt, dass allein die Geschichten über diese Legende, auf die sie durch den Mord an den Lasarews aufmerksam geworden war, sie – neben ihrer krankhaften Sucht nach Risiko und Gefahr – in den Klub getrieben hatten. Wahrscheinlich hatte er ihr aber auch einfach glauben wollen.

Dass er auf die Berichterstattung über sie und ihren Vater gestoßen war, hatte sich dabei als hilfreich erwiesen. Bis dahin war ihr gar nicht bekannt gewesen, dass es trotz aller Geheimhaltung möglich war, die Zeitungsartikel mit ihr in Verbindung zu bringen, wenn man nur lange genug in ihrer Vergangenheit grub. Es war ein kleines Wunder, dass Alex bei seiner Recherche nicht darüber gestolpert war, dass sie derzeit ein Praktikum bei der Kriminaltechnik absolvierte.

Sie war unter ihrem echten Namen losgezogen, in der Annahme, dass sich niemand die Mühe machen würde, in der Vergangenheit einer einfachen Stripperin besonders lange herumzuwühlen.

Von Alexander hatte sie mehr über den Mörder, dessen Vorgehensweisen und Taten erfahren, als sie je für möglich gehalten hätte. Bisher hatte sie keinen unverfänglichen Weg gefunden, ihre Informationen mit den Ermittlern zu teilen, ohne sich zu verraten.

Das hatte sich mit dem Auftauchen der Fadenkreuz-Fotos allerdings geändert. Leben standen auf dem Spiel, und wenn sie deshalb nun ihre Praktikumsstelle verlor oder ein Verfahren gegen sie eröffnet wurde, dann war das eben so.

Je länger Charlie den drei Beamten jedoch zuhörte, desto sicherer war sie, dass sie vermutlich ein oder zwei Standpauken zu hören bekommen würde, mehr aber auch nicht. Sie waren nicht so kleingeistig, ihre Leistung nicht anzuerkennen oder die Ergebnisse nicht zu nutzen. Unschuldslämmer waren sie ohnehin nicht. Sie hatten in den letzten Tagen nichts anderes getan als Charlie – und waren dadurch in den Fokus des Schlächters geraten.

Möglicherweise, wie Jarik zum wiederholten Male betonte.

Doch davon wollte Oliver Grohmann nichts mehr hören. »Ich werde nicht länger über irgendwelche Eventualitäten diskutieren. Der Kerl bedroht meine Tochter, er hat bereits ganze Familien ausgelöscht. Das bedeutet für mich, vom schlimmsten Szenario auszugehen und entsprechend zu handeln.«

Der Leiter der Kriminaltechnik holte Luft, doch Jennifer Leitner kam seiner Erwiderung zuvor, die zweifelsfrei scharf ausgefallen wäre. »Dann sind wir uns darüber also schon einmal einig.« Sie blickte Oliver Grohmann direkt in die Augen. »Was willst du tun? Den offiziellen Weg gehen?«

Obwohl ihre Frage ruhig und ernst formuliert war, lachte

der Staatsanwalt freudlos auf. Sein Gesicht war zu einer Maske erstarrt. »Um mir direkt die Kündigung abzuholen? Die filetieren uns, alle vier gleichzeitig. Aber selbst das wäre mir egal, wenn ich dafür einen garantierten und dauerhaften Schutz bekäme.«

»Möhring würde doch wohl für Polizeischutz sorgen«, warf Jarik ein, klang aber selbst nicht zu hundert Prozent überzeugt.

»Ja, sicher«, räumte Oliver ein, »aber für wie lange? Ihr kennt das Prozedere genauso gut wie ich. Angenommen, wir gehen den offiziellen Weg, und angenommen, unsere Sorgen treffen auf offene Ohren, für wie lange wird es diesen Schutz für unsere Familien und uns geben? Wenn erst einmal nichts mehr passiert, wenn kein Angriff und keine Warnung mehr erfolgt, für wie lange? Eine Woche, zwei? Mit etwas Glück vier?« Der Staatsanwalt schüttelte den Kopf. »Der Typ hat Geduld, eine Menge Geduld. Ob er nun aus Mordlust oder aus irgendeinem falschen Gefühl von Rache handelt, ist mir scheißegal. Im Zweifel wartet er einfach, bis unser sogenannter Schutz aufgehoben wird, und schlägt dann zu. Selbst wenn es Monate dauert.« Er sah Charlie direkt an. »Habe ich recht?«

Sie wünschte, sie müsste ihm nicht zustimmen, doch es war leider so. »Zumindest gab es Fälle, in denen er erst sehr viel später zugeschlagen hat, einmal ist beinahe ein Jahr vergangen.«

»Und das ist gesichert? Ich meine, dass er das überhaupt war?«, hakte Jarik nach.

»Daran bestand kein Zweifel.«

»Aber es bleiben Gerüchte.«

»Es muss die Möglichkeit geben, diese Fälle zu überprüfen«, fügte Charlie hinzu, bevor der Staatsanwalt etwas erwidern konnte. »Immerhin war die Polizei involviert. Es gibt ein paar Details: Ortsangaben, Namen, Zeiten. Meist zwar recht vage, aber mit etwas Geduld könnte sich das eine oder andere untermauern lassen.«

»Das ist ein guter Vorschlag«, erwiderte Jennifer Leitner, die Oliver Grohmanns Tatendrang skeptisch gegenüberzustehen schien, obwohl sie die Tatsachen als solche akzeptierte. »Ein wenig mehr Sicherheit wäre nicht schlecht.«

Der Staatsanwalt nickte, erst zweifelnd, dann nachdrücklicher. »Okay. Das ist eine Möglichkeit. Aber wenn es keine Bestätigung gibt, heißt das für mich noch nicht, dass deshalb keine Gefahr besteht. Wir sollten uns nicht ewig damit aufhalten.«

»Vierundzwanzig Stunden«, schlug die Kommissarin vor. Sie nickte Charlie zu. »Sie schreibt alle Details auf, an die sie sich erinnern kann, und wir setzen zusätzlich Katia und Moritz darauf an.«

»Kein Problem«, bestätigte Charlie. Sie hatte ohnehin schon damit begonnen, ihre Erkenntnisse aufzuzeichnen. Vielleicht gelang es ihr aber auch, morgen Abend noch den einen oder anderen Hinweis aus Alexander herauszukitzeln. Dieses Vorhaben behielt sie jedoch für sich.

»Wenn sich die Gerüchte nicht entkräften lassen, brauchen wir einen Plan«, fuhr Jennifer Leitner fort.

»Ich sehe ehrlich gesagt keinen großen Spielraum«, meldete sich Jarik zögerlich zu Wort. »Im Zweifel hieße es doch: er oder ihr.«

»Richtig«, stimmte der Staatsanwalt zu. »Genau das heißt es.«

»Und wie könnte das aussehen? Sollen wir ihn in eine Falle locken?«

»Ich glaube nicht, dass er sich von uns täuschen lassen würde«, erwiderte die Kommissarin. »Außerdem haben wir nichts, womit wir ihn ködern könnten. Ihn noch weiter herauszufordern, würde bedeuten, die Lunte eines Pulverfasses zu verkürzen.«

»Aber wir haben etwas anderes«, murmelte Oliver Grohmann leise und blickte nachdenklich zu Boden. »Vielleicht sollten wir nicht ihn ködern …«

»Woran denkst du?«

Als der Staatsanwalt den Kopf hob, sah er Charlie direkt an. »Soweit ich es verstanden habe, wird dieser Kerl nicht nur für einen Job engagiert, richtig? Das heißt, er steht Jegor Sidorov noch immer zur Verfügung?«

Charlie nickte. Obwohl Alex ein vorsichtiger Mensch zu sein schien, hatte er eine Menge Informationen mit ihr geteilt. Dabei hatte er sich allerdings auf allgemeine Aussagen beschränkt. »Der Schlächter bleibt immer länger in einer Gegend. Wer ihn beauftragt, sichert sich seine Anwesenheit und seine Fähigkeiten für ein paar Monate. Er muss nicht zwingend nochmals mit einem Job beauftragt werden, wird es aber in den meisten Fällen. In dieser Zeit steht er seinem Auftraggeber zur Verfügung, ohne ihm gegenüber zur Treue oder Loyalität verpflichtet zu sein. Es ist eine stillschweigende Vereinbarung. Die Auftraggeber wissen, worauf sie sich einlassen. Sie kennen die Regeln. Das System funktioniert.«

Jarik öffnete den Mund, um etwas zu fragen, doch der Staatsanwalt brachte ihn mit einer Handbewegung zum Schweigen. »Er richtet sich also gerne längerfristig ein. Demnach ist er noch hier.«

»Definitiv, ja. Aber ich weiß nichts darüber, ob Sidorov plant, ihn nochmals einzusetzen oder gar wofür.« Charlie hatte vorsichtig versucht, Alex diesbezüglich zu einer unbedachten Aussage zu verleiten, allerdings erfolglos. »Das herauszufinden dürfte auch schwierig werden.«

»Aber Sie haben noch Kontakt zu diesem Barmann?«, hakte Oliver Grohmann nach.

Bevor sich Charlie eine Antwort überlegen konnte, die nicht

allzu verfänglich war und die nicht verriet, auf welche Art sie sich Alex angenähert hatte, ging Jarik ungeduldig dazwischen. »Worauf willst du eigentlich hinaus?«

»Hab Geduld«, erwiderte Jennifer Leitner, die zwar mit gerunzelter Stirn dastand, aber den Ausführungen und Fragen des Staatsanwalts interessiert folgte. Sie war nicht ganz so ahnungslos wie der Leiter der Kriminaltechnik. Im Gegensatz zu ihm und Charlie schien sie bereits eine Vermutung zu haben, wohin die Fragerei führte.

Oliver Grohmann ließ sich ohnehin nicht beirren. »Wie viel kostet der Schlächter? Irgendeine Ahnung? Wie viel hat ihm Sidorov dafür gezahlt, nur damit er versucht, an Galina Lasarews Kontoinformationen zu kommen?«

»Keine Ahnung.« Charlie verstand den Sinn der Frage nicht. Das Honorar des Killers war ihr uninteressant erschienen. »Genaue Summen hat mein Kontakt nicht genannt.«

Oliver sah in die Runde. »Aber wir sind uns wohl einig, dass ein Auftragsmörder dieses Formats und mit diesem Ruf nicht billig ist, oder? Vor allem, wenn Sidorov ihn für eine gewisse Zeit in Stellung hält? Ich kenne mich in dieser Materie zugegebenermaßen nicht aus, aber einen fünfstelligen Betrag dürfte er mindestens kosten.«

Die anderen nickten zögernd. Auch Charlie, obwohl sie keine Vorstellung davon hatte, wie viel ein Auftragskiller wie *Myasnik* wert war.

»Jegor Sidorov ist hinter diesem Geld her, das wissen wir bereits. Er will an das Konto, vielleicht um jeden Preis. Wir wissen, dass Galina Lasarew eine nicht unerhebliche Summe unterschlagen hat. Es ist kein Betrag, den Sidorov einfach so abschreiben könnte.« Oliver Grohmann wartete nicht auf irgendeine Art von Bestätigung. »Sidorov hat seine eigenen Leute. Wieso holt er einen Spezialisten von außerhalb, einen absoluten Profi, um die alte Dame foltern zu lassen und gleichzeitig für die maximale Abschreckung zu sorgen?«

»Weil er selbst unter Druck steht?«, mutmaßte Jennifer Leitner. »Er braucht Ergebnisse.«

Charlie musste an Penny denken. Zwar hatte sie mit Alex nicht mehr über die Tänzerin gesprochen, aber dass an diesem Abend nicht alles glattgelaufen war, dafür brauchte sie keine Bestätigung. »Er vertraut seinen eigenen Leuten nicht. Obwohl er erfolgreich darin ist, Maulwürfe der Polizei zu enttarnen und auszuschalten.« Es war ein Gedanke, den sie lieber nicht länger verfolgen wollte.

»Genau. Wir wissen über die Arbeit unserer Frankfurter Kollegen nicht viel, aber vielleicht sind sie effektiver, als es den Anschein hat. Typen wie Sidorov haben nicht nur Forderungen, sie haben auch Schulden. Was hat Ferdinand Hirt noch mal gesagt? Dass sie dabei sind, ihn ausbluten zu lassen. Wie kann man jemanden wie Sidorov ausbluten lassen?«

»Indem man ihn seiner Geschäftspartner beraubt«, antwortete Jennifer, die den Gedankengängen des Staatsanwalts immer noch aufmerksam folgte. »Ohne Partner keine Geschäfte.«

Oliver nickte ihr zu. »Richtig. Womit setzt man jemanden wie Sidorov am besten unter Druck, wenn man an die Geschäftspartner nicht herankommt?«

»Man dreht ihm den Geldhahn zu.«

»Nehmen wir einmal an, dass Sidorov das Wasser bis zum Hals steht. Galina Lasarew hat sich lange Zeit bedient. Solange die Geschäfte gut gelaufen sind, fiel das nicht auf. Wenn man aber jeden Cent zweimal umdrehen muss, schaut man genauer hin, und bereits kleinere Beträge fallen ins Auge. Sidorov will dieses Geld. Er braucht es unbedingt.«

Langsam begann auch Charlie zu ahnen, worauf Oliver Grohmann hinauswollte. »Der Schlächter steht Sidorov noch immer zur Verfügung. Was bedeutet, dass er eine Kontaktmöglichkeit zu ihm haben muss.«

Oliver Grohmanns leichtes Lächeln zeigte, dass sie richtig lag. »Irgendwo müssen Geldübergaben und Informationsaustausch stattfinden. Der Mörder ist Sören Wolters, dem späteren Unfallopfer, im Haus der Lasarews begegnet. Er lässt sich seine Utensilien liefern, damit man sie nicht zu ihm zurückverfolgen kann. Das ist klug, erfordert aber auch physischen Kontakt zu seinem Auftraggeber. Jegor Sidorov hätte die Möglichkeit, den Schlächter in eine Falle zu locken.«

Auch Jarik hatte inzwischen verstanden. Er zweifelte offensichtlich am Verstand des Staatsanwalts. »Und was sollte ihn dazu bewegen, das zu tun? *Für uns*?«

Oliver Grohmann sah jedem Einzelnen kurz in die Augen, als wolle er prüfen, ob er seinen Vorschlag wirklich aussprechen konnte. »Wir schlagen Jegor Sidorov einen Tauschhandel vor. Das Nummernkonto gegen *Myasnik*.«

»Tot?«, hakte Jennifer Leitner in aller Ruhe nach, während Jarik überrascht die Augen aufriss.

»Lieber lebendig. Aber wenn es sein muss, auch tot.«

Die Feststellung schwebte eine ganze Weile unkommentiert im Raum. Jennifer, Jarik und auch Charlie benötigten Zeit, um über den Vorschlag nachzudenken. Er war klar und eindeutig formuliert. Wahrscheinlich begingen sie bereits in diesem Moment ein Verbrechen, weil sie die Planung und Ausführung überhaupt in Erwägung zogen.

Charlie ließ ihren Blick von einem zum anderen schweifen. Obwohl niemand etwas sagte, spürte sie, dass sie nicht die Einzige war, die sich auf die Seite des Staatsanwalts schlagen würde.

»Sie brauchen einen Weg zu Sidorov«, sagte sie schließlich in die Stille hinein und sah Oliver Grohmann direkt an. »Sie können nicht einfach zu ihm marschieren und ihm einen Handel anbieten.«

Oliver Grohmann nickte. »Da kommen Sie ins Spiel. Sie haben Ihren Job im ›White Honey‹ doch noch nicht gekündigt, oder?«

30

Nachdem Charlie den Ermittlern einen Überblick über die Örtlichkeiten und Abläufe im »White Honey« gegeben sowie ihren Handlungsspielraum so realistisch wie möglich abgesteckt hatte, dauerte es keine fünfzehn Minuten, bis sie einen Plan ausgearbeitet hatten. Er war riskant und steckte voller Annahmen und Eventualitäten. Doch Oliver Grohmann ließ sich von der Gefahr nicht abhalten.

Jennifer Leitner war anzumerken, dass ihr seine zentrale Rolle bei diesem Vorhaben nicht gefiel. Sie hatte versucht, eine Möglichkeit zu finden, die Sache wenigstens mit ihm gemeinsam durchzuziehen, doch letztlich blieb nur ein Szenario übrig, mit dem sie sich schließlich, wenn auch offenbar mit Bauchschmerzen, einverstanden erklärte.

Nur Jarik hatte sich noch nicht geäußert. Er war im Verlauf der Diskussion und des Pläneschmiedens immer mehr verstummt.

Charlie beobachtete den Leiter der Kriminaltechnik. Er schien mit dem Vorschlag vollkommen überfordert zu sein. Sie rechnete bereits damit, dass er sie alle für verrückt erklären würde, als sich seine Gesichtsmuskeln endlich etwas entspannten.

Trotzdem schüttelte er den Kopf. »Das ist … Wahnsinn. Einfach nur Wahnsinn.«

»Wir können das nur durchziehen, wenn wir alle an einem Strang ziehen«, gab Oliver zu bedenken und ließ Jarik dabei nicht aus den Augen. »Alle gemeinsam.«

Jarik stützte sich mit beiden Händen auf der Tischplatte ab

und senkte den Blick. Er hatte sichtlich mit sich und seiner Entscheidung zu kämpfen.

Sie ließen ihm Zeit. Es vergingen einige Sekunden, bis er den Kopf hob. Seine Augen fanden die Fotos von Hannah und Bastian mit den Fadenkreuzen darauf.

Endlich stieß er sich vom Tisch ab und sah einen nach dem anderen an. Vielleicht wollte er ihre Entschlossenheit ein letztes Mal prüfen oder sich vergewissern, dass sie noch nicht vollkommen den Verstand verloren hatten.

Es schien eine halbe Ewigkeit zu dauern, bis er endlich ein Nicken andeutete. »Es ist euer Leben, euer Risiko. Dieser Plan ist das Idiotischste und Verrückteste, was ich je gehört habe. Aber er könnte funktionieren. Ich werde mich raushalten und die Schnauze halten. Das ist es doch, was ihr von mir erwartet, oder?«

»Das würde reichen«, stimmte Oliver zu. Die Erleichterung war ihm deutlich anzumerken.

»Ich sollte besser gar nicht erst fragen, was ihr mit dem Typen vorhabt, wenn ihr ihn tatsächlich in die Finger kriegt. Denn einfach herbringen und einbuchten, dürfte schwer werden.«

»Wir finden eine Lösung«, versicherte Jennifer. Sie wirkte überzeugend, doch Charlie glaubte, dass sie das nur sagte, um den Leiter der Kriminaltechnik zu beruhigen. »Wenn wir ihn haben, besteht immer noch die Möglichkeit, bei Anstett und Möhring die Karten auf den Tisch zu legen.«

»Falls gesichert ist, dass er wegen der Morde für immer und ewig aus dem Verkehr gezogen wird«, fügte Oliver grimmig hinzu.

Jarik Fröhlich erwiderte den Blick des Staatsanwalts. Dann schüttelte er erneut mit einem freudlosen Lächeln den Kopf. »Ich lerne ganz neue Seiten an dir kennen.«

»Gut so.«

Jennifer saß mit ihrem Laptop auf den Knien im Wohnzimmer und durchforstete die Polizeidatenbanken. Es war ein äußerst mühsamer Vorgang, denn Charlotte Seydels Angaben waren nicht besonders detailliert. Sie lieferten nur vereinzelte Bruchstücke, die Jennifer einzeln prüfen und miteinander in Einklang bringen musste, sofern das überhaupt möglich war.

Die Arbeit war nicht nur mühsam, sondern auch ziemlich sinnlos, denn Moritz Sprenger tat in diesem Moment genau das Gleiche. Allerdings konnte er auf die Daten ganz anders zugreifen und Suchalgorithmen einsetzen, die weitaus vielversprechender waren als das, was der Kommissarin zur Verfügung stand. Sie musste sich aber irgendwie beschäftigen.

Sie schaute immer wieder aus dem Fenster in die Dunkelheit hinaus. Bald würde der Morgen anbrechen, doch Jennifer kam es so vor, als wären mehrere Tage vergangen, seit sie mit Oliver ins Präsidium gefahren war, um sich das Testament anzusehen.

Allein in den letzten Stunden war viel zu viel passiert. Nachdem sie sich geeinigt hatten, Moritz hinzuzuziehen, waren sie und Oliver erst einmal nach Hause gefahren. Oliver hatte Hannah ins Auto gepackt und zu Freunden gebracht, während sie selbst Bastian zu ihren Eltern nach Heidelberg zurückverfrachtet hatte.

Die Teenager hatten alles andere als begeistert reagiert. Hannah hatte ihrem Vater wohl einige Bösartigkeiten an den Kopf geworfen. Bastian hatte sie nach einer kurzen Diskussion mit Ignoranz gestraft. Auch ihr Versprechen, ihm alles zu erklären, wenn die Sache vorbei war, hatte an seinem Schweigen auf der Fahrt nach Heidelberg nichts geändert. Ihre Eltern hatten mit den bekannten Tiraden über ihren Job reagiert, vor allem ihre Mutter war kaum zu stoppen gewesen.

Jennifer hätte ihnen am liebsten die Wahrheit gesagt, nur

um sie zum Schweigen zu bringen. Doch sie wollte sie auch nicht unnötig beunruhigen, zumal ihre Mutter mit Sicherheit hysterisch geworden wäre.

Sie hatte Bastian erklärt, dass er durch ihre Arbeit in Gefahr geraten war und zu Hause bleiben sollte, und hoffte, dass diese Warnung ausreichte. Bei ihren Eltern war er sicher. Sie wohnten in einer ruhigen Gegend, und ihr Haus war mit einer Alarmanlage gesichert.

Zusätzlich hatte sie einen alten Gefallen bei einem Kollegen eingefordert, mit dem sie große Teile ihrer Ausbildung absolviert hatte. Ihre Familie würde nicht unter Polizeischutz stehen, aber sie konnte sich in den nächsten Tagen darauf verlassen, dass die Straße, in der ihre Eltern und ihr Bruder wohnten, besondere Aufmerksamkeit im Streifendienst genoss.

Oliver wiederum setzte darauf, dass der ungewöhnliche Unterbringungsort bei Heiko, dem Drummer seiner Band, und dessen Frau Monica Heidt nicht so leicht zu recherchieren war. Er hatte seine Tochter und das Paar über die Gefahr informiert, zumindest oberflächlich, und sie um entsprechende Vorsicht gebeten.

Diese Maßnahmen mussten genügen. Zumindest für drei, vier Tage, maximal eine Woche. Bis sie den Typen in ihrer Gewalt hatten, auch wenn sie noch immer nicht den leisesten Schimmer hatten, was sie dann mit ihm tun sollten. Daran, dass ihr Plan nicht funktionieren könnte, wollte sie gar nicht denken. Optimismus war die einzige Option, die ihnen in dieser Situation noch blieb.

Jennifer streckte sich und unterdrückte ein Gähnen. Sie fühlte sich zunehmend erschöpft, ihre Augen brannten, und ihre Lider fühlten sich schwer und geschwollen an. Doch noch erlaubte sie sich nicht, Olivers Beispiel zu folgen, der ihr gegenüber auf dem Sofa lag und tief und fest schlief.

Er sah blass und ziemlich mitgenommen aus. Unter seinen Augen lagen noch immer dunkle Schatten. Als er bei ihr aufgetaucht war, um mit ihr gemeinsam die Systeme zu durchforsten, hatte er zuerst nicht zugeben wollen, dass er vollkommen erledigt war. Die Gehirnerschütterung machte ihm noch immer zu schaffen. Trotzdem hatte sie ihn überreden müssen, sich hinzulegen und ein wenig zu schlafen.

Gerne hätte sie sich ebenfalls zurückgelehnt und für einen kurzen Moment die Augen geschlossen. Sie wollte aber wach bleiben, zumindest, bis sie eine erste Rückmeldung von Morpheus erhielt.

Jennifer hatte gerade entschieden, sich noch einen Kaffee zu machen, als das Telefon klingelte. Sie nahm den Anruf bereits nach dem ersten Läuten entgegen, trotzdem schlug Oliver die Augen auf. Er versuchte sofort, sich aufzusetzen, hatte aber offensichtlich mit einsetzendem Schwindel zu kämpfen.

Jennifer bedeutete ihm mit einer harschen Geste liegenzubleiben, während sie das Handy ans rechte Ohr drückte. »Sag mir, dass du Neuigkeiten hast.«

»Guten Morgen oder gute Nacht erst mal. Wie wäre es, wenn du mir ein paar Fragen beantwortest, bevor du Ergebnisse einforderst? Beispielsweise wüsste ich gerne, was das Ganze soll.«

Jennifer hatte mit einer solchen Reaktion nicht gerechnet, doch sie antwortete instinktiv. »Dazu müsste ich erst mal wissen, was Jarik dir gesagt hat.«

»Im Grunde genommen nichts. Auf den Kern seiner schwammigen Aussagen reduziert, hat er mir erklärt, dass ich gar nicht wissen wolle, worum es geht. Da irrt er sich aber gewaltig.«

Oliver hatte sich inzwischen aufgesetzt und rieb sich die Schläfen. Jennifer stellte das Telefonat auf Lautsprecher, woraufhin er kurz das Gesicht verzog. Er musste wieder heftige Kopfschmerzen haben.

Jennifer konzentrierte sich wieder auf den IT-Experten. »Ich fürchte, dieses Mal könnte er recht haben.«

Moritz Sprenger stieß einen verärgerten Laut aus. »Wunderbar. Ich habe wirklich kein Problem damit, dass ihr mir mitten in der Nacht irgendwelche zusammenhanglosen Infos hinwerft und von mir erwartet, dass ich alle möglichen Datenbanken und das Internet auch auf Russisch, Tschechisch und Italienisch durchsuche. Aber dass mir niemand so recht sagen will, was das Ganze soll oder worum es eigentlich geht, das stinkt mir. Zumal ich das Gefühl habe, dass sich gerade irgendetwas zusammenbraut.«

Moritz Sprenger war selten schlecht gelaunt, und Jennifer hörte ihm sofort an, dass seine Beschwerden ernst gemeint waren. Trotzdem konnte sie keine seiner berechtigten Fragen beantworten. »Das kann ich verstehen, Moritz, aber es ist wirklich besser, wenn du so wenig wie möglich weißt.«

»Toll, wirklich toll. Denn bei den eigenartigen Informationshappen, zu denen ich vielleicht etwas mehr gefunden habe, kann ich auch nur in die Glaskugel schauen. Und das, was ich mir an Zusammenhang zusammenreime, gefällt mir ganz und gar nicht.«

»Uns geht es möglicherweise genauso.« Jennifer hätte gerne mehr Geduld aufgebracht, immerhin mussten sie Moritz für seinen Einsatz dankbar sein. Er würde ihre Informationspolitik letztlich akzeptieren, wenn auch nicht ohne Murren. Sie war aber zu müde, um ihre Neugier im Zaum zu halten. »Sag mir doch bitte einfach, was du rausgefunden hast.«

Moritz' Seufzen zeugte von Widerspruch, doch er kam der Aufforderung nach. »In Russland und Tschechien muss ich passen. Aber zu diesem Italiener habe ich, in Verbindung mit der Mafia und dem angegebenen Ort, was gefunden. Keine Garantie, dass es das ist, wonach ihr sucht, aber ich habe Berichte über einen Commissario gefunden, der vor eineinhalb Jahren in einem Mafiamord ermittelt hat. Das Ganze gab zumindest regional Schlagzeilen, weil er plötzlich ohne ersichtlichen Grund die Ermittlungen einstellte und sich zurückzog. Es wurde gemunkelt, er habe sich von der Mafia kaufen lassen, obwohl er zuvor als einer ihrer stärksten Widersacher in der Gegend galt.«

Moritz Sprenger machte eine Pause, vermutlich in der Hoffnung, dass Jennifer etwas sagen würde, was ihm Aufschluss über den Sinn und Zweck seiner Recherchen geben könnte.

Jennifer spürte, wie sich ihr Herzschlag beschleunigte. Oliver saß angespannt auf dem Sofa, seine Müdigkeit schien mit einem Mal verflogen zu sein.

Die Geschichte des italienischen Kommissars passte ausgezeichnet. Die Frage war nur, wie sie ausgegangen war.

Moritz erlöste sie endlich. »Zehn Monate später wurden er und seine Familie auf bestialische Weise ermordet. Selbst wenn ich davon ausgehe, dass die italienische Presse genau wie unsere zu Übertreibungen neigt, habe ich das ungute Gefühl, dass er hinter unserem Killer her war und letztlich von ihm kalt gemacht wurde, obwohl er bereits im Ruhestand war.«

Jennifer und Oliver sahen sich über den Couchtisch hinweg an. Moritz hatte zweifellos einen Volltreffer gelandet.

Dem ITler gegenüber versuchte Jennifer ihre Aufregung aber zu verbergen. Sie ließ sich eine Sekunde Zeit, bevor sie so ruhig wie möglich antwortete: »Das hört sich vielversprechend an. Ich nehme an, du hast eine Sammlung mit Links?«

Obwohl er nichts dazu sagte, konnte sie Morpheus' Enttäuschung durch die Leitung hindurch spüren. Er hatte vergeblich darauf gehofft, eingeweiht zu werden. »Ist soeben in deinem Postfach gelandet. Mitsamt der Übersetzung.«

»Klasse, danke.«

Er unternahm einen letzten Versuch. »Ist das alles? Ein einfaches Dankeschön?«

»Ich lasse mir was einfallen.« Jennifer unterbrach die Verbindung, bevor er erneut über den mangelnden Informationsfluss und ihr fehlendes Vertrauen lamentieren konnte.

Oliver folgte ihr schweigend zu ihrem Schreibtisch im hinteren Teil des Wohnzimmers.

Moritz hatte mehrere Artikel geschickt. Sie lasen gemeinsam und ließen die Informationen mit allen Details einige Zeit auf sich wirken.

Jennifer sprach schließlich aus, was offensichtlich war. Dass die von Moritz recherchierten Tatsachen genau das untermauerten, was sie bereits befürchtet hatten. Es gab für sie und ihre Familien keine Sicherheit mehr. Die Geschichten aus dem Internet und die Gerüchte, die Charlotte Seydel aufgetrieben hatte, waren wahr.

Der Schlächter tötete seine Gegner selbst dann noch, wenn sie ihm schon längere Zeit nicht mehr auf den Fersen waren. Warum auch immer. Es war natürlich möglich, dass der italienische Kommissar die Füße doch nicht stillgehalten und trotz Rente auf eigene Faust weiterermittelt hatte. Aber das war eine Vermutung, die sie nicht überprüfen konnten und auf die sie sich auch nicht verlassen wollten.

Oliver nickte langsam. Ihn schien die Bestätigung ihrer schlimmsten Befürchtungen hart zu treffen. »Verdammt, ich hatte gehofft, wir könnten diese Geschichten als Mythos entlarven«, murmelte er schließlich.

Jennifer konnte seinen Kampfgeist noch spüren, doch er war bei weitem nicht mehr so kühl und berechnend wie er sich gegenüber Jarik und Charlotte Seydel gegeben hatte. Sie hatte damit gerechnet, dass diese Fassade früher oder später bröckeln würde. »Noch können wir aussteigen«, erinnerte sie ihn, »und die Angelegenheit auf offiziellem Weg lösen.«

Oliver erwiderte lange ihren Blick. »Willst du das riskieren?«

Sie schwieg.

»Was sagt dir dein Bauchgefühl, Jennifer?«

Die Frage war vollkommen ernst gemeint. Gerade deshalb wollte sie sie nicht beantworten. »Denkst du, es ist eine gute Idee, sich …«

Er ließ sich nicht beirren. »Deine Intuition? Tief in dir drin? Was empfindest du?«

Jennifer ließ sich Zeit mit ihrer Antwort, hörte in sich hinein, obwohl sie längst wusste, wozu ihr Bauchgefühl tendierte. »Ich glaube, dass dieser Typ eine unberechenbare Gefahr ist. Ich will ihn nicht im Genick sitzen haben. Wir haben ihn aus dem Hotel und aus seiner Wohnung vertrieben, wir kennen sein Gesicht. Er weiß, dass wir ihm verdammt nahe gekommen sind.« Sie schüttelte leicht den Kopf. »Er wird das nicht auf sich sitzen lassen.«

Oliver nickte bedächtig. »Dann sind wir uns einig?«

Diese Frage ließ Tausende Gedanken gleichzeitig durch ihren Kopf tanzen. Alle Zweifel und Ängste liefen Sturm, ihr Verstand trat mit ihren Gefühlen in einen Wettstreit, aus dem niemand als Sieger hervorgehen konnte.

Es gab kein Richtig oder Falsch. Trotzdem musste sie sich entscheiden.

Als Jennifer schließlich antwortete, fühlte sie sich leerer und erschöpfter denn je. »Ja, wir sind uns einig.«

31

Als die letzten Takte verklangen und Charlie sich umdrehte, um die Bühne zu verlassen, überfiel sie Nervosität. Ihr Magen zog sich unangenehm zusammen, ein Schwall Übelkeit stieg in ihr hoch, und sie musste sich zusammenreißen, um nicht einen letzten Blick über die Schulter zu werfen.

Jetzt, da nicht mehr nur sie selbst in Gefahr war, reagierte ihr Körper so, wie es jeder normale Mensch erwarten würde. Es war verrückt, und der denkbar schlechteste Zeitpunkt.

Dass sie sich eben gerade vor Oliver Grohmann ausgezogen, lasziv getanzt und ihm dabei in die Augen gesehen hatte, war ihr gleichgültig. Genau wie die Frage, ob er seine Rolle nur perfekt gespielt hatte oder ob sein Blick auch aus Interesse über ihren Körper geglitten war.

Jeder Schritt, den sie Richtung Bühnenausgang tat, besiegelte möglicherweise sein Schicksal.

Sie hätte ihm niemals zugetraut, einen derartigen Plan zu ersinnen, und schon gar nicht, ihn auch durchzuziehen. Doch er war fest entschlossen, kannte die Risiken und wusste, dass ihre Einschätzung nur auf Menschenkenntnis und Bauchgefühl basierte. Sie kannte Alex schließlich erst seit wenigen Tagen und wusste genau genommen fast nichts über ihn.

Charlie glaubte, dass Alex kein durch und durch schlechter Mensch war. Sie glaubte, dass er eine gesunde Abneigung gegen Mord und Totschlag verspürte. Sie glaubte, dass die Situation nicht so leicht außer Kontrolle geraten konnte, wenn sie sich ihm anvertraute.

Charlie glaubte, sie wusste es allerdings nicht.

Sie fühlte sich unsicher auf den Beinen, als sie die wenigen Stufen in den Bereich hinter der Bühne nahm.

Alex war vor ihrem Auftritt mit dem Auffüllen des Kühlschranks im Mädchenzimmer beschäftigt gewesen. Ihre Hoffnung, dass er dort auf sie warten würde, erfüllte sich.

Sie nahm ihn bei der Hand und führte ihn auf den Flur in Richtung Bar, weit entfernt von neugierigen Augen und spitzen Ohren. Erst als er sichtlich ungeduldig wurde, merkte sie, dass sie sich zum wiederholten Mal vergewissert hatte, ob auch niemand den Gang entlang kam oder irgendwo in der Nähe herumlungerte.

»Was ist denn los?«, fragte Alex und strich ihr zärtlich über die Wange. Obwohl nach seinem Übergriff, für den er sich mehrmals entschuldigt hatte, nichts mehr zwischen ihnen gelaufen war, schienen seine Absichten ihr gegenüber noch immer eindeutig zu sein. Er mochte sie. Zu sehr, wie sie insgeheim fürchtete. »Charlie?«

Sie brachte all die Zweifel, die in ihrer Brust tobten, unter Kontrolle und sperrte sie aus ihrem Bewusstsein aus, bis nur noch das vorgegebene Drehbuch vorhanden war. »Dort draußen, an der Bühne … der eine Mann …«

»Welcher Mann?«

»Ich kenne ihn.« Sie würde ihm nicht sagen, wen sie meinte, bevor sie nicht seine erste Reaktion erlebt hatte. Im Zweifel konnte sie noch immer abbrechen, behaupten, dass sie sich geirrt hatte. Es war die letzte Chance, den Plan über Bord zu werfen. »Er kommt aus Lemanshain.«

Alex sah sie mit gerunzelter Stirn an. Er schien sich zu wundern, verstand aber offenbar nicht, was das Problem war. »Das ist ungewöhnlich«, sagte er. »Kann aber passieren. Ist dir das unangenehm?«

Charlie schüttelte den Kopf. »Du verstehst nicht. Er ist nicht einfach irgendein Kerl.« *Letzte Chance, Charlie, allerletzte Chance. Sag es nicht.* »Er ist Staatsanwalt.«

Diese Information erregte die erwartete Aufmerksamkeit. »Staatsanwalt? Woher weißt du das?«

Seit ihrer Beichte, dass sie nicht nur ein Risikogroupie war, sondern als Serienkillerfan auch auf der Fährte von *Myasnik*, schien Misstrauen nicht mehr Alex' erste Reaktion zu sein. Zumindest klang seine Frage eher irritiert als alarmiert. »Er hat schon mal gegen mich ermittelt. Das … ich glaube nicht, dass es Zufall ist.«

»Du meinst, der Kerl ermittelt gegen uns?«

Sie musste beinahe lachen. Er meinte seinen Boss und dessen Organisation, sprach es aber aus, als wären sie beide ein Verbrecherpärchen, hinter dem der Staatsanwalt her war. »Keine Ahnung, was er hier will. Aber er ist, glaube ich, auch für diesen Doppelmord zuständig.«

Alex hatte es nie direkt zugegeben, doch sie beide wussten, auf wessen Konto der Mord an den Lasarews ging.

»Scheiße«, murmelte Alex. Ihm gefielen diese Informationen ganz und gar nicht. Er fuhr sich nervös durchs Haar und dachte nach. Ein gutes Zeichen. Er lief nicht sofort los und beauftragte irgendjemanden, sich um den ungebetenen Gast zu kümmern. »Was zum Teufel will der hier?«

Sie bemerkte, wie seine Gedanken rasten, wie sich unterschiedliche Szenarien in seinem Kopf zusammensetzten. Er durfte keinesfalls die falschen Schlüsse ziehen und überreagieren. Charlie fasste ihn vorsichtig beim Arm. »Vielleicht will er sich auch einfach nur umsehen, sich ein Bild von dem Laden hier machen. Wenn die Bullen irgendwas Ernsthaftes in der Hand hätten, käme ein Sondereinsatzkommando und kein Bürohengst.«

Er nickte langsam. »Du hast recht. Trotzdem glaube ich nicht an Zufälle …«

»Vielleicht irre ich mich auch. Erkannt hat er mich jedenfalls nicht.« Sie zählte bis drei, um ein Zögern vorzutäuschen. »Er hat mir zugezwinkert.«

»Er hat dich angemacht?«

Sie zuckte die Schultern. »So wie diese Typen eben sind … Ich denke, er hätte nichts gegen einen privaten Tanz einzuwenden.«

Alex sah sie stirnrunzelnd an, während er nachdachte. Dann nickte er wieder.

Charlie hielt den Atem an. Sie hoffte, er würde sich für die richtige Option entscheiden. Sonst müsste sie ihm auf die Sprünge helfen, was wiederum sein Misstrauen schüren könnte.

Doch ihre Bedenken waren unbegründet. »Hol ihn dir. Der ist garantiert nicht zufällig hier.«

Sie schenkte ihm ein verschlagenes Lächeln, während ihr innerlich ein weiterer kleiner Stein vom Herzen fiel. »Wird erledigt.«

Charlie bewegte sich leichtfüßig zwischen den Tischen hindurch, obwohl sie das Gefühl hatte, durch zentimeterhohen Schlamm zu waten. Bisher funktionierte ihr Plan wie vorgesehen. Doch noch konnte alles Mögliche schiefgehen und die ganze Angelegenheit in einem Desaster enden.

Ihr Part war so gut wie erledigt. Doch der eigentlich gefährliche Teil lag noch vor ihnen, vielmehr vor Oliver Grohmann.

Charlie erreichte die Nebenbühne, alle Plätze am Bühnenrand waren besetzt. Sie folgte Alex' knapper Anweisung, ging an den Männern entlang, legte dem einen eine Hand auf die Schulter, lächelte einem anderen frech zu. Ganz so, wie sie es bei ihren Kolleginnen beobachtet hatte, wenn sie auf Kundenfang gingen.

Keiner der Männer war abgeneigt, sie hätte jeden von ihnen für ein privates Date hinter den Kulissen begeistern können. Doch erst bei Oliver Grohmann blieb sie stehen.

Er reagierte auf ihre Anmache mit einem Lächeln. Wenn sie nicht gewusst hätte, wie der Ausdruck in seinen Augen zu deuten war, hätte sie ihm sein Interesse sofort abgekauft.

Charlie legte ihm einen Arm um die Schulter und beugte sich zu ihm hinab. Sie ließ ihre Lippen sanft über sein Ohr gleiten, während sie ihm die vereinbarte Phrase zuflüsterte, die ihm signalisieren sollte, dass alles nach Plan lief und sich zumindest bisher keine Komplikationen andeuteten.

»Lust auf einen privaten Tanz?«

Er sah sie aus den Augenwinkeln an, ergriff ihre Hand und ließ sich von ihr hochziehen. Sie führte ihn zum nächstgelegenen Ausgang, der hinter die Kulissen des »White Honey« und zu den privaten Räumen führte.

Charlie hatte keine Gelegenheit gehabt, Alex zu fragen, was er genau vorhatte. Ob er sich in Eigenregie um den Staatsanwalt kümmern oder jemanden dazuholen würde. Er war nicht nur Barmann, sondern auch auf irgendeine ihr unbekannte Art in Jegor Sidorovs Geschäfte verstrickt.

Es war schwierig, einzuschätzen, was geschehen würde. Sie setzten darauf, dass Sidorovs Leute Oliver allenfalls auf den Zahn fühlen und ihm deutlich machen wollten, dass er im »White Honey« nicht willkommen war. Einen Staatsanwalt würden sie wohl kaum einfach so umbringen. Trotzdem war sie froh, dass sie nicht sofort im Flur von irgendwelchen Sicherheitsleuten abgefangen wurden.

Sie steuerte den Raum am Ende des Gangs an. Es war eines der kleineren Zimmer, keine neun Quadratmeter groß, in warmen Farben gehalten und mit einem gemütlichen Sessel. Charlie wusste, dass jeder Raum videoüberwacht war, weshalb sie in ihren Rollen bleiben mussten.

Als Oliver versuchte, sie in eine Umarmung zu ziehen, schubste sie ihn auf den Sessel. Er lächelte ihr zu, und obwohl sie seine Anspannung spüren konnte, wirkte er an der Oberfläche vollkommen entspannt. Wie weit würden sie dieses Spiel treiben müssen, bevor Alex oder jemand anderes eingriff?

»Fünfzig Euro im Voraus«, informierte sie ihn. Sie stemmte die Rechte in die Hüfte und präsentierte ihm ihren Körper. »Zwanzig Minuten. Anfassen verboten.« Sie nickte in Richtung des kleinen Beistelltisches, auf dem eine Taschentuchbox bereitstand. »Es steht dir natürlich frei, selbst Hand anzulegen.«

Er zögerte keine Sekunde, verhielt sich wie ein vorbildlicher Kunde und überreichte ihr einen Fünfzig-Euro-Schein, den sie sich langsam und gut sichtbar für ihn in den vorderen Bund ihres Spitzenslips schob.

Anschließend trat sie zur Stereoanlage, einem in die Wand eingelassenen Tablet-PC, und wählte einen Song aus. Dabei warf sie unauffällig einen bittenden Blick in die rechts von der Tür gelegene Ecke, wo die versteckte Kamera installiert war.

Unter anderen Umständen hätte sie diese Situation wahrscheinlich sogar genossen, doch jetzt hoffte sie, dass Alex bald auftauchte.

Die ersten Beats von Kylie Minogues Song *Slow* klangen aus den Lautsprechern. Charlie wandte sich ihrem Kunden zu und begann zu tanzen. Es fiel ihr schwerer als erwartet. Hoffentlich war ihr das nicht anzumerken, denn nichts wäre fataler, als wenn ihre Verbindung zu Oliver Grohmann jetzt aufflöge.

Sie versuchte, ihre Gedanken stillzulegen und sich in eine vollkommen andere Situation hineinzuversetzen, und schließlich verschmolz sie mit der Musik. Ihre Bewegungen wurden von den Schwingungen und Wellen getragen, und sie verlor sich in ihrer Fantasie, in der es nur sie und den Staatsanwalt gab, keine Bedrohungen und wahnwitzigen Pläne.

Als sie schließlich die Augen ein wenig öffnete und auf Oliver hinabblickte, stellte sie nicht ohne Genugtuung fest, dass sie ihn mitgezogen hatte. Seine Augen verfolgten jeden einzelnen Hüftschwung, sogen jedes Detail ihres Körpers auf. Sie war überzeugt, dass seine Reaktionen nicht nur gespielt waren.

Sie musste ein Lächeln unterdrücken. Nicht nur Jarik entdeckte ganz neue Facetten an Oliver Grohmann. Der Staatsanwalt war im Grunde auch nur ein Mann, allerdings unerreichbar.

Charlie ließ die Hände über ihren Körper gleiten, jede Berührung war Versprechen und Verheißung. Inzwischen hatte sie nichts mehr dagegen, dass Alex sich Zeit ließ. Sie fand zunehmend Gefallen an der grotesken Situation.

Doch gerade, als sie den Verschluss ihres BHs öffnen wollte, hörte sie die Tür. Zwei Männer drängten sich hinter ihr in den Raum. Sie hielt inne, die Musik verstummte, und Oliver sah ehrlich überrascht aus.

Sie hatte die beiden Kerle noch nie gesehen, die ihr nun die Sicht auf den Sessel und den Staatsanwalt versperrten. Sie trugen dunkle Kleidung, die über ihren breiten Rücken ein wenig spannte, und Charlie glaubte, ein Waffenholster am Gürtel des einen zu sehen.

Dann war Alex an ihrer Seite, legte einen Arm um sie und schob sie aus dem Zimmer, ohne etwas zu sagen. Die Tür schloss sich hinter ihr. Das Klicken hatte einen beunruhigend endgültigen Klang.

Oliver geriet beinahe ins Stolpern, als er von den beiden Männern durch ein Wirrwarr an Fluren und Gängen gezerrt wurde.

Sie hatten sich in dem kleinen Zimmer drohend vor ihm aufgebaut und keinen Zweifel daran gelassen, dass schon der Gedanke an Flucht zwecklos war.

Auf die Frage, was er im »White Honey« zu suchen habe, hatten sie offensichtlich nicht mit einer vernünftigen Antwort gerechnet. Jedenfalls ganz sicher nicht mit der Forderung, ihren Boss zu sprechen.

Sie hatten mit aufgesetzter Belustigung reagiert, die aber wie ein Kartenhaus zusammengefallen war, als er sie angewiesen hatte, Jegor Sidorov zu sagen, er habe Galina Lasarews Konto gefunden.

Sein selbstsicheres Auftreten irritierte sie genug, um bei ihrem Chef nachzufragen. Anschließend war sofort Bewegung in die Sache gekommen.

Inzwischen hatte Oliver die Orientierung verloren, obwohl sie noch immer im selben Gebäude waren. Pure Absicht, vermutete er. Ebenso wie ihr beharrliches Schweigen auf seine Fragen.

Er wusste weder, ob sein Manöver funktioniert hatte, noch, wo sie ihn hinbringen wollten.

Schließlich öffneten sie eine Tür und stießen ihn in einen Raum, der bis auf einen Metalltisch und zwei Stühle leer war.

Irgendwo brummte eine Klimaanlage. Es war kalt in dem Raum. Zwei Überwachungskameras hielten das Geschehen fest.

Die beiden Kerle schoben ihn in die hintere rechte Ecke und schubsten ihn schließlich, sodass er nicht gerade sanft mit der rauen Betonwand kollidierte. Seine Gehirnerschütterung meldete sich sofort zurück, doch der Schwindel verging so schnell, wie er gekommen war.

Er drehte sich zu den Männern um, die sich in zwei Metern Entfernung von ihm aufgebaut hatten. Sie schauten ihn mit ausdruckslosen Gesichtern an. »Ausziehen«, befahl der Größere von beiden schließlich.

Oliver glaubte, sich verhört zu haben. »Wie bitte?«

»Ich sagte, ausziehen, komplett. Wirf deine Klamotten hier an der Wand auf einen Haufen.«

»Ich denke nicht, dass das notwendig …«

Der Wortführer verschränkte die Arme vor der Brust. »Entweder, du ziehst dich aus, oder wir übernehmen das. Wie du willst. Wobei uns Ersteres sehr viel lieber wäre.«

Oliver fror bereits, kam der Aufforderung aber nach. Er hoffte, dass sie ihm zumindest die Unterwäsche lassen würden, doch sie gaben erst Ruhe, als er splitterfasernackt vor ihnen stand und sich die Arme rieb.

Die Tür ging erneut auf, ein weiterer Kerl kam mit einer Plastikkiste herein, in die er Olivers Kleidung stopfte. Dann trat er zu ihm. »Beine breit und Arme ausstrecken.« Sein Tonfall beinhaltete eine unmissverständliche Drohung.

Oliver gehorchte.

Zu seiner Überraschung zückte der andere einen handlichen Detektor, wie er sie schon am Flughafen gesehen hatte, und tastete ihn damit gründlich ab. Obwohl jeder halbwegs informierte Mensch mitbekommen haben musste, dass das Gerät kein einziges Mal angeschlagen hatte, informierte er die anderen beiden über das Ergebnis. »Er ist sauber.«

Dann packte er den Detektor weg, klemmte sich die Kiste mit den Klamotten unter den Arm und verschwand wieder.

Der Wortführer deutete auf einen der beiden Stühle am Tisch. »Hinsetzen.«

Das nackte Metall erschien Oliver bei diesen Temperaturen nicht allzu verlockend. »Wie wär's mit einem Morgenmantel oder etwas Ähnlichem?«

»Ich sagte: hinsetzen.«

Oliver blieb keine andere Wahl, als dem Befehl Folge zu leisten. Die beiden Männer postierten sich rechts und links hinter ihm.

Sekunden vergingen, die ihm wie Minuten vorkamen. Er hatte den Eindruck, dass die Kälte im Raum noch zunahm, und das Metall fühlte sich dort, wo es seine nackte Haut berührte, wie Eis an. Oliver schlang die Arme um seinen Oberkörper, konnte ein Zittern aber nicht verhindern.

Endlich öffnete sich die Tür. Zwei weitere grobschlächtige, mies gelaunte Typen, die wohl den halben Tag im Fitnessstudio verbrachten, kamen herein.

Ihnen folgte ein Mann, der auf die Sechzig zuging und einen teuren Anzug trug. Seine grau melierten Haare waren perfekt frisiert, und seine Haut zeigte eine gesunde, nicht unnatürlich wirkende Bräune. Am Ringfinger seiner linken Hand steckte ein auffälliger Siegelring. Der Mann lächelte Oliver freundlich an, seine Augen versprühten jedoch eine Kälte, die die Temperatur im Raum noch weiter sinken ließen.

Jegor Sidorov war nicht mehr und nicht weniger beeindruckend, als Oliver ihn sich vorgestellt hatte. Nach außen repräsentierte er den erfolgreichen Geschäftsmann und machte keinen besonders furchteinflößenden Eindruck.

Ein Wink von diesem Herrn würde aber genügen, ihn umbringen zu lassen. Die vier Typen waren allesamt bewaffnet, und Oliver ging davon aus, dass keiner von ihnen zögern würde, ihn zu erschießen, falls er den Befehl dazu bekam. Obwohl er sich an die Hoffnung klammerte, dass ihn, wenn schon nicht seine Position, dann doch seine Ankündigung davor bewahren würde, spürte er die Angst wie einen bleischweren Klumpen in seinem Magen liegen.

Wenn Sidorov nicht an Galina Lasarews Geld interessiert war, hätten sie ihn aber vermutlich einfach aus dem Klub geworfen. Er hätte keine Audienz erhalten, wenn seine Informationen nichts wert gewesen wären.

Sidorov ließ sich auf dem Stuhl ihm gegenüber nieder und faltete die Hände auf der Tischplatte. Er musterte Oliver mit einer Mischung aus Interesse und Skepsis, wobei sein Lächeln kaum an Intensität verlor.

»Also, Herr Grohmann, ich denke, wir können uns eine großangelegte Vorstellungsrunde sparen. Sie haben Informationen für mich, das haben sie zumindest behauptet. Sie haben das Konto gefunden, auf dem Galina mein Geld versteckt hat?«

Oliver nickte. »Allerdings.«

»Ich dachte eigentlich, die Frankfurter Sonderkommission hätte sich die Ermittlungen im Fall Lasarew einverleibt. Wie kommen Sie also gut zehn Tage später an ein solch pikantes Detail?«

»Die Frankfurter Kollegen haben die Beweismittel nicht abgeholt, und ich hatte nichts Besseres zu tun.«

Sidorov lachte. »Tatsächlich? Sie verbringen Ihren Zwangsurlaub also damit, Beweismittel zu durchstöbern, die Sie gar nichts mehr angehen?«

Oliver verzog keine Miene. Er hatte damit gerechnet, dass sein Gegenüber über seine Lage Bescheid wusste. »Manchmal führt eben das eine zum anderen.«

»Ich nehme an, Sie haben nicht vor, mir zu sagen, wie Sie darauf gestoßen sind? Ich hatte die Vermutung, dass es irgendeinen Hinweis geben müsste, aber meine Leute waren leider nicht in der Lage, ihn zu finden.«

»Wo und wie ich darauf gestoßen bin, ist irrelevant. Das Einzige, was Sie interessieren sollte, ist, was Sie diese Information kostet.«

Sein Gegenüber hatte offenbar mit einer solchen Antwort

gerechnet, denn er wirkte alles andere als überrascht. »Wer sagt Ihnen, dass ich an dem Geld interessiert bin? Noch dazu so sehr, dass ich mich auf einen Handel mit Ihnen einlassen würde?«

»Es gibt viele Indizien, die dafür sprechen«, erklärte Oliver mit einem sanften Lächeln. »Das Entscheidende ist allerdings, dass Sie nicht hier mit mir an einem Tisch säßen, wenn dem nicht so wäre.«

»Das ist also Ihre Theorie.«

»Das ist meine Theorie.«

Sidorov musterte ihn erneut. Fiel es ihm schwer, ihn einzuschätzen, oder tat er nur so? »Sie riskieren viel. Ihr Preis muss entsprechend hoch sein. Der Staat zahlt nicht sonderlich gut, oder?«

»Geld interessiert mich nur am Rande. Ich hatte an eine Aufwandsentschädigung gedacht, so um die fünf Prozent, mehr nicht.« Noch wussten sie nicht, was sie mit dem Geld anfangen würden. Doch sie waren sich schnell darüber einig gewesen, dass sie Sidorov nicht den gesamten Betrag überlassen wollten. Vermutlich würden sie es anonym einem gemeinnützigen Verein spenden.

»Und wie lautet Ihre Hauptforderung?«

Oliver ließ zwei Sekunden verstreichen, in denen er Sidorov direkt in die Augen sah. »Ich will *Myasnik*.«

Auf diese Forderung folgte absolute Stille. Sidorov starrte ihn regungslos an, während seine Leute eindeutig nervös zu werden schienen.

»Das ist nicht Ihr Ernst«, erwiderte Sidorov schließlich.

»Doch, es ist mein Ernst. Ich weiß, dass Sie ihn beauftragt haben, ich weiß, dass er die Lasarews getötet hat. Und ich weiß, dass Sie mit ihm in Kontakt treten können, dass Sie die Möglichkeit haben, ihm eine Falle zu stellen.«

»Sie wollen Gerechtigkeit?«, fragte sein Gesprächspartner ungläubig.

»Ich will diesen kranken Bastard aus dem Verkehr ziehen«, erwiderte Oliver bestimmt, aber ruhig. »Er treibt schon viel zu lange sein Unwesen.«

»Edle Motive? Mitnichten. Sie sind auf Ruhm aus«, vermutete Sidorov mit einem leisen Lächeln. »Sie wollen sich mit dem Erfolg schmücken, Ihre stagnierende Karriere vorantreiben. Mir müssen Sie keine Märchen erzählen.«

»Glauben Sie, was Sie wollen. Meine Forderung steht.«

»Sie wollen, dass ich Ihnen den Killer liefere, und im Gegenzug bekomme ich das Geld, das Galina mir gestohlen hat?«

»Ich nehme an, es ist weit mehr, als Sie Ihnen gestohlen hat. Sie bekommen alles, was da ist, nach Abzug meiner fünf Prozent.«

»Von welcher Summe reden wir genau?«

»Drei Komma vier zwei Millionen Dollar.«

Sidorov zeigte keinerlei Reaktion. Für ihn schien es nur irgendeine Zahl zu sein. Er hatte sich sehr gut unter Kontrolle. Er lehnte sich zurück und hielt Olivers Blick stand, während er nachdachte.

»Diese Summe müsste doch, wenn sie sich tatsächlich in Ihren Händen befindet, eine große Versuchung sein. So viel werden Sie auf andere Art niemals verdienen.«

»Es ist eine Versuchung, keine Frage. Doch ich mag mein Leben wie es ist. Ich kann darauf verzichten, mich mit dem Geld abzusetzen und lebenslänglich ein gesuchter Mann zu sein. Gefahrlos könnte ich mich an diesem Geld ohnehin nicht erfreuen. Also nehme ich lieber eine kleine Rücklage und nutze die Chance, einem gnadenlosen Killer das Handwerk zu legen.«

»Wie kann ich sicher sein, dass Sie das Geld wirklich haben?«, fragte Sidorov.

»Das können Sie erst, wenn Sie die Kontonummer haben«, räumte Oliver ein. »Aber warum sollte ich so dämlich sein, zu bluffen? Was hätte ich davon? Einen baldigen und möglicherweise schmerzhaften Tod?«

»Sie wissen immerhin, mit wem Sie es zu tun haben. Das gilt nicht nur für mich, sondern auch für den Mann, auf den Sie es abgesehen haben. Und genau da liegt das Problem. Ich kann Ihnen diesen Mann nicht lebend liefern.«

Oliver verbarg seine Überraschung. »Wieso nicht?«

»Können Sie mir garantieren, dass er eingelocht und der Schlüssel weggeworfen wird? Dass er niemals wieder auf freien Fuß gelangt?«

Oliver schwieg, was einer Verneinung gleichkam.

»Sehen Sie, auch ich hänge an meinem Leben. Auch ich bin ein vorsichtiger Mann. Sie könnten *Myasnik* haben, aber nur tot. Ausschließlich tot.«

Es war ein Angebot, über das Oliver keine Sekunde nachdenken musste, über das er vermutlich auch lieber nicht nachdenken wollte. »Dann haben wir einen Deal.«

»Wir könnten möglicherweise einen Deal haben. Das Problem bei solchen Vereinbarungen ist immer das Vertrauen. Sie haben etwas, was ich haben will, dafür soll ich eine Leistung erbringen. Es ist nur leider so, dass ich, wenn ich die Leistung erbringe, nicht sicher sein kann, dass Sie Ihren Teil erfüllen. Umgekehrt werden Sie wohl kaum bereit sein, zu zahlen, bevor ich die vereinbarte Leistung erbracht habe.« Sidorov beugte sich vor. »Sie können mir erzählen, was Sie wollen. Mit mehr als drei Millionen kann man sich verdammt schnell absetzen. Sie mögen kein Finanzexperte sein, aber Sie sind auch nicht dumm. Sie könnten sich ein neues Leben aufbauen, ohne Gefahr zu laufen, von mir oder irgendeiner Behörde gefunden zu werden.«

»Wenn ich mich absetzen würde, was brächte mir dann noch der Tod des Killers?«

»Ah, genau, da ist der Haken an Ihrer Geschichte, Herr Grohmann. Ich glaube Ihnen nicht, dass Sie all die Risiken eingehen, die Ihr Auftritt hier birgt, nur weil Sie Gerechtigkeit für eine alte Frau und ihren Enkel wollen.« Er schüttelte den Kopf. »Ich sprach gerade eben von Vertrauen. Vertrauen gewinnt man nur durch Ehrlichkeit. Warum also wollen Sie *Myasnik* aus dem Verkehr ziehen?«

Oliver hatte damit gerechnet, dass ihr Gespräch an diesen Punkt gelangen könnte. Und er hatte schon früh entschieden, dass in diesem Fall Ehrlichkeit tatsächlich die einzige Option war. »Weil ich ihm ein klein wenig zu heftig auf die Füße getreten bin.«

»Und da versteht er keinen Spaß, nicht wahr?«

»Richtig.« Oliver nickte.

»Sie hoffen, dass ich Ihnen aus dieser Situation heraushelfe, wenn Sie mir das Geld anbieten?«

»Ich denke, dass Ihnen das Geld weit wichtiger ist als dieser Killer.«

Darauf verstummte Sidorov und musterte sein Gegenüber eindringlich. Plötzlich brach er in schallendes Gelächter aus und schüttelte den Kopf. »Es ist nicht zu fassen! Da steht man wegen dieser dämlichen Scheißbullen am Rande der Zahlungsunfähigkeit, und dann spaziert ein Staatsanwalt hier rein, der mir genau das anbietet, was ich am Dringendsten brauche. Interessante Wendung, finden Sie nicht?«

Oliver zuckte nur die Schultern.

»Sie gefallen mir. Aber wissen Sie was? Ich mag Sie nicht.«

»Sie müssen mich nicht mögen, um mit mir ins Geschäft zu kommen.«

»Wohl wahr.« Sidorovs Miene wurde wieder ernst. »Wie

haben Sie sich denn die Abwicklung unseres Geschäfts vorgestellt?«

»Ich habe nicht viel Zeit. *Myasnik* muss innerhalb der nächsten vierundzwanzig, maximal achtundvierzig Stunden sterben.«

Sidorov zögerte einen Augenblick, nickte dann aber. »Das sollte machbar sein.«

»Ihre Leute legen die Leiche auf Lemanshainer Zuständigkeitsgebiet ab und melden den Fund anonym im Polizeipräsidium. Sobald ich die Leiche zu Gesicht bekommen habe, kriegen Sie die Nummer des Kontos.«

Sein Gegenüber runzelte die Stirn. »Wie wollen Sie die Leiche zu Gesicht bekommen, wenn Sie zwangsbeurlaubt sind?«

»Lassen Sie das meine Sorge sein. Ich habe meine Quellen.«

»Ihr Vorschlag ist interessant, nur bietet er keine Lösung für unser ursprüngliches Dilemma. Vor- und Gegenleistung, Sie erinnern sich?«

»Im Fall des Falles hätten Sie die weitaus überzeugenderen Argumente«, erklärte Oliver.

Sidorov schüttelte leicht den Kopf. »Das überzeugt mich nicht. Aber ich mache Ihnen einen Gegenvorschlag. Ich werde den Kerl in eine Falle locken und festsetzen. Dann treffen wir uns an einem sicheren Ort. Sie können sich davon überzeugen, dass wir ihn haben. Sie übergeben mir die Kontonummer. Direkt im Anschluss knipsen wir ihm das Licht aus.« Er lächelte. »Sie hätten sogar die Möglichkeit, es selbst zu tun.«

»Danke, ich verzichte.« So weit wollte er es nicht kommen lassen. Wenn es notwendig wäre, würde er es tun. Wenn es die einzige Möglichkeit wäre, für Hannahs Sicherheit zu sorgen, würde er sogar einen Mord begehen. Wertvorstellungen und Moral lösten sich schnell in Wohlgefallen auf, wenn es um die eigene Haut oder die eines geliebten Menschen ging. Sein Gewissen würde ihn noch früh genug plagen, so oder so.

»Sie überlassen mir die Drecksarbeit, wie?«, fragte Sidorov mit einem Lächeln.

»Dafür bezahle ich mehr als drei Millionen Dollar.« Außerdem war Sidorov ebenfalls daran gelegen, nicht in die Schusslinie des Schlächters zu geraten. Das hatte er bereits zugegeben. Tot war nun mal tot.

»Das ist ein Argument. Eines frage ich mich allerdings noch. Woher wollen Sie wissen, dass ich Ihnen *Myasnik* liefere? Und nicht irgendeinen anderen Kerl?«

Jetzt war es an Oliver, zu lächeln. »Ich kenne sein Gesicht.«

»Dann sind Sie mir diesbezüglich auf jeden Fall einen Schritt voraus«, räumte Sidorov freimütig ein.

»Deshalb bin ich Staatsanwalt und Sie … nennen wir es Geschäftsmann.«

»Sie haben die Branche verfehlt.«

»Das höre ich nicht zum ersten Mal.«

Sidorov hielt ihm die Hand hin. Oliver zögerte nicht.

Sie besiegelten die Abmachung.

32

Sasha bewegte sich lautlos durch die Nacht. Seine Wut war inzwischen abgeklungen und hatte eine stille Kälte in seinem Innern zurückgelassen. Seine Nerven waren aufs Äußerste gespannt, seine Sinne geschärft. Er hatte sogar den Eindruck, besser denn je zu sehen, zu hören und zu riechen.

Er war auf der Jagd. Sich leise bewegen, Abkürzungen durch den Dschungel der nächtlichen Straßenschluchten finden, immer in Bereitschaft, immer auf der Hut. Auf der Suche nach denjenigen, die ihn zur Strecke bringen wollten.

Fünf Männer hatte Jegor Sidorov ausgeschickt. Einen, der ihn anlocken und die Illusion eines für seinen nächsten Auftrag angeblich notwendigen Informationsaustauschs aufrechterhalten sollte. Vier, die ihn einkesseln und gefangen nehmen sollten.

Der Plan war nicht schlecht. Sidorov hatte einen Treffpunkt gewählt, der Sasha Sicherheit suggerieren sollte. Eine nicht zu enge, nicht zu dunkle, nachts aber einsame Gasse, die normalerweise mehrere Fluchtwege bot und das schnelle Untertauchen im nahen Nachtleben erlaubte. Gut erreichbare U-Bahn- und S-Bahn-Stationen in drei Richtungen, ebenso Parkgelegenheiten für ein Fluchtauto.

Allerdings auch die Möglichkeit, im Umkreis vier Männer zu verbergen, die ihn bereits eingekreist hätten, wenn er den Mittelsmann erreichte. Außerdem der Hof eines verlassenen Wohnhauses, wo sie ein Auto verstecken würden, in das sie ihn problemlos verfrachten könnten.

Unter normalen Umständen wäre er ihnen in die Falle gegangen.

Er konnte darauf vertrauen, dass die Bosse der Unterwelt ihm wohlgesonnen waren, ihn nicht bei der ersten Gelegenheit verrieten oder ihm in den Rücken fielen. Sie wussten alle, welches Risiko sie eingingen und was sie erwartete, falls sie scheiterten. Einer hatte es einst versucht. Im Nachhinein war Sasha für die Gelegenheit, ein Exempel zu statuieren, das seine Position ein für alle Mal unantastbar machte, dankbar gewesen.

Letztlich überraschte es ihn aber auch nicht, dass der Tag gekommen war, an dem einer dieser geldgeilen, machtversessenen Männer in Versuchung geraten war. Nach den Problemen, die er wegen ihm bereits hatte, verwunderte es Sasha nicht, dass Jegor Sidorov dieser Kandidat war.

Sidorov hatte es wirklich geschickt angestellt.

Sein Problem war allerdings Vertrauen.

Er hielt seine Leute zwar nicht für jeden Auftrag geeignet, aber zumindest seinen engsten, handverlesenen Mitarbeitern vertraute er uneingeschränkt. Er lebte in dem Glauben, dass sie verschwiegen waren. Gegenüber der Polizei mochte das zutreffen, untereinander waren sie allerdings so redselig und schwatzhaft wie alle anderen auch.

Außerdem ging Sidorov davon aus, dass Sasha ihm bis zu einem gewissen Grad vertraute. Der sogenannte Geschäftsmann hielt ihn offenbar für eine derart geisterhafte Erscheinung, dass er gar nicht auf die Idee kam, ihm schon einmal in Fleisch und Blut begegnet zu sein. Und erst recht konnte er sich nicht vorstellen, dass Sasha seit Wochen als Aushilfe in seinem Klub arbeitete und deshalb Augen und Ohren überall hatte. Wenn man Kisten mit Getränken und sonstigem Nachschub durch die Gänge schleppte, kleine Hausmeistertätigkeiten übernahm und sich recht frei bewegen konnte, weil von einem erwartet wurde, dass man zusammen mit anderen für den reibungslosen Ablauf, die Ordnung und Sauberkeit im Klub sorgte, ergaben sich genügend Gelegenheiten, den Herrn des Hauses und seine engeren Mitarbeiter auszuspionieren.

Sasha war bereits gewarnt gewesen, bevor der Anruf kam. Er hatte sogar Zeit und Gelegenheit gehabt, diejenigen auszuhorchen, die er als die Geschwätzigsten mit den meisten brauchbaren Informationen identifiziert hatte.

Das einzig Überraschende an der Angelegenheit war, dass der Staatsanwalt aus Lemanshain eine zentrale Rolle in der Inszenierung spielte. Mit Trotz hatten schon einige Beamte auf seine unmissverständlichen Drohungen reagiert, eine derart bemerkenswerte Eigeninitiative hatte allerdings bisher noch keiner entwickelt.

Oliver Grohmann würde einer der Nächsten sein, die dieses Komplott gegen ihn übel bereuen würden. Doch zuerst musste Sasha sich um seine Kollegen kümmern.

In einem Hinterhof, nur eine Querstraße vom Treffpunkt entfernt, fand er eine Feuerwehrleiter, die ihm Zugang zu den Hausdächern verschaffte. Es war kein leicht zu bewältigender Weg, zumal er besondere Vorsicht walten lassen musste. Er wollte nicht, dass irgendein Anwohner wegen merkwürdiger Geräusche auf seinem Dach die Polizei rief. Fünf Minuten vor der vereinbarten Zeit fand er schließlich einen Zugang zu dem stillen und dunklen Hof, in dem seine Gegner ihren Van geparkt hatten.

Der Mann, der sich ihm von dieser Seite nähern sollte, stand am Tor und spähte durch einen Spalt in die Gasse. Er war vollkommen arglos, seine Aufmerksamkeit galt allein dem Weg, auf dem Sasha eigentlich kommen sollte. Weder das Kampfmesser noch die Pistole an seinem Gürtel würden ihm irgendetwas nützen.

Lautlos schlich Sasha sich an. Eigentlich hatte er vorgehabt, seinem Widersacher blitzschnell das Genick zu brechen. Doch als er ihn von hinten ansprang, zog er wie ferngesteuert sein Messer.

Sein linker Arm schloss sich um den Hals seines Opfers, und mit dem Handrücken drückte er dessen Kinn nach oben. Im nächsten Moment fuhr die Klinge in die rechte Halsseite.

Es gab ein kurzes, leises Geräusch, das wie der Nachhall eines etwas zu feuchten Kusses klang. Der Stahl durchdrang die Haut und die darunterliegenden Muskelstränge wie Butter. Sasha zog das Messer zurück.

Für den Bruchteil einer Sekunde schien die Welt den Atem anzuhalten, dann spritzte der erste Schwall hellroten Blutes aus der Wunde. Die Nacht war nur noch von dem rhythmischen Herzschlag erfüllt, der das Leben heiß, nass und klebrig aus dem Mann herauspumpte. Die Luft sättigte sich mit süßem, metallischem Geruch.

Obwohl der Mann in Sashas Armen sein Leben nach wenigen Herzschlägen ohnehin ausgehaucht hätte, stach er erneut zu. Dann noch mal. In einem immer schneller werdenden Stakkato ließ er die Klinge wieder und wieder in den Körper seines Gegners fahren.

Dutzende Male in wenigen Sekunden, bis das Gewicht des Mannes schwer in seinen Arm sackte. Sasha ließ ihn zu Boden gleiten, wo der Mann mit einem kaum wahrnehmbaren Klatschen aufschlug.

Sasha hatte die Augen geschlossen. Er zitterte am ganzen Körper. Er war über und über mit Blut besudelt. Langsam leckte er sich über die Lippen. Er schmeckte die Flüssigkeit, die sich teils in einem feinen Regen, teils in schweren Tropfen auf sein Gesicht gelegt hatte.

Er hörte sich selbst vor Wonne aufstöhnen. Eine Welle aus

tiefem Frieden, Euphorie und einem Gefühl, das er nur als Lust bezeichnen konnte, erfasste ihn. Schon lange hatte er sich nicht mehr so gut, so vollkommen gefühlt.

»Sicherheit ist das oberste Gebot«, betonte Jennifer zum wiederholten Mal. »Der Lauf zeigt immer in Richtung Kugelfang, als gesichert gilt die Waffe erst, wenn das Magazin draußen und die Kammer leer ist. Vorher legst du die Pistole nicht ab.«

Oliver hörte ihre Stimme nur gedämpft durch die Kopfhörer, die als Schutz vor dem Lärm dienten. Jennifer und er waren nicht alleine auf dem Schießstand. Es gab fünf weitere Kabinen, und alle waren besetzt. Das Knallen übertönte Jennifers Worte beinahe.

»Und noch mal: Der Lauf zeigt immer in Richtung Kugelfang. Wenn dir, während du schießt, irgendetwas merkwürdig vorkommt, vor allem, wenn du den Eindruck hast, dass der Schuss nicht abgefeuert wurde: Finger weg vom Abzug. Wenn noch eine Kugel im Lauf steckt und du noch einmal abdrückst, kann dir die Pistole um die Ohren fliegen.«

Sie legte die Waffe, ihre private 9-mm-Pistole ohne Magazin und mit leerer Kammer vor ihm auf die dafür vorgesehene Ablage. Ein Päckchen mit fünfzig Patronen lag daneben bereit.

»Also los«, sagte sie. »Du bist dran.«

Oliver nahm eins der leeren Magazine auf und begann, die Patronen in den dafür vorgesehenen Mechanismus zu drücken. Bereits nach der dritten wurde es anstrengender, und bei der sechsten war es richtig mühsam.

Jennifer hatte ihm erklärt, dass in ein Magazin siebzehn Stück passten und dass es schwieriger werden würde, doch er hatte nicht damit gerechnet, dass er sich schon bald fast den Daumen brechen würde beim Versuch, die Patronen in das Magazin zu bekommen.

Jennifer stand neben ihm und beobachtete ihn aufmerksam. Er konnte die Belustigung in ihren Augen sehen, gab aber erst auf, als sie zu grinsen begann.

»Ich denke, das reicht fürs Erste.«

Sie nickte ihm zu.

Oliver befolgte ihre Instruktionen, nahm die Waffe auf und ließ das Magazin in den Griff gleiten, bis es einrastete. Die Pistole war schwerer als die, mit der er vor wenigen Wochen geschossen hatte – aus praktischen Gründen trug Jennifer im Dienst eine leichtere Variante.

Oliver zielte mit dem Lauf in Richtung Scheibe, stellte sich etwas breitbeinig hin, das Gewicht leicht nach vorne verlagert. Mit dem Daumen der rechten Hand ließ er den Schlitten einrasten.

»Denk dran«, sagte Jennifer. »Der Abzug ist relativ empfindlich.«

Es war ein merkwürdiges Gefühl, so zu stehen und sich auf das fünfzehn Meter entfernte Ziel zu konzentrieren. Für einen kurzen Moment flammte die Erinnerung an Lars Rode in ihm auf, der nicht so weit entfernt gewesen war und sich bewegt hatte.

Oliver zielte sorgfältig, bevor er den ersten Schuss abfeuerte. Der Knall war laut, die Hülse prallte gegen die Wand der Kabine, und der Rückschlag war stärker, als er erwartet hatte. Auch der Geruch nach Schießpulver war ihm nicht ganz so intensiv in Erinnerung.

Jennifer nickte anerkennend. »Sehr gut. Du hast gut gezielt. Ein bisschen zu tief, weil du versuchst, dem Rückschlag vorzubeugen. Aber wenn das da vorne ein Gegner wäre, hättest du ihn getroffen.«

Er kniff die Augen zusammen, konnte das Loch im schwarzen Bereich der Zielscheibe aber nur erahnen. Vielleicht lenkten ihn auch die beiden Schüsse ab, die Jennifer zur praktischen Anschauung abgegeben hatte und die in den weißen Kreis in der Mitte eingeschlagen waren.

Er feuerte zwei weitere Schüsse ab, die Kugeln schlugen ebenfalls im schwarzen Bereich der Zielscheibe ein. Dann sah er sie fragend an. »Wieso habe ich Rode dann nicht getroffen? Er ist zwar gelaufen, aber er kam direkt auf mich zu.«

Jennifer lächelte. »Gib mal drei Schuss direkt hintereinander ab.«

Er gehorchte und spürte bereits beim Betätigen des Abzugs, dass seine Hände nach rechts oben weggerissen wurden. Das erste Projektil saß noch, die zweite Kugel traf den äußeren Rand der Zielscheibe, und die dritte verschwand ungesehen irgendwo im Kugelfang. »Okay. Verstehe. Und was kann ich dagegen tun?«

Er ließ das Magazin herausgleiten und nahm von Jennifer das nächste entgegen, das sie in der Zwischenzeit mit zehn Patronen bestückt hatte.

»Trainieren. Viel trainieren. Nicht nur auf dem Schießstand, sondern auch in Spezialübungen. Es kann zwei, drei Jahre dauern, bis du in der Lage bist, in einer echten Gefahrensituation ein bewegliches Ziel zu treffen.« Sie bemerkte seine Enttäuschung. »Deshalb sagte ich bereits, dass dir ein einziger Besuch auf dem Schießstand nicht viel bringen wird.«

Oliver wusste natürlich, dass sie recht hatte. Doch er hatte sie nicht überredet, heute Abend mit ihm hierherzukommen, weil er sich davon die Beherrschung einer Waffe versprach. In Wahrheit hatte er es alleine zu Hause nicht mehr ausgehalten. Das Warten auf den alles entscheidenden Anruf, der *irgendwann* in den nächsten vierundzwanzig Stunden kommen sollte, war ihm einfach zu viel geworden.

Als er zu Jennifer gefahren war, hatte er noch gar nicht vorgehabt, sie zu bitten, ihr Versprechen einzulösen. Er wusste nicht einmal genau, was er sich von dem Besuch bei ihr erwartete. Zu ihrem Plan war alles gesagt worden, sie waren ihn wieder und wieder durchgegangen.

Obwohl ihnen beiden vermutlich dasselbe auf der Seele lag, hatten sie es nicht ausgesprochen: die Tatsache, dass sie einen Mord in Auftrag gegeben hatten. Dass sie Beweismittel entwendet hatten. Dass sie jemandem einen Haufen Geld zur Verfügung stellten, der es in Verbrechen investieren würde.

Die Einsamkeit war letztlich auch deshalb so erdrückend geworden, weil sich sein Gewissen immer wieder zu Wort gemeldet hatte. Oliver hatte langsam das Gefühl beschlichen, dass er doch noch den Mut verlieren könnte. Tief in seinem Innern wusste er längst, dass er, sobald die Sache erledigt war, eine Entscheidung treffen musste. Dass er Verantwortung für alles übernehmen würde, sobald nur Hannah in Sicherheit war.

Doch noch konnte und wollte er sich damit nicht auseinandersetzen. Er war zu Jennifer gefahren, um sich abzulenken. Als sie die Tür geöffnet und sich ihre Blicke getroffen hatten, wusste er allerdings sofort, dass ihnen das nicht gelingen würde, wenn sie in ihrer Wohnung gemeinsam festsaßen.

Also hatte er vorgeschlagen, auf den Schießstand zu gehen, auch wenn ihm der Besuch dort nicht viel mehr bringen würde, als sich etwas besser mit Schusswaffen vertraut zu machen und seine Kopfschmerzen aufs Neue zu befeuern. Jennifer hatte kaum gezögert, und schon waren sie unterwegs gewesen.

Trotzdem wollte er nicht allzu schnell aufgeben. »Aber es muss doch eine Möglichkeit geben, dem Verreißen vorzubeugen.«

Jennifer seufzte. »Ja, Training.«

»Sonst nichts?«

Sie zögerte. »Wir könnten ein wenig an deiner Haltung arbeiten, aber wenn du nicht regelmäßig auf den Schießstand gehst …«

»Zeig es mir.«

Jennifer schien noch immer nicht überzeugt, ließ sich aber darauf ein. »Okay. Wenn du unbedingt willst. Stell dich hin.«

Oliver nahm wieder dieselbe Haltung ein wie zuvor.

»Das Problem ist, dass du deine Arme zu steif hältst, so kannst du den Rückstoß kein bisschen abfedern und verreißt die Waffe. Halte sie nicht ganz so gerade durchgestreckt. Du musst dich entspannen.«

Er folgte ihren Anweisungen oder versuchte es zumindest.

»Nein, das ist zu viel. Etwas … Nein. Und die Schultern …« Jennifer schüttelte den Kopf. »So geht das nicht. Warte …«

Sie trat dicht hinter ihn und begann seine Haltung zu korrigieren. Es war nicht einfach. Sie war kleiner als er, hatte kürzere Arme und musste sich dicht an ihn drängen, um an seine Handgelenke heranzukommen.

Oliver biss die Zähne so fest zusammen, dass er das Knirschen nicht nur spürte, sondern auch deutlich hören konnte. Sein Körper reagierte sofort auf ihre Nähe und wollte Blut in Regionen schicken, wo er es in diesem Moment definitiv nicht gebrauchen konnte.

Es kostete ihn seine ganze Konzentration, dagegen anzukämpfen, und Jennifers Stimme drang kaum noch zu ihm durch. Im Stillen schalt er sich einen Idioten. Er war verdammt noch mal zu alt, um derart auf eine Frau zu reagieren.

Doch wie sollte er ignorieren, dass sie sich an seinen Rücken presste? Dass er ihre Wärme und die Umrisse ihres Körpers deutlich spürte? Die Erinnerung an den Abend nach dem Konzert überflutete sein Gehirn, und er musste sich auf die Unterlippe beißen, um sich nicht darin zu verlieren.

Wie gerne hätte er die Pistole gesichert und abgelegt, sich umgedreht und sie in seine Arme gezogen. Sie stellte seine Beherrschung seit dieser verhängnisvollen Nacht nicht zum ersten Mal auf die Probe und schien sich dessen überhaupt nicht bewusst zu sein.

Er wollte sie. Daran konnten weder Absprachen und Vereinbarungen noch die unverrückbare Tatsache, dass sie in einer kleinen Dienststelle direkt zusammenarbeiteten, etwas ändern.

Nur dieses eine Mal. Warum hatte er das nur gesagt? Hätte er es nicht besser wissen müssen? Warum hatte sie ihre Bedenken für einige Stunden beiseite gewischt und war darauf eingestiegen? Teufel noch mal!

Die Wut über sich selbst lenkte ihn genügend von Jennifers Nähe ab. Er zog den Abzug dreimal kurz hintereinander durch. Alle Kugeln trafen zumindest die Zielscheibe.

Oliver atmete tief durch. Irgendwie hoffte er, dass sie sich nicht sofort von ihm lösen würde, doch sie tat es. Sein Rücken brannte wie Feuer. Er wagte kaum, ihr einen Seitenblick zuzuwerfen.

Sie lächelte, und er hätte schwören können, dass das Lächeln nicht nur dem Ergebnis der Schießübung galt.

»Das hast du gut gemacht.«

Blut. Überall Blut. Pures Leben.

Er löschte es aus. Eines nach dem anderen. Alle fünf Gegner starben durch seine Hand.

Mit jedem letzten Atemzug, jedem finalen Herzschlag, fühlte er sich mehr und mehr berauscht, unangreifbar und dem Seelenfrieden näher.

Er ließ seine dunkle Seite gewähren, entließ sie von der Leine, die er ihr angelegt, zerstörte den Käfig, in dem er sie all die Jahre gehalten hatte.

Vorsicht. Sicherheit. Ein Leben in der Finsternis, als Geist, als Schatten seiner selbst. Unterdrückt, unterjocht. Sich und seinem Verlangen nur Krümel gönnend, die notwendig waren, um die Entbehrungen zu ertragen. Ein halbtoter Zustand, eingepfercht in Regeln und Vorschriften, nur um der Entdeckung zu entgehen.

Nie wieder würde er dorthin zurückkehren.

Intensität. Euphorie. Befriedigung. Hochgefühl.

Sollten sie ihn doch kriegen. Irgendwann. Bis dahin konnte er leben, anstatt nur zu existieren.

An Opfern würde es ihm nicht mangeln.

Er hatte aus seinem bisherigen Leben noch ein paar offene Rechnungen zu begleichen.

Nur im Gegensatz zu den fünf Handlangern, würde er die Zeit haben, ihnen die Schmerzen zu bereiten, die sie verdienten.

Im Anschluss verschoss Oliver die gesamten fünfzig Schuss und probierte noch zwei andere Waffen aus, einen Revolver und eine Flinte, die Jennifer vom Schießbahnbetreiber geliehen hatte. Die gebuchte Stunde verging wie im Flug.

Oliver stellte sich für einen blutigen Anfänger nicht schlecht an, doch wenn er das Schießen wirklich lernen wollte, würde kein Weg an regelmäßigem Training vorbeiführen. Auf seinen Vorschlag, ab und zu gemeinsam auf den Schießstand zu gehen, reagierte Jennifer trotzdem verhalten.

Die Nähe zu ihm empfand sie noch immer als angenehm, als viel zu angenehm, wenn sie ehrlich war, und eine gemeinsame Freizeitaktivität schien ihr nicht gerade geeignet, um den selbstauferlegten Abstand zwischen ihnen einzuhalten. Der bröckelte ohnehin schon verdächtig.

Hinzu kam, dass ihrer beider Zukunft voraussichtlich sehr

bald eine einschneidende Veränderung erfahren würde. Es war fraglich, ob Oliver überhaupt noch die Gelegenheit haben würde, einen Schießstand zu besuchen. Dasselbe traf auf sie selbst zu.

Jennifer war sich im Klaren darüber, dass sie nicht ungeschoren aus dieser Sache herauskommen würden. Früher oder später würden sie sich darauf verständigen müssen, ihre Taten einzugestehen und die Konsequenzen zu tragen.

Doch noch wollte sie sich mit diesem Gedanken nicht beschäftigen. Noch war die Angelegenheit nicht ausgestanden. Sie warteten auf den alles entscheidenden Anruf, der nicht nur das Schicksal von *Myasnik* besiegeln würde.

Oliver brachte sie wie vereinbart nach Hause und hielt am Straßenrand. Es gab nichts zu sagen, trotzdem zögerte Jennifer, bevor sie ausstieg.

Sie überlegte, ihn zu fragen, ob er die Nacht nicht bei ihr verbringen wolle, er könnte auf ihrem Sofa schlafen. Ihre Wohnung war sicherer. Sie würde mitbekommen, wenn er angerufen wurde. Sie wollte nicht allein mit ihren Gedanken sein.

Doch sie sprach nichts von alldem aus. Sie verabschiedete sich und legte den kurzen Weg zum Eingang schneller als notwendig zurück. Obwohl die Haustür nach zwanzig Uhr abgeschlossen werden sollte, war sie mal wieder offen.

Seit sie in ihren eigenen vier Wänden angegriffen worden war, regte sich Jennifer immer darüber auf, doch heute Abend nahm sie diese Fahrlässigkeit nur beiläufig zur Kenntnis. Der Bewegungsmelder im Flur funktionierte ebenfalls nicht, und als sie endlich den Lichtschalter gefunden hatte, stellte sie fest, dass die Lampe an der Treppe zur Tiefgarage kaputt war.

Jennifer verdrehte genervt die Augen. Früher hatten ihr solche Kleinigkeiten nichts ausgemacht, doch jetzt spürte sie ein kaltes Kribbeln im Nacken.

Sie wollte die Haustür gerade abschließen, als ein Geräusch sie ablenkte. Es hörte sich wie ein leises Jaulen an. Sie hielt inne und sah sich um.

Nichts.

Hatte sie sich verhört? Es musste wohl so sein. Doch gerade als sie sich wieder der Haustür zuwenden wollte, erklang es erneut. Es war ein seltsames, fast schon unmenschliches Geräusch.

Jennifer blieb wie angewurzelt stehen. Ein Schweißtropfen rann ihre Wirbelsäule hinunter und hinterließ eine eisige Spur.

Sie sollte sich in die Sicherheit ihrer eigenen vier Wände zurückziehen. Es ging sie nichts an. Das Geräusch konnte alles oder nichts bedeuten. Warum sollte es sie kümmern?

Feigling!

Die fiese Stimme in ihrem Kopf ließ sie die Zähne aufeinanderbeißen. Seit wann ergriff sie vor irgendwelchen undefinierbaren Geräuschen in der Dunkelheit die Flucht? Es war absurd!

Möglicherweise war der Hund aus dem zweiten Stock mal wieder ausgebüxt und unten irgendwo eingesperrt. Oder einer der älteren Nachbarn war in der Tiefgarage gestürzt und hatte sich verletzt.

Wenn sie später davon erführe, würde sie dann lügen und sagen, sie hätte nichts bemerkt? Oder sich darauf berufen, dass sie zu große Angst gehabt und deshalb nichts unternommen hatte?

Eine tolle Polizistin war sie.

Jennifers Griff um den Schlüsselbund festigte sich. Sie würde den Teufel tun und sich wie ein verängstigtes Tier im sicheren Bau verstecken.

Der Gedanke an die Pistole in ihrer Tasche blitzte auf, doch auch den tat sie als übertrieben ab. Bald würde sie noch auf quiekende Ratten im Keller schießen.

Jennifer ging bis zum Treppenabsatz und blieb in den letzten Ausläufern des Flurlichts stehen. Die Treppe lag in absoluter Dunkelheit. Sie konnte die Tür, die in die Tiefgarage führte, nicht einmal mehr erahnen.

Sie lauschte erneut, doch es blieb still. Schon wollte sie sich darauf berufen, dass das Geräusch verschwunden war und sie keinen Grund mehr hatte, nachzusehen.

Trotzig gab sie sich einen Ruck, den Schlüsselbund noch immer in der Faust. Sie kannte den Weg, sie brauchte kein Licht. Mit wenigen Schritten war sie unten an der Treppe, riss die Tür zur Tiefgarage auf und schlug auf den Lichtschalter.

Sie hatte vergessen, dass die Lampen in der Garage ein paar Sekunden brauchten. Die Zeit schien sich dieses Mal zu einer kleinen Ewigkeit zu dehnen, bis das Neonlicht flackernd aufleuchtete.

Jennifer ließ den Blick durch die Tiefgarage wandern. Alle Autos standen an ihrem Platz. Es war nichts Ungewöhnliches zu sehen. Oder zu hören. Kein Jaulen, kein Quieken, keine Bewegung, nichts.

Im Licht, das durch die offene Tür fiel, prüfte sie den kurzen Kellerflur und die Treppe. Auch hier war nichts zu sehen oder zu hören. Jennifer blieb einen Moment reglos stehen, doch die friedliche Stille hielt an.

Sie ließ die Tür los, die sich selbsttätig mit einem quietschenden Knarzen schloss. Erneut war sie von Dunkelheit umgeben, doch jetzt jagte ihr das keine Angst mehr ein. Beinahe hätte sie über ihre Anspannung und ihre Vorsicht lachen müssen.

Ratten. Der Hund aus dem zweiten Stock. Ein verletzter Nachbar … Lächerlich. Noch lächerlicher waren die Bilder, die ihr Gehirn unterbewusst heraufbeschworen hatte und die ihr Herz zum Rasen gebracht hatten.

Wie lange würde es wohl noch dauern, bis ihre Fantasie in solchen Situationen nicht mehr mit ihr durchging?

Jennifer kehrte ins Erdgeschoss zurück und schloss ihre Wohnungstür auf. Sie betrat den Flur. Angenehm temperierte Luft empfing sie. Sie ließ die Tasche, in der sich ihre Waffe befand, neben der Garderobe zu Boden fallen und rief nach Gaja.

Mit dem Fuß gab sie der Wohnungstür einen Stoß. Doch das Geräusch der zuschlagenden Tür blieb aus. Jennifer wollte schon nachtreten, sah aber aus den Augenwinkeln, wie die Tür von außen aufgedrückt wurde. Eine Hand erschien in dem größer werdenden Spalt.

Ihr Herz machte einen erschrockenen Sprung. Sie wirbelte herum, allerdings zu spät. Der dunkle Schatten hatte sich bereits durch die Tür geschoben und kam auf sie zu.

Im nächsten Moment schlossen sich starke Arme um ihren Körper. Die Wohnungstür fiel krachend ins Schloss.

33

Charlie kam nicht mal bis ins Mädchenzimmer. Alex erwartete sie bereits. Er packte sie am Arm und zog sie mit sich, wobei er nicht gerade zimperlich vorging. Sie würde sicher blaue Flecken davontragen.

In einer anderen Umgebung hätte sie sich von ihm losgerissen und ihn angeschrien. Sie mochte dazu neigen, sich in sexueller Hinsicht ausbeuten oder erniedrigen zu lassen, auf der Suche nach einer Bestätigung, die sie niemals finden würde. Aber körperliche Gewalt hatte sie sich niemals gefallen lassen.

Es verlangte ihr einiges an Beherrschung ab, zu warten, bis er sie in einen Privatraum schob, der gerade nicht genutzt wurde. Kaum war die Tür hinter ihm zugefallen, befreite sie sich mit einer schnellen Drehung aus seinem Griff und wirbelte zu ihm herum.

Allein der Ausdruck in seinem Gesicht und die Kälte in seinen Augen ließen sie jedoch innehalten und den Ausbruch hinunterschlucken, der in ihrer Kehle hochgestiegen war.

Alex war wütend und verzweifelt zugleich. Keine gute Mischung.

Charlie ahnte sofort, dass irgendetwas gehörig schiefgelaufen war. Allein die Art, wie er sich vor der verschlossenen Tür aufbaute und ihr damit jeden Fluchtweg abschnitt, sagte genug.

Sie wollte sich dennoch nicht einschüchtern lassen. »Was zum Teufel soll das?!«

»Was das soll?!«, spie er zornig aus. »Das könnte ich wohl eher dich fragen!«

»Weshalb, ich …«

»Du hast mich reingelegt!« Er deutete mit dem Finger auf sie. »Du hast mich benutzt!«

»Inwiefern? Ich verstehe nicht …«

»Stell dich nicht dumm, Charlie! Du weißt genau, wovon ich rede! Du und dieser beschissene Staatsanwalt!« Er funkelte sie an, dann begann er, sie nachzuäffen. »Oh, ich habe ihn erkannt. Er hat mal gegen mich ermittelt. Ich habe keine Ahnung, was er hier will.« Alex schüttelte den Kopf. »Was für eine Scheiße! Ich bin so ein Vollidiot! Diesen ganzen Mist habe ich dir abgenommen, dabei hätte ich wissen müssen, dass an der Sache irgendwas faul ist! Was für ein Zufall, der euch beide in diesem Etablissement zusammengeführt hat!«

»Solche Zufälle soll es geben.«

»Ach, ja?! Weißt du, daran hätte ich vielleicht glauben können, wenn er nur irgendeinen Deal angeboten hätte. Aber dass es ihm um den Schlächter geht, wenige Tage, nachdem du mich über ihn ausgefragt hast, das sind ein paar Zufälle zu viel, findest du nicht auch?«

»Er will den Killer?«, hauchte Charlie und gab sich eingeschüchtert. Irgendwo in ihrem Innern meldete sich ein Funke Angst, doch ihm fehlte die Nahrung, um zu einer Flamme oder gar einem lodernden Feuer zu werden.

»Verkauf mich nicht für blöd, Charlie! Das Spiel ist aus, die Masken sind gefallen! Du kannst von Glück reden, dass ich dich aus dem ganzen Kram rausgehalten habe, sonst wärst du längst tot!«

»Aber …«

»Kein Aber! Steckst du nun mit diesem Typen unter einer Decke, oder nicht?!«

Es machte keinen Unterschied mehr. Wenn sie weiter leugnete, würde sie Alex noch mehr in Rage versetzen. Trotzdem brachte sie nur ein kaum wahrnehmbares Murmeln zustande. »Ja.«

»Wie war das?«

»Ja.« Sie schloss kurz die Augen und schluckte. »Ich sagte, ja, du hast recht.«

Er starrte sie zwei Sekunden lang fassungslos an. Sie hätte ihm ebenso gut ins Gesicht gespuckt haben können. Plötzlich stampfte er mit dem Fuß auf, fuhr herum und schlug mit der Faust gegen die Wand. »Verdammte Scheiße!«

Charlie zuckte zusammen und blieb, wo sie war. Sie ließ ihn nicht aus den Augen, bereit, auf jede Art von Angriff zu reagieren.

Doch Alex beruhigte sich wieder. Er betrachtete die aufgeplatzten Knöchel an seiner Hand, als würden sie gar nicht zu ihm gehören. Dann schüttelte er mit einem bitteren Lächeln den Kopf. »Verdammt, Charlie … Ich hätte es ahnen müssen.«

Sie sagte nichts, wartete ab. Es fiel ihr schwer, seine Laune einzuschätzen.

»Hast du eigentlich eine Ahnung, in welche Lage du mich gebracht hast? Seit du hier aufgetaucht bist, wirbelst du alles durcheinander. Und dann fällst du mir auch noch in den Rücken.«

»Ich bin dir nicht in den Rücken gefallen.«

»Aber du hast mich benutzt.«

Charlie zögerte, sie wusste selbst nicht, warum. Er hatte recht, oder? Was gab es da noch abzustreiten?

»Dein Interesse an mir, unsere Gespräche, die Zeit, die wir miteinander verbracht haben. Alles nur gespielt, oder? Alles nur, um an Informationen heranzukommen.« Er wartete ihre Antwort nicht ab. »Ich hatte Zweifel, habe dich bedroht, geglaubt, du hättest etwas zu verbergen, und doch habe ich mich jedes Mal wieder von dir einlullen lassen. Ich wollte einfach glauben, dass mich mein Gefühl trügt. Ich wollte nicht wahrhaben, dass er recht behalten könnte.«

Charlie runzelte die Stirn. Sie verstand die letzte Bemerkung nicht, maß ihr aber auch keine große Bedeutung bei. Sie hatte ganz andere Probleme. Sie musste aus dieser Situation irgendwie herauskommen.

Sollte sie ihm sagen, dass nicht alles nur gespielt gewesen war? Dass er ihr, trotz seiner zwei Gesichter und seiner so widersprüchlichen Seiten – oder gerade deswegen –, sympathisch war? Warum sollte er ihr glauben? Warum sollte es einen Unterschied machen?

»Du hast mich erwischt«, sagte sie leise. »Es gibt nicht viel, was ich zu meiner Verteidigung vorbringen kann.«

Alex sagte nichts mehr. Er sah sie einfach an, und in seinem Blick standen nicht mehr nur Zorn und Verzweiflung, sondern auch Trauer.

»Verkürzen wir das Ganze«, schlug Charlie vor. Endlich verspürte sie ein zartes Flattern in der Magengegend. Ihr Gehirn begriff endlich, dass sie in ernster Gefahr schwebte. Dieser Kick konnte sie ihr Leben kosten. »Sag mir, was du nun tun willst.«

Ein unglückliches Lachen verzog seine Mundwinkel. »Was ich tun will? Ist das nicht die Frage, die mein ganzes Leben beherrscht? Nur, dass ich zu feige bin, sie zu beantworten und die Konsequenzen zu ziehen?«

Charlie verstand ihn, und auch wieder nicht. Seine Handlungen hatten immer auf eine innere Zerrissenheit schließen lassen. In gewisser Weise war er unberechenbar. Taumelte zwischen Gut und Böse hin und her, ohne sich für eine Seite entscheiden zu können.

Durfte sie hoffen, dass sie der Stolperstein war, der ihn zu

Fall und damit zur Vernunft brachte? Sie konnte nicht einschätzen, auf welcher Seite er letztlich auf dem Boden aufschlagen würde. »Du sprichst in Rätseln.«

»Tue ich das?« Er fuhr sich mit der Hand über die Stirn und durchs Haar. Er schwitzte, obwohl die Temperatur im Zimmer angenehm war. »Ich bin mir doch selbst ein Rätsel!«

Charlie nahm allen Mut zusammen, trat zwei Schritte auf ihn zu und ergriff vorsichtig seinen Arm, während sie ihm tief in die Augen sah. »Du könntest versuchen, es mir in Ruhe zu erklären.«

»Willst du es wirklich wissen? Willst du wissen, wer ich wirklich bin?«

Sie nickte.

»Dann werde ich es dir zeigen.«

Jennifer hatte kaum eine Stunde geschlafen, als sie wieder zu sich kam. Irgendein Geräusch oder eine Bewegung musste sie geweckt haben. Sie brauchte eine Sekunde, um sich zu orientieren und die Einrichtung ihres Schlafzimmers zu erkennen. Nur langsam erinnerte sie sich daran, wie sie in ihr Bett gelangt war.

Und mit wem.

Eigentlich hätte sie erwartet, dass die Erkenntnis ihr einen kleinen Schock versetzen würde. Doch als sie Oliver schlafend neben sich erblickte, blieben Selbstvorwürfe und Ärger aus. Vielleicht hatte sie vorerst kapituliert, oder die Erinnerung an die letzten Stunden war noch zu frisch.

Er hatte sie erneut überrascht, nur hatte sie dieses Mal keinerlei Bedenken geäußert oder Einspruch erhoben. Es war einfach passiert, ohne viele Worte, leidenschaftlich und intensiv. Ihre Kleidung lag irgendwo zwischen Wohnungstür und Schlafzimmer verstreut.

Obwohl Jennifer müde war, jagte ihr die Erinnerung einen wohligen Schauer über den Rücken. Ihre Erregung kehrte beinahe sprunghaft zurück. Sie beugte sich vor und küsste Oliver sanft auf die leicht geöffneten Lippen.

Er blinzelte verschlafen. Im nächtlichen Licht, das durch die halb geöffneten Jalousien hereinfiel, konnte sie sehen, wie er sie irritiert anblickte. Gleich darauf erschien ein Grinsen in seinem Gesicht.

Jennifer küsste ihn fordernder, ließ sich aber nicht in eine Umarmung ziehen. Dieses Mal würde sie ihm nicht die Initiative überlassen. Sie löste sich von ihm und drückte ihn in die Kissen zurück.

Seinen fragenden Blick beantwortete sie mit weiteren Küssen. Auf seinen Mundwinkel, sein Kinn und schließlich seinen Hals. Sie ließ ihren Mund, ihren Händen folgend, Stück für Stück nach unten wandern, über seine Brust zu seinem Bauch, bis zu seiner Leiste.

Oliver bäumte sich mit einem heiseren Aufstöhnen unter ihr auf. Seine Hände krallten sich in die Bettdecke.

Jennifer ließ sich Zeit. Mehrere Minuten lang trieb sie ihn immer wieder fast bis zum Siedepunkt, ohne ihm Befriedigung zu verschaffen. Bis sie es schließlich selbst kaum noch aushielt.

Sie wollte sich eigentlich langsam nach oben vorarbeiten, hatte aber auch nichts dagegen, als Oliver ungeduldig nach ihr griff, um sie auf sich zu ziehen.

Die ersehnte Vereinigung blieb ihnen jedoch verwehrt.

Es war nicht ihr Handy, das klingelte. Jennifer rollte sich von Oliver herunter, der sich etwas ungehalten neben ihr aufsetzte und im Dunkeln nach dem Störenfried suchte.

Sie schaltete die Lampe auf ihrem Nachttisch ein. Als ihr Gehirn die letzten Minuten endlich als Nebensache abgetan hatte und sich den wichtigen Dingen zuwandte, strömte augenblicklich Adrenalin durch ihre Adern. »Ist er das?«, flüsterte sie heiser.

Doch zu ihrer Enttäuschung und irgendwie auch Erleichterung schüttelte Oliver den Kopf. Das Klingeln kam nicht von dem Prepaid-Handy, das er sich nur für diesen Zweck vor zwei Tagen gekauft hatte. Er fand sein Smartphone, sah mit einem Stirnrunzeln aufs Display und nahm den Anruf schließlich entgegen. Er lauschte einige Sekunden lang, dann spannte er sich unwillkürlich an.

Seine nächsten Worte alarmierten Jennifer nicht weniger als es der erwartete Anruf von Jegor Sidorov getan hätte.

»Was soll das heißen, sie ist abgehauen und hat Monica beklaut? Wann? Nach Heidelberg? Was zum Teufel will sie in Heidelberg?«

Die Dunkelheit war sein Verbündeter. Sie umgab ihn, verbarg ihn, ließ ihn mit der Umgebung verschmelzen. Es war ein Leichtes, sich durch das kleine Waldstück der Rückseite des Hauses zu nähern.

Am Vordereingang, der zur Straße hin lag, hätte er keinerlei Chance gehabt. Im Schutz der dichten Bäume, die bis zur Mauer reichten, musste er nicht besonders aufpassen.

Auf dem privaten Grundstück würde es natürlich anders aussehen. Er durfte nicht unbedacht handeln. Auch wenn die Mauer kein großes Hindernis darstellte, kletterte er auf einen Baum, der direkt davor stand, und warf einen Blick über den zwei Meter hohen Betonwall.

Die Fenster des Hauses waren hell erleuchtet. Er konnte durch die Glasfront direkt ins Wohnzimmer sehen. Dort lief er deutlich sichtbar hin und her, ein Telefon ans Ohr gedrückt. Schon etwas aufgeregt, aber bei weitem noch nicht aufgeregt genug.

Das Licht, das durch die Fenster auf die Terrasse fiel, reichte aus, um den großzügigen Garten und das Grundstück zu erhellen und ihm all das zu offenbaren, was ihm theoretisch zum Verhängnis werden konnte. Er musste nur sehr genau beobachten und abwägen, dann würde er ohne Überraschungen und ohne frühzeitige Entdeckung bis zum Haus gelangen.

Er wusste, dass es einen Notruf gab, dessen Aktivierung er tunlichst vermeiden sollte.

Doch darum machte sich Sasha gar nicht so große Sorgen. Der Abend hatte ihm schon viele Geschenke bereitet, und er glaubte nicht, dass seine Glückssträhne so bald vorbei sein würde.

Er lächelte, als er den Jungen und das Mädchen in einem hell erleuchteten Zimmer im ersten Stock stehen und miteinander reden sah. Sie hatten ihre eigenen Probleme zu bewältigen, Probleme, die ihnen schon bald vollkommen bedeutungslos erscheinen würden.

Sie wussten nicht, dass sie ihm den Weg gewiesen hatten.

Erst recht ahnten sie nicht, wie bald sie seine Bekanntschaft machen würden.

Allein der Gedanke daran zauberte ein Lächeln in Sashas Gesicht.

Sie passierten gerade das Darmstädter Kreuz, als Jennifers Vater endlich zurückrief. Jennifer nahm den Anruf per Freisprechanlage entgegen. »Ja?«

»Hannah ist hier«, sagte Gerhard Leitner. Seine tiefe Stimme klang angespannt und müde zugleich. »Vor zwei Minuten hat sie an der Tür geklingelt, als wäre es das Normalste auf der Welt. Es geht ihr gut.«

Oliver sackte auf dem Beifahrersitz erleichtert zusammen. Seit Heiko ihn informiert hatte, dass Hannah sich samt der

Kreditkarte seiner Frau abgesetzt hatte, stand er ununterbrochen unter Strom. Er hatte sich alle möglichen Horrorszenarien ausgemalt.

Hannah hatte einen gemeinsamen Kinobesuch zur Flucht genutzt. Sie hatte vorgegeben, auf gar keinen Fall das von den Erwachsenen bevorzugte Kriegsdrama sehen zu wollen, und vorgeschlagen, eine Parallelvorstellung zu besuchen. Anschließend hatte sie sich im Foyer wieder mit ihnen treffen wollen, war dort allerdings nicht aufgetaucht.

Heiko hatte auf seinem Handy eine knappe Sprachnachricht vorgefunden: Dass es ihr leid tue, dass ihr Kumpel Bastian ihre Hilfe brauche und sie auf dem Weg zu ihm nach Heidelberg sei. Heiko solle sich keine Sorgen machen. Anschließend entschuldigte sie sich noch dafür, Monicas Kreditkarte entwendet zu haben, und kündigte an, die Beträge, die sie für ihre Reise brauche, so bald wie möglich zurückzuzahlen.

Oliver hatte sich die Nachricht immer und immer wieder angehört und sie mindestens ein Dutzend Mal Jennifer vorgespielt. Sie hatten beide keinerlei Anzeichen dafür entdeckt, dass Hannah möglicherweise nicht freiwillig gehandelt haben könnte, trotzdem hatte sich seine Anspannung kein bisschen gelegt.

Auch nicht, als Bastian eingeräumt hatte, Hannah tatsächlich gebeten zu haben, nach Heidelberg zu kommen. Der Junge weigerte sich, die Gründe für die ganze Aktion offenzulegen, bestand aber darauf, dass Jennifer sofort in ihr Elternhaus nach Heidelberg kam.

Oliver schwankte zwischen Sorge und Wut. Wie konnte Hannah sich einem solchen Risiko aussetzen! Er hatte sie mit aller Dringlichkeit darum gebeten, zu ihrer eigenen Sicherheit bei seinen Freunden zu bleiben, und sie fuhr mitten in der Nacht hundert Kilometer mit dem Zug durch die Gegend!

»Und was soll der Aufstand?« Oliver hatte Mühe, nicht zu verärgert zu klingen. Er sprach immerhin mit Jennifers Vater, und der konnte für die Situation am allerwenigsten. »Würden Sie sie bitte ans Telefon holen?«

»Sie weigert sich, Herr Grohmann«, erklärte Gerhard Leitner mit einem Seufzen. Dass er bei dem ganzen Theater um ein Uhr nachts eine solche Ruhe bewahrte, war erstaunlich. »Wir verstehen selbst nicht, was los ist. Sie hat sich mit Bastian in sein Zimmer zurückgezogen. Sie bleiben dabei: Sie reden erst, wenn Jennifer hier ist. Und Victor.«

»Victor?«, fragte Jennifer. »Was hat der damit zu tun?«

»Wenn ich es wüsste, würde ich es dir sagen. Deine Mutter ist vollkommen außer sich. Aber es muss wohl um irgendeine Familienangelegenheit gehen.«

Was hatte dann Hannah damit zu tun?! Oliver verstand überhaupt nichts mehr. Er sah Jennifer an, die aber ebenfalls nicht die geringste Ahnung hatte und lediglich ein Schulterzucken andeutete.

Was hatte das alles zu bedeuten? Was konnte nur so verdammt wichtig sein, dass Hannah der Frau seines besten Kumpels die Kreditkarte klaute und abhaute? Für einen Jungen, den sie seit nicht einmal zwei Wochen kannte? Wieso musste es sofort sein? Warum hatten die Kids nicht einfach den Mund aufgemacht und um ein Treffen gebeten?

Es waren genau die Fragen, die er Hannah und Bastian stellte, als sie dreißig Minuten später im Wohnzimmer der Familie Leitner zusammentrafen. Oliver, seine Tochter, Jennifer, ihre Eltern und ihre beiden Brüder.

»Du wirst es verstehen, wenn du es hörst«, sagte Hannah nur. Der Ausdruck in ihrem Gesicht ließ sie mindestens zehn Jahre älter wirken. Sie und Bastian sahen beide so ernst aus, als müssten sie gleich zu einer Beerdigung.

Es war diese Stimmung, die Olivers Wut sofort verrauchen ließ. Irgendetwas Wichtiges, irgendetwas von Bedeutung bewegte die beiden Jugendlichen. Bastian augenscheinlich noch mehr als Hannah. Sie stand ihm bei, war aber nicht weniger ergriffen.

Oliver war zwar bewusst, dass es in diesem Alter eine Menge Dinge gab, die derartige Gefühle hervorrufen konnten, und dass den Erwachsenen dieselben Gründe womöglich vollkommen unbedeutend erscheinen würden. Doch er spürte schon nach wenigen Sekunden, dass dies hier und heute nicht der Fall war.

Jennifers Mutter wirkte gereizt und ungeduldig. Jennifers Vater, der noch immer einen vollkommen ruhigen, fast schon teilnahmslosen Eindruck machte, musste sie beinahe zwingen, sich zu setzen.

Victor Leitner, der nur zwei Jahre jünger war als Jennifer und dem Oliver heute zum ersten Mal begegnete, wirkte interessiert, aber auch beunruhigt. Jennifers Stimmung war schwer zu fassen. Ihre Wut kochte ebenfalls nur noch auf kleiner Flamme, sie war jedoch keinesfalls entspannt, als sie sich auf einem der Sessel niederließ.

Die beiden Jugendlichen standen vor der Schrankwand und hatten offensichtlich nicht vor, sich zu setzen.

Es war eine eigenartige Versammlung.

Oliver kam es schon fast wie ein Tribunal vor, als er in Ermangelung einer weiteren Sitzgelegenheit auf der Lehne neben Jennifer Platz nahm.

Eigentlich hätte er gehen sollen. Zweifellos war es eine Angelegenheit der Familie Leitner, und er fühlte sich trotz Hannahs Anwesenheit vollkommen fehl am Platze. Doch Neugier hielt ihn an Ort und Stelle, auch wenn er sich ein klein wenig dafür schämte.

»So«, sagte schließlich Annabell Leitner und fixierte ihren jüngsten Spross. »Würdest du jetzt endlich mit der Sprache rausrücken und uns sagen, was dieses ganze Theater soll?«

Bastian fühlte sich sichtlich unwohl. Es schien fast, als würde er unter dem strengen Blick seiner Mutter zurückzucken. Doch dann streckte er den Rücken, hob den Kopf und sah ihr in die Augen. »Interessant, dass ausgerechnet du von mir Aufklärung forderst. Eigentlich bist du doch diejenige, die etwas zuzugeben hätte. Du und …«, er sah Gerhard Leitner an, »mein sogenannter Vater.«

»Was soll das denn bitte heißen?«, stieß Annabell Leitner hervor. »Dein *sogenannter* Vater?«

Bastian ließ seinen Blick zwischen ihr und Gerhard Leitner, der nur die Stirn runzelte, hin und her schweifen, dabei streifte er auch kurz Jennifer. »Ich gebe euch eine letzte Gelegenheit, die Wahrheit zu sagen. Ich kenne sie bereits, aber dennoch – ich will sie von euch hören.«

Victor tauschte einen ratlosen Blick mit Jennifer, deren Haltung sich noch weiter versteift hatte.

»Was denn für eine Wahrheit?! Wovon redest du?!«

»Ihr seid nicht meine Eltern«, stellte Bastian mit ruhiger Stimme fest.

»Wie bitte?!«, rief Annabell Leitner empört aus. »Was soll denn dieser Unsinn?!«

Oliver konnte im Gesicht ihres Mannes aber bereits erkennen, dass es alles andere als Unsinn war. Bastian hatte den Nagel auf den Kopf getroffen. Doch er sagte nichts, saß nur stumm da und hörte zu. Victor sah seinen jüngeren Bruder mit vor Überraschung offenem Mund an.

»Das ist kein Unsinn«, erwiderte Bastian und hatte jetzt sichtlich Mühe, Ruhe zu bewahren. »Ich habe Beweise.«

»Was denn für Beweise?! Das ist so etwas von lächerlich!«

Bastian knirschte unterschwellig mit den Zähnen. Hannah legte ihm eine Hand auf den Arm. Die Berührung beruhigte ihn, doch in seiner Stimme klang unterdrückte Wut mit. »Unsere Blutgruppen. Sie passen nicht zueinander.«

Annabell Leitner sah ihn verständnislos an.

»Hannah ist die Vererbungslehre mit mir durchgegangen. Früher hab ich das nie kapiert. Als Jennifer mich hierher zurückgeschickt hat, meinte sie, ich könne es einfach mal anhand unserer Familie überprüfen. Mit unseren Blutspendeausweisen kein Problem. Nur das Ergebnis ist ein Problem.« Er atmete tief durch. Tränen der Wut standen in seinen Augen. »Ich habe AB. Papa hat B, das könnte noch passen. Aber du, die Frau, die ich immer für meine Mutter gehalten habe, hat 0.«

»Ich verstehe davon nichts«, erklärte Annabell Leitner mit einem brüskierten Kopfschütteln. »Vielleicht hast du es auch einfach nur falsch interpretiert.«

»Das hat er nicht«, sagte Hannah mit einer Härte, die Oliver von ihr nicht kannte. »Damit ein Kind die Blutgruppe AB erbt, muss ein Elternteil die Blutgruppe A auf einem Allel tragen. Das ist bei Ihnen beiden nicht der Fall. Das B-Allel könnte Bastian von Ihrem Mann geerbt haben, doch mit Ihnen ist er definitiv nicht verwandt.«

Oliver war froh, dass er aufgrund seines Jobs mit dem Thema Blutgruppenvererbung vertraut war. Hannah und Bastian hatten recht. Bei dieser Konstellation konnte Annabell Leitner nicht Bastians Mutter sein. Es sei denn, sie würde an irgendeinem außergewöhnlichen Gendefekt leiden, aber das schloss er aus. Gerhard Leitner blickte derart schuldbewusst drein, dass es keines Beweises mehr bedurfte, um zu wissen, dass die Teenager die Wahrheit ans Licht gezerrt hatten.

»So ist es«, bestätigte Bastian grimmig. »Aber er ist auch nicht mein Vater.«

»Das ist doch völlig irrelevant! Ich bin deine Mutter! Er ist dein Vater!« Annabell Leitner schrie beinahe. »Diese Ausweise müssen falsch sein!«

Bastian schüttelte genervt den Kopf. »Blutspendeausweise? Ehrlich? Das DRK hat unsere Blutgruppen falsch bestimmt?!«

»Irgendein Fehler!«, beharrte sie schreiend. »So etwas passiert!«

»Nein, so etwas passiert nicht!« Er verlor mehr und mehr die Beherrschung. »Hör endlich auf zu lügen!«

»Ich bin deine Mutter!« Sie war drauf und dran, aufzuspringen. »Ich bin deine …«

Der junge Mann brüllte los. »Du bist nicht meine Mutter! Sei endlich still und hör auf, das zu behaupten! Ich weiß, wer meine Mutter ist!«

Als ob er ihr einen Schlag versetzt hätte, sank Annabell Leitner stumm auf das Sofa zurück. Tränen glitzerten in ihren Augen, und ihre Hände zitterten. »Nein …«, murmelte sie. »Nein, nein, nein …«

Bastian wirbelte zu Jennifer herum, die unter seinem wütenden Blick zusammenzuckte. »Sag es endlich! Sitz nicht stumm da und starr mich an!«

»Sagen?«, fragte sie irritiert. »Was denn sagen?«

»Die Wahrheit, verdammt noch mal! Sag mir endlich, dass du meine Mutter bist!«

34

Charlie fühlte sich ein wenig unwohl, als sie durch das große, zweiflügelige Tor fuhren, das sich hinter ihnen wie von Geisterhand wieder schloss. Sie kniff die Augen zusammen und versuchte vergeblich, die Größe des Grundstücks einzuschätzen.

Obwohl hier und da auf dem parkähnlichen Gelände Lampen brannten, waren nur Schemen zu erkennen. Einige davon schienen sich zu bewegen. Zusätzlich zu den Kameras, die das Tor, die Einfahrt und vermutlich einen Teil der Straße erfassten, gab es zweifellos auch Sicherheitspersonal.

Charlie hatte bereits eine vage Ahnung, wohin Alex sie brachte, doch ernsthaft in Erwägung zog sie die Möglichkeit erst, als das Haus vor ihnen auftauchte. Es war kein Haus mehr, es war eine Villa, ein beeindruckendes, modernes Gebäude mit einem Hauch von Kolonialstil.

Alex lenkte seinen Wagen auf einen überdachten Parkplatz, wo bereits ein Bentley, ein Porsche und ein Mercedes standen. Sein Auto wirkte neben den hochklassigen Wagen vollkommen deplatziert. Ebenso wie er selbst in dieser Umgebung.

Er sagte nichts, kommentierte auch nicht ihr offensichtliches Staunen.

Sie folgte ihm ins Haus, dessen Inneneinrichtung der äußeren Erscheinung in nichts nachstand. Heller Marmor und antike Möbel verschmolzen mühelos mit moderner Kunst und Technik. Die Eindrücke flogen an Charlie vorbei, denn Alex lief sofort über die ausladende Treppe in den ersten Stock und ließ ihr keine Zeit, den Anblick auf sich wirken zu lassen.

Wenig später betraten sie ein weiträumiges Zimmer, das kaum kleiner als ihre Wohnung und nicht minder chaotisch und dreckig war. Hier gab es keinerlei Kunst oder an vergangene Epochen erinnernde Schnörkel, sondern einfache Möbel, ein zerwühltes Bett und einen zugemüllten Schreibtisch. Klamotten lagen überall verstreut, und in einer Ecke stapelten sich neben einem vollen Mülleimer einige Pizzakartons.

Alex wirkte unruhig, geradezu fahrig. Als er sich zu ihr umdrehte, waren seine Wangen gerötet. Doch das lag wohl weniger daran, dass ihm das Chaos in seinem Zimmer peinlich war, als vielmehr an dem Grund, aus dem er sie hierher mitgenommen hatte.

Charlie wären die Unordnung und der Dreck auch unter anderen Umständen herzlich egal gewesen. In ihren eigenen vier Wänden sah es kaum besser aus, es sei denn, sie hatte gerade anfallartig zehn Stunden am Stück aufgeräumt und geputzt.

Sie sah ihn fragend an. Obwohl sie inzwischen fast sicher war, wem diese Villa gehörte, gelang es ihr nicht, das Offensichtliche auszusprechen. Sie wusste einfach nicht, wie sie mit dieser unerwarteten Offenbarung umgehen sollte.

Alex breitete die Arme aus. »Willkommen in meinem Reich oder, wie ich es wohl nennen sollte, meiner persönlichen Hölle.«

Als er nichts weiter sagte, zwang sich Charlie zu einer Erwiderung, kam allerdings nicht besonders weit. »Das heißt, du bist …«

Alex nickte langsam. »Ja, ich bin Jegor Sidorovs jüngster Sohn.«

Diese Tatsache ausgesprochen zu hören, versetzte Charlie einen Schlag. Sie hatte wirklich ein Händchen für Männer. »Verdammte Scheiße.«

»Du sagst es.«

Sie musste lachen. »Oh Mann …«

»Verstehst du jetzt, warum ich so … verwirrt bin? Ich stecke in einer total verfahrenen Situation und weiß nicht mehr, was ich machen soll.«

Er ließ sich in einen Sessel fallen. »Mein Vater setzt Erwartungen in mich, die ich nicht erfüllen kann. Ich will eigentlich mit dem ganzen Scheiß nichts zu tun haben, doch das kommt für ihn nicht infrage. Er sagt, ich sei seine größte Schwäche, eine Gefahr für ihn, seine Geschäfte und die ganze Familie.« Alex schüttelte den Kopf. »Er kann sich nicht vorstellen, dass ich meinen eigenen Weg gehen und trotzdem loyal bleiben könnte. Er zwingt mich, diesen Job als Barkeeper im ›White Honey‹ zu machen, damit er mich im Auge behalten kann. Er hofft wohl, dass ich früher oder später in die Organisation hineinwachse. Und sieh nur, was dabei herauskommt …«

Charlie ließ ihn reden. Sie hätte im Moment ohnehin nicht gewusst, was sie antworten sollte.

»Der Job ist okay, damit könnte ich leben, doch es bleibt einfach nicht dabei. Ich werde immer wieder in irgendwelche Sachen hineingezogen, mit denen ich nichts zu tun haben will. Ich kann nicht tun, was er von mir verlangt. Ich würde es ja gerne können, aber es geht nicht!«

Glücklicherweise, dachte Charlie. *Sonst wäre ich längst tot.*

»Ich hätte Penny melden müssen, ich hätte dich melden müssen! Mein Gott, ich hätte sofort schalten müssen, als du angefangen hast, Fragen über meinen Vater und dann auch noch über *Myasnik* zu stellen! Ich hatte Zweifel, ich habe gemerkt, dass mit dir was nicht stimmt, dass du nicht einfach eins von diesen Mädchen bist, die sich die Kleider vom Leib reißen, um damit Geld zu verdienen! Aber statt dich zu melden, habe ich versucht, selbst hinter dein Geheimnis zu kommen, und gleichzeitig habe ich mich geweigert, der Wahrheit ins Auge zu sehen. Denn ich mag dich, Charlie, ich mag dich wirklich! Du bist mir sympathisch, du bist ein interessanter Mensch, ein lebendes, atmendes Wesen! Ich hätte dich weder irgendeinem Typen meines Vaters übergeben, noch dir selbst etwas antun können. Es wäre nicht richtig. Ich liebe meinen Vater, einfach, weil er mein Vater ist, aber was er tut und womit er sein Geld verdient, das ist falsch. Ich würde ihn trotzdem nicht hängenlassen, niemals, nicht im Traum würde ich daran denken, zur Polizei zu gehen und mich gegen ihn zu wenden. Genauso wenig kann ich Menschen umbringen lassen oder selbst Hand an sie legen, nur weil sie gegen das kämpfen, wofür mein Vater steht. Ich will einfach nur hier raus, mit all dem nichts zu tun haben, mein eigenes Leben leben. Doch er lässt mich nicht. Weil er denkt, er müsste auf mich aufpassen. Er hält mich für blöd, und in gewisser Weise hat er sogar recht. Weißt du, was er zu mir gesagt hat?«

Seine Stimme veränderte sich, als er seinen Vater zitierte. »›Weißt du, Alex, ich könnte dich durch diese Tür hinausgehen lassen. Du wärest vielleicht sogar in der Lage, dein Glück zu finden, aber Gelegenheit dazu hättest du nicht. Denn überall dort draußen lauern meine Feinde, die sich auf dich stürzen würden wie Aasgeier. Du stehst noch keine zwei Wochen auf eigenen Beinen, und schon landet die erste Bullenschlampe in deinem Bett.‹« Alex schüttelte den Kopf, ein trauriges Lächeln verzog seine Mundwinkel. »Und er hatte recht. Nur musste ich dafür nicht einmal seine Schutzzone verlassen. Ich habe es auch so geschafft.«

Charlie versuchte, ihre Gedanken zu ordnen. Obwohl sich ihre Einschätzung seines Seelenlebens mehr und mehr bestätigte, kam sein Geständnis überraschend.

Sie war erleichtert, dass von Alex keine Gefahr ausging, zumindest solange sein Gefühlsausbruch nicht plötzlich in die entgegengesetzte Richtung umschlug. Gleichzeitig setzte ihr die Gewissheit zu, sich in Jegor Sidorovs Villa zu befinden, vollkommen abgeschnitten von der übrigen Welt. Alex hatte der ganzen Angelegenheit noch eine unrühmliche Krone aufgesetzt, indem er die »Bullenschlampe« wissentlich in das Haus seines Vaters gebracht hatte.

Charlie wollte so schnell wie möglich weg von hier. Sie brauchte nicht viel Fantasie, um sich vorzustellen, was geschehen würde, wenn Sidorov von ihrer Identität und ihrer Anwesenheit in seinem Haus erfuhr.

Alex würde vermutlich nur einen symbolischen Klaps auf den Hinterkopf bekommen, versehen mit einem überheblichen »Ich hab's dir doch gesagt«. Seinem Sohn würde Sidorov nichts tun. Stattdessen würde er seine Wut an dem Individuum auslassen, das er für die Verfehlung seines Sohnes verantwortlich machte, also an ihr.

Diese Gedanken schossen ihr durch den Kopf, während sie Alex' Blick erwiderte. Warum hatte er sie ausgerechnet mit zu sich nach Hause nehmen müssen? Hätte die Straße vor dem Grundstück nicht auch gereicht?

Sie ging auf ihn zu, legte ihm fast zärtlich eine Hand auf die Schulter und drückte sie. »Du kannst noch immer aussteigen. Du kannst deine Sachen packen und abhauen.«

Er blickte traurig zu ihr auf, die Hände im Schoss verschränkt. Sein Kopfschütteln hatte etwas Tragisches und Endgültiges zugleich. »Nein, dafür ist es zu spät.«

Charlie spürte ein eisiges Kribbeln im Nacken. Wie zum Teufel meinte er das? Worauf spielte er an? Sie öffnete den Mund, um nachzufragen, doch irgendetwas warnte sie eindringlich davor. Sie wollte es gar nicht wissen.

Dann zerriss ein Schuss die Stille.

Jennifer glaubte, sich verhört zu haben. Sie saß unbeweglich da und starrte ihren Bruder vollkommen perplex an. Hatte er gerade tatsächlich gesagt, sie sei seine Mutter?

Sie öffnete den Mund zweimal und schloss ihn zweimal wieder, ohne etwas zu sagen, bevor ihre Lippen endlich Worte formten. »Das ist … nein.«

»Nein?!« Bastian hatte sich in Rage geredet. »Wieso sagst du nicht endlich die Wahrheit?!«

Sie schüttelte den Kopf. »Weil … weil ich es nicht bin, Bastian. Ich … wie kommst du darauf?«

»Weil es passt, oder etwa nicht? Du warst jung, mitten in der Ausbildung, dann wurdest du ungewollt schwanger, und weil du den Zeitpunkt verpasst hattest, mich wegmachen zu lassen, habt ihr euch überlegt, wie ihr damit umgehen sollt. Und am Ende ist diese ganze beschissene Lügengeschichte dabei herausgekommen!«

»Ich … ich …« Jennifer sah ihre Eltern hilfesuchend an. Sie waren die Einzigen, die dazu etwas sagen konnten, doch sie wichen ihrem Blick aus und zogen es vor, zu schweigen. Die Wut, die sie urplötzlich auf die beiden empfand, klärte aber glücklicherweise ihre Gedanken.

Sie begegnete dem Blick ihres Bruders. Er war noch immer über alle Maßen aufgebracht, weshalb sie sich um einen ruhigen Tonfall bemühte und jegliche Abwertung seiner Theorie vermied. »Ich kann verstehen, dass die Konstellation in gewisser Weise dazu einlädt, einen derartigen Schluss zu ziehen, Bastian. Aber ich versichere dir, dass ich nicht deine Mutter bin. Ich kann überhaupt nicht deine Mutter sein.«

Ob es nun ihr Tonfall oder ihre Worte waren, jedenfalls drang sie zu ihm durch. »Wie meinst du das? Wieso nicht?«

Jennifer schloss kurz die Augen. Sie wünschte, sie könnte alle Anwesenden bis auf Bastian und ihren Vater per Willenskraft aus dem Raum beamen. Ihre Mutter sogar noch mehr als Oliver. »Weil ich seit meinem sechzehnten Lebensjahr keine Kinder mehr bekommen kann.«

»Was?!«

»Ehrlich?«

Sie ignorierte den beinahe hysterischen Ausruf ihrer Mutter und konzentrierte sich auf ihren Bruder. »Ja, ehrlich. Ich hatte eine Bauchhöhlenschwangerschaft mit einigen Komplikationen, und seitdem bin ich unfruchtbar.«

Annabell Leitner starrte ihre Tochter völlig entgeistert an. Sie war leichenblass geworden. »Du bist unfruchtbar?!«, wiederholte sie. »Wieso weiß ich nichts davon?! Oder von dieser Schwangerschaft?!« Sie sah ihren Mann an. »Hast du das gewusst, hast du davon gewusst?!«

Gerhard Leitner nickte nur und wich ihrem Blick aus.

»Warum habt ihr mir das verschwiegen?!«

»Die Frage ist doch wohl eher, was ihr Bastian verschwiegen habt«, erwiderte Jennifer ruhig. Sie schaffte es nicht, ihrer Mutter in die Augen zu sehen. Sie wollte nicht miterleben, wie sie ihr das Herz brach. »Und Victor und mir.«

Annabell Leitner überging den Versuch eines Themenwechsels völlig. »Wie konntest du mir das nur antun?!«, fragte sie mit Tränen in den Augen und brüchiger Stimme. »Du weißt, wie gerne ich Enkel hätte, und dann hältst du *das* vor mir geheim?!«

»Weil ich genau wusste, wie du reagieren würdest! Ich wollte mir dieses Drama verdammt noch mal ersparen! Außerdem geht es hier gerade überhaupt nicht um meine Fähigkeit, dir deinen Herzenswunsch zu erfüllen, sondern um Bastian und …« Jennifer verstummte. Sie hatte gar nicht bemerkt, wie sich Bastian abgewandt hatte und, gefolgt von Hannah, aus dem Zimmer gestürmt war. Sie konnte gerade noch einen Blick auf die beiden Teenager erhaschen, wie sie die Treppe hochliefen.

Dem Jungen war das Selbstmitleid und die Ignoranz seiner – ihrer – Mutter verständlicherweise zu viel geworden. Sie hatte selbst Mühe, sich zu beherrschen, und konnte sich nur zu gut vorstellen, welchen Zorn und welche Hilflosigkeit Bastian in diesem Moment verspürte.

Sie sprang auf und blickte voller Wut auf ihre Mutter hinunter, die noch immer mit ihrem eigenen Leid beschäftigt war. »Toll, ganz toll! Das hast du super hingekriegt!«, giftete sie. »Bist du jetzt stolz auf dich?!«

»Jennifer?« Gerade als sie den beiden Jugendlichen hinterherlaufen wollte, fasste Oliver sie am Arm.

Irgendwo in den Tiefen ihres Bewusstseins regte sich die Erkenntnis, dass er sie nicht zum ersten Mal ansprach. Trotzdem entzog sie sich ihm mit einer heftigen Bewegung und fuhr ihn an. »Was denn?! Merkst du nicht, dass ich beschäftigt bin?!«

Oliver sah sie auf eine merkwürdige Art an, sein Gesicht war wie versteinert. Er hielt sein Smartphone wie etwas Gefährliches in der Hand, als würde er es am liebsten von sich schleudern, weil er befürchtete, dass es explodieren könnte. »Er ist dran.«

Es dauerte eine Sekunde, bis die Worte zu Jennifer durchdrangen. Dann hielt sie überrascht inne. An diese Baustelle hatte sie in den letzten Minuten überhaupt nicht mehr gedacht. Sie fragte sich gerade, warum er den Anruf nicht einfach abwickelte, als er ihr die Antwort gab.

»Er will mit uns beiden sprechen.«

Sie runzelte die Stirn und blickte verwirrt auf das Telefon, das eine offene Verbindung anzeigte. »Was? Weshalb?«

Oliver bemerkte offenbar, dass sie von falschen Voraussetzungen ausging. »Es ist nicht Sidorov. *Er* ist es. *Myasnik*.«

Für einen Moment schien die gesamte Welt um sie herum den Atem anzuhalten. Ihre Eltern tuschelten miteinander, die Stimme ihres Vaters gewann zunehmend an Schärfe, doch sie nahm die beiden nur wie aus weiter Ferne wahr. Ebenso ihren Bruder Victor, der abwechselnd sie fragend ansah und ihrer Mutter verständnislose bis verurteilende Blicke zuwarf.

Jennifer wusste, was dieser Anruf bedeutete. Es war etwas schiefgelaufen. Der Schlächter lebte … und er wusste von den Intrigen gegen ihn.

Jennifer packte Oliver am Arm, zerrte ihn unter den verwirrten Blicken der Anwesenden in die Küche und schloss die Tür hinter ihnen. Keiner von beiden sagte ein Wort. Sie sahen sich nur über das Telefon hinweg an.

Sekundenlang herrschte Stille. Dann knackste es in der Leitung. »Sind Sie jetzt in der Lage, mir zuzuhören?«

Oliver schloss kurz die Augen und atmete tief durch, bevor er antwortete. »Ja.«

»Und Jennifer Leitner ist bei Ihnen?«

Sie musste sich räuspern, um antworten zu können. »Ja.«

»Sehr gut. Dann wiederhole ich gerne noch einmal, was ich Ihnen zu sagen habe. Ihr Plan ist gescheitert, aber das wissen Sie vermutlich längst, sonst hätte ich Sie wohl kaum angerufen. Ich bin verärgert, sehr verärgert sogar. Aber glücklicherweise können wir diese unangenehme Angelegenheit noch heute Nacht klären.« Er machte eine kurze Pause, Geräusche waren im Hintergrund zu hören, die Jennifer nicht einordnen konnte. »Die Situation ist folgendermaßen: Ich befinde mich im Haus von Jegor Sidorov, gemeinsam mit ihm, seiner Gattin, seinem jüngsten Sohn und dessen … ich weiß nicht, ob ich sie Freundin nennen kann. Aber Sie sollten sie kennen. Immerhin haben Sie sie in die Höhle des Löwen geschickt, um mir hinterherzuspionieren.«

Jennifer wusste, wen er meinte. Charlotte Seydel. War etwa Sidorovs Sohn ihr Kontakt im Stripklub gewesen? Das würde zumindest erklären, was sie im Haus von Sidorov zu suchen hatte, aber das war in diesem Moment auch gleichgültig.

»Ihr Schweigen sagt mir, dass Sie verstanden haben. Gut. Der Deal ist folgender: Sie tun, was ich Ihnen sage, oder sie stirbt. Sie wissen, wie die Lasarews zu Tode gekommen sind, und ich kann Ihnen versichern, dass mir noch weitaus kreativere Arten einfallen werden, um Ihre Mitarbeiterin zu quälen. Sidorov und seine Familie durften sich davon bereits überzeugen.« Er lachte leise. Der Gedanke schien ihn zu amüsieren. »Ich werde Sie in circa einer Stunde erneut anrufen und Ihnen kurzfristig einen Treffpunkt nennen. Irgendwo rund um Ihre kleine, geliebte Heimatstadt. Sie beide liefern sich mir aus. Was Sie erwartet, werde ich Ihnen dann noch erklären. Wohin die Reise letztlich geht, muss ich Ihnen aber wohl nicht erläutern.«

Jennifer wollte etwas sagen, brachte ihre Lippen aber nicht dazu, sich zu öffnen.

»Nennen Sie mir einen Grund, warum wir uns darauf einlassen sollten«, erwiderte Oliver und sprach damit ihre Gedanken aus. Seine Stimme klang kühl, doch seine Haltung und sein Gesichtsausdruck verrieten seine Anspannung.

»Dass Ihre Mitarbeiterin Ihnen möglicherweise nicht so viel wert ist, damit habe ich schon gerechnet. Aber wenn Sie beide sich freiwillig in meine Obhut begeben, ohne irgendwelche Tricks zu versuchen, werden Ihre Familien überleben. Das ist der Deal.«

»Und das sollen wir glauben«, kommentierte Jennifer tonlos.

»Wenn die Angelegenheit hier beendet ist, werde ich kaum Zeit haben, mich um Ihre Angehörigen zu kümmern. Das Pflaster wäre zu heiß. Aber natürlich haben Sie keine Garantie, nur mein Wort. Sie haben die Wahl: Ihr Tod ist Ihnen sicher, so oder so. Sie können Ihren Familien eine Chance verschaffen … oder mit Ihnen gemeinsam untergehen. Und machen Sie sich keine Hoffnung, was das heiße Pflaster angeht: Ich habe Geduld und Zeit. Ich komme wieder, vielleicht in Monaten, vielleicht in Jahren. Das ist ein Versprechen. Es wird weder Schutz noch Sicherheit geben.« *Myasnik* seufzte. »Aber warum erzähle ich Ihnen das überhaupt? Wieso verhandele ich eigentlich? Sie werden kommen. Sie haben eine junge Frau in eine ziemlich missliche Lage gebracht, und Sie werden dafür einstehen. Habe ich recht?«

Darüber hatte sich Jennifer noch keine Gedanken gemacht. Sie wollte auch nicht darüber nachdenken. »Wer sagt uns denn, dass Sie sie überhaupt haben?«

»Sie wollen einen Beweis? Ich liefere Ihnen einen Beweis.«

Rascheln war zu hören, Hintergrundgeräusche, ein Murmeln. Kurze Zeit herrschte Stille in der Leitung.

Dann ertönte ein markerschütternder Schrei aus dem Lautsprecher des Handys und ließ die beiden Ermittler zusammenfahren.

35

Jennifer lenkte das Auto in die Tiefgarage und schaltete den Motor aus, ließ den Zündschlüssel aber stecken. Oliver beobachtete aus den Augenwinkeln, wie sie die Arme vor der Brust verschränkte und durch die Frontscheibe auf die graue Betonwand starrte.

Minuten vergingen, in denen sie sich anschwiegen, jeder in seine eigenen Gedanken vertieft. Irgendwann erlosch das Licht in der Tiefgarage, und Dunkelheit senkte sich wie ein Leichentuch über den Wagen. Daran konnte auch die düstere Notbeleuchtung nichts ändern.

Sie hatten eine knappe Stunde diskutiert, geschwiegen und gestritten und noch immer keine Entscheidung getroffen. Ebenso wenig hatten sie irgendeinen nennenswerten Plan. Nicht zuletzt, weil sie beide zwar auf ihren jeweiligen Positionen beharrten, sich aber gleichzeitig vollkommen unsicher waren.

Die Fakten lagen unbestreitbar auf dem Tisch.

Oliver verspürte jedes Mal aufs Neue ein eisiges Gefühl im Nacken, wenn er an den Schrei dachte, der sich kaum noch menschlich angehört hatte. Er konnte Charlotte Seydels zittrige Stimme hören, die ihnen heiser zuflüsterte, sich nicht auf die Bedingungen des Schlächters einzulassen. Sie hatte ihnen noch irgendetwas mitteilen wollen, doch ein dumpfes Geräusch, vermutlich ein Schlag, hatte sie verstummen lassen.

Sie hatten keinen Zweifel daran, dass der Schlächter Charlotte umbringen würde, sollten sie seine Anweisungen nicht minutiös befolgen. Obwohl Oliver seine Vorbehalte gegenüber der jungen Frau erst vor kurzem abgelegt hatte, nagte diese Gewissheit an ihm.

Wesentlich mehr wog allerdings Hannahs Leben. Er verachtete sich dafür, dass er so dachte, gleichzeitig hasste er den Killer, weil er ihn dazu zwang, überhaupt ein Leben gegen das andere abzuwägen.

Jennifers pragmatische Sicht half ihm nur wenig. Sie ging davon aus, dass der Schlächter sein Versprechen, ihre Familien zu verschonen, nicht halten würde, ganz gleich, ob sie sich selbst auf dem Silbertablett servierten oder nicht. Und sie wollte Charlotte Seydels Leben auf keinen Fall gefährden.

Für Jennifer lief es auf eine einfache und eiskalte Gleichung hinaus, die nur ein Ergebnis zuließ: Der Schlächter, der unter dem Decknamen Nikolai Pawlow agierte, musste sterben. Es war die einzige Möglichkeit, um sicherzugehen. Die einzige Option, die auf Dauer Frieden und Sicherheit versprach.

Sie war direkt zu ihrer Wohnung gefahren, um sich zu bewaffnen. *Myasnik* würde ihnen einen Treffpunkt und ein straffes Zeitfenster nennen, das sie so gut wie handlungsunfähig machte. Er mochte ihnen die Möglichkeit nehmen, irgendeinen brauchbaren Plan auszuarbeiten, doch das machte ihn noch nicht unangreifbar. Selbst er war nicht vor Fehlern gefeit.

Jennifer hoffte auf eine Chance, und die wollte und würde sie unter allen Umständen ergreifen. Selbst wenn das bedeutete, dass sie zusammen mit dem Killer unterging.

Äußerlich wirkte sie kaltblütig und entschlossen, Oliver spürte jedoch deutlich, dass sie das keinesfalls war. Es war eine Sache, sich gegen einen plötzlichen tätlichen Angriff zu wehren, aber eine völlig andere, sich einer Situation in der Gewissheit auszusetzen, dass eine bestimmte Person unter allen Umständen zu Tode kommen musste.

Als Jennifer nun endlich den Kopf drehte und ihn ansah, konnte er mühelos in ihren Augen lesen. Sie war nicht weniger aufgewühlt als er selbst. Es war zu viel in zu kurzer Zeit passiert. Sie hatten sich in eine Situation hineinmanövriert, die für möglich zu halten sie erfolgreich vermieden hatten. Ihnen war die Kontrolle entglitten, und sie standen mit dem Rücken zur Wand.

Sie waren zu weit gegangen. In jeder Hinsicht. Jetzt mussten sie sich den Konsequenzen stellen. Es gab kein Entkommen mehr.

Und die Uhr tickte unerbittlich.

Sie mussten eine Entscheidung treffen. Sein Handy konnte jeden Moment klingeln.

Er unternahm einen letzten Versuch, obwohl er selbst nicht wusste, ob es der richtige Weg war. »Jennifer …«

Sie ließ ihn nicht ausreden. »Ich weiß. Du hast recht.« Sie hatte noch nie so bitter geklungen.

Oliver hatte eine weitere fruchtlose Diskussion erwartet und befürchtet, dass sie erst vom Klingeln seines Smartphones unterbrochen werden würde. Dass sich Jennifer geschlagen gab, überraschte ihn und ließ ihn nur umso stärker seine eigenen Zweifel spüren.

Glücklicherweise gab sie ihm nicht die Gelegenheit, diese in Worte zu fassen. »Es fällt mir schwer, es zuzugeben, aber wir können das hier nicht allein stemmen.« Sie atmete tief durch. »Lass uns reingehen und im Präsidium anrufen.«

Oliver nickte langsam. Er wollte nicht daran denken, dass sie damit Charlotte Seydels Schicksal besiegelten. »Es ist die einzig richtige Entscheidung.«

Jennifer zog energisch den Zündschlüssel. »Komm schon. Bevor ich es mir doch noch anders überlege.«

Sie verließen den Wagen. Die Lampen in der Tiefgarage erwachten dank eines Bewegungssensors flackernd zum Leben. Der Weg zur Tür, die ins Treppenhaus führte, war nicht besonders weit, trotzdem fühlte sich jeder Schritt an, als würden sie durch dickflüssigen Beton waten.

Jennifer riss die Tür auf und ließ ihn vor. Oliver war schon halb an ihr vorbei, als er bemerkte, wie sie über die Schulter in die Tiefgarage blickte.

Ihre Augen weiteten sich vor Schreck und Überraschung.

Oliver wollte sich umdrehen, wurde im selben Moment aber von Jennifer beiseitegestoßen. Er hörte ein Geräusch, das er nicht einordnen konnte. Noch im Fallen sah er, wie zwei Projektile in ihren Brustkorb einschlugen.

Dann wurde er selbst getroffen.

Charlie zuckte erschrocken zusammen, als der Kofferraum geöffnet wurde und Licht in die Dunkelheit drang. Sie musste eingenickt sein, obwohl sie dagegen angekämpft hatte. Die Luft in ihrem Gefängnis war so schlecht, dass sie das Gefühl hatte, kurz vorm Ersticken zu sein.

Wenigstens hatte sie nicht geträumt. Die Bilder der letzten Stunden waren noch nicht in ihr Unterbewusstsein gesickert. Dafür waren sie ihr im Wachzustand nur allzu präsent. Sie hatte weggesehen, trotzdem hatten Geräusche und Gerüche dafür gesorgt, dass sich plastische Bilder in ihr Gehirn eingebrannt hatten.

Die Familie Sidorov war zwar einen relativ schnellen, aber dafür umso brutaleren Tod gestorben. Jegor Sidorov hatte mit ansehen müssen, wie seine Frau und sein Sohn Alexander bei lebendigem Leib aufgeschlitzt wurden. Bis er selbst an der Reihe gewesen war.

Charlie hatte panische Angst gehabt, sie könnte die Nächste sein. Zu ihrer Überraschung hatte der Mann sie aber gefesselt und mitgenommen. Wie lange sie gefahren waren und wie lange sie anschließend in dem parkenden Wagen gelegen hatte, konnte sie nicht einschätzen.

Die Fahrt hatte Erinnerungen in ihr wachgerufen, von denen sie geglaubt hatte, sie habe sie längst vergessen und verarbeitet. Sie war schon einmal gefangen genommen und gequält worden, und die Erinnerung daran war fast schlimmer als ihre Panik vor dem, was ihr möglicherweise bevorstand.

Sie schrie in ihren Knebel, als der Schlächter grob nach ihr griff, obwohl sie längst wusste, dass sie kaum einen wahrnehmbaren Laut erzeugen konnte. Er hob sie mühelos aus dem engen Raum. Er hatte sie mit Kabeln und Seilen, die er in Sidorovs Haus gefunden hatte, zu einem für ihn schon fast handlichen Paket verschnürt.

Er schulterte sie, und endlich hatte Charlie Gelegenheit, sich umzusehen. Sie befanden sich in einer kleinen Tiefgarage, die zu einem Wohnhaus gehören musste. Die Parkplätze waren fast alle belegt. Wo zum Teufel waren sie? Wohin hatte er sie gebracht?

Ihre Frage wurde beantwortet, als er die Tür aufstieß, die ins Treppenhaus führte, und sie aus dem Keller ins Erdgeschoss trug. Sie hatten die Wohnungstür noch nicht erreicht, als Charlie bewusst wurde, dass sie sich in dem Haus befanden, in dem Jennifer Leitner ihre Eigentumswohnung hatte.

Tausende Fragen und Befürchtungen bestürmten sie, als der Schlächter mit ihr die Wohnung betrat. Sie konnte keinerlei Zeichen eines Kampfes oder irgendeine Spur der Kommissarin entdecken, während er sie ins Wohnzimmer trug und aufs Sofa fallen ließ.

Er setzte sich ihr gegenüber in den Sessel und lehnte sich entspannt zurück. Die Anstrengung, sie zu tragen, schien ihn kaum außer Atem gebracht zu haben. Dennoch blieb er mehrere Sekunden lang sitzen und ließ seinen Blick über die Einrichtung schweifen, bevor er sein Handy zückte und eine Nummer wählte.

Sein Anteil an der folgenden Konversation gab Charlie genügend Informationen, um sicher zu sein, mit wem der Kerl telefonierte und wohin das Ganze führen sollte. Sie versuchte, sich in ihren Fesseln zu bewegen, in der Hoffnung, sie lockern zu können, hatte aber keinen Erfolg. Es gelang ihr zwar, mit den Füßen gegen den Glastisch zu stoßen, woraufhin ein Kerzenhalter umkippte, dem Schlächter entlockte sie damit allerdings nur ein Stirnrunzeln.

Er stand schließlich auf, zückte das Messer, das in einer Scheide an seinem Gürtel steckte, und umklammerte noch während des Telefonats mit der Linken ihren Kopf. Er wollte einen Beweis dafür erbringen, dass er sie hatte und sie am Leben war.

Charlie bereitete sich darauf vor, eine Warnung zu schreien, sobald er ihren Knebel löste. Doch anstatt den Knoten an ihrem Hinterkopf zu öffnen, schnitt er plötzlich den Stoff an ihrer Wange durch und fügte ihr einen langen, tiefen Schnitt zu.

Der unerwartete Schmerz ließ sie aufschreien. Sie hatte gar keine Gelegenheit, sich von dem Übergriff zu erholen, als er ihr zischend zuflüsterte, sie solle ein paar Worte sagen.

Charlie redete los, ohne nachzudenken. Ihre Kehle war vollkommen ausgetrocknet, und sie brachte nur heisere Laute zustande. »Lasst euch nicht darauf ein! Tut das nicht! Er ist nicht …«

Der Schlag gegen die Schläfe reichte aus, um sie auf das Sofa zurückzuschleudern und für einige Augenblicke benommen zu machen. Zumindest glaubte Charlie, dass sie nicht lange weggetreten war, denn als sie wieder zu sich kam, hatte der

Schlächter das Telefonat zwar schon beendet, hielt sein Handy aber noch immer in der Hand.

Er lächelte zufrieden.

Er hatte seine Falle erfolgreich gestellt.

Krämpfe. Unsägliche Schmerzen. Ein Zustand irgendwo zwischen Benommenheit und Bewusstlosigkeit. Oliver kam in einer verdrehten Haltung zu sich, seine Muskulatur fühlte sich vollkommen verkrampft an, und er hatte Mühe zu atmen. Seine Zähne waren fest aufeinandergepresst, und er musste sich dazu zwingen, die Kiefermuskeln zu lockern, damit ihm das Atmen leichter fiel.

Nur langsam verzog sich der eigenartige Nebel, der sich über sein Bewusstsein gelegt hatte, und ließ einigermaßen klare Gedanken zu. Er war in die Seite getroffen worden. Die beiden Stellen, wo die Projektile eingedrungen waren, brannten höllisch.

Sein Gesicht fühlte sich merkwürdig taub an. Er strengte sich an, die Augen zu öffnen, doch er bekam sie nur einen Spaltbreit auf.

Sein Blick fiel auf Jennifer, die keinen Meter entfernt von ihm auf dem Rücken lag. Regungslos. Dennoch konnte er sehen, wie sich ihr Brustkorb hob und senkte. Sie atmete hektisch, aber regelmäßig.

Die Drähte, die sich vorne aus ihrem T-Shirt wanden, beantworteten die Frage, womit auf sie geschossen worden war. Der Scheißkerl hatte einen Taser benutzt und ordentlich Strom durch ihre Körper gejagt, um sie auszuschalten.

Myasnik.

Oliver war bereits wieder zu sich gekommen, weil sich die Widerhaken in den Verband gebohrt hatten, den er wegen der Prellungen trug, die der Schlächter ihm bei dem Angriff vor seiner Wohnung zugefügt hatte. Der Taser hatte bei ihm seine Wirkung nicht vollständig entfalten können.

Jennifer hatte weniger Glück gehabt.

Es konnten nur einige Sekunden seit dem Treffer vergangen sein, obwohl ihm die Zeitspanne deutlich länger vorkam. Er hörte Schritte, die sich näherten.

Oliver schloss die Augen und stellte sich bewusstlos. Er versuchte verzweifelt, sein Gehirn dazu zu bringen, irgendeinen Plan oder wenigstens einen klaren Gedanken zu fassen, doch entweder der Elektroschock oder seine Angst blockierte ihn.

Die Schritte verharrten dicht neben ihm. Die Sekunden schienen sich zu Minuten zu dehnen.

»Hör auf, dich totzustellen. Ich weiß, dass du wach bist.« Die Stimme mit dem russischen Akzent. Kalt und schneidend. Und doch klang sie anders als am Telefon. »Mach die Augen auf.«

Oliver blinzelte und blickte direkt in die Mündung einer Pistole. Er wusste längst, in wessen Hand sie sich befand, trotzdem verwandelte sich die Kälte in seinem Magen beim Anblick von Nikolai Pawlow in einen Eisklumpen.

Der Schlächter sah emotionslos auf ihn herab. »Heute ist euer Glückstag«, sagte er. »Ich habe euch soeben das Leben gerettet. Zumindest vorerst.«

Sasha war ungeduldig. Er hasste es, zu warten. Die Stunde, die er Oliver Grohmann und Jennifer Leitner eingeräumt hatte, schien einfach nicht vergehen zu wollen. Die Sekunden und Minuten schlichen dahin, die Uhren in Jennifer Leitners Wohnung und die angezeigte Zeit auf seinem Handy schienen ihn zu verspotten.

Dabei hatte er bereits so viel erledigt. Er hatte Charlotte Seydel erneut geknebelt und in den begehbaren Schrank im Schlafzimmer verfrachtet. Er hatte die Schussverletzung, eine harmlose Fleischwunde, die er Sidorovs Sicherheitsleuten zu verdanken hatte, versorgt und sich davon überzeugt, dass die Blutung gestoppt war. Er hatte sich mit Jennifer Leitners Katze beschäftigt, die augenscheinlich wegen einer Beinverletzung in einen großen Käfig gesperrt war. Sie hatte Leckereien von ihm entgegengenommen, ihm aber den Arm zerkratzt, als er versucht hatte, sie zu streicheln.

Er hatte mehrfach die Verkehrslage überprüft, um sicherzustellen, dass kein Zwischenfall die beiden Ermittler bei ihrer Rückfahrt aufhalten würde. Eine Stunde war ein brauchbares Zeitfenster. Sie würden sich beeilen müssen und keine Gelegenheit haben, sich irgendwelche Dummheiten zu überlegen. Zumindest keine, die ihm gefährlich werden konnten. Er war ihnen mehr als nur einen Schritt voraus.

Trotzdem, die Warterei zerrte an seinen Nerven. Nicht, weil er irgendwelche unvorhersehbaren Zwischenfälle fürchtete, die kalkulierte er längst mit ein, sondern weil sein Verlangen noch immer tief in ihm brodelte und von den Fantasien genährt wurde, die sich darum drehten, die beiden langsam, extrem langsam, zu Tode zu quälen.

Bei Sidorov hatte er sich beeilen müssen. Der Angriff auf seine Villa wäre nicht lange unentdeckt geblieben, und die drei Sicherheitsleute vor Ort hatten ihm schon genug Probleme gemacht. Eigentlich hatte er geplant, Sidorovs Familie umzubringen und Sidorov selbst zu entführen, hatte seine Pläne aber geändert, als ihm Charlotte Seydel in die Hände gefallen war.

Sidorov hatte nur getan, was Sasha von einem Individuum wie ihm ohnehin erwartet hätte. Sich für die unverschämte Intrige des Staatsanwalts an ihm selbst und seiner Partnerin zu rächen, versprach viel mehr Spaß und Befriedigung.

Nicht zuletzt, weil zwischen den beiden etwas lief. Der Geruch nach Sex hing trotz Klimaanlage noch immer in Jennifer

Leitners Schlafzimmer. Grohmann war auf jeden Fall nicht zu Hause, sein Auto parkte hier in der Nähe. Die letzte Nummer, die die Kommissarin mitten in der Nacht von ihrem Festnetzanschluss aus gewählt hatte, war die ihrer Eltern in Heidelberg. Er hatte direkt vermutet, dass die beiden gemeinsam nach Baden-Württemberg aufgebrochen waren, nachdem sie sich in den Laken gewälzt hatten. Durch geschicktes Kommentieren hatte er Grohmann dazu gebracht, diese Vermutung zu bestätigen.

Ihre nächtliche Tour hatte ihn überrascht. Sasha war davon ausgegangen, dass sie in ihren jeweiligen Betten liegen würden und er sie nur einzusammeln brauchte. Er war versucht gewesen, ihnen nach Heidelberg zu folgen, hatte sich dann aber dafür entschieden, sie nach Lemanshain zurückzulocken. Die Familie der Kommissarin würde ihm nicht weglaufen.

Außerdem hatte er genügend Informationen über Jennifer Leitner gesammelt. Er kannte den Grund für die Alarmanlage in ihrer Wohnung, die ihn beinahe eine Viertelstunde aufgehalten hatte. Er war sich so gut wie sicher, dass sie zuerst nach Hause eilen würde, um sich zu bewaffnen.

Sofern sie und Grohmann nicht so dumm gewesen waren, ihre Kollegen zu informieren, brauchte er nur hier auf sie zu warten.

Zwar würde er dank Polizeifunk sofort erfahren, wenn sie eine dumme Entscheidung getroffen hatten, und er würde in diesem Fall Charlotte Seydel als ansehnliches Geschenk für die beiden in Leitners Wohnung zurücklassen. Doch er wollte seine Rache nur ungern auf unbestimmte Zeit verschieben. Gezwungen zu sein, die junge Frau schnell und beinahe schmerzlos zu töten, wäre eine neuerliche bedauernswerte Verschwendung. Immerhin gehörte sie ebenfalls zu dieser widerlichen Bande von Verschwörern.

Sasha musste lächeln, als er daran dachte, Charlotte Seydel mitzunehmen und sie gemeinsam mit dem Staatsanwalt und der Kommissarin zu quälen. Er lächelte noch immer, als er die Wohnungstür hörte.

Ein Blick auf die Uhr verriet ihm, dass die Zeit nun doch wesentlich schneller vergangen war. Sie waren sogar fünf Minuten über der Zeit, die er für ihre Rückfahrt kalkuliert hatte.

Besser spät als nie.

36

Jennifer betrat, dicht gefolgt von Oliver, ihre Wohnung. Sie machte das Licht im Flur an und legte ihren Schlüsselbund auf dem Schuhschrank neben der Garderobe ab. Ihr Herz raste, und Schweiß rann ungehindert ihre Wirbelsäule hinunter. Ihre Handflächen fühlten sich vollkommen klebrig an.

Sie warf im Vorbeigehen einen Blick in die Küche. Nur kurz dachte sie daran, hineinzustürmen und das Fleischermesser aus dem Holzblock neben dem Herd zu reißen. Sie wusste, dass es ihr nicht das Geringste bringen würde.

Verhalte dich normal, so normal wie möglich.

Leichter gesagt als getan.

Jennifer ging weiter, mit schnellen, aber nicht zu hastigen Schritten. Sie hatte das Gefühl, dass ihre Muskulatur sich gegen die von ihren Nerven übermittelten Befehle sträubte und sich ihre Beine nur äußerst widerwillig vorwärtsbewegten.

Sie erreichten die Wohnzimmertür. Der Raum sah aus wie immer. Der Sog war stark. Sie könnte hineingehen, losrennen und den Telefonhörer an sich reißen. Doch es war unwahrscheinlich, dass sie es schaffen würde, die drei notwendigen Ziffern zu wählen. Außerdem musste sie davon ausgehen, dass der Schlächter entweder die Leitungen gekappt oder das Telefon auf irgendeine andere Art und Weise unbrauchbar gemacht hatte.

Wie auch immer es ihm gelungen war, er hatte erfolgreich eine Alarmanlage außer Kraft gesetzt, in die sie verdammt viel Geld investiert hatte. Und falsches Vertrauen.

Jennifer bemerkte, wie ihre Gedanken abschweiften und dass sie stehen geblieben war. Sie spürte Oliver in ihrem Rücken, glaubte sogar, seinen Atem fühlen zu können, doch er machte keine Anstalten, sie vorwärtszutreiben.

Es kostete sie Überwindung, den Kopf zu drehen und ihm einen Blick über die Schulter zuzuwerfen. Ihre Zunge fühlte sich schwer und lahm an.

Das wird niemals gut gehen! Das kann nicht funktionieren! Lass es sein!

»Kannst du bitte schnell noch nach Gaja sehen, bevor du telefonierst?« Ihre Stimme hatte in ihren Ohren einen unnatürlichen Klang, und sie musste sich anstrengen, nicht zu flüstern. »Die Kleine ist bestimmt stinksauer.«

Sie ging weiter, ohne abzuwarten, ob er ihr zunickte oder sonst irgendwie mitteilte, dass er verstanden hatte. Sie hörte, wie er sich nach rechts und von ihr fort bewegte.

Die Badezimmertür war geschlossen, die Tür zum Schlafzimmer stand offen. Der Raum dahinter lag im Dunkeln. Sie wollte ihn nicht betreten. Wenn sie in der Position ihres Gegners gewesen wäre, hätte sie sich dort verkrochen, in der Annahme, dass ihr Weg sie früher oder später dorthin führen würde. Dort lauerte die Gefahr. Und ihre letzte Möglichkeit, die Kontrolle über diese groteske Situation zu erlangen. Oder es zumindest zu versuchen.

Jennifer blieb keine andere Wahl. Sie trat in den Türrahmen und betätigte den Lichtschalter. Es kostete sie ihre gesamte Disziplin, nicht um das Bett herumzugehen, um die verbleibenden düsteren Ecken, in denen sich jemand verstecken konnte, zu überprüfen und dann unter dem Bett nachzusehen.

Wenn er auch nur den leisesten Verdacht schöpft, wird die Sache außer Kontrolle geraten.

Sie hätte über diese idiotische und völlig überflüssige Warnung lachen können.

Stattdessen steuerte sie direkt ihren begehbaren Schrank an und drehte damit der unsichtbaren Gefahr bewusst den Rücken zu. Das Licht in dem kleinen Raum brannte bereits, da es an den Schalter gekoppelt war.

Jennifer hatte vor, die Türen aufzureißen, sich ihrem Safe zuzuwenden und die geheime Kombination einzugeben. Doch die Befürchtung, dass sie es niemals rechtzeitig schaffen würde, bestätigte sich.

Sie konnte zwar die Türen öffnen, hielt aber überrascht inne, als sie auf dem Boden des Schranks Charlie entdeckte, die mit Kabeln und Seilen in gekrümmter Haltung gefesselt war. Der Waffensafe war für eine Sekunde vergessen.

Es war jene Sekunde, die der Schlächter brauchte, um sich aus seinem Versteck zu erheben. Das charakteristische Geräusch beim Durchladen einer Repetierflinte ließ Jennifer augenblicklich erstarren.

Sie war ihm bewusst in die Falle gegangen. Und er wollte offensichtlich auf Nummer sicher gehen.

»Los, vorwärts! Ins Wohnzimmer mit dir!« Oliver drehte sich, das Mobilteil des toten Telefons noch in der Hand, zu der männlichen Stimme herum. Obwohl er gewusst hatte, dass sich die Situation aller Wahrscheinlichkeit nach in diese Richtung entwickeln würde, versetzte ihm der Anblick Jennifers, die mit hinter dem Körper gefesselten Armen vor einem ihm unbekannten Mann das Wohnzimmer betrat, einen kleinen Schock. Der Typ hatte den Lauf seiner Flinte zwar zu Boden gerichtet, das machte die Waffe allerdings nicht weniger bedrohlich.

Der Schlächter sah ihn mit einem leichten Lächeln auf den Lippen an. Oliver hatte gehofft, Wahnsinn in seinem Blick zu entdecken, doch die Augen des Killers wirkten nur wie zwei tiefe, dunkle Löcher, die in einen unendlichen Abgrund hinabführten.

Er musste nichts zu ihm sagen. Oliver ließ das Mobilteil des Telefons fallen und hob langsam die Hände.

Der Schlächter versetzte Jennifer einen Stoß in den Rücken, der sie in Richtung Sofa taumeln ließ. »Hinsetzen!«

Sie folgte dem Befehl und ließ sich in die Kissen sinken. Oliver erhaschte einen kurzen Blick auf ihre Fesseln – Kabelbinder oder irgendein anderes dünnes Material. Jedenfalls kein Metall oder gar Handschellen.

Er versuchte, ihren Blick einzufangen, doch *Myasnik* forderte ihn auf, sich umzudrehen und rückwärts auf ihn zuzugehen. Ihm blieb nichts anderes übrig, als zu gehorchen.

Der Schlächter überließ nichts dem Zufall. Obwohl er davon ausgehen musste, dass sie ihm vollkommen ahnungslos in die Falle gegangen waren, begann er, Oliver gründlich abzutasten. Da er die Waffe nicht aus der Hand nahm, dauerte es entsprechend lange.

Oliver suchte erneut Jennifers Blick, dieses Mal erfolgreich. Sie konnte ihm keinerlei Zeichen geben. Er hoffte einfach, dass er sich die Erkenntnis und die Bestätigung in ihren Augen nicht nur einbildete. Er wollte gerade wagen, ihr ein Lächeln zu schenken, um sie zu irgendeiner unverfänglichen, aber eindeutigen Reaktion zu verleiten, als eine Bewegung ihn ablenkte.

Es war keine Bewegung, vielmehr das Spiegelbild einer Bewegung. Die Rollläden waren geschlossen, sodass sich in den Fensterscheiben nur ein verschwommenes und kaum wahrnehmbares Abbild zeigte.

Nikolai Pawlow, den sie fälschlicherweise für den Schlächter gehalten hatten, obwohl er selbst hinter *Myasnik* her war, war in der Wohnzimmertür erschienen. Er zielte mit zwei Waffen auf den Rücken des Killers.

Ob der Schlächter nun selbst die Bewegung bemerkt oder Oliver sich spürbar versteift hatte, er war jedenfalls gewarnt. Er ließ plötzlich von Oliver ab, machte einen schnellen Schritt zur Seite und wirbelte zu dem Angreifer herum.

Jennifer hatte offenbar eines der Messer gefunden, das Oliver aus der Küche geholt und zwischen den Kissen von Sofa und Sessel versteckt hatte, nachdem er im Wohnzimmer nicht angegriffen worden war. Sie hatte sich von ihren Fesseln befreit, sprang vom Sofa auf und brüllte ihn an, er solle in Deckung gehen.

Oliver ließ sich einfach zu Boden fallen.

Mehrere Schüsse knallten.

Die an Kabeln befestigen Projektile aus Nikolai Pawlows Taser zischten an ihm vorbei und verhedderten sich im Teppichboden. Zwei Kugeln aus Pawlows Pistole ließen den Glastisch und eine Fensterscheibe klirrend in Tausende Scherben zerspringen.

Oliver rollte sich herum.

Der Schlächter stand keinen Meter von ihm entfernt, den Gewehrlauf hatte er auf den am Boden knienden Pawlow gerichtet. Er selbst musste getroffen worden sein, zumindest schien er zu schwanken, doch seine Verletzungen waren nichts gegen das Loch, das die Flintenmunition in Nikolai Pawlows Bauch gerissen hatte.

Der Getroffene zielte noch immer mit seiner zweiten Pistole auf den Killer. Er murmelte irgendetwas auf Russisch, bevor er erneut abdrückte. Der Schuss ging aber an seinem Gegner vorbei und schlug in die Decke ein.

Pawlow sackte in dem Moment zusammen, als sich Jennifer mit dem Messer von hinten auf den Schlächter stürzte. Sie musste auf seinen Hals gezielt haben, die Instinkte des Killers retteten ihm aber erneut das Leben.

Er fuhr rechtzeitig herum, sodass sich das Messer nur in seine Schulter bohrte. Er hatte versucht, den Lauf des Gewehrs nach oben zu reißen, stieß jedoch mit Jennifer zusammen, die dadurch von den Füßen gerissen und neben das Sofa geschleudert wurde. Die Flinte entglitt seinen Händen und polterte zu Boden.

Jetzt konnte Oliver sehen, dass der Schlächter von Pawlow zweimal getroffen worden war. Er blutete aus zwei Wunden am Bauch und am Oberschenkel, schien die Verletzungen aber gar nicht wahrzunehmen. Ebenso wie ihm das Messer in seiner Schulter keine Schmerzen zu bereiten schien. *Myasnik* starrte den Griff, der aus seinem Fleisch ragte, zuerst nur verwundert, dann jedoch mit wachsender Wut an.

Oliver beobachtete, wie er mit der Rechten nach dem Messer griff und es mit einem an Raserei erinnernden Gesichtsausdruck aus der Wunde zog. Er hörte, wie Jennifer ihn anschrie, er solle das Gewehr nehmen, das in Griffweite lag, doch er reagierte zu spät.

Der Schlächter war längst bereit, sich auf ihn zu stürzen, als Oliver sich endlich aufgerichtet hatte und die Flinte ergriff. Jennifer war inzwischen auf die Beine gekommen und hechtete vorwärts, doch auch sie war zu langsam.

Der Killer wäre zweifelsohne mit dem Messer auf Oliver losgegangen und hätte ihn aufgeschlitzt, hätte nicht ein weiterer Schuss seinen Rücken getroffen und ihn von den Füßen geholt. Ein Sprühregen aus Blut ging über Oliver nieder, als die Kugel nur wenige Millimeter neben *Myasniks* Brustbein wieder austrat.

Wie ein angeschlagener Riese schien er zu taumeln, einen überraschten Ausdruck im Gesicht. Dann entglitt das Messer seinen Händen. Oliver sah, wie das Leben in den Augen des Killers erlosch. Endlich brach er zusammen.

Er gab die Sicht auf Nikolai Pawlow frei. Er musste seine letzten Reserven aufgeboten haben, um diesen einen Schuss abzufeuern. Oliver konnte sehen, dass sich unter seinem Körper bereits eine große Blutlache gebildet hatte.

Ihre Blicke trafen sich, bevor Pawlows Arm und sein Kopf langsam zu Boden sanken.

Jennifer wusste nicht, wie lange sie regungslos auf dem Sofa gesessen und, die vollkommen verstörte Gaja an ihre Brust gedrückt, auf die Leichen am Boden gestarrt hatte. Es kam ihr wie Stunden vor, doch eigentlich konnten keine zehn Minuten vergangen sein, seitdem sie Oliver auf die Füße gezogen und eine ganze Reihe Instruktionen heruntergebetet hatte.

Er hatte zusammen mit Charlotte Seydel ihre Wohnung verlassen, wenn auch nur höchst widerwillig. Doch es war besser so, zumindest hatte ihr irgendein vages Gefühl dazu geraten. Wirklich darüber nachgedacht hatte sie nicht.

Die Blockade in ihrem Kopf war zuerst noch geblieben. Sie hatte wie aus weiter Ferne wahrgenommen, dass irgendein Nachbar an ihre Wohnungstür geklopft und nach ihr gerufen hatte, dann aber wieder verschwunden war. Erst nachdem der erste klare Gedanke durch die Mauern in ihrem Innern gedrungen war, wurde sie von Erinnerungen, Erkenntnissen und Gefühlen überflutet.

Sie zitterte am ganzen Körper. Tränen liefen ihr über die Wangen, doch der Kloß in ihrem Hals wollte sich nicht lösen.

Daran änderte sich auch nichts, als die Sirenen vor dem Haus ertönten, und ihre Kollegen die Wohnungstür aufbrachen, nachdem sie auf Rufen und Klopfen nicht reagiert hatte. Sie nahm die Beamten, die mit Waffen im Anschlag in ihre Wohnung strömten, überhaupt nicht richtig wahr.

Das Chaos in ihrem Kopf klärte sich kaum. Es ließ nur die Gewissheit in ihr Bewusstsein dringen, dass es vorbei war.

Nikolai Pawlow war tot. Der Schlächter war tot.

Jennifer war sich ihrer eigenen Empfindungen nicht sicher. Verzweiflung, Wut, Trauer, Erleichterung … Von allem etwas und von Sekunde zu Sekunde in schwankenden Anteilen, bis hin zu vollkommener Leere.

In den letzten Tagen war zu viel geschehen. Eine Zeit extremer Vorkommnisse und noch extremerer Entscheidungen lag hinter ihr, mitsamt einer Menge Verdrängung.

Jennifer reagierte nicht auf die Anwesenheit der Polizei, Fragen prallten an ihr ab. Als Sanitäter kamen, um sie aus ihrer Wohnung zu bringen, ließ sie sich widerstandslos nach draußen führen. Nur Gaja durfte ihr niemand wegnehmen.

Epilog

Oliver öffnete den Kühlschrank, fand das erhoffte Bier aber nicht. »Hast du nichts, was irgendeine entspannende Komponente enthält?«

»Nein!«, rief Jennifer von der Terrasse aus.

Oliver nahm sich eine kalte Limonade und wollte zu ihr nach draußen gehen, hielt jedoch inne, als er den Bußgeldbescheid und die beiliegenden Fotos auf ihrem Küchentisch entdeckte.

Er überflog das Dokument. Als er sich die Bilder ansah, lief es ihm eiskalt den Rücken herunter. Er konnte seine Neugier gerade noch zügeln, bis er auf die Terrasse hinaustrat. »Dir wird der Führerschein entzogen?«

Jennifer lag in Shorts und T-Shirt auf dem Liegestuhl. Sie blickte in ihren Garten und nickte. »Ja. Für drei Monate.« Sie zögerte kurz. »Möhring war vorhin hier, um mir die Nachricht mitsamt der Fotos zu überbringen.«

Oliver verkrampfte sich unwillkürlich. »Das ging über die Dienststelle?«

»Was denkst du denn?«

Er versuchte vergeblich, in ihrem Gesicht zu lesen. »Weiß er es?«

Sie zuckte die Schultern. »Er vermutet es, beweisen kann er nichts. Ich bin in dieser Nacht zweimal geblitzt worden, mit dir auf dem Beifahrersitz. Zu Zeiten, die *theoretisch* mit dem Ableben von Jegor Sidorov korrelieren. Und mit den Vorfällen in meiner Wohnung, an denen du *angeblich* nicht beteiligt warst.«

»Scheiße.« Möhrings Verdacht gefiel Oliver nicht. Er hatte von Anfang an befürchtet, dass die Geschichte auffliegen würde, ein Teil seines Gewissens hoffte es sogar. »Hast du mich deshalb eingeladen? Weil Möhring uns auf die Schliche kommen könnte?«

Jennifer blickte kopfschüttelnd zu ihm auf. »Von Möhring droht uns keine Gefahr. Aber ich wollte, dass du es weißt.«

War es gut oder schlecht, das zu wissen? Änderte diese Information überhaupt etwas? Oliver war sich nicht sicher.

»Außerdem gibt es noch erfreuliche Neuigkeiten.«

Oliver setzte sich neben sie. »Und zwar?«

»Die Ermittlungen gegen uns sind offiziell eingestellt worden. Ich nehme an, Anstett war nicht so nett, bei dir vorbeizuschauen und dir die frohe Botschaft zu überbringen?«

Er verzog den Mund zu einem säuerlichen Lächeln. Die einzige Botschaft, mit der sich die Oberstaatsanwältin bis zu ihrem Ausscheiden in wenigen Wochen wohl noch an ihn gewendet hätte, wäre seine fristlose Kündigung gewesen. »Mangels Beweisen?«, vermutete er.

Jennifer nickte. »Möhring hat mir mitgeteilt, dass jeder, vom Streifenpolizisten bis zum Landespolizeichef, davon überzeugt ist, dass ich oder wir – diesbezüglich können sie sich wohl nicht einigen – die Eskalation in meiner Wohnung durch inoffizielle Ermittlungen herausgefordert haben. Sie haben nur keinen einzigen halbwegs stichhaltigen Beweis dafür. Aber die Warnung ist eindeutig. Es wird sehr lange dauern, bis Gras über die Sache gewachsen und das Vertrauen wieder hergestellt ist. Das ganze schöne Beamtenblabla. Jedenfalls muss ich in Zukunft bei jeder kleinsten Verfehlung mit einem Disziplinarverfahren rechnen, bei dem ich keinerlei Nachsicht zu erwarten habe. Heißt, wenn ich mich bei irgendetwas nachweisbar erwischen lasse, und sollte es auch nur eine Kleinigkeit sein, setzen sie mich vor die Tür. Möhring hat es zwar nicht erwähnt, aber für dich dürfte dasselbe gelten.«

Das überraschte Oliver nicht sonderlich. Was ihn allerdings überraschte, war die Tatsache, dass sie es wirklich geschafft hatten, ihre Köpfe durch eisernes Schweigen und Abstreiten aus der Schlinge zu ziehen. Zumindest dienstlich. »Wir hätten es verdient«, murmelte er leise.

Jennifer schien zuerst nichts darauf antworten zu wollen, dann nickte sie aber. »Ja, wir hätten es wohl verdient.«

Oliver wollte nicht zu lange bei diesem Thema verharren. Sie hatten es bisher vermieden, offen über ihre Vergehen und Straftaten zu sprechen. Er war noch nicht bereit dazu. Möglicherweise würde er es nie sein.

Er lenkte die Unterhaltung deshalb in eine andere Richtung. Jennifer stand trotz des Zwangsurlaubs und der laufenden Ermittlungen gegen sie noch immer mit Jarik Fröhlich in Kontakt. Inoffiziell. »Gibt es irgendetwas Neues zur Identität des Schlächters?«

Wie erwartet schüttelte sie den Kopf. Der Mann, der innerhalb des organisierten Verbrechens zur Legende geworden war, würde für immer ein namenloser Schatten bleiben, an den nur ein anonymes Grab auf einem Frankfurter Friedhof erinnern würde.

Im Gegensatz zu dem Mann, den sie irrtümlich für den Schlächter gehalten hatten. Nikolai Pawlow.

Seinen Hintergrund hatten ihre Kollegen relativ gut recherchieren können, nachdem sein Auto in der Nähe von Jennifers Wohnung gefunden worden war. Er schien zeitweise in dem Wagen gelebt zu haben und hatte einige verwertbare Spuren hinterlassen.

Hinter dem Decknamen Nikolai Pawlow verbarg sich der russische Kriminelle Michail Tschaadajew, der bis vor wenigen

Jahren eine bekannte Größe des organisierten Verbrechens in Russland gewesen war.

Bis sich sein Weg mit dem des Schlächters gekreuzt hatte. Pawlows gesamte Familie war im Auftrag eines Konkurrenten von ihm ermordet worden.

Die Aufzeichnungen, die man in seinem Auto gefunden hatte, waren bruchstückhaft und unvollständig, doch er hatte dem Killer offenbar Rache geschworen. Er hatte es sich zum Lebensziel gesetzt, ihn aufzuspüren und ebenso brutal und langsam zu vernichten, wie *Myasnik* es mit seiner Familie getan hatte.

Er hatte den Schlächter durch mehrere Staaten verfolgt und versucht, dessen Identität aufzudecken. Dabei war er nicht zimperlich und oft alles andere als gesetzeskonform vorgegangen. Obwohl er mehr als einen Rückschlag erlitten hatte, war er *Myasnik* hinterhergereist. Deshalb war er auf den Fotos der Schaulustigen an mehreren Tatorten aufgetaucht.

Wirklich nahe war er dem legendären Killer aber wohl erst in der jüngeren Vergangenheit gekommen. Anhand von gefundenen Rechnungen und mit ein paar Mutmaßungen war es Jarik Fröhlich gelungen, Pawlows Weg in den letzten Wochen bis in Jennifers Tiefgarage zurückzuverfolgen.

Er war dem Schlächter verdammt dicht auf den Fersen gewesen. Er hatte ihn bereits identifiziert, vermutlich hatte ihm aber entweder ein letzter Beweis gefehlt oder eine Gelegenheit, um zuzuschlagen.

Er hatte sich nicht ohne Grund in dem Hotel in Lemanshain eingemietet, wo Oliver und Jennifer ihn aufgespürt hatten. Auch der Schlächter hatte zum selben Zeitpunkt unter falschem Namen dort gewohnt, sogar auf demselben Flur. Eine Angestellte hatte ihn auf einem Foto wiedererkannt.

Pawlow hatte mit Sicherheit auch nicht wahllos die Wohnung in Frankfurt gemietet, in der Oliver und Jennifer ihn aufgescheucht hatten. Der Verdacht lag nahe, dass *Myasnik* ganz in der Nähe gewohnt hatte, ein Beweis dafür existierte allerdings nicht.

Sie hatten die ganze Zeit den falschen Mann verfolgt. Unwissentlich waren sie Nikolai Pawlow bei seiner eigenen Jagd nach dem Killer gefolgt und hatten ihn behindert. Auf ihre Einmischung, die für ihn keine unwesentliche Gefährdung darstellte, hatte er nicht sonderlich erfreut reagiert.

Pawlow war kein Unschuldslamm. Er hatte selbst eine stattliche Zahl von Verbrechen begangen und verfügte über einige zweifelhafte und gefährliche Fähigkeiten. Die Polizei war für ihn ein lästiger Feind, den er durch Drohungen und – Oliver war sich diesbezüglich sicher – auch den nächtlichen Angriff vor seiner Haustür zu vertreiben versucht hatte.

Allerdings ohne Erfolg. Sie hatten sich nicht einschüchtern lassen.

Trotzdem hatte es Pawlow geschafft, sich seinem eigentlichen Ziel immer mehr zu nähern. Er hatte sich ihnen nicht unbedingt mitgeteilt, nachdem er sie in der Tiefgarage abgefangen und mit dem Taser außer Gefecht gesetzt hatte, aber er hatte immerhin ein paar Tatsachen erwähnt, die sie hier und heute als wahr annehmen konnten.

Dass sie die ganze Zeit hinter dem falschen Mann her gewesen waren. Dass er nicht der gesuchte Killer war, *Myasnik* in dieser Nacht aber durch Frankfurt zu Sidorovs Villa und von dort bis zu Jennifers Wohnung verfolgt hatte. Dass der wahre Schlächter mit seiner Geisel in den vier Wänden der Kommissarin saß und nur darauf wartete, dass sie nach Hause zurückkehrte, um sie ebenfalls umzubringen.

Nikolai Pawlow hatte ganz offensichtlich nicht dazu geneigt, überstürzt zu handeln. Er hätte natürlich in Jennifers Wohnung stürmen und versuchen können, den Schlächter zu erschießen.

Da er aber nicht auf seine langsame und ausgiebige Rache verzichten wollte und sich auch der Gefährlichkeit seines Gegners bewusst war, hatte er gewartet. Als die beiden Ermittler schließlich aufgetaucht waren, hatte er sie abgefangen, um sie als Ablenkung für den Schlächter zu missbrauchen und unbemerkt mit ihnen in die Wohnung gelangen zu können.

Sein Plan war fehlgeschlagen. Sein Fehler war gewesen, dass er sich darauf versteift hatte, den Schlächter lebend zu fangen. Vermutlich hatte er *Myasnik* letzten Endes doch noch unterschätzt.

Was auch immer zum Scheitern seines Plans geführt hatte, er hatte seine Rache schließlich doch noch bekommen. Wenn auch schnell und für sein Verständnis wohl unspektakulär. Noch dazu hatte er sie mit dem Leben bezahlt.

Ohne Pawlows Verbissenheit, die ihm zweifelsohne diesen letzten Schuss und Treffer ermöglicht hatte, säße Oliver möglicherweise nun gar nicht hier. Dessen war er sich nur allzu bewusst. Trotzdem konnte er für Nikolai Pawlow ebenso wenig Sympathie empfinden wie für irgendeinen anderen Kriminellen.

Entweder hatte Jennifer seine nachdenkliche Stimmung bemerkt, oder sie hatte gar nicht so lange geschwiegen, wie es ihm vorkam. Sie war jedenfalls nicht bereit, sich ihre aufgesetzte, halbwegs gute Stimmung von ihm verderben zu lassen.

»Es gibt noch einen anderen Grund zum Feiern. Bastian hat beide Nachprüfungen bestanden. Englisch und Biologie. Hannah hat ganze Arbeit geleistet.«

»Das ist großartig.« Oliver freute sich darüber, nicht nur wegen des Lobs für Hannah, auch wenn es ihm im ersten Moment schwerfiel, diese positive Empfindung zuzulassen. Nach dem, was Bastian in den letzten Wochen zu verdauen gehabt hatte, war es ein kleines Wunder, dass er sich auf seine Nachprüfungen hatte konzentrieren können. »Wie geht's ihm?«

»Er kommt zurecht. Aber er ist immer noch stinksauer auf unsere Eltern. Genau wie Victor und ich.«

Jennifers Eltern hatten letztlich die Wahrheit gestanden und sogar noch Beweise dafür erbracht, da sich die Erklärung im ersten Moment wenig glaubhaft angehört hatte.

In dem Jahr, in dem Bastian gezeugt und geboren worden war, hielten sich die Leitners in Australien auf. Jennifers Vater hatte für seine Firma ein Projekt in Sydney betreut und dabei eine junge Frau kennengelernt. Sie war schwanger geworden. Im fünften Monat war sie von einem Auto angefahren und für hirntot erklärt worden. Die Ärzte hatten sie bis zu Bastians Geburt an Maschinen angeschlossen am Leben gehalten.

Die Familie der jungen Frau wollte mit dem Kind nichts zu tun haben, und so entschied Annabell Leitner, die bereits zuvor von der verhängnisvollen Affäre gewusst hatte, nach langem Ringen, den Jungen nicht zur Adoption freizugeben.

Sie wollte damit allerdings nicht hausieren gehen, und da niemand sonst von der Affäre ihres Mannes mit der jungen Frau wusste, wurde gegen seinen Willen die Geschichte vom unerwarteten Nachzügler in die Welt gesetzt. Annabell Leitner hatte alles Erdenkliche getan, um dieses Märchen vor der Welt und sich selbst aufrechtzuerhalten – bis die Blutgruppen sie überführten.

Die Aufdeckung des Geheimnisses hatte jede Menge Groll und Unausgesprochenes an die ohnehin bereits rissige Oberfläche geholt. Der Zusammenhalt der Familie, der im Innern schon lange fragil gewesen war, war zerbrochen.

Oliver hatte den Eindruck, dass Jennifer immer noch nicht so recht wusste, ob sie das als Belastung oder eher doch als Befreiung empfinden sollte. Es war jedenfalls ein weiterer Punkt auf der langen Liste der Dinge, an denen sie momentan zu knabbern hatte. Seine Liste war definitiv um einiges kürzer.

»Und was ist mit dir?«

Jennifer antwortete lange nicht auf die Frage. Ihr Blick wanderte mehrmals durch den Garten, bevor sie Oliver mit einem Lächeln ansah, das ihre Augen nicht erreichte. »Wie immer. Ich bin okay.«

»Okay?«

Sie nickte. »Einfach nur okay.«

Danksagung

Dieses Mal muss ich mich vor allem für die Geduld und das Entgegenkommen bedanken. Bei Egmont Lyx, im Speziellen bei Ulrike, und Frau Schlottmann, ohne deren Flexibilität und Einsatz dieser Band nicht pünktlich zum geplanten Termin erschienen wäre. Außerdem bei all jenen, die so geduldig auf meine ausstehenden Antworten gewartet haben. Danke für euer Verständnis und euren Zuspruch!

Auch wenn ich mich von Band zu Band wiederhole: Ich bedanke mich bei allen treuen Lesern, Bloggern, Rezensenten und Leserundenteilnehmern, die die Veröffentlichung von »Seelenweh« begleitet und tatkräftig unterstützt haben. Immer wieder begegne ich großartigen und besonderen Menschen, mit denen ich mich freundschaftlich verbunden fühle, und die ich nicht mehr missen möchte! Der Austausch mit euch und die wunderbaren Aktionen, die ihr für mich auf die Beine stellt, bedeuten mir sehr viel! Gerne würde ich euch alle hier namentlich nennen, das würde zwischenzeitlich aber den mir zur Verfügung stehenden Rahmen sprengen. Eine Liste könnte außerdem bei Weitem nicht die Dankbarkeit ausdrücken, die ich empfinde. Fühlt euch umarmt, ich denke an euch und bleibt wie ihr seid!

Zwei besondere Menschen in meinem Leben nenne ich an dieser Stelle trotz allem, denn ohne sie würde es weder dieses Buch, noch irgendeine andere Zeile von mir zu lesen geben: Christoph, mit dem ich nun beinahe mein halbes Leben verbracht habe, und Janine, mit der ich dieses Jahr zehnjähriges Jubiläum feiern durfte. Ich hoffe, wir werden jeweils noch einmal dieselbe Zeit gemeinsam bestreiten – und noch viele, viele Jahre darüber hinaus!

Auch meine Testleserin Martina, die noch dazu kräftigst die Werbetrommel rührt, darf hier nicht unerwähnt bleiben. Vielen lieben Dank!

Zum Schluss geht noch ein besonderes Dankeschön an alle Buchläden, Büchereien und Institutionen, die mir zur Seite stehen, mit mir gemeinsam Lesungen organisieren und mich auch darüber hinaus unterstützen!

Im Juli 2015